KLEIN GELUK

Van Roopa Farooki verscheen eerder:
Bitterzoet

Roopa Farooki

KLEIN GELUK

DE KERN

Oorspronkelijke titel: *Corner Shop*
Oorspronkelijke uitgever: Macmillan, an imprint of Pan Macmillan Ltd, London

Uitgeverij De Kern, De Fontein bv, Postbus 1, 3740 AA Baarn
Vertaling: Anna Livestro
Omslagontwerp: Pan Macmillan
Typografie omslag en opmaak binnenwerk: Hans Gordijn, Baarn
ISBN 978 90 325 1135 7
NUR 302

www.dekern.nl
www.uitgeverijdefontein.nl

Alle personen in dit boek zijn door de auteur bedacht. Enige gelijkenis met bestaande – overleden of nog in leven zijnde – personen berust op puur toeval.

Deel een

Dromers

Het wonderbaarlijke lot van Luhith 'Lucky' Khalil

Dit is Lucky's moment, het moment waar alles om draait. De verwachting en de herinnering doen er niet toe, het gaat om het nu. Het is zijn stille gebed dat zich voegt bij de gebeden van de legioenen die naar hun televisieschermen staren met hun handen stevig om hun bierglazen of voor hun opengesperde monden. Het is die naamloze macht die ervoor heeft gezorgd dat iedereen dat witte shirt draagt of dat witte laken met het rode kruis uit het raam heeft gehangen. Het zit in alle gemompelde, gefluisterde woorden, in alle liederen, in alle geschreeuw dat de ether in gegooid wordt, dat gevangen wordt in radiogolven en dat samenpakt in de kolkende atmosfeer boven het stadion; een tornado van hoop kolkt boven het hoofd van de laatste man, daar op het veld, waar een enkele beweging van zijn voet de droom van alle Engelsen kan maken of breken. Hij is een man, en hij offert zich op voor miljoenen anderen. Dit moment is alles – pak het, Lucky, het is van jou.

Hij rent en haalt uit, zijn linkervoet maakt contact, de bal schiet als een kogel recht op het doel af, en dan is er niets anders meer dan dit moment. Zoeter dan de angstige verwachting, sterker dan de zelfgenoegzame herinnering aan wat ooit was. Er volgen misschien persconferenties, en huldigingen, of documentaires en teleurstelling, en misschien wordt zijn naam bijgeschreven in de annalen of wordt hij daaruit juist vol schaamte geschrapt.

Het maakt niet uit, want nu is er alleen die volmaakte stilte, terwijl hij met gespreide armen en benen in het oog van een draaiende wereld staat. Jij en dit moment, meer is er niet. En jij hebt het goed gedaan, mijn zoon.

Lucky schrikt wakker, nat van het zweet, hijgend, bijna in tranen. Lucky heeft een bestemming – meer nog dan een bestemming, hij heeft een droom. Hij wordt er 's nachts wakker van, zo beangstigend is die droom. Hij wordt er door gekweld, omdat het zo echt smaakt. Hij kan het bloed op zijn kapotgebeten lip proeven als hij op de witte stip staat op een voetbalveld ergens in het buitenland dat voor altijd van Engeland zal zijn, en als hij de anonieme tegenstander aanstaart, die precies op hem lijkt. Het kwelt hem, want als hij wakker wordt, dan weet hij dat het allemaal maar een droom is. Die droom is alleen van hem – hij heeft het er nog nooit met iemand over gehad, want het is zo belachelijk dat hij het er ook nooit met iemand over durft te hebben. Het is zo'n bizarre droom, zo wonderlijk en hij gaat zelfs de meest overspannen ambitie zo ver te buiten, dat hij net zo goed zou kunnen dromen dat hij God werd. Zijn droom is dat hij op een dag een doelpunt maakt voor Engeland. Zijn droom is dat hij op een dag met zijn geluksvoet, de linker, de winnende goal scoort en zo Engeland aan de Wereldbeker helpt.

Lucky veegt zijn klamme voorhoofd af en schopt zijn dekbed van zich af. Hij zet zachtjes het raam open en kijkt naar het maanverlichte pleintje, dat er stil en verlaten bij ligt in de vroege ochtend. Het heeft geregend, en hij ziet zijn wazige spiegelbeeld in een plas op straat, waar het water zich heeft opgehoopt in een kuil, waar zijn overgedienstige vader al vaak over heeft geklaagd bij de gemeente. Hij beeldt zich in dat zijn spiegelbeeld opspringt en wegvliegt, als de schaduw van Peter Pan, en dat hij er achter aan moet om hem te zoeken. Kon hij maar echt weg; kon hij maar tegen een bal schoppen, en er achter blijven lopen waar hij ook heen rolt. Hij is nog geen vijftien, maar hij voelt zich gevangen onder het gewicht van zijn bestemming, zijn droom. Zelfs zijn posters voelen met hem mee: Prinses Leah in haar stralend witte gewaad en met een flink wapen dat uitdagend aan haar schouder bungelt, en Darth Vader in zijn glanzende zwarte uitrusting, zwaaiend met zijn lichtzwaard, de wachters aan zijn muur. Met een mengeling van trots en verdriet lijken zij te zeggen: 'Dit is jouw bestemming, Lucky', alsof het iets is waaraan hij nooit zal kunnen ontsnappen. Hij kijkt naar hoe zijn waterige spiegelbeeld in stukken breekt en verdwijnt in de vroege regendruppels. Terwijl hij weer in bed gaat liggen, schrikt hij als hij twee figuren in de deuropening ziet staan. Hun contouren scherp afgetekend in het licht dat van achter hen schijnt, een brunette met gevlochten haar gehuld in geplooide, lichte stof en een donkere demoon in een schimmige mantel, met een ondoorgrondelijk masker als gezicht. Hij kijkt naar de posters om te controleren of de figuren daar nog steeds hangen en dat ze niet van de posters zijn gesprongen, zijn kamer in. Hij knippert met zijn ogen tegen het stel in de deuropening, en klimt dan weer in bed.

'Klop dan ook aan, verdomme,' mompelt hij boos tegen zijn ouders voordat hij zijn gezicht in zijn kussen verstopt, en hij probeert niet naar hen te kijken. Zijn vader, een donkere Bengaal met een glanzende kop keurig gekapt haar, goedgebouwd, bijna breed, geeuwt en trekt de ceintuur om zijn donkergrijze badjas aan.

'Ik zei toch dat er niks aan de hand was, Delphine,' zegt hij, en hij haalt zijn schouders op over de onbeleefdheid van zijn zoon, te moe om hem terecht te wijzen. 'Ik heb vanochtend een Heel Belangrijke Vergadering. Ik ga weer naar bed.'

Delphine zit op de rand van het bed van haar zoon, de romige zijden plooien van haar peignoir zedig rond haar enkels, en haar vlechten tuimelen meisjesachtig over haar schouders. Haar eigen moeder deed haar haren 's avonds altijd in een vlecht en het is een gewoonte die ze heeft overgenomen, hoewel ze soms naar zichzelf kijkt voor het naar bed gaan, en ze haar vlechten en haar naakte, onbekende gezicht ziet, en ze zich dan een tikje belachelijk voelt. Ze strijkt Lucky's haren glad; het doet haar denken aan die perfecte donzigheid van zijn ronde hoofdje toen hij nog een baby was. 'Heb je naar gedroomd?' vraagt ze. Haar Franse accent hoor je nog maar een heel klein beetje; het geeft haar stem een bijzondere bekoring die de meeste mensen niet goed thuis kunnen brengen. Hij geeft geen antwoord en heel even voelt ze zich bedroefd, en hunkert ze naar de tijd dat ze de ergste *cauchemar* kon wegtoveren met alleen de tedere aanraking van haar hand en een vlugge kus op zijn voorhoofd. Magisch was het. Ik moet hem loslaten, denkt ze bij zichzelf – niet voor het eerst, en niet alleen in dit soort situaties. Alsof dat zo makkelijk is, loslaten. Ze doet het raam dicht om de doorkletterende regen buiten te houden, en loopt de kamer uit.

De volgende ochtend, als Delphine haar haren uit de vlechten heeft bevrijd en het in losse golven over haar rug laat vallen als een filmster uit de jaren veertig, heeft Lucky zijn toast en cornflakes al naar binnen gewerkt en is hij klaar om te vertrekken. Hij loopt de keuken uit als zij net binnen komt, zegt: 'Dag, mam!', kortaf, en kust haar eerder uit gewoonte dan uit affectie. Dan rent hij de trap af, de straat op, met een bal onder zijn arm. Terwijl zij koffie zet, ziet ze dat hij de bal behoedzaam in de natte kuil op de stoep legt, hem het keurige, door bomen omzoomde pleintje over trapt en er achteraan holt. Jinan voegt zich bij haar in de keuken, gedoucht en aangekleed voor zijn Heel Belangrijke Vergadering. Hij heeft zijn bruine gezicht zo grondig geboend dat het glimt, en zijn haren zijn onuitstaanbaar glad. 'Is Luhith al weg?' vraagt hij.

'Hm-hm,' beaamt Delphine vrijblijvend, en ze concentreert zich op het koffiezetten om de onvermijdelijke discussie over 'de jongen' te vermijden die Jinan 's ochtends kennelijk zo graag voert.

'Waarom is hij al zo vroeg weg?' dringt Jinan aan.

‘Trainen?’ waagt Delphine. Ze weet best dat er geen training is, want hij traint op maandag, woensdag en natuurlijk op zaterdag.

‘Dat mag ik toch bij God niet hopen. Hoeveel training heeft die jongen eigenlijk nodig? We hebben het hier niet over hogere wiskunde, toch? Je schopt tegen de bal, die bal vliegt de goal in en als je de meeste goals scoort dan win je,’ zegt Jinan, die warm begint te draaien voor zijn gebruikelijke gespreksonderwerp. ‘Hij traint niet voor de zwarte band in karate, of zo. Iets *nuttigs*.’

Delphine zucht en vraagt zich af of ze de keuken uit zal lopen voordat hij begint met: ‘Toen ik zo oud was als hij...’ Ze kucht om Jinan af te leiden. ‘Waar heb je die vergadering vanochtend? Komen ze je ophalen?’

‘Berkeley Square. Nee, ik rij er zelf heen,’ antwoordt hij efficiënt. Maar afleiden laat hij zich niet. ‘Het probleem met Luhith is dat hij niet weet wat hij wil. Toen ik zo oud was als hij wist ik precies wat ik wilde...’

‘Dat, dat weet ik,’ zegt Delphine kortaf, en Jinan houdt beschaamd zijn mond. Zijn vrouw is zes hele jaren ouder dan hij, en toen hij een schooljongen van veertien was, was zij een vrouw van twintig, een onbereikbare godin die tot de wereld van de volwassenen behoorde. Zij had hem godbetert nog gezien in *Hamlet*, dat hij opvoerde met school. Soms gaf Delphine hem het gevoel dat hij even oud was als Lucky, ook al was hij nu een succesvolle advocaat met een topsalaris en met Heel Belangrijke Vergaderingen.

‘Goed, ik moet gaan,’ zegt hij en hij drinkt zijn koffie op. ‘Ik ontbijt wel tijdens de vergadering, ze hebben altijd van die gevlochten koffiebroodjes daar op Berkeley Square.’

‘Lekker,’ knikt Delphine.

‘Ja, best lekker inderdaad,’ antwoordt Jinan, die weer terug is in zijn rol als man binnen het huishouden, en niet gewoon maar een kleine jongen. ‘Nou, een fijne dag, schat.’ Hij slaat zijn arm om haar heen en kust haar achter op haar hoofd, op die losse golven. 'Je ziet er schitterend uit vandaag, lieveling. Echt heel minimalistisch.' Op dat moment beseft Delphine dat ze nog steeds in haar witte nachthemd rondloopt, nog altijd met haar vreemde, naakte gezicht.

Lucky volgt de bal over het plein waar hij woont, langs de mooie appartementengebouwen in Knightsbridge, met hun dakterrassen en gemeenschappelijke tuinen (waarbij keurige bordjes staan met teksten als 'Geen Balspelen' in sierlijke krulletters), langs afbuigende witgestuukte straten met hippe winkeltjes, en uiteindelijk stapt hij op de metro bij South Kensington. Hij stapt uit bij Hammersmith en volgt zijn bal op een tocht langs de Odeon en door de zijstraten naar de enigszins armoedige weg vlak bij de volksbuurt waar zijn opa woont, in een echt rijtjeshuis, met een achtertuin waar je een balletje kunt trappen. Het huis is al lang geleden opgesplitst, zo dat boven een appartement is en beneden de winkel. Het is allang acht uur geweest, maar de winkel is nog niet open. Lucky drukt op de bel van het appartement, maar er wordt niet opengedaan. Hij drukt nog een keer, dit keer dringender. 'Dada?' roept hij naar zijn opa, en met grote precisie gooit hij zijn bal op zodat hij tegen het raamkozijn van de slaapkamer stuitert zonder het glas te raken, om het niet te breken, wat al eens is gebeurd – ook al vindt zijn opa dat niet erg. Hij had het door de verzekering laten vervangen, en gaf de plaatselijke randgroepjongeren de schuld. Hij had samenzweerderig naar Lucky gelachen terwijl hij belde, en fluisterde hem toe dat het trouwens niet eens echt een leugen was. 'Dada!' schreeuwt Lucky nog eens.

Portia, het krantenmeisje dat voor zijn opa werkt, komt uit de cafetaria naast de winkel. Ze is elfachtig, heeft kortgeknipt haar, en ze is het meest efficiënte onderdeel van de wanordelijke onderneming van zijn grootvader. Soms, in het weekend als hij naar de paardenrennen is, runt zij de winkel zelfs helemaal voor hem, ook al mag dat niet van de wet. Lucky vangt zijn bal op en vraagt nonchalant: 'Heb jij mijn opa toevallig al gezien?' Hij is ontzettend verliefd op Portia, die bijna een jaar ouder is dan hij en die die speciale, ongecompliceerde schoonheid bezit die soms wordt voortgebracht door ouders van verschillende rassen, maar hij gelooft dat hij zijn puberale verlangens redelijk goed heeft weten te verbergen.

Portia haalt haar schouders op en steekt een sigaret op. Ze houdt Lucky haar pakje voor. Als hij zijn hoofd schudt stopt ze het pakje terug in haar schoolblazer. 'Ik denk dat die ouwe een kater heeft of zo. Ik zit al meer dan een halfuur op hem te wachten. Nou heb ik geen tijd meer om de kranten te bezorgen.' Ze roept omhoog naar het raam: 'Hé, Zaki, lui varken, kom eens naar beneden en laat ons erin.' Maar het gordijn beweegt niet, niks. Zij en Lucky staan daar maar, verbonden door een onwillekeurige affectie en bewondering voor de man die hen totaal negeert, die het zo weinig kan schelen wat de mensen van hem denken dat hij zijn raam niet eens opendoet, laat staan zijn winkel, behalve als hij daar zelf zin in heeft. Zaki heeft van niemand iets nodig, maar desondanks is iedereen gek op hem en gaat iedereen voor hem door het vuur; hij is min of meer Lucky's held.

'Waarom noem jij hem eigenlijk "Dada"?' vraagt Portia uiteindelijk. 'Is dat zijn bijnaam, of zo?'

'Het betekent gewoon "opa" in het Bengaals,' antwoordt Lucky. 'Ik heb hem altijd zo genoemd.' Portia neemt deze informatie zonder commentaar in zich op, en omdat hij zich ongemakkelijk voelt onder de stilte die volgt, zegt hij: 'Het klinkt misschien een beetje verwarrend, want het lijkt op "papa", hè?' Weer die stilte, dit keer nog minder beloftevol dan daarnet.

'Dan ga ik maar naar school,' zegt Portia uiteindelijk. Ze zwijgt even om Lucky de gelegenheid te geven aan te bieden met haar mee te lopen. Haar school is vlak bij die van hem. Als hij dat niet doet, glimlacht ze – een klein lachje, bij zichzelf, omdat ze zijn onbeschoftheid terecht interpreteert als verlegenheid, en wandelt dan weg, waarbij ze haar lange sjaal over haar schouder gooit. Lucky gaat op de stoep zitten, met zijn rug tegen de muur, en hij stelt zich voor dat zijn grootvader diep in slaap ligt, met een lege fles Jack Daniel's en een winnend kaartje van de bookmakers naast zich op het nachtkastje, misschien zelfs wel met een mooie vrouw aan zijn zij. Hij zuigt het tafereel dwars door de muren van Zaki's huis in zich op, en stelt zich voor hoe zijn opa zijn ogen open zou doen en dat hij, voor de verandering eens serieus in plaats van spottend zou zeggen: 'Het is jouw bestemming, Lucky. Al die onzin die ze je op school leren kun je gerust vergeten, als je dit maar onthoudt. Jij bent niet voorbestemd om een van hen te worden, om een grijze muis te zijn. Jij bent heel bijzonder. En, jongen, jij gaat het geweldig doen.'

Lucky staat op en gooit nog een paar keer een experimenteel balletje op naar het raamkozijn, en nadat hij 'Dada!' heeft geroepen, gevolgd door 'Zaki', en ten slotte 'Dada Zaki!' geeft hij het op en loopt handig achter zijn bal aan de stoep af, het grasveld over, richting school.

Zaki gromt en draait zich om als het gebonk tegen zijn raamkozijn eindelijk ophoudt; hij schermt zijn ogen af tegen het opdringerige licht en steekt zijn hand dan uit naar de andere kant van het bed... waar niemand ligt. Ayesha, zijn vriendin voor af en toe, is waarschijnlijk midden in de nacht vertrokken. Zaki is ergens begin vijftig, en nog altijd heel knap, ook al begint zijn haar wat grijs te worden. Zijn volkomen vrije leven heeft geen sporen nagelaten. Hij heeft nog nooit met een droge mond van angst een vergadering toe hoeven spreken, hij heeft nooit als een haring in een ton in een dampende, stinkende metro hoeven staan in de spits, hij heeft nog nooit een grijs pak aan hoeven trekken, of zijn tong af hoeven bijten als hij een vervelende klant of een van zijn superieuren te woord moest staan. Zijn hart heeft nog nooit gebonkt uit angst een deadline niet te zullen halen, al heeft het dat wel zo nu en dan gedaan uit opgetogenheid omdat zijn paard als eerste over de finish kwam, of omdat het balletje dat over de roulette stuiterde met een vrolijk getinkel op zijn nummer bleef liggen. Zaki mompelt hardop: 'Die geeft ook niet snel op, die kleine aap...' en valt dan weer in slaap. Zoals hij het zegt klinkt het bijna trots.

Aangebrande toast en ander klein leed

Delphine zit aan haar kaptafel en kijkt teleurgesteld naar haar naakte gezicht, naar de eerste tekenen van rimpels die ze tot nu toe heeft weten tegen te houden met krankzinnig dure crèmes, duurder dan een maandlidmaatschap van haar sportschool. Nou ja, die crèmes gebruikt ze tenminste echt, en dat kun je van dat lidmaatschap niet zeggen. Zonder make-up vindt ze haar gezicht maar niks, het lijkt niet eens op haar. Het lijkt eerder op dat van een onnozele ongetrouwde tante die haar plek heeft ingenomen en die haar naar de achtergrond heeft geduwd. De enige keer dat ze zich ooit mooi heeft gevoeld met een schoon gezicht was toen Lucky nog heel klein was, en zijn mollige, polsloze pootjes verwonderd tegen haar wangen duwde, en zachtjes aan haar neus en wenkbrauwen plukte terwijl hij het landschap van haar gezicht in zich opsloeg alsof het een betoverd koninkrijk was waar je in kon verdwalen. Ze masseert de crème behoedzaam in haar huid, helemaal tot onder in haar hals, en begint haar gezicht op te schilderen, haar ogen brengt ze naar voren door ze met eyeliner aan te zetten, en haar lippen maakt ze zowel zachter als meer uitgesproken met lippotlood. Ze trekt haar designer joggingpak aan, vastbesloten om naar de sportschool te gaan. Wie ooit heeft beweerd dat Franse vrouwen nooit dik worden, heeft haar grootmoeder van vaders zijde nooit gezien, een boerenvrouw met rode wangen uit Les Landes, die op latere leeftijd zo klein maar zo formidabel werd dat ze wel vierkant leek. Misschien worden Parisiennes nooit dik, maar zij wist dat haar Landaise genen, spekkig van het maïsdieet, in de coulissen lagen te wachten op hun grootse opkomst, en daarom moest ze die van tijd tot tijd op de knieën boksen met behulp van aerobics en gedoe met gewichtjes.

Met haar haar in een clip en haar vertrouwde gezicht roostert Delphine brood voor zichzelf en schenkt ze sinaasappelsap in. De toast brandt aan terwijl zij probeert krullen te schrapen van de ijskoude boter die ze vergat uit de koelkast te halen om zachter te worden. Ze schraapt de toast af, waagt een poging er iets van te eten, en gooit dan het merendeel ervan weg. De geur blijft in de keuken hangen, maar ze maakt zichzelf wijs dat ze dat helemaal niet erg vindt – het is maar verbrande toast. Ze trekt haar flatjes aan en heeft het idee dat ze klaar is om de wereld onder ogen te komen, althans die twee straten die ze af moet om bij haar sportschool te komen. Maar net als ze de deur uit loopt herinnert ze zich dat de schoonmaakster vandaag de was komt doen, en dat ze vergeten is om de bedden af te halen. Ze vindt het niet prettig als de schoonmaakster dat doet, want een vreemde hoeft wat haar betreft niet haar afdruk in de matras te zien, of waar haar man en zoon zich uitrekken en zuchten en snurken, die kleine plekjes en vouwtjes, en ja, soms ook de vlekken, van intimiteit. Te privé. Handig haalt ze de beige-, taupe- en crèmekleurige lakens van het bed (beige, taupe en crème! Wanneer was alles in haar huis, in haar leven ineens beige, taupe en crème geworden? Zo belachelijk neutraal, zo… Zo minimalistisch, schat). Ze propt alle beddengoed in de wasmand en gaat naar Lucky's kamer om daar hetzelfde te doen. Ze denkt aan zijn brommerige opmerkingen, de avond ervoor, en voelt zich een beetje schuldig dat ze zijn deur opendoet zonder te kloppen, zelfs al is hij er niet. Privacy is zo belangrijk voor een puber, dat weet ze nog wel; zo scheppen ze hun eigen geheime wereld.

Ze gaat de kamer binnen en begint de slopen van de kussens te halen. Ze zijn bedrukt met foto's van grasprieten, alsof hij in een veld ligt te slapen. Ze kijkt om zich heen en vindt het grappig dat Jinan beweert dat hij geen idee heeft wat er allemaal omgaat in Lucky's hoofd. Lucky heeft dan misschien niet zijn hart op de tong, maar zijn hele kamer hangt er wel vol mee. Een muur is behangen met *Star Wars*, met enorme posters van Leah en Darth Vader, afgebeeld als heiligen, en met kleinere foto's van dat wollige beestje dat op een beer lijkt (iets met Chew? Chewy?) en van Yoda en ruimtevaartuigen en dat soort dingen. Luke Skywalker hangt er niet bij, valt haar op; het lijkt wel alsof de hoofdrolspeler hier niet nodig is – in zijn wereld is Lucky zelf de held. De muur ernaast is volledig gewijd aan voetbal: helden en schurken, spitsen en keepers, een enorme foto van de jongens van '66 met de Cup in hun handen, en een paar actiefoto's van zijn plaatselijke helden. Gek dat iemand die zoveel van voetbal houdt als Lucky geen supporter is van een bepaald team uit de premier league. Hij kijkt onbevooroordeeld naar alle wedstrijden, en juicht bij elke goal of spectaculaire redding. De laatste twee muren zijn bedekt met toeristische attracties uit Frankrijk en Bangladesh. Het is een beetje melancholiek, alsof het op die plekken zoveel beter is dan hier. En dat terwijl Jinan en zij nooit met enige nostalgie over een van beide landen hebben gesproken. Jinan was hier in Engeland opgegroeid en hij kreeg nog geen zin in het Bangla voor elkaar, en toen zijzelf een meisje was kon ze niet wachten om uit Les Landes weg te komen. Op de planken ziet ze ingelijste foto's van Lucky's vrienden en teamgenoten, met de armen over elkaars schouders uit ontspannen, onuitgesproken affectie, en eentje van hem met zijn grootvader, Zaki, maar geen enkele foto van haar en Jinan. Wat had ik dan gedacht? denkt ze terwijl ze het dekbedovertrek met een plotselinge felle irritatie wegtrekt. Had ik soms gedacht dat ik de gevoelens van mijn zoon kon regisseren, zoals ik net deed alsof ik mijn eigen gevoelens wist te beheersen? Ik heb alleen maar gepakt wat ik krijgen kon, wie ik krijgen kon, en ik was dom genoeg te denken dat dat niemand zou opvallen, zelfs mijzelf niet. Haar ogen beginnen vol te lopen en ze knijpt ze even stijf op elkaar, en gaat dan weer verder met wat ze aan het doen was.

Delphine stopt alles in de wasmand, net op tijd, want ze hoort de schoonmaakster haar sleutel in het slot steken. Dan belt Kasia aan, om te waarschuwen, want ze merkt dat er nog iemand thuis is. 'Goedemorgen, mevrouw Khalil,' zingt Kasia nadat ze zichzelf na een beleefde pauze heeft binnengelaten. Delphine heeft haar al honderd keer gevraagd om haar bij haar voornaam te noemen, maar om de een of andere reden doet Kasia dat liever niet. In haar geboorteland Polen was ze juffrouw op een kleuterschool, en ze was van plan om in Londen opnieuw haar diploma te halen. Ze was niet echt een goede schoonmaakster, maar ze was stipt en vrolijk, en dat waren kwaliteiten die Delphine in haar bewonderde omdat ze die zelf niet meer had.

'Hallo, Kasia, ik ging net weg,' zegt Delphine terwijl ze haar zonnebril van het gangtafeltje grist, om haar ogen te bedekken. Ze heeft zichzelf zo over haar toeren geholpen dat een enkel vriendelijk woord, van wie dan ook, zelfs van haar stipte schoonmaakster, haar tot een zielig huilend hoopje zou kunnen maken in haar eigen gang.

'Gaat het wel, mevrouw Khalil?' vraagt Kasia bezorgd, zich afvragend wat er is gebeurd waardoor haar anders altijd zo hoffelijke klant nu zo geïrriteerd is, en waardoor haar gezicht nu zo vreemd bleek en gespannen lijkt.

Delphine blijft even in de deuropening staan, geraakt door de vriendelijke woorden van een relatief onbekende. Een beverig ogenblik is ze in de verleiding om in huilen uit te barsten en haar in vertrouwen te nemen, maar ze roept zichzelf snel tot de orde. Ze is boos op zichzelf om haar eigen zwakte en snibt: 'Mijn hemel, Kasia, waarom noem je me toch niet gewoon Delphine?' Dan grijpt ze een jasje en loopt de deur uit.

Delphine gaat niet naar de sportschool. Ze loopt haar zoon achterna, het pleintje over, en langs de hippe winkeltjes waar ze haar bij naam kennen, en dan neemt ze de metro naar Hammersmith.

Zaki, die eindelijk uit bed is gekomen, heeft het meisje dat in Orla's cafetaria werkt omgekocht om de kranten rond te brengen, en zit nu zelf in die cafetaria met een kop koffie die zo dik is als teer en met al even dikke stukken toast. Hij ziet Delphine aarzelen bij de rand van het grasveld, en dan hoe ze doelbewust op zijn winkeltje af loopt.

Hij staat op en zwaait vanuit de deur van de cafetaria. 'Hé, Della, wat doe jij hier?'

'Dat kan ik ook aan jou vragen,' zegt Delphine koket, en ze voelt zich al een stuk beter. 'Moet jij niet hiernaast aan het werk?'

'Ik spreid mijn werkzaamheden,' legt Zaki gespeeld ernstig uit terwijl hij terugloopt naar zijn plastic kuipstoeltje bij het raam. 'En ik dacht ook dat ik maar eens moest beginnen met dat ontbijten. Dus dit kun je zien als onderzoek.' Hij maakt een weids gebaar in de richting van zijn koffie en toast.

'Ziet er lekker uit, dat onderzoek,' zegt Delphine als ze ziet dat de toast benijdenswaardig goudbruin en perfect is.

'Bestel zelf maar wat, je weet dat ik mijn eten nooit met iemand deel.' Hij schreeuwt naar de dikke eigenaresse met het geblondeerde haar die nu in haar eentje in de zaak staat. 'Orla, nog een portie toast voor Della, en breng haar een kop koffie.'

'Een cafeïnevrije latte, graag,' verbetert Delphine hem, en als ze ziet dat Zaki en Orla elkaar grinnikend aankijken, stelt ze voor: 'Anders misschien gewoon een cappuccino?' Als Orla haar geplukte wenkbrauwen optrekt en spottend haar hoofd schudt, geeft Delphine toe en zucht: 'Nou goed, dan maar een gewone koffie.'

'Je bent hier niet in Kansas, Delphine,' zegt Zaki. 'O, o, o, Della, dat je Orla durft te vragen om een cafeïnevrije latte, dat is bijna onbeschoft. Straks vraag je nog om parmaham en Parmezaanse kaas met rucola voor bij je toast.'

'Waarom noem je mij eigenlijk nooit gewoon Delphine?' bijt ze terug, voor de tweede keer die dag, hoewel nu een stuk minder geïrriteerd, terwijl ze de kop filterkoffie met een glimlach van Orla aanneemt.

'Jij weet best waarom, Della. Omdat je naam te veel klinkt als "dolfijn" – dan ben ik bang dat je van die rare hoge geluiden gaat maken, en dat je opspringt voor een visje –'

'Die grap wordt er ook niet leuker op,' valt Delphine hem in de rede. 'Waarom gedraag jij je nou nooit eens naar je leeftijd.'

'Dat doet Jinan al voor me, zodat ik me kan gedragen naar mijn schoenmaat,' antwoordt Zaki opgewekt. 'En trouwens, jij geeft geen antwoord op mijn vraag. Wat moet een meisje zo ver bij Knightsbridge vandaan... alweer?'

'Ik was gewoon in de buurt,' zegt Delphine luchtig, terwijl ze in haar koffie roert. Zaki kijkt haar aan met onverholen ongeloof, en dus verzint ze er lustig op los: 'Lucky's school heeft gevraagd of Jinan of ik lid wilde worden van het bestuur, dus ik zei dat ik wel even langs zou komen.'

'Ik snap niet dat je de moeite nog neemt om tegen mij te liegen, Della,' zegt Zaki bijna vriendelijk. 'Alsof jij je ooit in deze kleren bij Lucky op school zou vertonen. Je ziet eruit of je die gigantische garderobe van je bent ingewandeld en er bent uitgekomen in wat er maar toevallig aan je bleef hangen...'

Delphine bekijkt zichzelf, haar designer joggingpak en haar flatjes met daaroverheen het absurd keurige getailleerde jasje met de koperen militaire knopen dat ze zonder na te denken van de kapstok in de hal had gegrist, met haar pilotenzonnebril in haar haar gestoken. 'Ik had gewoon zin om te kletsen.'

'Jezusmina, Della, ik heb helemaal geen zin om het over dat soort dingen te hebben. Ga maar tegen je vriendinnen zitten klagen over je man, niet tegen mij. Het is je eigen stomme schuld, weet je dat, het is gewoon…' Zaki aarzelt en zoekt naar een woordje dat er bij Delphine in zal gaan, '… *gauche* om tegen je schoonvader te lopen klagen over je echtgenoot.'

'Maar klagen tegen een voormalige minnaar, dat is geen probleem,' zegt Delphine, en ze kijkt hem recht in de ogen. Ze laat haar metalen lepeltje op het gele formica tafelblad vallen, met een dof plofje.

Orla, die geboeid is door het gesprek dat ze zogenaamd niet volgt, is Delphines toast bijna vergeten. Ze komt hem brengen, aangebrand en dik beboterd, zonder zich te verontschuldigen. 'Die verbrande toast is Zaki's schuld; hij heeft mijn hulpje ingepikt om die vervloekte kranten van hem rond te brengen, dus ik moet nu overal tegelijk zijn.'

Delphine staart naar de toast waar ze zich zo op had verheugd, nog zwarter en nog minder appetijtelijk dan de boterhammen die ze die ochtend zelf had geroosterd, en ook al wil ze het niet, haar lip begint te trillen. Ze voelt zich plotseling klein en kwetsbaar en ze kan zelfs dit soort tegenslag niet meer aan. 'Mijn god, neem er dan maar een van mij,' zegt Zaki, terwijl hij met een bruusk gebaar hun borden verwisselt, en wat suiker over haar toast strooit.

'Waarom doe je er nou suiker over?' vraagt Delphine op luchtige toon, haar manier om Zaki te bedanken omdat hij haar niet toestond in het openbaar te gaan grienen.

'Het doet me denken aan de *paratha's* die Jinans moeder vroeger altijd voor me maakte, bij het ontbijt,' antwoordt Zaki. 'Nadya kon niet goed koken, dus meestal waren ze flink aangebrand, maar dan strooiden wij er gewoon flink wat suiker over, dan smaakten ze prima.' Hij zwijgt even en vraagt dan: 'Wat kom je hier nu echt doen, Della?'

'Ik voel me beter als ik bij jou ben,' antwoordt ze naar waarheid, verrast door zijn volharding.

‘Nou, als ik bij jou ben voel ik me slechter,’ zegt hij kortaf, en hij denkt aan zijn waardeloze, stompzinnige zoon; zo succesvol in onbeduidende dingen, en zo’n ongehoorde mislukkeling als het gaat om de dingen die er echt toe doen, en hij had zelf geen idee.

Delphine zegt niets, drinkt kleine slokjes van haar koffiedrab en doet haar best haar gezicht niet te laten vertrekken. Ze weet dat Zaki gelijk heeft, dat het niet behoorlijk is om zo zwaar op hem te leunen. Maar zijn suggestie dat ze het er maar met vriendinnen over moet hebben is een lachertje; de meiden denken allemaal dat zij het zo goed voor elkaar heeft. Zij is de enige die niet mee hoeft in de genadeloze carrièrejacht, degene met de perfecte (jongere!) echtgenoot, die rijk is en haar op handen draagt, degene met de perfecte, getalenteerde zoon, degene die de hele dag niets anders hoeft te doen dan van het balkon van haar gestroomlijnde Starck-interieur in Knightsbridge te staren en van chique koffieshops naar hippe kledingzaakjes te fladderen totdat het tijd is om de perfecte risotto in elkaar te flansen voor haar gezin, om vervolgens misschien met een paar van de meiden af te spreken bij Zuma voor een cocktail, of om een lezing bij te wonen van de Royal Geographical Society of om wijn te gaan proeven bij het Institut Français. Ze weet dat ze jaloers op haar zijn, en soms heeft ze het gevoel dat die jaloezie het enige is dat ze heeft. Dat en haar bezoekjes aan Zaki, die er ondanks alles wat er tussen hen is voorgevallen altijd weer in slaagt om haar zich beter te laten voelen.

Zaki zucht en bij het zien van Delphines oprecht aandoenlijke, fijne gezichtje voelt hij hoe zijn botte masker wegsmelt. ‘Ga je mee naar hiernaast, Della? Dan mag je de roddelbladen lezen. Of zelfs de glossies. Wat jij wilt, als je ze maar weer netjes terugzet op de planken.’ Hij drinkt zijn koffie op en voegt er edelmoedig aan toe: ‘Als je zin hebt mag je wel proberen om zelf een latte te maken met dat glimmende ding dat ik met kerst van jou en Jinan heb gekregen…’

Delphine glimlacht en knikt dankbaar. 'Een Krups, heet dat, wij hebben er zelf ook zo eentje. Ik laat je wel zien hoe hij werkt, als je wilt.'

Zaki rekent af bij Orla en kijkt om naar Delphine die bij hun tafeltje op hem wacht. Met enige spijt bedenkt hij dat hij zijn plannen voor een bezoekje aan zijn bookmaker moet laten varen.

De tienerwasvrouwen van de rivier de Bansi

Toen Zaki Nadya voor het eerst zag was ze zestien jaar oud, en was ze bezig de kleren van haar gezin te wassen in de rivier de Bansi. Het modderige water transformeerde op haar huid tot verblindende druppels paarlemoer die langs haar armen rolden in de richting van de toppen van haar slanke vingers. Ze was aan het lachen met de kinderen die probeerden haar te helpen met het wassen en uitslaan van de kleren, en hun onhandigheid vond ze eerder grappig dan vervelend. Terwijl ze aan het werk was zong ze liedjes om hen te vermaken, en af en toe hield ze daarmee op om het kleinste kindje te zoenen, tot het wankele wichtje begon te kronkelen en kraaien in zogenaamd protest: '*Na, Apa, na!* Hou op!' Zaki was zelf pas achttien en stond als aan de grond genageld te kijken naar haar koele, schone armen, haar fijnbesneden profiel dat afstak tegen het dikke haar dat ze naar achter had getrokken en in een slordige knot had gebonden, naar haar melkchocolade huid die achter bij haar hals samensmolt in de ruwe katoenen saribloes. Het was alsof hij een droom was binnengelopen. Het tafereel was zo fris en puur in al zijn onschuld en vurige kleuren, dat het onwerkelijk was. Hij verwachtte half en half dat er dadelijk duiven en behulpzame zangvogeltjes op de schouders van het meisje zouden landen, als in een tekenfilm, die onder luid gekwetter het wasgoed voor haar zouden uitwringen en het dan op de vlakke rotsen uit zouden spreiden zodat het daar kon drogen.

'Zakaria!' schreeuwde zijn vader achter hem vanuit hun auto.

'Zakaria, schiet op! Zo lang hoeft het toch niet te duren, dat plassen!'

Zich kapot schamend schreeuwde Zaki terug: 'Ik ben alleen mijn handen aan het wassen, Baba,' en hij keek berouwvol naar het meisje vanwege de ruwe manier waarop ze op zijn aanwezigheid was gewezen. Zij keek echter alleen maar terug over haar schouder, en schonk de jonge vreemdeling een glimlach en een knikje, zonder een spoor van gêne. Ze gaf de kinderen een duwtje zodat ook die beleefd knikten.

'*Asalaam alaikhum*,' zei hij respectvol, en liep toen vlug naar de rivier om zijn handen in het koele water te dompelen. Van dichtbij was het helderder dan hij had gedacht; de modderige kleur was alleen te danken aan de weerspiegeling van de zandbank.

De wasvrouw gaf de kinderen weer een duwtje, die onverschillig in koor antwoordden met '*Malaikhum asalaam*', en doorgingen met hun wasspel.

'*Apnar naam ki?*' vroeg hij aan het meisje, maar zij glimlachte alleen en schudde haar hoofd. Je hoorde niet te praten met vreemde jongemannen. Vooral niet met een vreemde jongeman met zo'n aantrekkelijk voorkomen, zelfs al stond zijn vader tegen zijn zin toe te kijken vanaf de weg. Zaki's vader schreeuwde hem weer toe, en hij draaide zich om, al had hij geen zin om weg te gaan met zo weinig ceremonieel en zonder het magische moment recht te doen, zonder het meisje een klein aandenken te geven. Maar hij had niets bij zich dat als aandenken dienst kon doen. Hij kon niets anders achterlaten dan zijn naam, en die gaf hij haar daarom zeer zorgvuldig, in de hoop dat zij zich hun korte ontmoeting zou blijven herinneren: '*Amar naam Zaki. Zaki Khalil.*'

Hij liep terug naar de auto van zijn vader en zag hoe zij zich omdraaide en hem nakeek terwijl de auto wegreed. Toen pas zag hij dat ze behoorlijk zwanger was, want de zwierig-zedige sari had de bolling bijna volledig aan het oog onttrokken. Zijn vader had de groep bij de oever helemaal niet opgemerkt, want hij had zitten klagen tegen de chauffeur over de hitte. 'Oef, Zakaria, waarom moest dat nou zo lang duren?'

'Waarom heb je zo'n haast, Baba?' vroeg Zaki. 'Er stond een prachtig meisje bij de rivier.'

'Meneer Mujib wacht op ons in Dhamrai, en hij zei dat hij een goede deal voor ons kon regelen. Ik heb geen zin hem te moeten vertellen dat we zo laat zijn omdat mijn intellectuele zoon plotseling interesse aan de dag legt voor dorpsc dames,' zei Zaki's vader geërgerd. Hij monsterde Zaki eens kritisch. Die droeg een broek met wijd uitlopende pijpen die te strak zat rond het middel, en een of ander paisley overhemd van polyester dat hij waarschijnlijk had gekocht toen hij aan de andere kant van de wereld studeerde. Hij moest nodig naar de kapper, want hij liep er verdomme bij als zo'n vervloekte Beatle. 'Jij hebt totaal geen hoofd voor zaken, zoon, maar ik zweer je dat ik het je wel bij zal brengen.'

Hem negerend leunde Zaki over naar de chauffeur: 'Jij komt hier toch vandaan, of niet, Abdur? Weet jij hoe dat meisje heet?'

De oude man keek Zaki misprijzend aan. 'Ze is getrouwd. En ze krijgt binnenkort haar eerste kind...' Zijn stilte sprak boekdelen, en hij weigerde er verder nog woorden aan vuil te maken.

Zaki's vader maakte de zin voor hem af: '... dus wat maakt het jou uit hoe dat kind heet?'

In weerwil van beide mannen kwam Zaki er later toch achter dat het meisje Nadya heette, wat 'vochtig van dauw' betekent – een zeer geschikte naam voor een meisje dat van wassen hield.

Als jongeman had Zaki een droom. Hij had een beurs gewonnen voor een universiteit in het Westen, maar niet voor Oxford of Cambridge en zelfs niet voor een van de betere universiteiten in de Verenigde

Staten: het was voor de Sorbonne, in Parijs. Hij droomde van een intellectueel leven aan de Rive Gauche, zoals dat van Sartre, en hij was op zoek naar zijn eigen Simone de Beauvoir, zijn zielsverwante. Iemand met wie hij een ongedwongen bestaan zou hebben, vrij van triviale zorgen en beslommeringen. Hij had zijn eerste jaar aan de universiteit net achter de rug en zijn vader, die woedend was omdat zijn zoon maar zo weinig leek te hebben geleerd, had er op gestaan dat hij in zijn vakantie in de zaak van de familie kwam werken. Meneer Khalil stond aan het hoofd van het Khalil Imperium in Dhaka, en handelde in sari's, sjaals en traditioneel koperen serviesgoed. Hij had Zaki tegen diens zin meegesleurd op deze inkoopreis naar de fabriek van meneer Mujib. Het was niet zo dat Zaki neerkeek op het werk van zijn vader, maar van bewondering was ook geen sprake. Zijn vader was nu eenmaal zoals hij was, alsof iemand ooit 'winkelier' op zijn polsbandje had geschreven toen hij net geboren was, en hij aan dat etiket had vastgehouden.

Op Zaki's etiketje, als hij er al een had, stond: 'Dromer'. Hopeloos romantisch als hij was, geloofde hij dat hij pats-boem verliefd was geworden op een mooi dorpsmeisje, dat al was uitgehuwelijkt en zwanger was geworden op jonge leeftijd, waarschijnlijk van een plaatselijke schoft die haar voortdurend een pak slaag gaf. Zaki dacht dat als iemand haar kon redden, hij dat moest zijn. Het was natuurlijk maar een droom, en niemand was verbaasder dan Zaki, toen hij met de auto op weg ging naar Dhamrai om weer spullen in te kopen en er bij die gelegenheid achter kwam dat de chauffeur van zijn vader had gelogen. De jonge wasvrouw was helemaal niet getrouwd, maar weduwe, aangezien haar man in de rivier was gevallen en was verdronken. Volgens minder genadige roddels was de man dronken toen hij viel, en had de familie, aangezien niemand er verder schuld aan had, besloten om de schuld op Nadya te schuiven. Die had beter op hem moeten letten. Nadya was weer teruggekeerd naar haar ouderlijk huis, tot consternatie van haar ouders, die een behoorlijke bruidsschat hadden betaald voor hun inmiddels zwangere en dus niet meer uit te huwen dochter. Ze hoopten dat het kind een jongen zou worden, want dan konden ze de familie van de echtgenoot misschien overhalen haar weer terug te nemen. Zaki hoorde dit nieuws geïnteresseerd aan en vroeg de weg naar het huis van Nadya's ouders. Hij wilde hen een zakelijk voorstel doen.

Zaki legde ineens een nog niet eerder vertoonde belangstelling aan de dag voor zijn vaders imperium, voor de goederen die in de fabriek in Dhamrai werden geproduceerd. Meneer Khalil was blij met deze verandering, maar hij was toch achterdochtig toen hij erachter kwam dat een deel van de voorraad waar Zaki mee terugkwam vochtig was. Zaki had met overtuigende onschuld verklaard dat een aantal van de zwaar afgeprijsde sjaals wel heel smoezelig uit de fabriek kwamen, en dat hij daarom een wasvrouw had ingehuurd om ze voor hem te wassen, tegen een veel lager tarief dan ze in Dhaka zouden moeten betalen. Meneer Khalil feliciteerde zijn zoon met tegenzin met dit initiatief.

Tegen het einde van de zomer bracht Zaki de laatste in een reeks lange middagen door aan de oever van de Bansi, terwijl Nadya en haar jongere broertjes en zusjes de sjaals wasten die hij expres door de modder had gehaald toen hij terugkwam uit Dhamrai. Nadya, die nu op alledag liep, hoefde niet meer zo gereserveerd tegen hem te doen, en was blij met zijn aanwezigheid. Ze kletste met hem over de baby en over haar plannen voor de toekomst. 'Ik hoop dat het een meisje is,' zei ze beslist, 'want dan blijf ik thuis, en kan ik haar opvoeden met hen allemaal.' Ze rechtte haar rug en trok een gezicht, terwijl ze met haar handpalm over haar onderrug wreef voor ze weer neerhurkte bij de waterrand om door te gaan met haar werk. 'Als het een jongen wordt, willen ze dat ik weer terugga naar mijn schoonfamilie, en dan eindig ik als onbetaalde bediende. Als ik dan toch bediende moet worden, ga ik liever naar Dhaka met de baby.'

'Heb je er wel eens aan gedacht om nog verder weg te gaan dan Dhaka?' vroeg Zaki, die zijn voeten in het water liet bungelen.

'Waar dan? Chittagong of zo? Ik zou wel eens graag naar zee willen,' zei Nadya.

'Nee, verder weg nog dan Chittagong,' zei Zaki.

'Nog verder dan Chittagong?' Nadya fronste. 'Bedoel je Calcutta?'

'Verder nog dan Calcutta. Raad eens waar ik aan zit te denken?'

'Jij bent een heel rare jongen. En ik vind dit een stom spelletje,' zei Nadya, en ze stortte zich weer op de was.

'Ik weet best dat ik een rare jongen ben. Maar doe me nou eens een lol. Als je het raadt dan geef ik Padma een cadeautje,' zei Zaki innemend.

Nadya keek naar haar jongste zusje, die achter haar broertjes aan hobbelde die haar lieten zien hoe je een mango moet pellen. Ze glimlachte vol liefde terwijl Padma het sap van de gemolesteerde mangoschil in haar mond liet druppelen. 'Oké, ik doe mee,' zei ze. 'Delhi, dan?' Zaki schudde zijn hoofd. 'Bombay?' Hij schudde weer van nee, maar spatte de rand van haar sari nat met zijn voeten. '*Arré!* Stop daarmee, ik ben aan het denken.' Ze zweeg, en aarzelde heel even voor ze hem ook een douche gaf, per ongeluk expres, terwijl ze de sjaal in het water plonsde. 'Karachi!' zei ze stellig.

'Fout,' zei Zaki, en hij spatte nog meer water op haar, voor straf.

'Hou op, jij akelige...' Nadya kon het scheldwoord nog net inhouden. 'Kijk nou wat je doet, nou krijg je me bijna aan het vloeken waar de kleintjes bij zijn, met je stomme spelletjes. Wat zonde van het geld van je arme vader, als ze je dit soort dingen leren op die chique universiteit.'

'Welke chique universiteit?' vroeg Zaki onschuldig.

Nadya keek hem ongeduldig aan, want hij hing nu gewoon de vermoorde onschuld uit. 'Moge Allah me het geduld geven om met jou om te kunnen gaan. Die chique universiteit van je, natuurlijk, in Parijs...'

Zaki sprong op. 'Dat was het! Dat was het! Je hebt gewonnen!' Hij trok haar op aan haar handen, maar zij duwde hem van zich af zodat hij bijna in het water tuimelde.

'Parijs? Wat moet ik nou in Parijs?' vroeg Nadya achterdochtig. 'En waar is het cadeautje voor Padma?'

'Hier is het,' zei Zaki. Nerveus, ineens, haalde hij een klein vierkant pakje uit zijn zak en maakte het open. Hij liet Nadya een beeldschone ring zien, met een parel en een piepkleine diamant erin.

Nadya keek hem aan en plotseling begon het tot haar door te dringen. '*Na, Zaki, na!* Te veel!' zei ze geschokt. Gesmoord fluisterend voegde ze eraan toe: 'Dat is veel te veel voor een klein meisje als Padma.'

Zaki's mond voelde droog, en hij zei vlug: 'Ik heb het niet echt gekocht voor Padma. Ik dacht dat deze ring heel mooi zou staan bij haar oudere zusje. Ik dacht dat die mij misschien de eer zou willen doen om me als vader van haar baby te accepteren. Ik dacht dat ze misschien wel met me mee zou willen, als mijn vrouw.'

Nadya zweeg even, en keerde zich van hem af. Toen ze hem weer aankeek stonden haar ogen vol tranen, ze stak haar arm uit en deed het doosje dat nu in haar hand lag dicht. 'Stop maar weg, rare jongen,' zei ze nadrukkelijk en stellig. Zaki was bang dat hij zelf ook zou moeten huilen, zo vernederd voelde hij zich nu het meisje dat hij aanbad hem had afgewezen, maar toen vervolgde ze: 'Ga naar mijn ouders en vraag het hen, en maak in godsnaam geen domme grappen dit keer. Bied mijn moeder de ring maar aan, als geschenk...' Ze schudde haar hoofd beslist en veegde haar tranen weg met de zoom van haar sari voor ze Zaki een speels, hartelijk zetje gaf. 'Toe dan,' zei ze, 'ik weet niet wat ze je daar allemaal leren, op die universiteit, maar dit is niet de manier waarop je een aanzoek doet.'

Zaki keek haar verbluft zwijgend aan en holde toen weg. Toen liep hij weer terug naar Nadya, pakte haar bij de bovenkant van haar koele, schone armen om haar onverwacht en warm op haar perfect gevormde lippen te kussen. Daarna rende hij naar het dorp. 'Hou onmiddellijk op met het wassen van die kleren,' riep hij over zijn schouder. 'Als je toekomstige echtgenoot beveel ik je om nooit meer iets te wassen.' Met enorme, jongensachtige passen holde hij het dorp in. 'Ze heeft ja gezegd!' riep hij tegen de verbijsterde dorpelingen. 'Ze heeft ja gezegd!'

Het onverwachte nut van de hik

Lucky komt iets na vieren uit school, banjert langs de rivier en staat dan weer voor de winkel van zijn grootvader. Dit keer is de winkel wel open, en hij loopt naar binnen, waar hij Portia achter de toonbank ziet staan met frites en de *Hello!*.

'Hello!' zegt hij, en hij vraagt zich af of zij begrijpt dat het een grapje is.

'O, wat geestig, maar niet heus,' zegt ze vinnig, en ze slaat haar benen over elkaar onder het opklapbare deel van de toonbank. 'Iemand heeft deze al gelezen – de quiz is ingevuld.'

'Waar is de baas?' vraagt Lucky, en hij trekt de koelkast open om een cola te pakken zodat hij tenminste zijn aandacht ergens anders op kan richten dan op die geweldige benen van haar – niet te dun, en zeker niet te dik, met een perfecte welving van de kuit.

'Die is naar de bookmaker afgetaaid zodra ik hier binnenkwam, en ik kwam eigenlijk alleen maar langs om mijn loon op te halen. Ik geef hem nog een keer aan, die stomme eikel, dat hij zijn zaakjes overlaat aan een minderjarige. Dat kan toch niet? Een pond voor die cola, graag.' Ze legt haar bakje frites neer en staat overdreven zakelijk op.

'Familie hoeft niet te betalen,' liegt Lucky, want hij heeft helemaal geen geld op zak.

'Jij bent helemaal geen familie van mij,' antwoordt Portia. Ze kijkt Lucky aan en gooit haar lange schoolsjaal naar achter en mompelt: 'Ach, laat ook maar. Alsof het mij wat kan schelen dat die debiele opa van je failliet gaat, straks.' Lucky kijkt haar verbaasd aan als het tot hem doordringt, door haar nonchalante en chagrijnige toontje, dat het haar juist heel veel kan schelen. Haar arrogante houding verwart hem; hij geneert zich voor de niet-uitgesproken suggestie dat zij misschien wel meer om zijn opa geeft dan hij. Vol schuldgevoel leegt hij de zakken van zijn schoolblazer in zijn handen, en vist een rommelig hoopje zilver en koper tussen snippers kauwgompapiertjes en pluizen vandaan, totdat hij een pond bij elkaar heeft. Die geeft hij haar verlegen, zonder een woord te zeggen.

'Bedankt,' zegt Portia onverschillig, en ze stopt het geld in de kassa, die een ouderwets 'tsjing'-geluid maakt. Om de een of andere reden vindt Portia dat een heerlijk geluid, en hij ziet dat ze een giecheltje onderdrukt. 'Binnenpretje,' verklaart ze terwijl Lucky zijn vaste plek inneemt aan de andere kant van de toonbank. Vriendschappelijk schuift ze de *Hello!* zijn kant op en stort zich op de achterkant van de *Independent*, waar ze de sudoku doet, en een korte kruiswoordpuzzel. Slim meisje, denk Lucky bij zichzelf terwijl hij kijkt hoe ze bedachtzaam op haar pen kauwt. Ze heeft verstand van woorden en van cijfers, en ze ziet de verborgen betekenissen en reeksen waar ik alleen maar hokjes zie. Hij voelt zich alweer heel klein naast haar. Dan slaat hij het roddelblad open, kijkt naar de quiz waar ze het over had en herkent het handschrift van zijn moeder. Dan is die hier dus langs geweest van de week. Waarschijnlijk toen ze op weg was naar een of andere Franse arthouse film in de Riverside Studio's; want voor iets anders zou zijn keurige moeder niet naar deze achterbuurt komen. Hij bekeek Portia's profiel, de afgekloven pen en haar elfenhaar dat in haar hals leek op te lossen, en zocht naarstig naar een gespreksonderwerp.

'Mijn moeder heeft het gedaan, die quiz. Hoewel ze helemaal niet zo'n quiztypje is,' zegt hij, veel kalmer en achtelozer dan hij zich eigenlijk voelt.

Portia bekijkt de quiz geïnteresseerd. 'Ze heeft het meest "B" ingevuld. Dan is ze dus een shopaholic die liever een avondje met vriendinnen op stap gaat dan dat ze een spannende date heeft met een lekkere vent.'

'Gatver,' zegt Lucky en hij trekt een gezicht. 'Ik wil niks horen over mijn moeder en spannende dates, dat is gewoon… smerig.'

Portia grijnst veelbetekenend. 'Jongens zijn ook allemaal hetzelfde. Die denken allemaal dat hun moeder nog maagd is. Je moeder is heus wel eens met iemand anders geweest voor ze je vader ontmoette, hoor.' Portia zwijgt even, en voegt er dan leep aan toe: 'Ze is zelfs wel eens met Zaki geweest, toch?'

'Hoe weet jij dat nou weer?' vraagt Lucky geïrriteerd. Maar hij kan wel raden hoe zij het weet, omdat Zaki het aan iedereen vertelt die het maar horen wil, want hij vindt het een enorme bak dat hij zijn toekomstige schoondochter als eerste aan de haak had geslagen alvorens hij haar argeloos aan zijn zoon voorstelde. Lucky's vader vond het daarentegen ongelofelijk gênant dat zijn vader het met zijn vrouw had gedaan; zulke dingen gebeuren immers alleen in soaps, niet in het echte leven. Vooral niet in een leven dat zo ordelijk en georganiseerd was als dat van Jinan. De eerste keer dat Lucky's ouders elkaar ontmoetten was Delphine met Zaki meegekomen naar Jinans toneelvoorstelling, op school. De volgende keer dat ze elkaar tegenkwamen, jaren later, was tijdens een vergadering bij Delphine op kantoor, waar zij hem totaal niet had herkend. De grap is, vindt Lucky, dat op een bepaalde manier Delphine en Zaki een gewoner stel leken dan Delphine en Jinan. Tenslotte was Zaki maar een jaar of twaalf ouder dan zij, en dat was helemaal niet vreemd. Het was veel ongebruikelijker dat zijn vader zes jaar jonger was dan zijn moeder; ze had zijn babysitter kunnen zijn. Lucky heeft de indruk dat zijn vaders relatief jonge leeftijd zijn moeder meer dwarszit dan haar scharrel met haar toekomstige schoonvader, lang geleden. Misschien gedraagt zijn vader zich daarom wel als een ouwe vent.

Portia gaat niet in op zijn vraag en verdiept zich alweer in haar sudoku. Zonder op te kijken praat ze door alsof hij niks gezegd heeft. ‘Meisjes zijn veel minder klef als het om hun moeder gaat. Wij zien ze gewoon precies zoals ze zijn.’

‘Jouw moeder komt toch uit Duitsland?’ vraagt Lucky, zich afvragend of hij dit tot een soort verwijt kan ombuigen om het haar betaald te zetten dat zij begon over zijn moeder en Zaki. Hij begint te neuriën: ‘O, wat zijn die moffen stil…’ maar bedenkt zich. Hij kijkt naar Portia’s kruin terwijl ze over de krant gebogen zit, en naar de waaier van lange wimpers tegen haar wangen, en vraagt zich af of ze nou mooier of juist minder mooi zou zijn als ze lang haar had. Minder mooi, besluit hij. Veel mooie meisjes hadden lang haar, maar Portia had iets waardoor ze anders was dan alle anderen. En dat korte haar onttrok niets aan het oog. Haar ontblote oren hadden iets heel erg kwetsbaars, zo met die piepkleine zilveren ringen erdoor.

‘Ze is een reldel,’ zegt Portia fel. Na wat op een heel lange stilte leek komt haar antwoord onverwacht, alsof de woorden heel langzaam op kwamen borrelen en ze ze dan zomaar uit moest spugen. De plotselinge, regelrechte woede in haar stem doet Lucky opschrikken en hij kijkt haar aan. Misschien kan je het zelfs uitleggen als verwijtend, alsof het meisje dat hij verafgoodt zich in haar kaarten heeft laten kijken, en heeft laten zien dat ze wraakzuchtig en wreed kan zijn. Maar Portia beantwoordt zijn blik zonder wroeging, en tilt haar kin nog een stukje hoger de lucht in.

Zaki komt binnenkuieren en ziet dat de kinderen elkaar aan zitten te staren alsof ze een wedstrijdje doen. Misschien is het wel een soort puberaal paringsritueel. ‘Zijn jullie soms verliefd?’ vraagt hij, en tot zijn genoegen ziet hij Lucky bijna blozen.

Portia’s felheid verdampt bij zijn komst. ‘Pingping?’ zegt ze mysterieus.

‘Pingping,’ bevestigt Zaki, al even geheimzinnig.

'Ik dacht al, wat is hij in zijn nopjes,' grijnst ze tevreden. 'En, heb je mijn loon bij elkaar gewonnen?'

Hij knikt en geeft haar een paar knisperende briefjes, met een zwierig gebaar. 'Mijn laatste knol leverde wat op. Bedank je moeder maar voor me, Lucky. Als zij vanochtend niet was komen aanwaaien dan had ik alles verloren aan een foute tip voor de eerste race.' Zaki kijkt op zijn horloge. 'Te vroeg voor een biertje. Ik zal een Irish cappuccino voor ons maken om het te vieren; ik heb vanochtend geleerd hoe je dat schuimding moet gebruiken.' Hij pakt de *Independent* van Portia af en wandelt richting trap. 'Verdomme, ik had zelf zin in die sudoku...' klaagt hij.

'Die van mij hoeft niet met whisky,' roept ze hem na, 'daar komen problemen van.'

'Doe mij dan maar een dubbele, opa,' roept Lucky impulsief. Hij wil indruk maken. Hij kijkt Portia aan en haalt zijn schouders schaapachtig grijnzend op. 'In de problemen zat ik toch al,' verklaart hij.

Uren later, als Zaki ze er eindelijk heeft uitgegooid, zitten Lucky en Portia aan de rivier in Hammersmith op de bankjes die daar door een behulpzame kroegbaas zijn neergezet. Portia wilde om de een of andere reden liever niet naar huis en Lucky liep met haar mee. Hij vergat gewoon om afscheid van haar te nemen en de tegengestelde richting in te slaan. Het was veel gemakkelijker om zich te laten meeslepen door haar magnetische kracht. Hij was niet de enige die zich tot haar aangetrokken voelde; zelfs met dit korte haar en zelfs in haar schooluniform ontlokte ze nog hongerig gefluit. Misschien juist wel dankzij dat korte haar en dat uniform. Portia was echter niet onder de indruk van dat soort aandacht. 'Rot toch op, stelletje smeerlappen,' had ze tegen de daders gezegd, gevolgd door een gemompeld: 'Ik haat die vieze ouwe kerels.' Ze had Lucky aan zijn arm getrokken zodat hij dichter bij haar liep, alsof hij haar zou beschermen. Ze was anders dan andere schoolmeisjes, wist Lucky, want die klaagden altijd dat de jongens van hun eigen leeftijd te jong voor hen waren, en gingen liever met de oudere jongens. Op hun leeftijd vonden ze dat ze met een leeftijdsverschil van twee of drie jaar enorm volwassen leken. Portia's lichte aanraking gaf Lucky kippenvel, dwars door zijn jasje heen, en hij had deze rol met verve op zich genomen. Hij staarde iedereen die het waagde om Portia aan te gapen woedend aan, alsof hij een brede bodyguard was in plaats van een sportieve schooljongen die hooguit een beetje lang voor zijn leeftijd was.

Aan de grauwe oever van de rivier bekijkt Lucky Portia's profiel in het steeds vager wordende licht. Ze blaast op kunstige wijze haar rook uit tegen het briesje. Op de brug zijn de lichtjes van het verkeer al aan het twinkelen. Het is al laat en ze hadden allebei allang thuis moeten zijn. Hij weet zeker dat zijn ouders Zaki inmiddels gebeld hebben. Hij wil iets ernstigs tegen Portia zeggen, iets dat er meer toe doet dan een vraag naar haar plannen voor het weekend, of dat ze een of andere film al heeft gezien die zulke goede recensies kreeg – de gebruikelijke oninteressante dingen die hij haar vroeg als Zaki er niet bij was. 'Portia, waarom vind je...' begint hij, maar de plechtigheid van het moment wordt verpest door een irritant plopgeluidje, waardoor hij onmiddellijk zijn mond houdt, en dat vergezeld gaat van een gefladder in zijn buik, een geluid dat eerst zo vederlicht is dat het even duurt voordat hij doorkrijgt dat hij dat geluid maakt. Heeft hij verdomme de hik; nu valt het niet meer te onderdrukken en klinkt het steeds harder en duidelijker.

Portia barst uit in gegiechel, een zeldzaam geluid, net muziek, maar door de mist van zijn vernedering kan hij er nu niet van genieten. 'Wat ben je toch een ongelofelijk mietje – een dubbele Irish cappuccino en je hikt als een ouwe alcoholist,' zegt ze vol genegenheid.

Lucky voelt zich nu niet meer voor gek staan, hij heeft hoop gekregen, en tussen twee hikken door probeert hij te zeggen: 'Ik wilde alleen weten waarom jij...' Hij wordt weer onderbroken door een hik en Portia barst weer in lachen uit. 'Ach, laat ook maar, ik ga naar huis,' zegt hij, en hij staat op.

'Nee, blijf nog even,' vraagt Portia, en ze trekt hem weer op het bankje. 'Toe nou,' voegt ze er smekend aan toe. 'Sorry dat ik moest lachen. Wat wilde je zeggen?' Ze geeft hem een klopje op zijn hand en zegt: 'Hou anders even je adem in, dat helpt soms.'

Lucky houdt zijn adem in, maar hij weet zeker dat het de warmte van Portia's hand is die hem kalmeert en waardoor de hik verdwijnt. Plotseling is hij die hik dankbaar, want als hij hem niet had gehad, dan zou ze hem nu niet zo lief aanraken en zou ze hem niet zo indringend aankijken. 'Het was niks, eigenlijk. Ik wilde alleen weten waarom jij je moeder niet mag.'

'Wie zegt dat ik mijn moeder niet mag?' vraagt Portia, en ze fronst zo aandoenlijk dat Lucky zin heeft om de ondiepe rimpel aan te raken die in haar anders zo gladde voorhoofd verschijnt. 'Ik ben gek op dat stomme mens. Ik heb alleen gezegd dat het een reldel is. Sinds mijn ouders uit elkaar zijn komt ze met de ene kerel na de andere thuis. De laatste lijkt me trouwens een blijvertje – hij is altijd bij ons, en hij is een ontzettende viespeuk... Ik hoor ze soms als ze bezig zijn... je weet wel... echt ranzig. Waarschijnlijk doet ze het om mijn vader iets te bewijzen, dat ze hem helemaal niet nodig heeft, zoiets.'

'Getver,' zegt Lucky vol medeleven als hij zich indenkt hoe het zou zijn als hij zijn eigen ouders zou horen... je weet wel. Ouders horen geen seksleven te hebben, of liefdesleven, of wat dan ook – ze horen zich te gedragen en ze moeten doen wat er van ze verwacht wordt, gewone dingen, zoals voor de buis hangen, of klagen over de rentevoet of de buren, of ruziemaken in een doe-het-zelfwinkel over welk soort laminaat ze zullen nemen. Tenminste, dat deden zijn ouders; hij voelt even de dankbaarheid opvlammen om hun gebrek aan demonstratief gedrag. 'Waarom ga je dan niet bij je vader wonen?' stelt hij behulpzaam voor. Portia's vader is actuaris (Lucky heeft eigenlijk geen idee wat een actuaris precies doet, maar hij vermoedt dat hij net iets moeilijkers doet dan een accountant), hij is half Jamaicaans en half Schots en volgens Zaki heeft hij totaal geen gevoel voor humor en is hij droger dan schuurpapier.

Portia haalt haar schouders op. 'Dat zou lullig zijn voor haar, denk ik, en dan zou mijn vader denken dat ze een slechte moeder is. En ze heeft al genoeg problemen met haar zelfvertrouwen. Ze heeft me nodig, geloof ik.' Lucky knikt instemmend; hij heeft ook het gevoel dat zijn moeder hem nodig heeft, ook al ligt het er bij haar niet zo dik bovenop. Zijn moeders behoeften zijn heimelijker, komen minder duidelijk aan de oppervlakte.

'Het valt niet mee, dat iemand je nodig heeft, vind ik,' zegt hij, maar dan, als hij er even wat dieper over nadenkt, voegt hij daaraan toe: 'Maar het is waarschijnlijk beter dan als niemand je nodig heeft.'

Portia schenkt hem een korte glimlach, loopt een beetje huiverend naar de rivier en staart daar in de duistere, inktzwarte diepte. 'Wist je dat ze hier verleden week iemand uit hebben gevist, daar bij de brug?' Iemand, een onbekende, had er schoon genoeg van gehad dat ze steeds maar wat van hem moesten, of dat niemand meer iets van hem moest, en toen had hij besloten om op te houden met bestaan en om deel van de rivier te worden. Om op te gaan in de stroming, om te worden meegesleurd in de donkere geheimen van de rotsachtige bodem, om langs de stenen van de oever af te ketsen en om uiteindelijk omhoog te kijken naar de sterren en de twinkelende lichtjes van het verkeer op de brug. Hoe zou die persoon tot die laatste reis hebben besloten? vroeg ze zich af. Was het een impulsieve sprong, iets dat je ofwel in een flits van een seconde doet, of helemaal niet, of plan je zoiets, denk je het helemaal uit? Had die iemand zijn schoenen uitgetrokken, of had hij ze gewoon aangehouden om te voelen hoe ze van hem afgespoeld werden? Had hij zijn zakken met stenen gevuld, of dacht hij dat zijn hart, zijn verwachtingen zwaar genoeg zouden zijn om hem in de omhelzing van de stroming te doen zinken? Ze voelt ineens een gevaarlijk soort medeleven met deze iemand, zelfs iets van jaloezie op zijn doorzettingsvermogen en zijn succes. Als zij in de rivier zou vallen, zou ze dan genoeg vechtlust in zich hebben om te blijven drijven?

Lucky weet niet zeker of hij wel moet antwoorden; Portia heeft een duistere kant, beseft hij, iets wat je niet zou verwachten van iemand met zo'n frisse, open schoonheid. Hij ziet het aan de manier waarop ze kijkt naar de brug; aan de wrok en gekwetstheid waarmee ze haar eigen moeder door het slijk haalde. Het intrigeert hem eerder dan dat het hem tegenstaat. Alles aan Portia interesseert hem. 'Die arme ziel,' zegt hij uiteindelijk, 'wat moet die wanhopig geweest zijn. Er moeten toch leukere manieren zijn om er een einde aan te maken.' Portia kijkt om naar Lucky, en hij vraagt zich af of hij soms iets doms heeft gezegd. 'Niet dat het ooit leuk is om er een einde aan te maken,' verduidelijkt hij, 'maar dit is gewoon zo'n koude, natte manier om er tussenuit te knijpen.' Hij realiseert zich te laat dat hij nu nog dommer lijkt; wat iemand ook tot het plegen van zelfmoord beweegt, het is zo belangrijk dat hij zich niets aantrekt van de kou en het natte. Het is inmiddels zowel donker als laat, en Portia's behoeftige, wellustige moeder maakt zich waarschijnlijk zorgen om haar, maar Portia staat daar maar en steekt nog een sigaret op. 'Gaat het?' vraagt hij. 'Ik dacht, we moesten maar eens gaan – je moeder vraagt zich waarschijnlijk af waar je blijft.'

Portia lacht naar Lucky, want hij kan zo serieus en zo stil zijn, en zo schattig verlegen, als een schooljongetje. Ondanks zijn lengte is hij gewoon nog maar een kleine jongen die met ballen speelt. Hij is ongecompliceerd in zijn niet-aflatende bewondering voor haar, en zijn onbehouwen en weinig doeltreffende manier om die te verbergen. 'Hoe moet ik er ooit achter komen dat jij me leuk vindt als je me dat nooit vertelt?' vraagt ze hem eenvoudig. Ze gaat dicht naast hem staan en kust hem stevig op zijn mond, en keert zich dan om, om weg te lopen. Maar Lucky trekt haar instinctief naar zich toe, en voordat hij tijd heeft om na te denken over waar hij mee bezig is, geeft hij haar een even kuise kus terug. Zijn mond is warm en droog, en een secondelang, een prachtige, wonderbaarlijke seconde, voelt Portia zich veilig. Ze heeft het gevoel dat ze misschien een reden heeft gevonden om boven water te blijven.

Samen lopen ze terug naar het metrostation, Lucky zowel onzeker als dolgelukkig over deze nieuwe intimiteit. Portia houdt zijn arm weer vast, ook al is het nu donker en zijn er geen fluitende kerels meer waartegen hij haar moet beschermen. Zo, denkt Lucky, moet het in de hemel zijn, zo met een mooi meisje aan je arm. Misschien denken de mensen wel dat zij zijn vriendinnetje is. Bij die gedachte recht hij zijn rug van trots. Misschien is ze trouwens zijn vriendinnetje wel; misschien heeft de kus van net de zaak wel beklonken. Bij die wonderbaarlijke gedachte begint hij meteen weer te hikken.

Portia doet haar best niet weer te giechelen, en wacht tot ze bij het metrostation zijn voor ze vraagt: 'En, wat ga jij allemaal doen, dit weekend?'

'Trai...' begint Lucky, maar hij wordt onderbroken door Portia, die zijn antwoord bekrachtigt door meteen maar antwoord te geven op haar eigen vraag.

'Trainen, maar natuurlijk.' Ze zucht. 'Nou, succes dan maar.'

'Maar zie ik je dan maandagochtend voor school, bij Zaki?' vraagt Lucky, die niet eens meer zijn best doet om cool te doen.

'Maandag,' bevestigt Portia, alsof ze een belofte onderstreept. Ze probeert hem niet gedag te kussen en geeft hem ook niet de gelegenheid dat te doen, maar loopt de trap af naar haar perron, en kijkt nog heel even over haar schouder naar de lange schooljongen die tegen de muur geleund staat.

'Maandag,' herhaalt Lucky bij zichzelf, en hij heeft het gevoel dat hij zijn naam eindelijk eer aandoet. In feite hebben ze dus een afspraakje.

Lucky Khalil tegen de duistere krachten der kosmos

Lucky is een heel ander mens als hij met zijn team is. Dan is hij niet meer terughoudend of stilletjes verward – dan is hij stilletjes zeker van zijn zaak, want hij doet wat hij het beste kan, en wat hij het leukste vindt om te doen. En hij wordt op handen gedragen, want hij is hun sterspeler. Hij is een middenvelder, maar door zijn lengte is hij ook gevaarlijk bij dood spel. Clubscouts hebben hem al sinds zijn twaalfde in de smiezen, en ook al heeft nog geen van hen een aanbod gedaan, het zal nu niet lang meer op zich laten wachten. Dat kan niet anders. Lucky weet dat zeker, want hij heeft een droom, en net zoals hij die droom niet teleur mag stellen, zo mag de droom hem ook niet teleurstellen. De volgende wedstrijd gaat het gebeuren, dat houdt hij zichzelf vol spanning voor; de volgende wedstrijd spelen ze tegen een team van buiten Londen, en hun dertienjarige spits staat flink in de belangstelling en trekt altijd veel scouts naar zijn wedstrijden. Lucky weet dat hij zich dus van zijn beste kant moet laten zien.

Zijn vader had hem bij het ontbijt de les gelezen omdat hij de vorige avond niet had gebeld, en hij had gezegd dat hij pas weg mocht als hij zijn huiswerk af had. Zijn moeder sloeg verder geen acht op de preek van zijn vader, ze bracht hem naar de training en gaf hem zijn tas vol frisgewassen voetbalkleren. Hij stormt de kleedkamer in, nog nagloeiend van zijn avond met Portia en van de onverwachte, wonderbare finale. Hij overweegt om dit nieuws met zijn teamgenoten te delen – zijn maten – en hij bedenkt tot in detail hoe hij het zal zeggen terwijl hij zich staat om te kleden. Het verhaal verandert bij elke bocht die zijn gedachten nemen, en wint of verliest aan detail, maar het eindigt altijd hetzelfde: '...en toen kuste ze me.' Nee, besluit hij, dat fantastische moment was iets voor hem, en hem alleen. Als hij het uitsprak, dan was het niet meer zo perfect en breekbaar, dan zou het meteen ordinair en grof worden. Op de platte bek bij de rivier. Hij staat hier nog steeds over te piekeren als een van de verdedigers hem een tik geeft met een handdoek. 'Jezus, Lucky, je stinkt als een wijf!'

'Zo ruiken mensen die zich wassen, Minger,' zegt hij tegen Ming Bruce. Ming stond erom bekend dat hij het niet zo nauw nam met de persoonlijke hygiëne. Hij kwam altijd in zijn kloffie naar de training en ging er ook weer in weg, dus het leek alsof hij nooit iets anders aanhad. Jackie, hun hardst werkende man in de voorhoede, neemt Lucky's hoofd in een vriendschappelijke houdgreep en wrijft hem enthousiast over zijn met gel ingesmeerde haar.

'Kom hier, lekker ding van me.' Hij grijnst. 'De Minger heeft gelijk. Zelfs je haar ruikt naar bloemetjes.'

'Ho eens effe, Geroff, vieze nicht dat je d'r bent,' zegt Lucky vrolijk en hij schudt Jackie van zich af. Hij vindt het niet erg dat ze hem zieken omdat hij zo schoon is, maar in alle eerlijkheid geneert hij zich vandaag wel een beetje voor zijn haar. Zijn eigen shampoo was op, en dus moest hij van dat bloemenspul van zijn moeder gebruiken. 'Zenuwachtig voor volgende week?' vraagt hij zijn maten.

'Hoe bedoel je, voor die wedstrijd tegen Swindon?' vraagt Jackie. 'Nee, ingemaakt worden door iemand als Felix Conway is geen schande. Felix het Fenomeen, noemen ze hem. Hij is gewoon een klasse apart.'

'Ja, lekker, jij staat straks niet tegenover hem in het veld,' moppert Ming. 'Ik weet nog hoe het vorig jaar was. Toen heeft ie me helemaal zoek gespeeld... Echt een afgang, zo vaak als die gozer scoorde. Toen was ie nog maar net twaalf.'

'Ja, die arme Dunc,' antwoordt Lucky, denkend aan hun onfortuinlijke keeper. 'Hij was echt goed over de zeik. Is wekenlang niet meer komen trainen.' Lucky weet nog dat hij Duncan zag huilen nog voor de wedstrijd voorbij was, en daarna ook nog. En Duncan nam het voetballen helemaal niet eens zo serieus, niet zoals de rest. Hij wilde zeebioloog worden of zoiets raars en sufs. Maar toch was Dunc er helemaal kapot van; hij was nogal fors, maar niemand in het team pestte hem er ooit mee, en niemand zei ooit dat hij zich niet als een wijf moest aanstellen. Dat heb je met voetbal, denkt Lucky, rouwen over je verlies heeft iets nobels, en als jij aan het kortste eind trekt, heeft iedereen begrip voor je verdriet. Nou ja, iedereen behalve mensen als zijn vader dan, die geen idee had waar hij naar stond te kijken, en die die dag alleen mee was gekomen omdat zijn moeder hem de kop gek had gezeurd. Jinan nam aan dat de waanzinnige nederlaag die Lucky's team die dag leed representatief was voor de prestaties in het algemeen, en hij vond het hilarisch dat de grootste jongen in het veld zo stond te grienen. Lucky zelf was achteraf iets minder begripvol; dat kwam omdat hij als de op één na langste jongen van het team in het doel moest staan in de weken waarin Duncan zijn wonden aan het likken was. Huiverend bij de herinnering kijkt Lucky om zich heen. 'Waar hangt Dunc eigenlijk uit, trouwens?' Jackie en Ming kijken de kleedkamer rond naar de rest van de jongens, ze halen hun schouders op. Lucky kan niet verder op onderzoek uit, want zijn trainer roept hem bij zich.

'Ik moet even met je praten, Lucky,' zegt Harding een tikje bars. Zijn toon past niet bij zijn vaderlijke knuffelbeeruiterlijk. 'Ik heb nieuws.'

'Dat meent u niet,' zegt Lucky ontzet door wat Harding hem net heeft verteld. Als hij Hardings overdreven ernstige gezicht bekijkt, met die dunne lippen die hij anders nooit heeft, besluit hij dat de trainer het er veel te dik bovenop legt en dat stelt hem gerust. 'O, u maakt maar een grapje,' lacht hij. 'Goeie, meneer, ik trapte er bijna in.'

Harding zucht, want het argeloze optimisme van de jongen maakt het hem niet gemakkelijker. 'Nee, ik maak geen grapje. Duncan kan komende week echt niet spelen, en dus moet jij in de goal tijdens de training. Trouwens, je moet deze week ook keepen.'

Lucky besluit het spelletje mee te spelen, want hij gelooft er nog steeds geen bal van. De jongens en Harding halen gewoon een lolletje met hem uit. Leuk dat Harding meedoet en dat hij zo goed in zijn rol blijft. Best een aardige vent. 'Wat is er dan aan de hand met Dunc?' vraagt Lucky luchtig.

Harding haalt zijn schouders op, net zoals de jongens net hadden gedaan in de kleedkamer. 'Zeg jij het maar. Zijn vader zei dat hij ziek was, maar hij gaf verder geen details.' Hij wrijft met de achterkant van zijn hand over zijn voorhoofd en de matheid van dat gebaar baart Lucky zorgen.

'U maakt echt geen grapje, hè?' vraagt hij, en hij kan de paniek niet meer uit zijn stem houden. Harding schudt zijn hoofd en Lucky explodeert van woede. 'Die vuile klootzak! Die vuile klootzak! Hij piest gewoon in zijn broek omdat hij Conway tegenover zich krijgt, en dus laat hij ons allemaal maar in de steek.' Hij schopt hard tegen de rand van de tribune, en meteen geeft hij er dan ook maar een stomp achteraan. Au, jezusmina, au! Zijn handen zijn niet gewend aan harde klappen. Hij slaat zijn andere hand om zijn gekneusde knokkels en leunt tegen de tribune.

'Dat weten we niet, Lucky,' protesteert Harding, 'misschien is hij wel echt ziek.'

'Als hij nu niet ziek is, dan is hij dat binnenkort zeker, verdomme,' mompelt Lucky zonder spoor van berouw. De vreselijke consequenties van Duncans lafheid beginnen nu in alle hevigheid tot hem door te dringen, en Lucky voelt zijn maag omkeren. 'Maar wacht nou eens even, meneer, ik kan helemaal niet in de goal staan van de week. Alle andere weken zou het geen probleem zijn, dat weet u ook wel. Maar deze wedstrijd spelen we tegen Swindon Town FC en dan moet ik echt op mijn eigen positie spelen...’ Meer hoeft hij niet te zeggen. Harding weet best dat er scouts komen kijken naar Felix Conway, maar ze zouden ook heel goed naar Lucky kunnen kijken. Als hij niet op het middenveld speelt, kijken ze zeker niet naar hem.

‘Ik weet het, jongen, maar voetbal is teamwork. Voor en boven alles gaat het om teamwork. Jij bent de enige van de ploeg met een lengte die geschikt is voor het doel. En als jij niet in het doel staat, worden we uit de hele wedstrijd gelachen.’ Lucky kijkt diepongelukkig en opstandig. Harding is eerder een aardige trainer dan een goede en hij heeft een hekel aan confrontaties. Maar nu hij zich zo in een hoek gedrukt voelt, heeft hij eindelijk de moed om iets te zeggen wat hij al heel lang geleden had moeten zeggen. ‘Weet je wat het is, Lucky, je zou dit misschien juist als een kans moeten zien...’

Lucky staart hem aan – die ouwe is kennelijk helemaal gek geworden. Wat voor kans ligt er in godsnaam in het missen van je allergrootste kans van het seizoen, de wedstrijd die voor hem gemaakt is, en waar de scouts naar komen kijken? ‘Zit u me nou te flessen, meneer?’ vraagt hij sarcastisch – waaruit blijkt dat hij echt heel erg over zijn toeren is, want hij is anders nooit onbeleefd tegen de trainer.

‘Nee echt, Lucky, ik meen het. Het biedt je de mogelijkheid om te laten zien wat je kunt op een andere plek, en ik heb zelf altijd al het gevoel gehad dat je op het middenveld niet helemaal alles liet zien... wat je in huis hebt.’ Lucky is verbluft door zijn evaluatie, en doet zijn mond al open om te protesteren, maar de trainer gaat door: ‘Ik bedoel, je bent goed, dat staat buiten kijf. Je bent zonder meer de beste speler die we in huis hebben. Maar, Lucky, er zijn honderden jonge jongens die net zo goed zijn als jij en die op het middenveld staan, en die gaan het echt niet allemaal maken.’

'Nee, u begrijpt het niet...' begint Lucky, die niet precies weet hoe hij zijn zin af zal maken. Hoe moet hij zijn trainer nou aan zijn verstand krijgen dat hij het juist wel gaat maken, dat hij wel moet? Hoe kan hij hem nou uitleggen dat hij het wel gaat maken, omdat hij die droom heeft, een droom die hem telkens weer huilend uit zijn slaap haalt?

'Lucky, ik begrijp het heus wel. Jij weet ook dat je een goede speler bent, en je mag ook best vinden dat je een kans maakt. Ik ben het trouwens ook met je eens – je maakt ook een kans. Maar niet op het middenveld. Weet je nog, verleden jaar, toen jij in de goal stond in plaats van Duncan? Dat waren onze enige twee wedstrijden zonder tegendoelpunten. En toen had je nauwelijks enige keeperstraining gehad. Jij zou een ongelofelijk goede keeper kunnen worden. Je bent lang, je bent snel met je voetenwerk, je bent goed met je handen, en ik heb gezien hoe goed je het veld kunt lezen bij ingooien of corners. En als je ze zelf niet neemt dan spring je naar de bal, en dan kan er niemand bij je in de buurt komen.' Nu hij zijn zegje had gedaan voelde Harding zich wat meer op zijn gemak, en gebarend naar de tribune die Lucky er net van langs had gegeven, zei hij goedmoedig: 'En ze kunnen van jou niet zeggen dat je bang bent voor harde klappen of trappen.'

Lucky schopt weer somber tegen de tribune. 'Ik heb niet bepaald een keuze, of wel?' zegt hij treurig.

'Maak je je zorgen of je wel opvalt volgende week?' vraagt Harding. 'Laat me je één ding zeggen, als jij ervoor zorgt dat Conway er niet doorheen komt, reken maar dat je dan opvalt.' Lucky zegt niks; al zijn terechte woede op Duncan is weg, het enige wat overblijft is de vertrouwde bittere smaak van teleurstelling, nog verergerd door twijfel over het oordeelkundig vermogen van zijn trainer. Hij weet dat hij niet is voorbestemd om keeper te worden, want als dat zo was, dan zijn de afgelopen vier jaar op het middenveld allemaal voor niks geweest. Hij weet dat hij niet in de goal hoort, want zijn droom vertelt hem dat hij voor Engeland gaat scoren, en iedereen weet – zelfs een complete nitwit op het gebied van voetbal, zoals zijn vader – dat je niet kunt scoren als je in de goal staat.

'Hoe ging het, lieveling?' vraagt Delphine. Lucky heeft geen woord gezegd sinds ze hem kwam ophalen. Inmiddels rijden ze over Fulham Road, het laatste stukje voor ze bij huis zijn.

'Ze hebben me in het doel gezet, in elk geval voor de komende week,' antwoordt Lucky vlak.

Delphine mompelt afkeurend, want voor zover ze verstand heeft van voetbal weet ze dat in het doel staan Niet Oké is. 'Wat rot voor je, lieverd. Maar dan hoef je in elk geval een stuk minder rond te rennen, toch?'

Lucky kijkt haar woedend aan. 'Mam, het gaat toch helemaal niet over rondrennen. Als ik wil rondrennen ga ik verdomme wel naar het park...'

'Let op je taal, schatje,' wijst Delphine hem terecht. 'Wat is er dan zo erg aan? Het duurt toch maar een weekje?'

'Mam!' protesteert Lucky met de verontwaardiging die zo typisch is voor pubers. 'Het is wel "zo erg"! Het is verschrikkelijk. Het is zelfs een ramp, verdomme. Volgende week is de grote wedstrijd, weet je nog?'

'O ja. Ik verheug me erop. Ik zat te denken dat je vader toch echt zijn best moet doen om wat vaker naar je belangrijke wedstrijden te komen kijken – ik zal wel zeggen dat hij zijn golfen maar een keertje moet overslaan.'

'Als je het maar uit je hoofd laat,' zegt Lucky, terugdenkend aan de laatste keer dat zijn vader kwam kijken. 'Ik wil niet dat papa me in de goal ziet staan en dat hij ziet hoe ik voor schut ga met zo'n wonderkind van een spits tegenover me. Dan gaat hij alleen maar over de zeik.' En dan vraagt hij zich af wat ik de afgelopen vier jaar heb uitgespookt en dan betaalt hij mijn contributie niet meer, voegt Lucky er zwijgend aan toe. Tot dusverre heeft zijn vader geen enkele belangstelling getoond voor Lucky's aspiraties op voetbalgebied, maar hij heeft tot nu toe tenminste ook niet geprobeerd om hem daarin te dwarsbomen. Nog niet.

Delphine denkt erover om te protesteren tegen deze karakterisering van Jinan, maar doet het toch maar niet; pubers hebben een ingebouwde bullshitdetector, en stiekem is ze het met Lucky eens dat Jinan maar het beste van de tribune kan worden geweerd. Het enige wat nog erger is dan een overmatig meelevende en competitieve ouder als toeschouwer (en daar zijn er altijd genoeg van bij dit soort wedstrijden) is een ouder die het allemaal niet boeit. Ze stapt over op een ander onderwerp als ze bij het Michelingebouw zijn. 'Kijk, schat, daar zit Bibendum. Ik zat te denken om je vader daar mee naartoe te nemen voor onze trouwdag. Wat vind jij?' Lucky kijkt naar het mollige Michelinmannetje van glas-in-lood aan de zijkant van het gebouw, dat bijna uit zijn witte, strakgespannen banden barst, en weet een lachje te onderdrukken. 'Ja, dat is net wat voor hem, denk ik.' Delphine begrijpt waar Lucky op doelt, en staat zichzelf een trouweloze lachbui toe, voor ze zich weer tot de orde roept. Die arme Jinan is de laatste tijd zwaarder geworden, en hij heeft al een middelbaar buikje voor hij de middelbare leeftijd bereikt – te veel stress op het werk en te veel van die gevlochten koffiebroodjes bij zijn werkontbijtjes. Ze blijft staan bij de stoplichten, en terwijl Lucky zich voorovervoorbuigt om zijn veters te strikken, haalt ze zonder nadenken haar hand over zijn haar, zoals je een kat zou aaien.

'Ma-ham!' zegt Lucky weer, nu met een ander soort verontwaardiging. Delphine realiseert zich wat ze aan het doen is, stopt abrupt en trekt snel en gegeneerd haar hand terug.

'Sorry,' mompelt ze, 'ik dacht dat je...' Achter haar toetert iemand. Dan pas ziet ze dat het licht op groen is gesprongen en rijdt ze weg.

Lucky kijkt haar even onderzoekend aan en begint dan weer aan zijn sneaker te frunniken. Dit keer buigt hij niet voorover, maar trekt zijn knieën naar zijn borst. Delphine bijt ongemakkelijk op haar onderlip en kijkt strak voor zich. Ze had gedacht dat hij iemand anders was, of tenminste, hij was het wel zelf, maar dan in een jongere uitvoering – hij als kind, met donzig haar dat erom vroeg om geaaid te worden achter op zijn zachte, warme hoofdje. Ze had even gedacht dat hij nog altijd haar kleine jongen was. Ze is zo in verlegenheid gebracht dat ze hem bijna niet aan durft te kijken als ze de auto afsluit, en ze zegt bijna geen woord als ze naar hun appartement op de derde etage lopen, met het balkon en het dakterras.

Lucky zit achterover op zijn bed en kijkt Leah en Darth Vader beschuldigend aan. Dus, nu? vraagt hij hen nors. Aan jullie heb je ook geen ene moer. Hij keert hen de rug toe en trekt zijn dvd-box met alle *Star Wars*films tevoorschijn en kiest zijn favoriete scène: het oergevecht tussen Luke en Darth Vader, de ultieme strijd tussen goed en kwaad. Hij duwt een stoel tegen zijn deur (Lucky's kamer kan niet op slot – vroeger wel, maar Jinan heeft het slot verwijderd toen Lucky zichzelf een keer had opgesloten nadat hij hem de les had gelezen over huiswerk, meehelpen in het huishouden en waarschijnlijk ook over voetbal). Dan zet hij zijn plastic lichtzwaard aan en maait daarmee in het rond precies zoals in de film, alsof hij nog een jongetje van tien is, en hij hakt lukraak in op de poster van Darth Vader. In zijn enthousiasme slaat hij het porseleinen fotolijstje van de plank en instinctief duikt hij eropaf en vangt het met een hand voordat hij samen met het lijstje op de grond valt. Zijn schouder doet pijn waar hij de walnoten vloerdelen raakt, maar als hij zijn hand opent ziet hij dat het fotolijstje nog helemaal intact is. Het is de foto van hem en Zaki, genomen tijdens Lucky's verjaardagspicknick, verleden jaar in het park. Raar om Zaki zo buiten te zien; zijn grootvader is meer een binnenmens. Als Lucky aan hem denkt, bevindt hij zich altijd ergens in een kamer, en de rommelige winkel, in het morsige kantoor van de bookmaker, of wonderbaarlijk ontspannen in zijn smoking aan de tafels van een raamloos casino. Ooit moest zijn grootvader toch een buitenmens zijn geweest; hij moet rondgerend hebben langs de oevers van rivieren en door bossen, door de rijstvelden en boomgaarden waar de mango's groeiden zoals afgebeeld op de bloemrijke, geïdealiseerde posters van Bangladesh die Lucky aan zijn muur heeft hangen. Hij moet toch ook op terrasjes aan de Rive Gauche hebben gezeten, samen met Lucky's grootmoeder, die toen nog maar een tiener was en die dunne zwarte coltruitjes droeg tegen de kou, met van die extravagante broeken met soulpijpen, typisch jaren zeventig, met felgekleurde draaikolken als dessin. Gek, denk hij terwijl hij de foto weer op zijn plek zet, dat Zaki kennelijk helemaal niet meer buiten hoeft te zijn om toch vrij te zijn; opgeborgen in zijn kleine winkeltje is hij vrij op een manier die Lucky zich niet kan voorstellen – vrij van romantische banden of ambities, zich niets aantrekkend van de mening van familie, vrienden of vreemden. Lucky weet niet hoe het komt dat Zaki zo is, maar zijn zorgeloze onverschilligheid heeft iets glorieus – iets wreed heroïsch – en dat bewondert Lucky want hij weet dat hij hem dat nooit na zou kunnen doen.

Hij richt zijn aandacht weer op *Star Wars*, en is nog net op tijd om te zien hoe Darth Vader de arm van Luke afhakt en hoe Lucky zijn positie kwijt is. Maar Luke overleeft deze nederlaag, en hij krijgt een nieuwe arm en een nieuwe kans om het gevecht een andere keer voort te zetten. Het is zijn bestemming, en de gedigitaliseerde stem van Darth Vader zegt het hem, zegt het hen beiden. Ik ga het gevecht ook een andere keer voortzetten, denkt Lucky. Dan krijg ik mijn positie weer terug, en dan pak ik mijn kansen – ik hoef alleen deze wedstrijd maar te overleven. Lucky weet dat zijn kansen verkeken zijn als hij het net zo slecht doet als Duncan. Dat risico kan hij niet lopen. Als hij de volgende keer weer terug is op het middenveld, of een dood spelmoment grijpt, dan wil hij niet dat de scouts fronsen en zich hem herinneren als dat joch dat het zo beroerd deed in de goal tegen Swindon, omdat hij het niet eens probeerde; gebrek aan teamspirit, zouden ze dan fluisteren, geen professionele houding, een echte prima donna… dat soort kunnen we niet gebruiken, hoe hard hij ook kan lopen en hoe mooi zijn passes ook mogen zijn.

Lucky zucht, want nu weet hij wat hem te doen staat. Hij zet de dvd uit en trekt een video en een stapel papier uit zijn sporttas. Terwijl hij de video terugspoelt, bladert hij wat door de papieren en pakt een pen om aantekeningen te maken.

'Lucky?' buldert zijn vader achterdochtig. 'Lucky? Ik mag hopen dat je aan je huiswerk zit, jongeman. En dit keer meen ik het.' Jinan geeft een fel klopje op de deur en duwt hem open zonder te wachten tot Lucky hem binnen vraagt, waardoor hij de stoel, die nog tegen de deur aan stond, over de houten vloer schraapt. Met een blik op Lucky, die onschuldig lijkt te studeren op zijn bed, dat helemaal bezaaid ligt met A4'tjes, voelt Jinan zich ineens nogal onnozel. 'Sorry, Lucky,' verontschuldigt hij zich. 'Ik wilde je niet storen.' Zachtjes trekt hij de deur weer dicht en hij schaamt zich een beetje.

Lucky staat op en duwt de stoel weer op zijn plek. Hij plugt de koptelefoon in de televisie en bekijkt de video die Harding hem heeft meegegeven. Het is een masterclass in keepen. Op de werkbladen maakt hij aantekeningen voor zichzelf. Hij moet het op de een of andere manier voor elkaar zien te krijgen dat hij meer dan goed wordt, als keeper. De doelschop, de doelworp, de bovenarmse worp, de afzet, maar vooral: de redding. Hij kijkt naar de foto van Zaki en hem die hij zonder moeite wist te vangen met een snoekduik, en wrijft nog eens over zijn zere schouder terwijl hij zichzelf stevig inprent: 'Ik kan dit. Ik zal ze eens een gevecht laten zien dat ze nog lang zal heugen. Ik zal ze allemaal eens wat laten zien.'

De moeizame definitie van thuis

Il était une fois, il y a bien longtemps, une jolie petite princesse. Er was eens, heel lang geleden, een mooi prinsesje dat alleen diep vanbinnen, in haar eigen hart, een prinsesje was. Maar eigenlijk was ze een boerendochter en ze woonde in een schilderachtig houten boerderijtje in Les Landes, in een idyllisch stukje Zuidwest-Frankrijk dat niet tot de Dordogne behoorde, en ook niet tot Baskenland, maar dat daar ergens tussenin lag, waar de maïsvelden goud lagen te glinsteren in de zomer, en waar je op heldere winterdagen de verleidelijk besneeuwde toppen van de Pyreneeën kon zien liggen. Ze ging er uit vissen met haar vader en ving haar eerste forel in een plaatselijk riviertje toen ze zes was. Ze ging met haar moeder op de fiets langs de kleine *chemins* die langs de velden en de pijnbossen lagen, en zocht naar wilde bramen voor jam en romige toetjes, en paddenstoelen voor in de *galettes* en de stoofschotels. Ze liep over een lemen pad vol scheuren van haar huis naar de dorpsschool, waar zij en nog een stuk of wat andere kleine kinderen hun monotone lesjes leerden en speelden op het stoffige schoolplein. Zo nu en dan ging de familie naar de stad, een vreemde plek, ook al was het maar twintig minuten bij hen vandaan. Dan gingen ze kijken naar een rugbywedstrijd, of ze gingen naar de *feria* in de arena waar de stierengevechten plaatsvonden. Haar leven was als een ansichtkaart, een nostalgische fantasie, een glossy salontafelboek over de rustieke eenvoud op het Franse platteland. Het soort van leven waar buitenlanders jaloers op waren, en dat ze zelf ook wilden leiden.

Delphine, die geen idee had van dit soort jaloezie, haatte haar leven thuis, en ze kon niet wachten om haar biezen te pakken. Ze vond de maïsvelden deprimerend, agressief zelfs in hun alomtegenwoordigheid. Het voelde alsof elk stukje land om haar heen waar geen bomen stonden was ingelijfd door de maïs. Ze was doodmoe van de onvermijdelijkheid van hun cyclus, die liep van mei tot oktober, waarbij ze van groene sprietjes opgroeiden tot vlezige speren, tot verwelkte bruine vliezen, zodat in de winter een bijna onbehoorlijke vracht dode bladeren over het zompige land verspreid lag, als dode lichamen op een verlaten slagveld. De Pyreneeën, met hun lonkende sneeuwballengevechten en *bonhommes de neige*, en allerhande heerlijke manieren om de heuvel af te glibberen of te glijden werden maar één keer per jaar bezocht tijdens hun vakantie met het hele gezin. Ze waren er maar twee uur reizen vandaan, maar de bergen lagen niettemin helemaal in het volgende *département*, en dus was het praktisch buitenland. (Echt naar het buitenland voor je vakantie was ongehoord, absurd, en het werd ook zonder meer afgekeurd – en trouwens, de meeste buitenlanders spraken geen Frans.) Delphine wilde meer voor zichzelf dan eindeloze discussies over hoe het stond met het huwelijk van de buren, dorpsroddels over wie wat in zijn tuin had geplant, en wiens onkruid heel wat minder onschuldig was dan je op het eerste gezicht zou denken. Ze had geen trek om uren door te brengen met het plukken van nog meer bramen van hun struiken vol doorns of om in het klamme kreupelhout te zoeken naar nog weer meer zwammen die ze dan gedwongen was om op te eten, omdat je ze niet te lang kon bewaren. Die overvloed aan paddenstoelen in haar jeugd zou in haar latere leven leiden tot een bijna ziekelijke afkeer ervan, die ze alleen kon verhullen als ze werden opgediend in een risotto. Maar waar ze vooral geen trek in had was dat die beperkte, incestueuze kring van klasgenootjes haar voor de rest van haar leven gezelschap zou blijven houden. Ze verslond boeken, kranten en tijdschriften, ging trouw één keer in de veertien dagen naar de plaatselijke bioscoop als daar de nieuwste film draaide, en kreeg zo een beetje een indruk van een veel grotere wereld dan zij kon zien vanuit haar raam met het houten luik. Ze choqueerde haar godvruchtige *grande-tante* Christiane met haar eigenaardige meningen, en zei altijd 'klein dorp, kleine geesten', wanneer men haar bekritiseerde.

Delphines hunkeren naar een ander, zo niet (beseft ze nu) beter leven werd door haar familie met verbijstering gadegeslagen. Ze noemden haar hun prinsesje, want in hun ogen was niets ooit goed genoeg voor haar. Dat zeiden ze op geërgerde, maar enigszins vergoelijkende toon. Ze studeerde vlijtig en deed erg haar best tijdens haar lessen Engels. Toen het tijd werd om een universiteit te kiezen, vertelde haar familie grootmoedig dat ze haar wel naar Bordeaux, Pau of zelfs (God verhoede!) Toulouse wilden laten gaan. Maar Delphine had haar zinnen gezet op iets wat meer dan twee uur reizen bij haar ouderlijk huis vandaan lag, en ging in Parijs studeren, waar ze een vies souterrain deelde met twee andere meisjes. Ze schuurde haar provinciaalse omhulsel van zich af met een geïmporteerde loofah-spons in hun goedkope, haveloze badkamer en kwam stralend en perfect tevoorschijn, als een sociale vlinder in de metropool. Ze ontdekte de geneugten van bars, nachtclubs, softdrugs, anonimiteit, junkfood, wisselende contacten en vooral: de vrijheid om zelf te kiezen! Ze was nog nooit zo gelukkig geweest.

Nog gelukkiger werd ze toen ze na haar afstuderen dankzij haar volharding (en tot op zekere hoogte haar verfijnde schoonheid) een zeer gewilde baan kreeg op de marketingafdeling van een multinational, waar ze verantwoordelijk werd voor de goedkopere verzorgingsproducten. Gezien haar uitzonderlijk goede Engels werd ze overgeplaatst naar Londen, wat in het yuppentijdperk van de jaren tachtig haar droomstad was. Stuurde ze voorheen nog brieven naar huis, die in het gunstigste geval altijd nogal oppervlakkig waren, nu droogde die stroom helemaal op. Ze werden vervangen door plichtmatige kaartjes rond kerst en met verjaardagen, die vergezeld gingen van smaakvolle cadeaus uit zaken als Fortnum's waarvan ze wist dat haar ouders ze toch nooit op waarde zouden schatten. Ze had geen enkele behoefte om de maanden van stilte tussen die kaartjes in te vullen. Haar moeder belde haar op een dag, wat voor haar een belachelijk duur telefoontje was, 'om even te horen of ze nog leefde', want Londen was zo'n gevaarlijke stad. Ze voegde eraan toe dat *grandetante* Christiane voor haar bad. 'Hoe weet zij eigenlijk dat God Frans spreekt?' reageerde Delphine sarcastisch. De ingehouden adem aan de andere kant van de lijn zei haar dat ze waarschijnlijk te ver was gegaan, maar het kon haar niets meer schelen. Ze had er te veel voor gedaan om aan thuis te ontsnappen om zich alsnog door zijn kleinburgerlijke tentakels te laten vangen.

Op een dag, vroeg in de avond, werden Delphine en haar baas mee uit eten genomen bij Mirabelle in Mayfair door hun pas ingehuurde Direct Marketingbureau. Ze aten krankzinnig vroeg, omdat haar baas het hele etentje was vergeten en kaartjes had voor het theater, en de voorstelling begon al om halfacht. Theo Stonebridge was een aardige man met een salesachtergrond en een natuurlijk overwicht waarmee hij verbloemde dat hij eigenlijk niet zoveel inhoud had. Delphine keek geamuseerd toe hoe de Account Director en de Account Supervisor, allebei in glimmende zwarte kostuums met een schreeuwerige das, aan Theo's lippen hingen en hoe ze lachten om alle grapjes die hij maakte over hun pitchpresentatie, hoe fout of slecht geïnformeerd die ook waren. Ze hadden geen idee dat Theo niet eens de moeite had genomen om hun zo zorgvuldige presentatie te bekijken, maar dat hij Delphine, een rijzende ster binnen de afdeling, had gevraagd om een samenvatting voor hem te schrijven van een A4'tje en een aanbeveling van twee regels. Bij het voorgerecht was het bureau beleefd tegen Delphine, maar verder negeerden ze haar omdat ze meenden dat die Franse troel er voor de sier bij zat en dat ze overduidelijk te laag op de ladder stond om wat in de melk te brokkelen te kunnen hebben. Toen Theo zich excuseerde om een belangrijk telefoontje aan te nemen zaten de Account Director en Supervisor er even verloren bij, maar toen begonnen ze zich schaamteloos in te likken bij Delphine, en stelden ze haar samenzweerderige, zelfs een beetje flirterige vragen: 'Nou, Delphine, vertel op, wat vindt hij nu echt van ons? Waarom denk je dat wij deze klus hebben gekregen?' alsof zij hun bondgenoot was in het vijandige kamp, en alsof haar mening er nu wel toe deed. Delphine zuchtte, misschien verwachtten ze wel dat ze zou giechelen en iets vriendelijks zou mompelen met dat snoezige Franse accent van haar als: 'O, omdat jullie verreweg de knapste mannen in jullie team hebben…' of iets van dien aard. Dat is toch wat ze verwachtten van een meisje van het platteland?

'Ik kan natuurlijk niet voor hem spreken…' begon Delphine op haar hoede, en gedachteloos bracht ze haar hand naar haar kin. Meteen viel haar op dat de Account Director zijn hand ook naar zijn kin bracht: hij zat haar expres te spiegelen! Dat was toch echt de oudste truc in het klantrelatieboek, en daarnaast ook nog eens de truc die Delphine het meest bevoogdend vond van alles. Het kostte haar enorm veel moeite om haar hand niet meteen te laten vallen, maar om hem in plaats daarvan voorzichtig en kalm in haar schoot te leggen, waar ze hem tussen haar knieën stopte om te zorgen dat hij ophield met bibberen. Zonder dat haar stem iets weggaf vervolgde ze: '…maar ik zou zeggen dat er twee specifieke elementen in jullie presentatie zaten waar wij van onder de indruk waren: het creatieve werk dat jullie lieten zien en de flexibiliteit van de creatieve middelen die jullie in het team hebben opgenomen. Wij stellen het op prijs dat jullie inzien dat wij jullie niet inhuren voor creatief werk opdat jullie in de prijzen vallen bij reclameawards, maar dat jullie ons de hoogste respons per pond beloofden. Wat ons ook aansprak was het feit dat het creatieve team zoals jullie dat voorstelden, gedurende het jaar aangepast kan worden aan onze wensen, zodat we jullie kunnen inzetten bij eventuele ad-hocprojecten als we daar behoefte aan hebben. Ik zou zeggen dat dat de belangrijkste verschilpunten waren tussen jullie en de andere partijen die we hebben laten pitchen.’ Ze zweeg even en zag dat de stompzinnige grijnzen van hun gezichten waren verdwenen en dat ze aandachtig naar haar zaten te luisteren. Ze gunde zichzelf een bescheiden, maar superieur glimlachje terwijl ze een slokje water nam.

De Account Director schraapte zijn keel. ‘Delphine, bedankt voor je openhartige en informatieve antwoord op onze nogal flauwe vraag. Het spijt me dat laatste te moeten toegeven.’

Delphine nam de verontschuldiging in ontvangst door even met haar hoofd te neigen, en op dat moment kwam Theo opgewekt terug van zijn telefoontje. ‘Zo, kinders, waar hadden jullie het allemaal over?’ vroeg hij hartelijk. Hij nam altijd voetstoots aan dat er nooit iets belangrijks werd gezegd als hij er niet bij was.

‘Het team zat me net te grillen over waarom wij hen de klus hebben gegeven,’ zei Delphine luchtig.

Theo glimlachte goedmoedig. ‘Maar dat weten ze zelf natuurlijk ook wel. We hadden genoeg van die inhoudsloze praatjes; met jullie halen we inhoud in huis.’

Delphine smoorde een lachje door vlug te hoesten. Het enige waar het Theo aan ontbrak was gevoel voor ironie. ‘Dat is precies wat ik hen ook al zei, Theo, alleen kon ik het niet zo bondig.’ Ze schonk hem een onoprechte glimlach, want ze kon heel doelgericht vleien, netwerken… inlikken zelfs. Ze kon het zo goed, dat ze snel tot duizelingwekkende hoogte steeg op de carrièreladder op een manier die ze met alleen hard werken, talent en integriteit nooit voor elkaar zou hebben gekregen.

Later, toen ze een huisvrouw in Knightsbridge was met veel tijd om na te denken of zelfs te piekeren over dat soort dingen, vroeg Delphine zich wel eens af wat ze er precies bij voelde als ze haar baas of de baas van een belangrijk account zat te vleien, of als ze zich koket mee liet voeren naar de dansvloer door iemand van het management op feestjes? In het begin maakte het haar niks uit – ze deed gewoon haar werk, en dat deed ze spectaculair goed, als je naar haar loopbaan keek. In dat eerste jaar in Londen had ze al een belangrijke positie verworven binnen de marketingafdeling, terwijl andere academici die tegelijk met haar waren aangenomen nog altijd het kopieerapparaat bedienden en dingen in enveloppen stopten in Parijs. 'Ik weet nog het tweede gesprek dat we met je hadden,' had iemand uit het Management Team, een getrouwde man, tegen haar gezegd tijdens de zomerparty van kantoor, toen hij net iets te close met haar danste. Hij zag er goed uit, op een gladde manier, en zijn bureau stond propvol foto's van zijn fotogenieke echtgenote en hun koters. Daarbij had hij een vreselijke reputatie omdat hij het deed met zijn secretaresses. 'Je was... ongelofelijk,' fluisterde hij haar in het oor. Delphine had zwoel gelachen, vol zelfvertrouwen dat ze niet echt voelde, en een paar minuten later gebruikte ze het eind van het nummer als excuus om zich uit de voeten te maken. Waarom voelde ze zich eigenlijk niet bezoedeld, vies? Die gevoelens kwamen pas later, toen ze terugkeek op haar succesvolle carrière met de zuiverende aureool van het moederschap ferm boven haar hoofd geplant. Dan keek ze naar haar kleine jongen, zo prachtig en rond en perfect, als een engeltje in een schilderij van Botticelli, die het in zich had om een deugdzaam mens te worden, wat haar niet meer zou lukken, en dan gaf ze heimelijk aan hem toe, alsof hij haar biechtvader was: ja, het was zo, Delphine Loustalot was een sloerie op kantoor. Maar nu is ze iets veel beters. Nu is ze jouw *maman*.

Aan het eind van dat dineetje kwam een van de obers naar Delphine toe, toen ze haar jas uit de garderobe haalde, en vroeg haar in het Frans: 'Mevrouw Loustalot, mag ik u vragen waar u vandaan komt? Ik hoorde dat u uit Frankrijk komt.'

'Uit een klein stadje in Les Landes,' zei Delphine, 'vlak bij Dax.'

'Ik wist het! Ik kom ook uit die buurt – uit een dorp in de Béarn. Het is daar echt de hemel op aarde.' Hij keek Delphine vol verwachting aan, maar ze zei niets, glimlachte alleen en knikte.

Toen het duidelijk was dat er toch een of ander antwoord van haar verwacht werd, vroeg ze: 'En, mist u het?'

Dat was precies waar hij op had zitten wachten, want hij reageerde meteen met een gepassioneerd: 'Of ik het mis? Ik droom ervan weer naar huis te gaan! Maar in plaats daarvan...' Hij zwaaide smalend met zijn arm het glitterende etablissement rond, waar de kristallen kroonluchter flinters twinkelend licht over de clientèle strooide: '... zit ik vast in dit hol!' Hij spuwde het laatste woord vol walging uit. Delphine keek hem oprecht verbaasd aan en terwijl ze zich excuseerde, liep ze weg om zich bij haar disgenoten te voegen, boven, die op taxi's stonden te wachten in een plotselinge hoosbui.

Thuis, besefte ze, was iets dat zich heel lastig in het Frans liet vertalen. Het bestond niet echt als absoluut concept, als een pure, onverdorven staat, zoals liefde of vrijheid. In het Frans moest je altijd preciseren over wiens huis het ging – *chez toi, chez elle, chez nous*, jouw huis, haar huis, ons huis. Maar in feite was het eenvoudig te definiëren: thuis was de plek waar je ofwel vandaan probeerde te komen, of weer naar terug wilde. Meer niet.

Theo reed weg in zijn taxi richting West End, en het team van het bureau besloot om hun paraplu's maar op te steken en verdween richting het metrostation van Green Park. Ze bedacht dat Engelsen altijd een paraplu bij zich hadden, hoe prachtig het 's ochtends ook was, toen ze van huis gingen. Het was een gewoonte die Delphine nog niet van hen had overgenomen; om je voor te bereiden op regen was haar te veel alsof ze het lot wilde tarten – alsof ze de regen een excuus gaf om naar beneden te komen. Toen het wat minder hard regende besloot Delphine om naar de bushalte te lopen, in plaats van een taxi te nemen. Ze kreeg nog niet zoveel betaald, en een taxi zo vroeg op de avond zou ze niet vergoed krijgen. Ze trippelde Curzon Street op met haar modieuze hoge hakken, en geneerde zich bovenmatig voor het geklikklak van die hakken door de lege, doorweekte straat. Ze was bijna bij Park Lane toen de sluizen weer opengingen en de regen haar schoenen doorweekte zodat ze nauwelijks nog kon lopen. Haar hoofd afschermend met haar koffertje aarzelde ze dit keer niet toen ze een taxi zag rijden. 'Taxi!' gilde ze, zo hard dat haar stem leek te echoën door de straat, en toen de taxi bleef staan, kroop ze erin. Pas toen zag ze dat de taxi al bezet was door een donkere man in een smoking. Ze realiseerde zich dat het zijn stem was geweest, net, niet haar eigen echo.

'Horen jullie dan niet bij elkaar?' vroeg de taxichauffeur. 'Ik dacht dat jullie samen waren,' voegde hij er onnodig aan toe. 'Goed, waarheen gaat de rit, want ik mag hier niet parkeren, weet u wel.'

'De dame mag het zeggen,' zei de Smoking galant. Hij was ergens begin dertig en zijn haar was net zo zwart als zijn jasje, en zijn huid had de kleur van koffie. Alleen zijn enigszins verwarde haardos en de paar regendruppels op zijn revers detoneerden met zijn onberispelijke uiterlijk, maar verder leek het wel alsof hij zo was weggelopen van de James Bond-set.

'Dank u, dat is erg vriendelijk,' antwoordde Delphine in de hoop dat ze hem niet al te nadrukkelijk had aangegaapt. Hij zag er waanzinnig goed uit, als een soort exotische engel. Hij kwam uit het buitenland, hij was kleurrijk en opvallend, alles waar haar ouders een hekel aan hadden. 'Naar Putney, graag,' zei ze tegen de chauffeur.

'Putney?' vroeg de Smoking. 'Ik moet zelf naar Fulham voor iets uitermate dringends. Het ligt op uw route. Hebt u er bezwaar tegen als ik de taxi met u deel? Ik zal geen geluidje maken, u zult nauwelijks merken dat ik er ben. Ik zal uw onzichtbare taxigenoot zijn...' hij grijnsde warm en maakte een ritsgebaar voor zijn mond, en Delphine moest lachen. Het was de eerste keer die avond dat haar lach oprecht was. Haar onuitgenodigde gast vatte haar lach op als toestemming en vroeg aan de chauffeur: 'Wilt u ons alstublieft naar de London Oratory brengen, vlak bij Fulham Broadway?' Hij ging genoeglijk achterover zitten en strekte zijn lange slanke benen zo ver mogelijk uit. Meteen verbrak hij zijn belofte aan Delphine door haar met alweer zo'n innemende, aanstekelijke glimlach te vragen: 'U bent Frans, toch? Ik hoor het aan u.' Delphine, die normaal gesproken niet zo'n romanticus was, bedacht dat als dit een film was, zij met de Smoking zou trouwen, en dat ze dan later aan hun kinderen zou vertellen dat zij en hun papa elkaar hadden ontmoet toen ze voor de regen vluchtten in een taxi.

Tegen de tijd dat ze op Fulham Road aankwamen, had de Smoking Delphines volledige levensverhaal ontfutseld, en hij had zo aandachtig geluisterd dat ze helemaal warm en ontwapend was. Zozeer zelfs dat ze hem haar carrièreplanning vertelde. Hij behandelde haar helemaal niet als een dom meisje met belachelijke ambities, ook al was hij al volwassen – en duidelijk succesvol. Hij was anders dan alle andere mannen die ze tot nu toe in Londen had ontmoet. Dat waren of groentjes van haar eigen leeftijd of hitsige oude mannen. Ze was nogal onder de indruk van zijn knappe uiterlijk, zijn kleding, zijn perfecte niet-te-jonge-en-niet-te-oude leeftijd. Terwijl hij uitstapte drong het tot Delphine door dat ze helemaal niets van hem wist, behalve dan zijn voornaam, want hij had haar laten praten maar zelf niets losgelaten. 'Nou, Zaki. Tot ziens dan,' zei ze dapper, bedroefd dat hun korte ontmoeting zo abrupt moest eindigen. Ze hadden niet één keer vastgestaan in het verkeer; het was voor het eerst dat er geen spits was op weg naar huis, wat natuurlijk weer net moest gebeuren op een moment dat zij met een fascinerende man in een taxi zat in plaats van in buslijn 14 met tassen vol boodschappen rond haar enkels, smachtend naar een warm bad. Hij had haar niet eens om haar nummer gevraagd.

Zaki draaide zich om alsof hij de deur van de taxi dicht wilde gooien, maar vroeg toen: 'Delphine, weet je wat leuk zou zijn? Heb je geen zin met me mee te gaan, nu, als mijn date? Als je tenminste niks anders te doen hebt.'

Delphines hart maakte een sprongetje, maar ze hield zich op de vlakte. 'Ik geloof niet dat ik er op gekleed ben,' zei ze zedig, en ze maakte een hopeloos gebaar naar haar tuttige blauwe mantelpakje en haar natte hakken.

'Daar zou ik me vooral geen zorgen over maken. Je ziet er bijna perfect uit. Je zou eens moeten zien wat die ouwe tangen daar aanhebben. Ik ben juist degene die straks opvalt. Ze denken waarschijnlijk dat ik me overdreven heb uitgedost...' Hij nam haar hand en trok haar uit de taxi, en betaalde de chauffeur. Het was de eerste keer dat Zaki haar aanraakte, en het verbaasde haar hoe gevoelig haar hand leek, alsof hij haar een elektrisch schokje had gegeven. 'Je handen zijn koud,' zei Zaki, die haar reactie op zijn aanraking goddank niet had opgemerkt. Met een ruk nam hij ze allebei tussen zijn warme handpalmen en wreef ze ruw, alsof ze een kind was, alsof hij erop geoefend had. Hij liet haar hand niet los terwijl ze over de stoep naar de ingang liepen.

Delphine had gedacht dat de London Oratory een restaurant of iets dergelijks was, en dat het, te oordelen aan Zaki's kledingkeuze, een nogal chique toestand zou zijn. Ze las wel eens over dat soort gelegenheden in *Tatler* of *Harper's Bazar*. Terwijl ze door het hek liepen, realiseerde ze zich dat het een school was, een oud, chic gebouw. Meteen stelde ze haar verwachtingen bij – een liefdadigheidsevenement of een gala, zoiets? De waarheid kwam aan het licht toen Zaki haar door een groepje echtparen van middelbare leeftijd, allemaal in doodgewone kleren, leidde, en ze bij de ingang van een grote hal aankwamen, waar een buffettafel stond, afgeladen met plastic bekertjes goedkope lauwe wijn en kleffe pinda's in papieren bakjes. Om hen heen hingen posters waarop *Hamlet* werd aangekondigd, en een puisterige jongen met een gestreepte stropdas en een blazer kwam de hal uit lopen en begon een bel te luiden. 'Wilt u alstublieft allemaal naar uw plaatsen gaan. Nog vijf minuten voor het doek opgaat,' bulderde hij met een verbazingwekkend diepe stem voor hij weer terugliep.

'Gelukkig, we zijn nog op tijd,' zei Zaki, die zich niet bewust was van de geïnteresseerde blikken op zijn smoking van alle overige aanwezigen. 'Jinan had me gefileerd als ik hier te laat voor was, na het fiasco met kerst.'

'Maar dit is een toneelstuk door scholieren,' constateerde Delphine verbluft, meer tegen zichzelf dan iemand anders. 'Ik ben je date voor het schooltoneel?'

'Niet zomaar schooltoneel, dit is de grote rol van mijn zoon!' antwoordde Zaki trots. 'Ik was altijd bang dat hij een totale nerd zou worden, maar toen kreeg hij opeens de hoofdrol in *Hamlet*! Geweldig, hè?'

'Je zoon!' zei Delphine met een gilletje, en ze trok haar hand uit de zijne. 'Hoe oud is die dan? Ik bedoel, hoe oud ben jij dan? En waar is zijn moeder?' Ze had het gevoel dat ze het slachtoffer was van een heel zieke grap; ze was erin geluisd door een ouwe, getrouwde kerel.

'Hij is veertien, ik ben tweeëndertig.' Hij zag hoe Delphine die som uitrekende, met een verrukkelijke frons die het midden hield tussen ergernis en verwarring. Hij legde haar vrolijk uit hoe de vork in de steel zat, en deed het af met: 'Ja ja, ik weet het, ik was jong, en dom en verliefd. Ik ben getrouwd toen ik nog maar een kind was.' Hij zweeg even voor hij haar laatste vraag wat ernstiger beantwoordde: 'Zijn moeder is elf jaar geleden om het leven gekomen bij een autoongeluk in Parijs.'

'Het spijt me,' zei Delphine ongemakkelijk, niet zeker of ze het nu zei uit medeleven vanwege het ongeluk of omdat ze haar excuses aanbood, 'maar ik weet niet of dit zo'n goed idee is. Ik kan maar beter gaan.' Ze voelde oprechte spijt dat ze wegliep van zo'n aantrekkelijke man, maar hij had gewoon te veel bagage, en dat trok ze niet – een overhaast huwelijk, een jeugdige tragedie en als klap op de vuurpijl een puberzoon. Ze glimlachte onzeker, maar Zaki pakte haar bij de hand en trok haar zachtjes naar zich toe.

'Blijf alsjeblieft. Het spijt me, ik had je moeten zeggen waar ik naartoe ging, maar ik dacht dat je dan vast niet mee zou willen, en ik wilde zo vreselijk graag dat je wel meekwam.' Delphine zweeg, en haar standvastigheid begon al af te nemen. Zaki ging verder: 'En als je me na vanavond niet leuk vindt, dan hoef je me nooit meer te zien. We kunnen na het toneelstuk wat gaan drinken, want Jinan logeert vanavond bij vrienden.'

'Ik weet het niet, hoor, Zaki...' stamelde Delphine zachtjes maar niet erg overtuigend.

Zaki viel haar in de rede: 'En ik zal je wel dit zeggen: jij bent echt de allermooiste vrouw hier, vanavond. Niet dat er zoveel concurrentie is.' Een klein lachje ontsnapte aan Delphines lippen, en aangezien hij zag dat hij de overwinning bijna had binnengesleept, bracht Zaki de laatste slag toe: 'Maar ik denk dat je de mooiste vrouw bent, waar ik je ook mee naartoe neem.'

'Oké, oké.' Delphine stak haar handen in de lucht en gaf zich over. 'Het toneelstuk, en dan nog iets drinken. Even snel.' Zaki glimlachte en voerde haar aan de arm mee naar hun plaatsen. 'Maar één ding moet je me toch uitleggen: vanwaar die smoking? Vind je dat niet een beetje overdreven voor het schooltoneel?'

'Nee, joh. Dit heb ik alleen maar aan omdat ik in het casino was in Curzon Street. Daar hebben ze zo'n rare dresscode. Het ging geweldig. Ik moest mezelf echt dwingen om weg te gaan, anders was ik hier nooit op tijd geweest om Jinan te zien spelen.' Delphine zuchtte, want iets van zijn mystieke aura was weer hersteld. De knappe vreemdeling in zijn smoking in het casino – toch nog *James Bond*. Dat aura zou uiteraard verdwijnen bij hun drankjes en tijdens hun volgende afspraakjes, toen ze erachter kwam dat Zaki, naast het feit dat hij een soortement beroepsgokker was, ook nog een weinig glamoureus winkeltje had in een achterbuurt achter metrostation Hammersmith, waar hij totaal geen succes van maakte. Voor wat Delphine voor ogen had met haar leven was hij even weinig geschikt als huwelijkskandidaat als een jongleur in het circus. Ze wist dat er geen toekomst was voor hen beiden, want ze was niet helemaal van het platteland gekomen om genoegen te nemen met een winkelier. Ze had veel grotere ambities; ze wilde – ze moest, zelfs – iemand hebben met wie ze voor de dag kon komen tijdens dineetjes – een arts of een advocaat, iemand die ertoe deed, een belangrijke persoon.

Maar ook al wist ze dus beter, Delphine bleef Zaki die hele zomer zien, en elke keer hield ze zichzelf voor dat de volgende afspraak echt de laatste zou zijn, en elke keer gaf ze toe als hij belde. Het werd zo'n lange, warme zomer. Een glorieuze zomer, zo een die eigenlijk alleen maar bestaat in je herinnering. De extravagante cadeaus en bossen bloemen die hij voor haar deur achterliet nam ze duizelend van geluk in ontvangst, ze dronk veel te veel met hem, en giechelde en misdroeg zich als een tiener. Ze hadden veel lol en lust speelde ook zeker een rol, en aangezien ze de relatie afdeed als een frivole affaire, dacht ze verder zo min mogelijk na over zijn bagage. Zaki's zoon, een onuitstaanbaar keurige boekenwurm, ontmoette ze in al die maanden dat ze met elkaar gingen maar drie keer, en dan ook nog maar vluchtig. Delphine kwam pas bij haar positieven toen het weer afkoelde en hun momenten van passie omsloegen in tederheid; ze realiseerde zich dat ze het risico liep om te veel te gaan houden van haar ongeschikte vriendje. Ook al was Zaki ontegenzeggelijk ongeschikt als partner, en was hij zeker geen belangrijke persoon, hij had iets dat haar aantrok, meer nog dan zijn gevoel voor humor en zijn charmante manier van doen. Om de een of andere reden voelde ze zich thuis bij hem. En net als haar echte thuis, bleef hij iets waar ze ofwel van wilde vluchten, ofwel naar terugverlangde.

Een reden om van maandagen te houden

Lucky wordt zondag wakker met een gevoel dat hem iets geweldigs te wachten staat. Hij had zich door de gebeurtenissen tijdens de training van zaterdag laten afleiden van het allerbeste wat hem het hele jaar was overkomen: hij was gekust door het meisje dat hij al maanden heimelijk aanbad. Dankzij de elastieken flexibiliteit van de jeugd scheen de hele keeperstragedie in één nacht te zijn verschrompeld tot iets onbelangrijks; hij kon er toch niets meer aan doen, dus besloot hij om het maar te accepteren en door te gaan met zijn leven. De avond ervoor had hij zitten studeren op alle magische trucjes waarvan de toeschouwers denken dat een keeper die moeiteloos of instinctief doet, zoals wanneer je je handen in een 'M' of een 'W' houdt, en hoe je een hoek dicht in je goal. De komende week zou hij die theorie in de praktijk gaan oefenen, en hij zou heel hard werken, zonder te klagen, en dan aan het eind van de week staat hij te keepen in de wedstrijd tegen Swindon Town Juniors, met Felix Conway als hun sterspits. En hij kan het ofwel goed doen dankzij zijn inzet, of slecht, ondanks zijn inzet. Wat er ook gebeuren mag, zijn team en trainer zullen achter hem staan omdat hij moed heeft getoond bij tegenslag, in tegenstelling tot Duncan, die ze genadeloos zullen honen om zijn lafheid als hij uiteindelijk weer komt trainen. Lucky zal erop staan om weer terug te mogen naar het middenveld, en dan gaat het leven gewoon weer verder als vanouds.

En dus wordt Lucky wakker van klokgelui, ergens ver weg, van een van de grootste kerken in de stad, en ziet de stippen lentezon door zijn raam vallen, gefilterd door de jonge blaadjes van de oude bomen die langs hun straat staan, en merkt dat hij nog maar aan één ding kan denken: Portia. Hij denkt niet aan Portia als persoon, maar als een caleidoscoop aan beelden: de kwetsbaarheid van haar kortgeknipte haar en haar ontblote oorschelpen met de drie zilveren ringetjes erin. Hoe ze haar schoolsjaal over haar schouder gooit. Een moment in de winkel dat ze heel boos is, of een moment van melancholie bij de rivier. De achteloze manier waarop ze hem haar pakje sigaretten voorhoudt, en zijn arm vastpakt. De aanblik van haar slanke figuurtje dat de grauwe, vieze trappen af loopt in het metrostation. 'Maandag,' zegt ze. Ze zei dat ze hem maandagochtend weer zou zien; niet dat ze elkaar per ongeluk tegen het lijf zouden lopen (per ongeluk expres, wat Lucky betrof) in de winkel, zoals wel vaker is gebeurd, maar dat ze echt met hem had afgesproken, wat dus inhield dat ze samen wat tijd zouden doorbrengen. Ze hadden dus een afspraakje, op maandagochtend, voor school. Lucky wenst dat deze dag snel voorbijgaat; hij draait zich slaperig om in zijn bed, en laat versuft de schoonheid van deze zondagmorgen, met zijn klokken en zonneschijn, langs zich heen glijden. Hij blijft gewoon de hele dag in bed, en dan de hele volgende nacht, totdat het ineens maandag is. Lucky kan niet wachten tot het maandag is.

Lucky ziet op tegen maandag. Zijn moeder heeft hem gedwongen om op te staan, nu zit hij samen met haar aan de ontbijtbar in de keuken en drinkt stuurs van zijn jus d'orange en plukt zijn croissant uit elkaar. Hij heeft zichzelf ervan weten te overtuigen, in de loop van de ochtend, dat hij heel erg verliefd is op Portia, maar dat Portia niks voor hem voelt. Dat ze alleen maar aardig was, zusterlijk zelfs, toen ze hem zo lief maar zo droogjes zoende. En hij heeft niets wat hij daar tegenin kan brengen; hij is belachelijk jong, hij is slungelig en onbeholpen, hij heeft nooit iets interessants tegen haar te melden en hij draagt niet de goede kleren. Hij verschuilt zich in uniformen – zijn schooluniform, zijn clubtenue, zijn spijkerbroeken en T-shirts en fleecetruien, en op dit moment draagt hij zelfs een Obi-Wan Kenobi badjas, met een Jedi capuchon, als een kleuter, verdomme. Als ze hem zo zag zitten, dan zou ze hem uitlachen en het nog erger maken door dat heimelijk te doen. Hij gaat zichzelf maandag vast voor schut zetten, dat weet hij wel zeker, en de onvermijdelijkheid van zijn lot maakt dat hij bijna een hekel begint te krijgen aan Portia, alsof het haar schuld is, en trouwens, wie denkt ze wel dat ze is, die poes, die denkt dat ze zo geweldig hot is alleen omdat ze toevallig een stel mooie benen heeft en een sudoku kan oplossen?

Delphine, zich onbewust van de puberale verwarring die in haar zoon kookt, drinkt van haar gebruikelijke zelfgemaakte cappuccino en sorteert de zondagskranten. Ze geeft het sport- en kinderkatern aan Lucky en houdt zelf de magazines en het kunstkatern, waarna ze de rest op een stapel legt voor Jinan. Haar man, die eerst zijn wekelijkse 'to do'-lijstje aan de ijskast heeft gehangen, staat nu onhandig bij het fornuis eieren te bakken en worstjes met tomaat te grillen, en klaagt dat hij alleen maar tomaat in blik kon vinden of van die piepkleine biologische cherrytomaatjes aan een tak – echt weer iets voor Delphine om daar voor te gaan.

'Hoe vaak heb ik het je nou gezegd, schat: dat ik vleestomaten nodig heb voor het zondagse ontbijt. Het is echt niet zo moeilijk te onthouden: vleestomaat voor bij het vlees.'

'Goed, lieverd,' mompelt Delphine ongeïnteresseerd, en ze bekijkt de lijst die hij heeft opgesteld. Om de een of andere reden moet ze deze week zijn kleren op dinsdag al bij de stomerij ophalen, in plaats van op woensdag. Ongetwijfeld weer een Heel Belangrijke Vergadering. Veel van de klusjes op de lijstjes lijken haar onzinnig en nutteloos. Ze verdenkt hem ervan dat hij ervoor zorgt dat zij thuis bezig blijft, zodat Jinan het gevoel heeft dat hij zelf ook wat bijdraagt aan het huishouden. Ze stort zich weer op de glossy magazines die bij de kranten zaten.

'Je onthoudt het wel, toch?' dringt Jinan aan, en met een onhandig gebaar druipt hij het vet over de eieren in een poging de bovenkant gaar te laten worden voordat de onderkant verbrandt. Met zijn klagerige toontje krijgt Jinan het niet voor elkaar, maar het luide gespetter trekt dan toch Delphines aandacht.

'Ik zou eens proberen om het vuur wat lager te draaien, schat, en om een deksel op de pan te doen als je de eieren wilt doorbakken,' zegt ze. 'En wil je alsjeblieft de plastic spatel gebruiken of dat siliconending, want zo maak je krassen in de pan.'

'Sorry, ik zal er de volgende keer aan denken,' zegt Jinan nederig, en hij verruilt de vettige metalen spatel voor eentje van plastic, waarna hij de eerste met luid gekletter laat vallen op het glanzende granieten aanrecht, waar het een plasje vet maakt.

'Ja, dat zeg je steeds,' mompelt Delphine, net niet zacht genoeg, en ze kijkt verwijtend naar de vieze spatel. Jinan, die toch al verhit is van het koken, stuift op bij het onrecht van haar opmerking.

'Ja, en jij zegt steeds dat je het zult onthouden van de tomaten!' zegt hij vinnig.

'Dat ik wat zal onthouden, lieverd?' vraagt Delphine tot zijn irritatie. Als ze ziet dat Jinan roder aanloopt dan hij alleen van het hete fornuis zou zijn, steekt ze haar handen in de lucht als teken dat ze de strijd staakt. 'Ik maak maar een grapje, schat. Vleestomaten, vleestomaten. Ik beloof dat ik ze volgende week zal kopen. Kijk eens, ik zet ze al op je lijstje.' Ze leunt voorover en haalt met veel pathos het magneetje van het lijstje, en maakt een notitie.

Jinan knikt en probeert te glimlachen, maar hij voelt zich in feite nogal voor schut staan. Alsof hij... gecorrigeerd is, zoals een kinderjuffrouw een klein stampvoetend jongetje zou corrigeren. 'Heeft iemand anders misschien ook zin in gebakken eieren of worstjes, nu ik hier toch bezig ben? Luhith?'

Lucky, die ongeïnspireerd in het sportkatern zit te bladeren, schudt zijn hoofd. 'Sportmensen moeten dat soort bagger niet eten, pa. Stikt van de cholesterol. Dit croissantje is eigenlijk al erg genoeg.' Jinan snuift om zijn zoons zelfingenomen gebruik van het woord 'sportmensen', alsof dat een omschrijving is voor iemand die na school wat tegen een balletje trapt, maar de waarschuwende blik van zijn vrouw weerhoudt hem van verder commentaar. Lucky, die begint warm te lopen voor het onderwerp, gaat verder: 'En jij zou het ook niet moeten eten – als je zo doorgaat krijg je nog voor je veertigste een hartaanval.' Delphine knikt even instemmend, en Jinan is absurd genoeg even geraakt door het idee dat zij zich allebei zorgen om hem maken. Hij voelt zich plotseling rijk en hoopvol, met zijn elegante vrouw die overal altijd voor zorgt en zijn zoon die het figuur en het sportieve talent heeft dat hij zo overduidelijk moet ontberen, en zijn schitterende woning, met het zonnige uitzicht over de bomen van het pleintje. Hij laat zijn eieren, worstjes en cherrytomaatjes op een bord glijden en neemt ze mee naar de bar. Hij is vergeten om er brood bij te roosteren, en besluit om het dan maar zonder toast te doen. Liever dat dan dat alles weer koud wordt. En trouwens, een Atkins-ontbijtje zal hem niet schaden. Het was hem de laatste tijd zelf ook al opgevallen dat hij een tikje aan de mollige kant was.

'Laten we ergens heen gaan, het is zulk lekker weer. Wat vind jij?' zegt hij terwijl hij met smaak aan zijn eten begint. De eieren zijn net iets te bruin vanonder maar de worstjes zijn heerlijk, en de gegrilde tomaatjes barsten open in zijn mond met een explosie van zoetheid. Hij wil bijna tegen Delphine zeggen dat ze de vleestomaten volgende week wel mag laten zitten en dat ze deze gewoon weer mag kopen, maar hij doet het niet. Dan zou ze hem misschien wispelturig vinden. Hij is tenslotte de sterke, betrouwbare partner. Zijn gezin wil op zijn consistentie kunnen rekenen, en op het feit dat hij altijd blijft bij een eenmaal genomen besluit.

'Ja hoor,' zegt Delphine. 'Er staat hier dat er een geweldige installatie van Anish Kapoor in de Serpentine Gallery staat – die moet je gezien hebben volgens de krant.' Jinan en Lucky barsten eensgezind in lachen uit, zonder elkaar aan te kijken.

'Da's een goeie, mam,' zegt Lucky. 'Ik kon wel een goeie grap gebruiken.'

'Nou, zoek het dan zelf maar uit, stelletje cultuurbarbaren. Dan ga ik volgende week zelf wel, in mijn eentje,' zegt Delphine boos.

'Ik dacht eerder aan een wandeling door het park, en misschien een gezellige lunch in een of andere pub?' stelt Jinan hoopvol voor.

'Nou, ik pas,' mompelt Lucky. Zijn vader schijnt niet helemaal te beseffen dat iets doen niet hetzelfde is als iets eten. Het was de laatste tijd alsof zijn vader alleen nog maar aan het eten was, of aan eten dacht, of net terugkwam van een etentje. Was er een woord voor het omgekeerde van boulimie, dat je je eten naar binnen zuigt als een stofzuiger in plaats van het uit te kotsen? Portia zou het wel weten, want die wist dat soort dingen, want ze was goed in kruiswoordpuzzels en sudoku. 'Trouwens, ik wilde gaan shoppen. Ik heb wat nieuwe kleren nodig, want ik ben overal uitgegroeid.' Dat was een goed excuus. Hij torende nu al boven zijn ouders uit, die allebei gemiddeld van lengte waren. Jinan was zelfs maar een paar centimeter langer dan Delphine, dus dat betekende dat hij kleiner was dan zij als ze op hakken liep.

'Dat is goed, maar dan ga ik wel met je mee,' zegt Delphine. Lucky probeert tegen te stribbelen, maar Delphine houdt voet bij stuk. 'Ik heb je al zo vaak gezegd dat je je eigen kleren mag kopen als je zestien bent, maar voor die tijd komt er niks van in.' Dan voegt ze er met onweerlegbare logica aan toe: 'En trouwens, hoe had je willen betalen voor al die kleren?' en dus is Lucky gedwongen om zich te schikken.

Jinan, die plotseling door vrouw en kind in de steek is gelaten, beseft dat hij dan maar in zijn eentje moet gaan wandelen en dat hij alleen naar de pub moet. Hij is te trots om te proberen hen over te halen, of om hen erop te wijzen dat ze nog tijd genoeg hebben om eerst te gaan wandelen, dan te lunchen en daarna te gaan shoppen. Dat kleine sprankje geluk dat hij voelde verdampt abrupt, en nu weet hij zeker dat noch zijn echtgenote, noch zijn zoon ook maar iets om hem geeft. Een bitter moment lang wenst hij dat hij hen het soort pijn kon laten voelen dat hij nu voelt in zijn borst, diep vanbinnen. Het is een gevoel waarvan hij vermoedt dat het niets te maken heeft met zijn grote gulzigheid, en dat het ook niets te maken heeft met brandend maagzuur, maar dat het gewoon zijn hart is. Hij pakt een croissant, in de hoop dat Delphine of Lucky hem tegenhoudt, maar dat doen ze geen van beiden.

Ondertussen denkt Lucky alleen nog maar aan het feit dat hij straks nieuwe kleren heeft voor maandag. Maar ertegen opzien, dat doet hij nog steeds.

'Cool shirt,' zegt Portia als ze over het muurtje langs de zijkant van Zaki's huis kijkt, waar Lucky bezig is met het oefenen op zijn duikkunsten in zijn splinternieuwe outfit, vooral om er zo voor te zorgen dat die er niet meer zo verdacht splinternieuw uitziet. Hij schopt de bal tegen het muurtje en probeert hem dan in zijn handen op te vangen. 'Waarom heb je je uniform niet aan?'

Lucky, die niet wist dat ze hem had staan observeren, voelt zich betrapt. Zo had hij zich niet voorgesteld dat hij Portia weer zou zien, deze maandagochtend. Het plan was om nonchalant bij Zaki in de winkel te zitten in zijn coole nieuwe kloffie als zij terug zou komen van haar krantenwijk, en dat hij dan op haar af zou stappen en haar met een kus zou begroeten. Misschien op haar wang, maar misschien ook wel op haar lippen. In plaats daarvan is ze dus al vroeg klaar met haar rondje kranten lopen, en ligt hij op de grond terwijl zij aan de andere kant van het muurtje staat, en hij dus met geen mogelijkheid bij haar lippen kan. Symbolisch, denkt hij grimmig bij zichzelf.

'Ik was al heel vroeg aan het trainen,' zegt hij.

'Je hebt toch pas vanavond training?' vraagt ze terwijl ze haar wenkbrauwen optrekt. Ze doet het zo achteloos dat het wel lijkt alsof ze helemaal niet geïnteresseerd is, en hij voelt zich stom dat hij zo verwachtingsvol was over hun afspraakje van vanochtend.

'Normaal gesproken wel, maar het is allemaal een beetje anders van de week. Ik moet binnen een week een waanzinnige keeper zien te worden.' Hij legt uit wat er zaterdag gebeurd is, en hij raakt weer helemaal over de rooie, hoewel hij niet zeker weet of dat nu is om zaterdag, of omdat hun date eigenlijk helemaal geen date blijkt te zijn, maar gewoon een net-niet-toevallige ontmoeting.

Ze hoort hem vol medeleven aan en zegt dan doodleuk: 'Nou, waar wachten we dan nog op, verdomme?' en ze begint haar rok op te stropen. Lucky, die nog altijd een beetje baalt, kijkt haar verschrikt aan. Hij heeft geen idee waar ze het over heeft. Portia propt haar rok in haar onderbroek en zegt: 'Ik ga je helpen. Het schiet natuurlijk niet op om de ballen te vangen die je zelf wegschiet. Zeg maar wat je wilt dat ik doe.'

Lucky wil zeggen dat het eigenlijk niet zoveel zin heeft als Portia hem helpt, omdat zijn eigen ballen waarschijnlijk harder van de muur komen dan dat zij ze kan schoppen of gooien, maar dan realiseert hij zich dat het daar natuurlijk helemaal niet om gaat. Waar het om gaat is dat Portia laat zien dat zij aan zijn kant staat, en hij waardeert het gebaar enorm. Ze klimt op het muurtje, weet er een welgevormd been over te gooien en roept dan tegen Lucky: 'Help eens even,' als het tweede been wat onzekerder verschijnt. Hij loopt op haar toe en half tilt hij haar, half laat hij haar zakken. En als hij haar op de grond zet, staat ze zo dichtbij dat ze op zijn gympen staat. Portia gaat op haar tenen staan, heel erg dicht tegen Lucky aan, en houdt haar lippen heel even tegen de zijne, zo zachtjes dat het bijna geen kus is, maar iets nog veel intiemers. Een belofte. Een geheim. Haar mond voelt heerlijk warm aan, en een beetje vochtig, alsof ze haar lippen net heeft gelikt, en Lucky voelt hoe zijn eigen lippen smelten bij haar aanraking – een vloeibaar gevoel dat helemaal doorsijpelt naar zijn vingertoppen, die nog altijd haar taille losjes vasthebben, en helemaal naar zijn tenen, waar Portia nog altijd met haar geruststellende gewicht op balanceert. 'Zo beter?' vraagt ze.

Lucky knikt. 'Ja,' zegt hij. En ineens is het ook allemaal beter.

Eerste huwelijksdagen in Parijs

Het was een ongeluk. Meer niet. Zoiets onnozels als een ongeluk in een drukke straat in Montmartre, waar een taxi uit moest wijken voor een fiets, en vervolgens op een jonge vrouw inreed die bezig was de straat over te steken. Ze had een zakje croissants in haar handen die ze mee naar huis wilde nemen voor het ontbijt. Ze had nog gezwaaid naar haar echtgenoot, die op de uitkijk stond voor het piepkleine maar van buiten rijkelijk versierde raam van het haveloze kamertje dat ze huurden op de tweede verdieping. Haar gladde bruine armen waren ontbloot in de lentezon en ze droeg een extravagante, blauw met witte broek met enorme soulpijpen die rond haar enkels zwierden. En plotseling vloog ze, bijna sierlijk; heel even was haar lichaam parallel aan de grond waarboven ze zweefde, haar blote armen recht langs haar zij, en toen landde ze in een verfrommeld hoopje. Uit de achterkant van haar hoofd kwam een constante stroom helderrood bloed, en haar lippen vormden een 'O' van verbazing.

Zaki rende de trap af en baande zich een weg door de menigte om haar heen. '*C'est ma femme!*' gilde hij, en toen hij bij Nadya kwam, zat daar al een man gezaghebbend naast haar geknield. De man meldde Zaki dat hij arts was, en hij keek hem bedroefd aan.

'*Je suis navré; je ne pouvais rien faire. Elle était déjà morte.*' Hij raakte Zaki's schouder aan en voegde er vol medeleven aan toe: 'Het ging heel snel, ze heeft geen pijn gevoeld.'

Zaki negeerde hem en nam Nadya in zijn armen. Haar bloed stroomde over hem heen. Ze was zo warm en zo zacht, en hij fluisterde tegen haar: 'Je gaat niet dood. Je bent nog niet dood. Je bent er nog. Ik weet dat je er nog bent.' Hij bleef haar maar wiegen, en tegen haar fluisteren, tot de ambulance kwam en haar meenam naar het ziekenhuis, waar ze formeel dood werd verklaard bij aankomst. Ze was pas twintig.

Het laatste wat Zaki had verwacht, in de duistere, duizelingwekkende tijd na het ongeluk, was dat zijn vader ineens naar Parijs zou komen. Toen hij vertrok was de verhouding tussen hem en zijn Baba niet bepaald goed, want die was woest vanwege zijn onzinnige huwelijk met een zwanger dorpsmeisje, en hij had erop gestaan dat Zaki het huwelijk liet ontbinden of hij zou niet meer betalen voor zijn studie aan de Sorbonne. Toen hij inzag dat zijn waardeloze zoon absoluut niet van plan was om een einde aan zijn huwelijk te maken en dat Zakaria zonder geld geen keus had en in Dhaka zou moeten blijven, waar zijn belachelijke huwelijk met een of andere plattelandssloerie met haar verdomde bastaard wel erg in de gaten zou lopen, kwam meneer Khalil op andere gedachten. Het schandaal zou hem zijn klandizie onder de rijke dames in Dhaka kosten, en hij was boven alles een zakenman. Hij had niet voor niets een van de meest succesvolle winkels in de nieuwe wijk. Hij zou Zakaria genoeg geld geven om terug te gaan naar Parijs, op voorwaarde dat hij daar zou blijven en nooit meer een schaduw over zijn vaders deur zou werpen. De laatste woorden die Zaki's Baba tegen hem had gezegd toen hij hem zijn cheque overhandigde en hem verordonneerde om op te hoepelen, waren: 'De volgende keer dat wij elkaar treffen, Zaki, is op mijn begrafenis, of op de jouwe.'

Zaki vatte dit alles blijmoedig op, zei tegen Nadya dat het universitaire bestaan nogal overschat werd, en nam een baantje als croupier in een casino dat genoeg opleverde voor een bescheiden huur. Ze leefden als studenten, op de zorgeloze en onpraktische manier waar Zaki altijd al van had gedroomd. 's Avonds aten ze op hun kamer foie gras uit blik met brood en banaan, ze kochten flamboyante kleding en spulletjes op vlooienmarkten, en brachten luie middagen door in cafés en plekken waar studenten rondhingen samen met Zaki's vrijgevochten vrienden van de Sorbonne. Nadya vond Parijs, met zijn hoge, rijkversierde gebouwen, een heerlijk avontuur, en ze hield vooral veel van de sereniteit en ordelijkheid van de tuinen en parken. Dus toen de baby kwam, donker, met dikke lippen, en woedend, waren beide tieners zo verrukt van het boze bundeltje dat ze hem Jinan noemden, tuin van het paradijs. Los van een briefje aan zijn Baba waarin hij hem op de hoogte bracht van de geboorte, en een gelukkige foto van hen drieën met de impertinente suggestie dat hij die in de eetkamer in Dhaka kon ophangen, hield Zaki zich de drie jaren die volgden aan zijn belofte en ondernam verder geen pogingen om met zijn vader in contact te komen, of om nog meer geld van hem los te peuteren. Hij dacht echt dat hij hem nooit meer zou zien.

En hier was zijn Baba dan toch. Gezet en bloeiend was hij, en hij zei: 'Mijn god, Zakaria, wat zie je eruit.'

Terwijl hij koffie zette op zijn ene gaspit, vroeg Zaki aan zijn vader: 'Hoe wist je het eigenlijk?'

Meneer Khalil keek naar zijn ongeschoren zoon en diens holle ogen; het leek wel of hij verkleed was, met zijn drukke polyester overhemd en vuile witte broek. Hij leek hulpeloos als een kind. Overal om hem heen waren tekenen van het ineenstorten van de huishoudelijke routines: stapels ongevouwen luiers en overal vuile vaat. Meneer Khalil voelde even iets als bezorgdheid, schuldgevoel zelfs, maar hij drukte die gevoelens ferm de kop in. Het was per slot van rekening allemaal Zakaria's schuld. Hij verdiende geen medeleven. Niemand had hem gedwongen om dat arme meisje uit haar dorp te slepen, om maar eens iets te noemen. 'Hoe ik je adres wist? Dat had je in de brief gezet, sufkop,' zei hij neerbuigend.

Zaki schudde zijn hoofd, te murw en te moe om zelfs maar enige aanstoot te nemen aan de belediging. 'Nee, ik bedoel over… mijn vrouw.' Het deed nog te veel pijn om Nadya's naam uit te spreken. Het deed nog te veel pijn om 's ochtends op te staan en om 's avonds weer naar bed te gaan. Het deed nog te veel pijn om überhaupt iets te doen, maar hij moest wel doorgaan, vanwege Jinan, wiens machteloze babywoede was opgehouden toen zijn moeder stierf. Die woede had plaatsgemaakt voor een griezelige ernst en plechtstatigheid die Zaki de stuipen op het lijf joegen. Veel erger dan zijn driftbuien dat hadden gedaan.

'Ik hoorde het via de ambassade. En denk maar niet dat ik helemaal uit Dhaka hier naartoe ben gekomen vanwege jou. Ik was in Londen voor zaken met jouw Chacha Syed en je tante Uma,' zei meneer Khalil korzelig. 'Heb je geen thee in huis?'

Zaki schudde zijn hoofd. 'Nee, geen echte thee. Maar ik heb nog wel ergens kamille, geloof ik.' Hij keek hulpeloos om zich heen en begon potjes te openen met wijd opengesperde ogen van hopeloosheid, zodat zelfs meneer Khalil medelijden met hem kreeg.

'Koffie is prima, Zakaria,' zei hij vlug, voor zijn zoon een nog grotere troep van de kamer kon maken. 'Waar is de jongen eigenlijk? Haar jongen, bedoel ik,' vroeg hij terwijl hij om zich heen keek. Gezien de staat waarin het appartement verkeerde zou het hem niet verbaasd hebben als het kind onder een stapel wasgoed lag te slapen.

'U bedoelt mijn zoon,' zei Zaki met iets van het oude vuur bij de zangerige suggestie dat Nadya's kind niets met hem te maken had. 'Hij heet Jinan. Hij is nu op de *maternelle* – de crèche. Ze vonden het beter als voor hem alles zo veel mogelijk bij het oude bleef. Ik ga hem na de lunch ophalen.'

'Is hij niet een beetje te oud voor luiers?' vroeg meneer Khalil een beetje misprijzend, terwijl hij nadrukkelijk naar de stapels om zich heen keek.

'Hij is pas drieënhalf,' viel Zaki uit. 'Sinds het ongeluk heeft hij ze weer nodig. Mijn god, die jongen is zijn moeder kwijt en jij zeurt over het feit dat hij nog niet zindelijk is!'

'Tjongejonge, Zakaria. Wat ben je toch altijd lichtgeraakt. Ik probeer gewoon het gesprek gaande te houden,' mompelde meneer Khalil.

Zaki schonk de stroperige koffie in een kop en zette het met een smak voor zijn vader op de fleurig beschilderde tafel. 'Wat kom je hier doen, Baba? Kom je je verkneukelen? Nou, dat heb je dan gedaan, dus dan kun je nu mooi opdonderen en mij en mijn zoon verder met rust laten.'

Meneer Khalil nam zijn kop koffie en dronk die met duidelijke tegenzin leeg. Na een korte stilte, waarin Zaki opstandig leek en demonstratief op zijn horloge keek, vroeg meneer Khalil: 'Waarom denk je zelf dat ik hier ben? Ik ben hier om de rotzooi op te ruimen die jij voor jezelf hebt gecreëerd.' Hij keek om zich heen naar de puinhopen om zijn punt te onderstrepen.

'Nou, bedankt voor het aanbod, maar ik kan zelf heus mijn eigen vaat en afwas wel doen,' zei Zaki, die het met opzet letterlijk interpreteerde.

Meneer Khalil had schoon genoeg van de stuurse nonchalance van zijn arrogante zoon. 'In godsnaam, Zakaria!' ontplofte hij, waarbij een knoopje van zijn overhemd sprong, zo kwaad was hij. 'Kijk nou toch eens naar jezelf! Je kunt nog niet eens voor jezelf zorgen, laat staan voor een klein kind. Het is hier niet Bangladesh, je kunt niet verwachten dat de autoriteiten hier hun handen van je af houden. Ze zullen het kind bij je weghalen en hem in een of ander tehuis stoppen. En als ze dat niet doen, hoe was je dan van plan om hem hier groot te brengen? Je kunt niet *en* werken *en* voor hem zorgen.'

‘Wat moet ik dan wel doen, volgens jou?’ vroeg Zaki gefrustreerd.

‘Wat het meest voor de hand ligt, is dat je hem teruggeeft aan zijn familie en dat je zelf je eigen leven weer oppakt,’ zei meneer Khalil. ‘Abdur kent de familie van zijn vader, van zijn echte vader,’ voegde hij er met klem aan toe, en hij ging verder voor Zaki bezwaar kon maken. ‘Hij is hun kleinzoon, en ze zullen hem dolgraag willen opnemen. Ze zijn niet zo arm, namelijk. De grootvader verkoopt kaartjes in de plaatselijke bioscoop, dacht ik. Ik zou hem mee terug kunnen nemen, en dan kun jij weer gaan studeren. En kies dit keer dan een studie waar je wat aan hebt, zoals economie of bedrijfskunde, en niet die filosofieonzin.’

Zaki keek zijn vader woest aan. ‘Ben je soms gek geworden? Hij is mijn zoon! Ik heb hem opgevoed, en nu wil jij dat ik hem in de steek laat en aan een stel wildvreemde boerenlui geef die zijn moeder hebben verjaagd en die zo weinig in hem geïnteresseerd zijn dat ze nog nooit hebben geïnformeerd of hij überhaupt leeft? Dat kind is zijn moeder net kwijt, en dan wil je dus dat hij zijn vader ook nog eens verliest? Je kunt oprotten, Baba. Ik meen het, donder op. Anders doe ik nog iets waar ik later spijt van krijg.’ Zaki stond ziedend op en smeet zijn koffiekopje met kracht op de grond, waarmee hij zijn door rouw veroorzaakte lethargie verbrak. Op dat moment werd er op de deur geklopt en een zangerige vrouwenstem riep: ‘*Coucou! Nous sommes là!*’ Zaki liep naar de deur en zag Flavie van de vierde verdieping staan, met Jinan. ‘Was je het soms vergeten, Zaki?’ vroeg ze in het Frans. ‘Het is woensdag. Vandaag zijn ze alleen ’s ochtends op de *maternelle*. Ik zag dat arme schaap staan wachten toen ik mijn Véronique kwam ophalen en ik dacht, laat ik hem maar mee naar huis nemen voor je.’

‘O, god, het is woensdag!’ riep Zaki uit, en hij sloeg zichzelf uit frustratie tegen het voorhoofd. Zijn vader wierp hem een blik toe waaruit zowel irritatie als medelijden sprak; hij verstond geen Frans, maar zag precies wat er aan de hand was. Zijn zoon was zo hopeloos dat hij zelfs nog geen kind op de juiste tijd van school kon halen. Hij dacht wel eens dat Zakaria werkelijk niets van hem had geërfd; hij was in alles de zoon van zijn moeder, en zijn moeder was ook al zo'n hopeloos geval geweest – een prachtige dromer, met lange benen en een ziekelijk bleke huid en met zo'n gekmakend zwak en wispelturig gestel dat ze dood neerviel van de diabetes toen ze nog maar net in de dertig was. Een doodeenvoudige ziekte die ze ook best onder controle had kunnen krijgen. Meneer Khalil treurde niet zozeer om haar dood; hij nam het haar kwalijk dat ze dood was gegaan. Zij had hem achtergelaten met haar al even zwakke en wispelturige puberzoon. Wat een afschuwelijke last, dacht meneer Khalil, om te moeten toegeven dat zijn trotse bloed door Zakaria's ruggengraatloze lichaam stroomde; hij dacht wel eens dat een bloedband helemaal niet zoveel waard was als mensen altijd dachten. Zaki was gelukkig te veel in beslag genomen om zijn vaders misprijzen op te merken en hij stamelde wanhopig tegen Flavie hoe dankbaar hij haar was. '*Flavie, je te remercie infiniment!* Bedankt, ontzettend bedankt!' Hij was op zijn knieën gezakt en gaf Jinan een heel dikke knuffel, die de jongen onbewogen onderging, zonder blijk te geven van enige blijdschap dan wel ongenoegen. 'Het spijt me zo verschrikkelijk, Ji-Ji. Baba was zo suf dat hij het gewoon vergeten was. Laten we maar dankjewel zeggen tegen Flavie.'

Jinan bedankte haar gehoorzaam en hield zijn wang op voor een afscheidskus. Toen liep hij ernstig naar de dikke, donkere vreemdeling in de stoel en zonder iets te zeggen stak hij ook naar hem beleefd zijn wang uit voor een zoen. Meneer Khalil was verbluft; hij kende de Franse traditie niet die voorschreef dat men een kind kust wanneer men zijn huis betreedt, en omdat hij niet zeker wist wat hij moest doen, plantte hij een ongemakkelijke zoen op het zachte wangetje. Kennelijk tevreden dat hij aan de etiquette had voldaan, kuierde Jinan doelbewust naar de hoek van de kamer, daarbij behoedzaam de scherven mijdend, en trok een houten kist met speeltjes en rommeltjes onder de tafel vandaan. Hij gooide er een paar dingen uit, en legde die toen weer allemaal in de kist terug, op een heel groot boek na, waarvan de beduimelde bladzijden vol stonden met bonte plaatjes. Hij lag op zijn buik en draaide de bladzijden om, en las zichzelf het verhaaltje voor in een combinatie van gebroken Frans, Engels en Bangla. Zijn sluike donkere haartjes zaten allemaal even keurig op hun plek.

‘Is dit hem, is dit Nadya’s zoon?’ vroeg meneer Khalil verbijsterd. Hij had een morsig schooiertje verwacht met een snotneus, die veel gilde, of anders misschien een bleke slappeling. Maar niet een goedgemanierd, leergierig wonderkind als dit. Niet deze jongen die zo stevig op zijn beentjes stond en die er zo sterk uitzag, en een huid had met de kleur van pure chocolade, net als hijzelf. En die speelgoedkist van het joch was het meest ordelijke ding in de hele kamer. ‘Kan hij nu al lezen, met drie jaar?’

Zaki keek trots naar Jinan; de afleiding die de afgelopen paar minuten hadden geboden hadden hem niet afgebracht van zijn vaste voornemen om zijn vader de deur uit te zetten. ‘Nee,’ zei hij met een spottend glimlachje. ‘Natuurlijk kan hij nog niet lezen, hij zit nog niet eens op school. Maar zijn mama las hem dat boek altijd voor; hij kent elke bladzijde uit zijn hoofd.’

‘Mama is weg,’ zei Jinan bedroefd toen hij hoorde dat het over zijn moeder ging. ‘Ze is daarheen,’ legde hij uit aan de dikke man in de stoel, en hij wees door het raam naar de lucht. Hoopvol vroeg hij aan Zaki: ‘Is het al tijd voor de lunch?’

‘Het spijt me, Ji-Ji, maar ik heb nog helemaal geen boodschappen gedaan,’ zei Zaki moedeloos. Alweer iets waarin hij gefaald had die dag. ‘Deze meneer is de papa van je papa – hij kwam zomaar langs, als verrassing. Laten we nu maar gauw naar de winkel gaan.’

‘Nee, we gaan buiten de deur lunchen,’ zei meneer Khalil, nog meer tot zijn eigen verbazing dan tot die van Zaki. 'Ik trakteer.' Op samenzweerderige toon vroeg hij aan Jinan: 'Zeg, weet jij eigenlijk hoe je dat in het Bangla moet zeggen, de papa van je papa?'

Jinan knikte: 'Dada,' zei hij eenvoudig, en hij pakte meneer Khalils hand vast met ontwapenend vertrouwen. Meneer Khalil was even sprakeloos door het golfje van affectie dat door hem heen trok bij de aanraking van de kleine jongen. Was zijn eigen zoon maar half de man die deze onechte kleinzoon beloofde te worden. Ach, dacht hij, een bloedband is ook niet alles.

Bij de lunch kwam meneer Khalil met een andere suggestie om Zaki te helpen. Zijn neef Syed runde samen met zijn vrouw een buurtwinkel in een weinig modieus deel van Londen, maar ze bakten er niet veel van. Meneer Khalil had de winkel van hen overgenomen, met een hypotheek erop. Dat moest wel, want hij had alle schulden van zijn neef afbetaald. Hij was naar Londen gegaan met als eigenlijke doel om de winkel te verkopen, maar nu had hij een beter idee: zijn zoon zou de zaak over kunnen nemen. Als hij eigen baas was, dan kon Zaki in de winkel werken en tegelijkertijd op Jinan passen; dan gooide hij de winkel gewoon even dicht als hij Jinan naar de crèche of naar school moest brengen. De voorwaarde was dat Zakaria in de winkel moest staan en dat hij zijn vader huur moest betalen uit zijn winst, om de hypotheek af te betalen. Dan zou meneer Khalil de zaak uiteindelijk aan hem overdoen; dan was dat Jinans erfenis.

'Ik moet erover denken,' zei Zaki zachtjes, en hij keek hoe de vaderlijke eigenaar van de kleine brasserie zich uitsloofde voor Jinan. Hij liet hem het aquarium in de hoek van de zaak zien, en hoe de kleine schatkist die daar in stond om de zoveel seconden opensprong, waarbij een hele straal bubbels vrijkwam waar het rubberen mannetje in zijn duikerpak dan weer enthousiast van begon te wiebelen.

'Je kunt er nog eeuwen over denken, Zakaria,' zei meneer Khalil monter, 'maar je hebt niet zoveel keuze. Want van mij erf je niks meer, als je dat maar weet. Niet zodra ik weer getrouwd ben. Ik ben nu acht jaar weduwnaar en ik heb er genoeg van om zowel voor mijn huishouden als voor mijn zaak verantwoordelijk te zijn. Ik ga trouwen met de dochter van Iqbal. Die heeft echt organisatietalent.'

'Met Faiza? Maar die is bijna net zo oud als ik,' zei Zaki verbaasd. 'En ben jij niet een beetje oud voor een tweede leg? Je bent geen rockmuzikant of een filmster of zo.'

'Tsss! Grof in de mond als altijd. Maar hartelijk dank voor je warme felicitaties. Ik zal je vriendelijke complimenten overbrengen,' zei meneer Khalil gladjes. 'Overigens is ze minstens tien jaar ouder dan jij, dus jij mag haar respectvol aanspreken met Apa.' Een beetje gepikeerd voegde hij eraan toe: 'En trouwens, ik ben nog geen vijftig, hoor. Charlie Chaplin was een heel stuk ouder dan ik toen hij met Oona O'Neill trouwde. En zij was pas achttien. En toch hadden ze een lang en gelukkig huwelijk, en een paar kinderen.'

'Zoals ik al zei, jij bent geen filmster,' zei Zaki, net toen de serveerster het toetje kwam brengen. 'Ji-Ji, je ijsje is er,' riep hij. Dat liet Jinan zich geen twee keer zeggen; hij sprong op bij het aquarium en kwam meteen terug naar zijn plaats, waar hij met zo'n snelheid en zulk enthousiasme zijn ijsje verschalkte dat Zaki vergoelijkend zei: 'Sinds… je weet wel… eet hij non-stop. Dat deed hij vroeger nooit. Ik denk dat hij eet als troost.'

'Onzin,' zei meneer Khalil, die goedkeurend keek naar Jinan terwijl hij zelf met evenveel smaak zijn crème brûlée naar binnen werkte. 'Hij heeft gewoon een heel gezonde eetlust. Het is juist goed dat hij eet. Toen jij zo oud was at je helemaal niks, vel over been was je. Je arme moeder werd er hoorndol van.' Bij zijn laatste hap zei hij: 'Denk maar na over mijn aanbod, Zaki. En doe het snel. Je Apa Faiza heeft misschien heel andere plannen voor die buurtwinkel in Londen, als we eenmaal getrouwd zijn.'

Zaki dacht erover na, en besefte dat hij inderdaad niet veel keuze had. Hij zat volkomen aan de grond; Nadya's eenvoudige begrafenis had hem zijn allerlaatste spaargeld gekost en hij had ontslag moeten nemen om voor Jinan te kunnen zorgen. Hij had de afgelopen tijd alleen wat geld kunnen verdienen met schaken tegen een paar andere bewoners van het gebouw, en hij verdacht hen ervan dat ze hem lieten winnen uit medelijden. Zijn voormalige studievrienden hadden een beetje geholpen, maar die waren in feite net zo arm als hij. Hij kon niet ontkennen dat zijn vaders voorstel zo gek nog niet was. Hij had geen enkel diploma, maar dankzij zijn zomer bij het Khalil Imperium wist hij dat hij een winkel wel aan zou kunnen, min of meer. Hij zag wel in dat zijn onafhankelijkheidsidealen nogal puberaal waren, en dat hij op tweeëntwintigjarige leeftijd werd overgenomen en bestuurd door zijn vader en zijn familiebanden, ook al was dat met de beste bedoelingen. Hij stemde in met zijn vaders voorstel, maar stelde er een voorwaarde aan: dat hij nooit aan Jinan zou vertellen, uit wrok of boosaardigheid, dat Zaki niet zijn echte vader was.

Toen Zaki en Jinan bij het winkeltje in een achterafstraat in Hammersmith aankwamen, op een grauwe zomerse dag, stond er een kille wind die vanaf de rivier de straat in kwam fluiten, en die het afval dat op de grond was gegooid in de nabijgelegen woonwijk voor zich uit blies. In het appartement boven de winkel hing nog steeds de spookachtige geur van tante Uma's kookkunst, en de bomvolle winkel beneden stond vol met Chacha Syeds ongeorganiseerde voorraad, die voor een groot deel over de uiterste verkoopdatum heen was. Het drong eindelijk tot Zaki door dat op het bandje dat ze hem bij de geboorte hadden omgedaan helemaal niet 'Dromer' had gestaan. Hij had geen dromen meer, nu zijn dromen over een ongecompliceerd leven met zijn lieve zielsverwant waren uitgewist door een doodgewoon ongeluk in een drukke straat in Montmartre. Maar hij had nog wel zijn zoon, en nu had hij ook de mogelijkheid om voor hem te zorgen. Op het bandje dat ze hem bij zijn geboorte omdeden stond 'Winkelier', net zoals er op het bandje van zijn vader had gestaan. Dat was zijn overduidelijke en weinig meeslepende lot, en Zaki accepteerde dat er geen ontsnappen meer aan was.

Boodschappenlijstje voor het perfecte huwelijk

Het is vrijdagavond laat, en Lucky zit op zijn kamer. Hoewel hij zichzelf al honderd keer heeft voorgehouden dat de wedstrijd van morgen eigenlijk niks voorstelt, is hij toch nog te gespannen om te kunnen slapen. Dus in plaats daarvan doet hij net alsof hij slaapt; dat leek hem verstandig, want hij zit in de problemen, en zijn ouders maken ruzie. Hij weet niet zeker of de problemen aan de ruzie voorafgingen en ruzie veroorzaakten, of dat er eerst die ruzie was, en de problemen daarna zijn ontstaan. Uit de verstomde flarden conversatie die hij opvangt als de gemoederen zo verhit raken dat zijn ouders hun stem verheffen, kan hij opmaken dat zij er kennelijk achter zijn gekomen dat hij al een week geen huiswerk heeft gemaakt. Hij verdenkt zijn mentor ervan dat hij hen na het eten heeft gebeld om te klikken. Dat zou niet voor het eerst zijn.

Lucky maakt zich niet zoveel zorgen over dit soort problemen, want die komen vaak voor en de straf is meestal tamelijk voor de hand liggend. Hij moet natuurlijk zijn huiswerk inhalen en hij zal waarschijnlijk een week lang geen televisie mogen kijken of zoiets. Het is geen halsmisdaad die hij heeft begaan – hij heeft niet gespiekt of staan roken in de plees, of eersteklassers bedreigd. Over de ruzie maakt Lucky zich ook niet echt zorgen: zijn ouders hebben altijd ruzie, maar ze zijn zo vriendelijk om hun echt forse ruzies uit te vechten als ze denken dat hij hen niet kan horen. Hij vindt dit eerder geruststellend dan lafhartig. Het lijkt erop dat de enige fundamentele zaak waar ze het wel over eens zijn, is dat ze Lucky nooit getuige mogen laten zijn van hun ruzies, en dat ze hem er nooit bij mogen betrekken. Dus hoe heftig het er ook aan toe ging, als hij hen daarna weer zag, deden ze altijd heel hoffelijk tegen elkaar en gedroegen zich als een eenheid, ook al zag hij best dat ze zo pissig op elkaar waren dat ze elkaar liever niet aankeken, laat staan dat ze in dezelfde ruimte wilden zijn, laat staan dat ze met zijn allen aan tafel wilden eten en over ditjes en datjes wilden praten. Naïef ijdel als hij is neemt hij onderbewust aan dat hij het enige is wat hen bindt, en dat ze niet uit elkaar zullen gaan zolang hij tussen hen in blijft staan. Morgenochtend is het allemaal wel weer voorbij, denkt hij bij zichzelf, en uiteindelijk valt hij in een rusteloze, maar goddank ook droomloze slaap.

In de smaakvol ingerichte zitkamer zit Jinan; na het asociaal late telefoontje van Lucky's mentor is hij woedend. 'Maar het is jouw verantwoordelijkheid, Delphine,' stoomt hij. 'Dit kun je toch niet laten gebeuren? Als je dit al niet als je taak ziet, wat dan wel?'

'O ja, die is goed. Elke keer als er iets mis is met ons kind, schuif je de schuld op mij. Natuurlijk, ik heb het weer gedaan,' mompelt ze sarcastisch. 'Dat is wel zo gemakkelijk voor jou, of niet? God verhoede dat jij eens je verantwoordelijkheid neemt wat je zoon betreft.'

'Mijn verantwoordelijkheid?' roept Jinan uit. 'Zit je mij nu te beschuldigen dat ik mijn verantwoordelijkheid niet neem voor mijn zoon? Wil je mij dan eens even vertellen wanneer jij mij daar ooit de kans toe geeft? Toen hij nog een baby was mocht ik hem zelfs nooit vasthouden zonder toezicht, en dan vuurde je nog de hele tijd allerlei instructies op me af – ondersteun zijn hoofd, nee, doe het eens *goed*. Ik kreeg gewoon een zenuwinzinking van je!'

'Doe niet zo belachelijk, zeg,' zegt ze. 'Wat heeft een babyhoofd in vredesnaam te maken met zorgen dat een puber zijn huiswerk maakt?'

'Jij ondermijnt me, daar gaat het over.'

'Maar jij doet niet anders dan mij ondermijnen,' roept Delphine woedend. 'Niets is ooit goed genoeg voor jou. Ik moet de hele tijd jouw zin doen en dan moet ik me ook nog je slechte humeur en kritiek laten welgevallen. Je behandelt me verdomme alsof ik een van je personeelsleden ben die een slechte beoordeling van je krijgt. Op mijn werk had ik tenminste maar één keer per jaar een beoordelingsgesprek, maar met jou is het een constante stroom kritiek op alles wat ik verkeerd heb gedaan. Ik ben niet op tijd naar de stomerij geweest, ik heb de verkeerde tomaten gekocht, ik wist niet dat Lucky zijn huiswerk niet had gedaan… sta je er ooit wel eens bij stil dat ik heus niet expres vergeet je overhemden op te halen, gewoon om jou over de zeik te helpen? En als je het weten wil, vorige week heb ik geen vleestomaten gekocht maar van die biologische cherrytomaatjes omdat ik dacht dat die juist lekkerder zijn. Ik dacht dat jij dat wel op prijs zou stellen. Ik probeerde alleen maar iets aardigs te doen, en het enige dat jij doet is uitvallen en klagen…' Delphine is behoorlijk over haar toeren. De tranen springen haar bijna in de ogen.

'Moet je eens even horen, dat van die stomerij kan me niet schelen, en die tomaten ook niet – wat mij betreft koop je wat je wilt, interesseert me geen moer,' zegt Jinan met de bedoeling haar te sussen, maar het komt er nogal strijdlustig uit. Had hij nou maar gezegd dat hij die cherrytomaatjes eigenlijk heel lekker vond; als hij dat nu nog toe zou geven, zou het net lijken alsof hij expres koppig had gedaan over die vleestomaten, en dan zou hij haar alleen maar bevestigen in haar aanname dat hij op zoek was naar onbelangrijke dingen om kritiek op te kunnen leveren. Het verbaast hem telkens weer dat hij op de zaak met het volste vertrouwen de meest ingrijpende, zenuwslopende beslissingen kan nemen, maar dat hij thuis voortdurend de plank misslaat, bij de kleinste dingen. Een doodeenvoudige beslissing om te zeggen of de cherrytomaatjes al dan niet lekker smaken.

'Maar Luhiths huiswerk kan me wel schelen. Wat ik bedoel is, wat heb jij dan te doen dat belangrijker is dan zorgen voor Luhith?' Zonder nadenken voegt hij eraan toe: 'Ik bedoel, wat doe je dan verder nog?' Hij beseft meteen dat hij die laatste zin niet hardop had moeten uitspreken, ook al zei hij het niet om vals te doen. Hij meende het oprecht.

'Wat ik verder nog doe? Hoe durf je!' Delphine sist bijna van woede. 'Dus jij hebt het lef om te beweren dat ik *jou* ondermijn? Er is niks belangrijkers voor mij dan Lucky, en als jij ook maar een klein beetje je best had gedaan en voor je zoon had willen zorgen, dan had ik jaren geleden alweer aan het werk kunnen gaan.'

'God nee, niet weer,' zegt Jinan vermoeid. 'Hadden we het daar twee minuten geleden niet ook al over? Ik heb je maar één ding te zeggen, of liever gezegd twee dingen: ondersteun zijn hoofd, en doe het eens *goed*! En trouwens, jij wilde helemaal niet meer aan het werk. Jij wilde alleen maar thuisblijven en bij de baby zitten kirren.'

'Ik wilde thuisblijven en proberen een goede moeder voor hem te zijn. En als ik het me goed herinner, wilde jij dat ook. En ik ben ook een goede moeder. Heb jij enig idee waarom Lucky deze week geen huiswerk heeft ingeleverd? Ik in elk geval wel. Hij staat onder ontzettend veel druk voor morgen, en ik weet dat hij deze week niks anders heeft gedaan dan trainen. Hij slaapt nauwelijks. Wat verwacht jij dan van mij? Dat ik naar het veld ga en hem er vloekend en tierend van af sleur en naast hem ga staan met een zweepje terwijl hij een of ander klotewerkstuk maakt voor geschiedenis?'

'Inderdaad!' zegt Jinan, zelf verrast over zijn eigen felheid. 'Dat is precies wat er moet gebeuren. Ik zeg de hele tijd al tegen je dat hij dat voetballen veel te serieus neemt, en nu lijdt zijn school er dus onder. Hij moet zich eens gaan concentreren op wat echt belangrijk is. Ik bedoel, toen ik zo oud was als hij...'

'Ik wil niks meer horen over toen jij zo oud was als hij. Het gaat niet om jou, Jinan,' valt Delphine hem zachtjes in de rede, met een plotseling, gevaarlijk gezag. 'En het doet er niet toe dat jij zijn voetbal niet belangrijk vindt. Waar het om gaat is wat Lucky zelf belangrijk vindt.' Ze staat op en loopt niet naar hun slaapkamer, maar naar de logeerkamer. 'Morgen breng ik Lucky naar zijn wedstrijd en jij gedraagt je maar en wenst hem veel succes. En na de wedstrijd zal ik met hem om de tafel gaan zitten, en dan zal ik zorgen dat hij al het werk dat hij deze week niet heeft gedaan inhaalt, en dat hij al zijn huiswerk voor de komende week ook doet. We zijn erover uitgepraat verder.' Ze kijkt naar hem vanuit de halfdonkere hal en draait haar haren naar achteren met een vermoeid gebaar. 'We maken allemaal wel eens een fout. Het is nergens voor nodig dat jij ons allemaal nog eens flink op stang jaagt omdat we toevallig niet aan jouw hooggespannen verwachtingen voldoen.'

Jinan, die de discussie helemaal niet zo abrupt wil staken, loopt achter haar aan de hal in, ook al weet hij dat dat niet verstandig is. 'Ik ben dit meer dan zat, Delphine. Ik ben het zat dat ik er steeds van word beschuldigd dat ik niet deug als mens, en als vader. Ik ben altijd de gebeten hond, ik ben altijd de oorzaak van al onze problemen. Ik zeg iets en jij vat het meteen op als kritiek, en hoppa, je zit er alweer bovenop. Jij bent ook niet zo gemakkelijk, als je het weten wilt. Je bent soms zelfs verdomd moeilijk.'

Delphine blijft bij de deur staan en keert zich om. 'Ik weet wel dat ik moeilijk ben. Het spijt me.' Ze weet dat hij hier gelijk in heeft, en ze heeft het gevoel dat ze wel moet toegeven, al is het maar om eerlijk te zijn tegenover zichzelf. Ze is moeilijk omdat ze ongelukkig is, en ze is ongelukkig omdat ze ontevreden is, en ze heeft niemand op wie ze die onvrede kan projecteren, op haar man na. Ze weet dat Jinan het nooit goed kan doen, wat haar betreft, want alles wat hij zegt legt ze uit als bewijs voor haar eigen stellingen, en alles wat hij niet zegt legt ze uit als desinteresse. Ze weet ook dat Jinan haar nodig heeft;

ondanks zijn grote mond heeft hij haar steun nodig, ze moet hem bijstaan, en zijn slechte buien en norsheid slikken en zelfs toegeven aan zijn onschadelijke grillen. Het zou goed kunnen dat zij hem op precies dezelfde manier nodig heeft, maar de waarheid is dat ze te moe is van hun relatie om haar best te blijven doen. Juist van het feit dat ze steeds zo haar best moet doen wordt ze zo moe.

Haar zachtjes uitgesproken verontschuldiging slaat de verontwaardiging uit Jinan als een fysieke stomp in zijn maag. Hij voelt zich alweer voor schut staan, en hij voelt zich klein en onbeduidend, alsof de moeder die hij altijd zo idealiseert en die hij zich eigenlijk niet meer herinnert hem een standje heeft gegeven. Het is niet eerlijk.

Bedroefd zegt hij: 'En dan te bedenken dat mijn vrienden vinden dat wij zo'n perfect huwelijk hebben.' Hij haat de klank van zijn eigen stem; hij klinkt als een zeurend jongetje, terwijl hij de discussie juist met een meesterlijke, spottende en ironische uithaal had willen beslechten.

'Die van mij ook,' antwoordt Delphine, en ze biedt een wapenstilstand aan door Jinan onopzettelijk de kinderachtige troost van het laatste woord te ontnemen. 'Ik zie je morgenochtend,' zegt ze, en als ze Jinans gladgeschoren gezicht enigszins beteuterd ziet vertrekken, is ze plotseling boos op zichzelf omdat ze alleen nog beleefd kan klinken, en niet eens meer vriendelijk. Ze doet de deur van de logeerkamer achter zich dicht en kijkt naar de schone vlakte van beige, taupe en crèmekleurig linnengoed die zich kil uitstrekt over het bed, en dan herinnert ze zich een flamboyante stem uit haar verleden die oneerbiedig en onlogisch, maar wel met enig gezag zegt: 'Iets kan alleen maar perfect zijn omdat het niet slechter kan zijn.'

De geur van whisky en spijt

Lucky is dolblij dat hij Portia ziet staan bij het veld als hij arriveert voor de warming-up voor de wedstrijd. In zijn ervaring zijn de meeste schoolmeisjes onherkenbaar als ze hun schooluniform niet aanhebben, maar Portia lijkt nog meer op zichzelf, en ziet er beeldschoon uit. Niet dat ze zich nou speciaal sexy heeft gekleed; ze draagt een versleten spijkerbroek en een trui, maar met haar lange slanke benen en haar kortgeknipte haar ziet ze eruit als een fotomodel op haar vrije dag.

'Is dat niet dat meisje dat Zaki altijd helpt in de winkel?' vraagt Delphine als ze de auto parkeert. 'Mooi meisje, hè?'

'Klopt ja, Portia heet ze,' zegt Lucky langs zijn neus weg. Na de eerste opwinding toen hij haar zag staan, voelt hij zich een beetje geïntimideerd. Hij ziet zichzelf wel met Portia het Schoolmeisje, maar wat zou Portia het Model in vredesnaam in hem zien? Hij kan nog steeds niet geloven dat zij valt op een bovenmaatse en niet zo heel erg slimme schooljongen als hij. Hij ziet dat zijn moeder uit wil stappen en zegt: 'Mam, zou je het erg vinden om weer terug te komen als de wedstrijd begint? Je hoeft toch niet naar de training te kijken?'

Delphine kijkt naar Lucky, dan naar Portia, en ze heeft hem door. 'Tuurlijk, schat.' Ze wacht op zijn gebruikelijke vlugge afscheidszoen, de zoen die ze koestert ook al wordt hij eerder uit gewoonte dan uit affectie gegeven, maar hij stuitert zomaar de auto uit, op Portia af en keert niet eens meer om om te zwaaien terwijl ze de motor start en wegrijdt.

Lucky staat heel dicht bij Portia. 'Ik wil je wel zoenen, maar volgens mij zit mijn moeder te kijken,' zegt hij verlegen.

'Geeft niet, ik ben hier nog wel even,' antwoordt zij, en ze laat haar handen geruststellend langs zijn bovenarmen glijden. 'Hoe voel je je – niet te veel spierpijn? Niet te moe? Niet te bang?'

'Nee, ik voel me perfect, echt, helemaal perfect.' Hij kijkt over zijn schouder om te controleren of de Audi van zijn moeder uit de buurt is, en dan trekt hij Portia naar zich toe en geeft haar een dikke knuffel en een warme kus. Voor het eerst ruikt ze niet naar sigaretten. Ze smaakt zoet, naar de chocoladereep die uit haar achterzak steekt. 'Jij voelt ook perfect,' zegt hij en hij voelt haar warmte langs zijn torso, en het zachte gedeelte rond haar slanke taille, boven de rand van haar spijkerbroek.

'Perfect moet je nooit zeggen,' zegt Portia tussen het zoenen door. 'Iets kan alleen maar perfect zijn omdat het niet slechter kan zijn.'

'Dat lijkt me typisch een van Zaki's wijsheden,' lacht Lucky. 'Nou goed, bijna perfect dan, is dat beter?'

'Veel beter,' zegt Portia. 'Je vindt het toch niet erg dat ik er al zo vroeg ben, hè? Ik zal je heus niet voor de voeten lopen, hoor. Ik trok het thuis gewoon niet meer, met die engerd van een Malcolm die mijn moeder zit af te lebberen...' Ze schudt haar hoofd vol walging.

'Nee, ik ben blij dat je er bent,' zegt Lucky, verrast door haar vraag. Portia heeft weer die melancholieke, bijna boze blik in haar ogen; hij wil haar net vragen waar die blik vandaag komt als hij wordt onderbroken door de komst van zijn teamgenoten, die aan komen lopen met hun sporttassen over hun schouders. Ze fluiten naar Portia en maken pesterige kusbewegingen naar Lucky terwijl ze het veld op lopen. 'Donder op,' schreeuwt hij hen na, maar hij is stiekem blij dat ze hem met haar hebben zien staan. 'Ik ga ook maar eens. Dan zie ik je na de wedstrijd.'

'Ik hoef je geen geluk te wensen, hè?' zegt Portia. 'Aan je naam heb je al genoeg.'

Luhith 'Lucky' Khalil kijkt haar grijnzend aan en kust haar dankbaar op haar wang. Hij rent zijn teamgenoten achterna, wetend dat hij een storm aan vragen kan verwachten over dat bloedmooie meisje met wie hij stond, en dat vindt hij helemaal geen vervelend vooruitzicht.

Delphine moet de auto stilzetten als ze de hoek om is, omdat ze belachelijk genoeg moet huilen en omdat ze niks meer kan zien door haar tranen. Ze heeft al zo vaak om Lucky gehuild, maar nooit waar hij bij was. Ze huilde toen hij zijn eerste geluidje maakte dat op een woord leek, een soort liedje van ma-ma-ma-na-na-jam-jam, ze huilde bij zijn eerste stapjes rond hun salontafel en ze huilde toen ze hem naar school moest brengen. Hou mijn hand maar vast als je een beetje bang bent, had ze tegen hem gezegd, terwijl zij degene was die zijn zachte, warme handje moest vastpakken omdat zijzelf bang was, hem zo door het hek te zien verdwijnen. Ze had gehuild bij elke kleine verandering die hem verder van haar verwijderde, waardoor hij minder van haar afhankelijk werd, en elk moment waarop er weer iets van zijn kinderlijke perfectie verdween en hij doorgroeide tot iets echters en iets dat minder perfect was. En nu was hij bijna volwassen, had hij een vriendinnetje, en hij had zijn eigen sores, dingen waar zij niks mee te maken had. Ze voelt een golf van verbittering opkomen omdat Lucky haar niet meer nodig heeft; ze voelt zich gebruikt en zelfs belazerd. Ik kan het hem niet vergeven dat hij groot geworden is, vertelt ze zichzelf eerlijk, en ze schrikt zich een ongeluk van haar eigen egoïsme. Delphine maant zichzelf tot kalmte, snuit haar neus en gaat in een cafetaria zitten wachten tot de wedstrijd begint. Ze bestelt een latte en een stuk overheerlijke en troostrijke chocoladecake, en plotselinge begrijpt ze waarom Jinan de laatste tijd zo veel aankomt. Ze laat de taart staan, neemt de latte mee in de papieren beker, stapt weer in haar auto en rijdt naar Hammersmith. Kon ze haar eigen zwakheden maar even fijntjes aan de kaak stellen als die van haar man; kon zij ook maar troost vinden in eten, dat zou wel zo eenvoudig zijn.

Zaki staat in zijn winkel gebogen over de *Racing Post* en hij voelt zich vagelijk schuldig tegenover Lucky die die middag zijn grote wedstrijd heeft. Ach, toe even, zeg, denkt hij bij zichzelf, alsof je niks beters te doen hebt dan een beetje in de regen staan kijken naar een stel van die puisterige pubers die achter een balletje aanhollen. En trouwens, dat joch heeft je daar helemaal niet nodig – denk dat nou maar niet. Niemand heeft jou nu nog nodig. Jij bent een lachertje geworden – de oude nar die zijn rijke, respectabele familie te schande maakt. Die dooie diender van een zoon van je, meneer de advocaat, en je imbeciele vader. De een negeert hem vanaf de andere kant van de stad, en de ander vanaf de andere kant van de wereld. Ach nou ja, denkt hij, over elf jaar krijg ik een gratis busabonnement, en dan ben ik officieel te oud om nog het zwarte schaap genoemd te worden. Dus dan zal iedereen beweren dat ik 'excentriek' ben. Lelijke oude, rare oude, gewoon oude oude, excentrieke Chacha Zaki. Hij slobbert van zijn koffie, die hij op de ouderwetse manier heeft gezet. Oploskoffie, want hij had geen zin in dat geklooi met dat glimmende Krupsapparaat, 's ochtends vroeg. Hij trekt een vies gezicht. Vroeger had hij nooit bezwaar tegen oploskoffie en ook niet tegen die stroperige troep die Orla van hiernaast brouwt, maar na een paar dagen fatsoenlijke espresso's krijgt hij het zijn keel niet meer door. Als je iets goeds krijgt, bedenkt hij, is het probleem dat je eraan gewend raakt, en als je het dan niet meer hebt, dan mis je het. Meer nog dan je eigenlijk hebt genoten toen je het nog in je bezit had. 'Net als bij relaties,' zegt hij. Mijn hemel, nu is hij ook nog tegen zichzelf aan het praten. Hij is echt een dwaze oude vent aan het worden. De bel rinkelt als er een klant binnenkomt, en hij houdt zijn blik naar beneden gericht. Dat is al heel lang zijn gewoonte. Als je mensen aankijkt, dan willen ze meteen een gesprek met je aanknopen, of, God verhoede het, je ochtend verstoren door iets te kopen, zodat je dat weer opnieuw moet bestellen.

'Goedemorgen, Zaki,' zegt Delphine ongewoon formeel. Ze loopt naar de toonbank en neemt een slok door het deksel van de papieren beker.

'Hallo, Della,' reageert Zaki, die geen moeite doet zijn verbazing te verbergen. 'Waarom ben je niet bij de wedstrijd?'

Delphine gaat zitten op de kruk aan de andere kant van de toonbank en laat haar tas van haar schouder glijden. 'O, Lucky heeft me verzocht om te gaan wieberen tijdens de training. Anders zat ik hem en zijn nieuwe vriendinnetje maar in de weg.'

'Leuk, voor de verandering,' zegt Zaki, 'dat je je hier komt beklagen over je eigen zoon, in plaats van de mijne.' Hij kijkt Delphine aan. Ze is onberispelijk, casual chic gekleed, in een brandschone jeans met een eenvoudige, maar duur uitziende trui erboven. 'Je ziet er anders uit, vandaag,' zegt hij. Haar ogen staan helder, en haar wangen hebben iets rozigs, maar hij neemt aan dat dat ook door handig gebruik van make-up kan komen.

'Ik voel me ook anders,' zegt Delphine. 'Ik wilde je iets vertellen. Ik zal hier niet meer komen om te klagen over Jinan.'

'Goddank,' mompelt Zaki weinig oprecht, want in werkelijkheid vindt hij Delphines bezoekjes heel leuk, ook al maakt hij nog zoveel misbaar. 'Laat me raden – jullie hebben een goed gesprek gehad bij een beschaafd flesje Bollinger, en toen zijn jullie het eens geworden over een andere taakverdeling binnen het huishouden, of relatietherapie op zaterdag, ergens in de buurt van de golfclub, want dat is wel zo handig voor Jinan, en misschien hebben jullie ook wel afgesproken om je wekelijks zij aan zij te laten masseren, zodat jullie samen lekker kunnen ontsnappen aan de stress van thuis?' Hij spreekt het allemaal nogal sarcastisch uit, terwijl hij weet dat hij eigenlijk blij voor hen zou moeten zijn. 'Dat doen mensen uit jullie sociale klasse toch altijd als jullie je ruzies willen bijleggen?'

'Niet bepaald,' antwoordt Delphine kalm. 'Ik heb er alleen genoeg van, al dat geklaag. Gisteren hadden we alweer ruzie om niks, en daar heb ik ook tabak van. Ik begin me af te vragen of het niet een stuk minder stressvol is voor ons allemaal als ik gewoon bij hem wegga.'

'Wat zeg je nou?' Vol afschuw spuugt Zaki zijn koffie over zijn sportblaadje. 'Dat zijn geen grappen, Della – je weet heel goed dat ik niet van geintjes hou, zo vroeg in de ochtend. En voor een 1-aprilgrap ben je een week te laat.'

'O, maar ik maak helemaal geen grapje,' zegt Delphine. 'Ik ben er zo moe van, van die stompzinnige ruzies van ons, van die vervloekte lijstjes van hem elke week, van zijn eeuwige commentaar op mij. Ik ben het zat, ik word er depressief van en mijn hemel, ik word zo... saai. O god, sorry, zei ik net nog dat ik niet meer zou klagen, begin ik alweer...' Ze zucht en trekt het dekseltje van haar beker koffie, waarna ze zonder na te denken het schuim ervan af begint te likken.

Zaki trekt een fles whisky onder de toonbank vandaan. 'Gelukkig is het bijna twaalf uur, dus dan kan het wel, een borrel,' zegt hij en hij giet een flinke sloot bij zijn eigen koffie. Deze traktatie is het enige waarin zijn weekenden zich onderscheiden van doordeweekse dagen. 'Wil jij ook?'

'Nee, maar bedankt voor het aanbod,' antwoordt Delphine beleefd.

'Jij bedankt voor het weigeren,' zegt Zaki, en hij giet het staartje ook in zijn beker, zodat de whisky nog maar een klein beetje koffie bevat, in plaats van andersom. Hij neemt nog een slok, en vraagt dan: 'En, had Jinan hier nog iets over te zeggen, over dat je je zo down voelt?'

'Ik heb het er niet met hem over gehad,' antwoordt ze.

'Waarom vertel het dan in godsnaam aan mij?' wil Zaki weten. Delphine kijkt hem aan; ze heeft vochtige, grijze ogen, ogen als van een kameleon, die in een tel van alert en scherp kunnen omslaan naar zwoel en mysterieus. Dat was het eerste wat hem was opgevallen toen hij haar meer dan twintig haar geleden voor het eerst zag. Een verzopen yup in een net pakje, druipend en wel in die taxi. 'O,' zegt hij veelbetekenend, 'ik begrijp het al...'

'Krijg het maar niet zo hoog in je bol, ouwe baas,' zegt Delphine bits, met iets van de humor die ze vroeger had.

'Dat bedoelde ik helemaal niet!' zegt Zaki, en hij doet net alsof hij beledigd is. 'Ik snap echt heel goed wat je bedoelt. Jij wilt nu dat ik je vertel hoeveel Jinan van je houdt en dat hij zonder jou niet verder kan. Jij wilt dat ik de man en het fenomeen relaties voor je ga overanalyseren, want o, wat is het toch allemaal moeilijk. Jij wilt lekker vuilspuiten, en daarna wil je dat ik je troost en medeleven geef.' Hij drinkt zijn whiskykoffie behoorlijk opgevrolijkt op en grinnikt tevreden. 'Della, jij ziet mij gewoon als je beste vriendin!'

Delphine kleurt want ze vreest dat hij gelijk heeft. 'Ik ben blij dat mijn treurige leven een bron van vermaak voor je is. Jij zou je als mijn vriend moeten opstellen, want je bent een van de oudste vrienden die ik hier in Londen heb. Waarom hou je nou niet eens een keertje op met grappen maken en geef je me verdomme gewoon advies? En waarom zou je me niet willen troosten, en medeleven betonen, en waarom zou je geen redenen noemen waarom ik bij Jinan zou moeten blijven?'

'In de eerste plaats ben ik niet je vriend. Dat boek ging dicht toen je met mijn zoon trouwde – toen werd je familie. En met familie kun je geen vriendschap onderhouden, dat is net als lol hebben in iets dat je gedwongen bent te doen, of wat je werk is. Dat komt niet voor, want mensen houden nu eenmaal niet van dingen die hen opgelegd worden,' zegt Zaki. 'In de tweede plaats is Jinan een vervelende etter. Dat is hij niet altijd geweest, maar sinds hij astronomische bedragen verdient, is er geen houden meer aan met hem, dus ik zou niet weten waarom je bij hem zou moeten blijven. Als ik met hem getrouwd was, dan was ik al bij het eerst stompzinnige 'to do'-lijstje bij hem weggegaan. Hij was elf toen ik dat van hem kreeg. Baba, je moet mijn gymspullen wassen, mijn uniform strijken, sinaasappelsap voor me kopen, een afspraak bij de tandarts maken, een juniorwoordenboek voor me kopen... Maar enfin, waar het op neerkomt, schoonheid, is dat ik nu eenmaal voorgoed aan hem vast zit – en jij niet.'

Delphine kijkt hem stomgeslagen aan. 'Dus dat is jouw advies? Jij vindt dat ik maar bij je zoon weg moet gaan omdat hij irritant is en omdat hij 'to do'-lijstjes maakt?'

'Zeker,' zegt Zaki opgewekt. 'Dat is het wel zo'n beetje. En ik zou vooral niet al te lang blijven plakken, want jij bent ook de jongste niet meer, en straks schiet je nog over. Over een jaar of tien ben je zelfs voor mij te oud...' De winkelbel rinkelt en een stel buurtkinderen komen binnenlopen. 'Verdomme,' mompelt Zaki voordat hij, ondanks de aanwezige toehoorders, toch gewoon doorgaat. 'Maar over Jinan hoef je je geen zorgen te maken, hoor. Die komt wel op zijn pootjes terecht. Rijke advocaten hebben doorgaans weinig problemen om een nieuw meisje te vinden, ook al zijn ze oud en lelijk. En Jinan is pas zesendertig, en lelijk is hij ook niet echt, als je van dat hele keurige houdt. Ik denk dat hij alweer een leuke blonde secretaresse aan de haak heeft voor je "jong blaadje" kunt zeggen. Het zou me niet verbazen als er al eentje op de loer ligt die denkt: Arm schaap, die magere chique vrouw van je zorgt helemaal niet goed voor je.'

'Ach, rot toch op,' zegt Delphine spottend. 'Ik weet precies waar jij mee bezig bent, mij een beetje te vertellen dat hij straks zo goed in de markt ligt en ik niet – jij probeert me gewoon bang te maken zodat ik bij hem blijf.'

'O ja, doe ik dat?' vraagt Zaki gespeeld verbaasd. 'Dan ben ik nog slimmer dan ik al dacht. En, werkt het?'

'Ik denk dat ik jou meer zou missen dan hem,' zegt Delphine onschuldig, en ze neemt nog een slok van haar koffie. 'Bij jou voel ik me altijd beter.'

De kinderen komen naar de toonbank met stripblaadjes en chocola, en dwingen Zaki zijn eigen tijdschrift aan de kant te leggen en hen te helpen. Terwijl Delphine toekijkt hoe hij grapjes met hen maakt, trekt er een waas voor haar grijze ogen als ze terugdenkt aan de zomer waarin ze elkaar hebben leren kennen – de domme grappen die hij met haar irritante buren in Putney uithaalde, de avonden in het casino en de dagen bij de paardenrennen, al die ongehoorde onverantwoordelijkheid. Overdag was ze een stijve, genadeloze carrièrevrouw en 's avonds was ze net een schoolmeisje met haar geheime vriendje dat maar niet wilde deugen. Zo terugkijkend voelde ze iets van verlangen en iets van verdriet om dat jonge meisje die ze had gedwongen voor een totaal ander leven te kiezen, alsof zij er zelf de hand niet in had gehad, maar iemand anders het zo geregeld had. Een vorige zelf. Ze voelt zelfs iets van spijt om de ambitie van dat meisje dat een serieuze relatie met de man van de winkel in de weg stond, hoe dol ze verder ook op hem was. Wat belachelijk om medelijden te hebben met dat meisje, denkt ze – dat snobistische prinsesje heeft immers alles gekregen wat ze wilde? Een succesvolle carrière en een succesvolle advocaat als man, en later een schattig zoontje en een beeldig huis, in cultureel opzicht zo ver verwijderd van haar dorp als maar mogelijk? En toch, dacht ze, alles krijgen wat je wilt is misschien toch iets om spijt over te hebben, want waar moet je daarna nog naartoe? Nergens, je wilt hooguit weer terug.

Gek, dat die ongeschikte man die door dat meisje zo zonder meer aan de kant was geschoven na een lange zomer, toch nog altijd degene was die haar geheimen aanhoorde en dankzij wie ze zich altijd weer beter voelde. Ze denkt terug aan Zaki's flamboyante uiterlijk waarmee hij overal de aandacht trok, maar ze kan zich niet meer herinneren hoe het voelde om hem te kussen, om hem vast te houden. Ze onderdrukt een wanhopige aandrang om die vergeten zaken nieuw leven in te blazen en geeft alleen een klopje op zijn hand en een warme, dochterlijke zoen op zijn ongeschoren wang. Ze laat haar lippen niet te lang rusten; als ze te dicht bij hem blijft ruikt hij misschien haar spijt nog. 'Vind je het erg als ik even naar boven ga en nog een latte voor mezelf zet? Deze is koud,' zegt ze. 'Dan gaan we daarna naar Lucky's wedstrijd. Hij kan je steun wel gebruiken; Jinan is naar de golfbaan.'

Zaki kijkt haar na als ze de trap op loopt. Hij houdt zich voor dat hij blij is dat hij haar heeft geholpen; dat was wel het minste wat hij voor haar kon doen, aangezien zij hem van zijn zoon had verlost, met zijn 'to do'-lijstjes en al die andere irritante gewoonten die hij hem nooit had kunnen afleren. Hij had altijd al gevonden dat het zijn plicht was om te zorgen dat zij gelukkig zou zijn.

'Maar jij maakt mij juist altijd ongelukkiger,' zegt hij tegen de lege luchtstroom die zij achter zich laat. Hij praat weer tegen zichzelf, als de rare oude, gekke oude, oude oude, excentrieke man die hij aan het worden is. Hij drinkt zijn beker leeg en kan de verleiding niet weerstaan om even te voelen aan de wang waar zij hem zo'n warme kus heeft gegeven, en waar haar adem langs hem streek. Wat rook ze toen ze hem kuste? Rook ze zijn whisky, of zijn spijt?

Kapitein Khalil op het slagveld

Als het team het veld op komt lopen, begint het te motregenen. Hoe symbolisch, denk Lucky gelaten.

'Hé, Lucky, je weet wat ze zeggen over kerels met grote handen,' zegt Ming als ze hun posities innemen. Lucky geeft geen antwoord en wacht tot hij met de clou doorkomt. 'Dat ze grote handschoenen nodig hebben,' grinnikt Ming, en hij geeft een tik tegen Lucky's gigantische keepershandschoenen om de grap kracht bij te zetten. 'Kom op, man, blijven lachen! Het is geen executie.'

'Dat moeten we nog maar eens zien,' antwoordt Lucky. 'Dek jij je man nou maar af, en hou je mond met die flauwe grappen.' Hij kijkt naar zijn wreker aan de overkant: Felix het Fenomeen. Conway de Verschrikkelijke, een spits die de bal er uit alle hoeken en bochten in weet te schoppen, die zo snel over het veld vliegt dat hij de bal nauwelijks hoeft aan te raken om hem voor zich uit te bewegen. Lucky heeft foto's van hem gezien in de regionale kranten en op de website van Swindon, maar hij schrikt er iedere keer weer van hoe klein Felix in het echt is. Een klein, bleek ventje met een rond aardappelgezicht en met sproeten. Een beetje een nerd. Net als Lucky is Conway aanvoerder van zijn team, maar hij is niet aan het dollen met zijn teamgenoten, zoals anders. Hij ziet er ongewoon gefocust en kalm uit. Toch heeft Lucky goed genoeg op hem gelet om te zien dat hij een paar keer stiekem naar de tribune heeft gekeken, naar twee wel heel erg nadrukkelijk onopvallende mannen in dure regenjassen. Lucky heeft hen zelf zien zitten. Er zitten twee scouts, eentje van een club in Londen en eentje van een club in Manchester. Misschien is deze wedstrijd de grote kans voor Conway. Misschien brengt dit hem zijn geweldige aanbod. Of misschien wel twee.

'Kom maar op, Conway,' mompelt Lucky zachtjes. 'We gaan geschiedenis schrijven.'

De eerste helft is nog maar tien minuten aan de gang of Conway geeft zijn eerste schot op het doel. Hij moest er het hele veld voor over rennen, en werd weliswaar bijna op een vuile manier getackeld door Ming, maar toch lukt het hem, zoals dit soort dingen hem altijd lukken, om de bal in de richting van het net te mikken. Maar hij schopt niet hard. Lucky, die precies ziet waar de bal naartoe vliegt, redt hem met gemak, en gooit hem meteen weer terug naar Ming. 'Zo doen we dat, Lucky!' roept Harding hem bemoedigend toe. Lucky schudt zijn hoofd; dat kon je nauwelijks een redding noemen. Duncan had die zelfs nog kunnen hebben, maar toch voelt hij zijn zelfvertrouwen groeien. Het tweede schot op zijn doel is veel moeilijker. Hij komt uit een vrije schop en Conways talent voor een gebogen schot kennende, zorgt Lucky ervoor dat hij op zijn lijn blijft hangen, ook al is hij nog zo in de verleiding om uit zijn doel te komen om de bal weg te stompen. De bal vliegt in een keurige en onverwachte boog naar de rechterbovenhoek, en er wordt al gejuicht door de supporters van Swindon, die aannemen dat deze bal niet meer te redden valt. Maar Lucky, die de soepele lijn die de bal maakt zo ingespannen volgt dat het wel lijkt alsof hij in trance is, raakt hem nog net met zijn vingertoppen en tikt hem zo over de lat.

Conway begint geïrriteerd te raken – het is hem nog niet vaak overkomen dat hij niet al in de eerste helft scoort. 'Kan ik verdomme wat ondersteuning krijgen?' roept hij tegen zijn ploeg, met een onverwacht donkere en bozige stem voor zo'n klein, goedmoedig uitziend jongetje. Zijn derde kans op het doel creëert Conway bijna helemaal alleen, door langs de hele verdediging te dribbelen met zo'n snelle precisie, dat het wel lijkt alsof de anderen allemaal in slow motion spelen. Lucky, die het beste overzicht over het veld heeft, gaat bijna helemaal op in zijn bewondering hiervoor; jezusmina, denkt hij, hij lijkt Michael Owen wel tegen Argentinië, toen bij de wereldbeker in Frankrijk, in 1998. Hij beseft dat hij Conway alleen kan tegenhouden door hem te laten zien dat Lucky de bal nog liever wil dan hij, en dat hij er alles voor overheeft. De strijd gaat nu niet zozeer om de meeste vaardigheid, maar om de beste zenuwen. Lucky verlaat roekeloos zijn doel en rent naar voren, duikt naar de bal en riskeert Conways schoen tegen zijn gezicht. Hij maakt een akelige val, maar hij heeft de bal veilig tegen zich aan gedrukt, en Conway struikelt over hem. 'Fok,' zegt Conway woedend en ontzet als hij de aanvoerder van zijn tegenstander aankijkt. Die gek van een Khalil had al zijn tanden wel kunnen breken. Als het fluitsignaal de rust aankondigt werpt Conway, die hem voor de wedstrijd nog zo vriendelijk de hand had geschud, Lucky een ongehoord vuile blik toe: 'Denk maar niet dat het voorbij is, vuile poepfransoos.' Lucky voelt even aan zijn schouder en is verrast, want hij wist niet dat Conway zich zo kwaad kon maken. Hij is ook gevleid, want uit het feit dat Conway weet dat hij een bruine vader en een Franse moeder heeft kan hij opmaken dat hij hem heeft opgezocht op het web. Zelf zegt hij niks, maar hij rent het veld af, en glimlacht als zijn trainer hem bij de zijlijn opvangt. Hij heeft Conway in de gordijnen; en als hem dat lukt, dan kan hij hem ook verslaan. Hij hoeft het alleen maar liever te willen.

In de tweede helft redt Lucky nog twee ballen, tot grote vreugde van de eigen supporters, die dingen zingen als 'I should be so Lucky'. Hij heeft ze nog nooit zo bezig gehoord. Lucky heeft wel vaker mooie wedstrijden gespeeld, maar dat was niks vergeleken met nu – het lijkt wel alsof alles hem lukt, en alsof hij en de bal als door toverkracht naar elkaar toe trekken. Maar in de laatste minuten is het voorbij met zijn mazzel, want Ming raakt overmoedig en tackelt Conway op een smerige manier in het strafschopgebied. Conway grijpt zijn kans en laat zich ter aarde storten. Het publiek sist en schreeuwt dat hij weer op moet staan. Harding roept verontwaardigd tegen de scheids, maar Lucky maakt zich op voor de onvermijdelijke penalty. Hij ziet hoe Conway zich opmaakt voor de stafschop, onder luid boegeroep vanaf de tribune, en ineens voelt hij zich heel erg rustig worden. Ik ken jou, denkt hij, ik weet naar welke hoek je gaat, ik weet wat je wilt doen. Ik weet het omdat jij en ik precies hetzelfde zijn. Conway schiet, en dan lijkt alles te vertragen. Er is geen enkel geluid behalve het ruisen van het bloed door zijn hoofd. Er is geen toekomst en geen verleden, er is alleen dit moment, een langgerekt moment waarin de bal door de lucht zoeft en Lucky opspringt om hem op te eisen. Hij springt de goede kant op, maar hij krijgt zijn handen niet helemaal achter de bal, zodat hij hem zonder na te denken weg probeert te koppen. De bal maakt 110 kilometer per uur en schampt de zijkant van zijn handschoen, raakt hem recht tussen de ogen en stuitert van hem af met een zacht plofje. Zijkant net. Lucky stort neer in zijn goal en de fluit klinkt.

Als Lucky weer bijkomt voelt hij dat zijn team een ererondje met hem loopt om het veld. Het publiek gilt en juicht hem toe. 'Is het gelukt? Heb ik hem gered?' vraagt hij, en hij moet op het scorebord kijken voor het antwoord. 'Maar we hebben verloren?' vraagt hij verbaasd aan Jackie en Ming en Harding. Wat valt er dan te vieren?

'Lekker boeiend!' zegt Jackie. 'We hebben ze een poepie laten ruiken, en hij kreeg die penalty alleen maar omdat hij zich als een wijf liet vallen. Van de reputatie van Conway is vandaag niet veel heel gebleven, en jij bent mijn held!' Hij trekt aan Lucky's pijnlijke hoofd en plant een klapzoen op zijn kruin.

'Zet me neer!' protesteert Lucky, niet helemaal overtuigd van het nut van dit feestje, en hij scant de tribune af op zoek naar Portia, zijn moeder, en die twee opvallend onopvallende kerels die hij eerder had zien staan. Uiteindelijk zetten ze hem aan de zijkant van de tribune neer en hij staat nauwelijks of hij valt weer op de grond door een gemeen scherpe trap tegen zijn nieren. Als hij zich omdraait ziet hij dat Conway hem bespringt en op hem in begint te rammen met een van woede vertrokken gezicht: 'Vuile klootzak! Vieze vuile Paki!'

Lucky duwt hem zonder problemen van zich af en houdt hem bij de schouders vast. Conway slaat door zonder hem te raken. 'Nee, geen Paki. Ik was een bruine Fransoos, weet je nog wel? Wat is er nou, Conway? Jullie hebben toch gewonnen?'

Conway stopt met stompen en dan slaat zijn razernij zomaar ineens om in een hartstochtelijke huilbui. Zijn grommende snikken doen Lucky meer pijn dan zijn klappen. 'Je snapt er ook niks van, hè, Khalil? Dit was mijn grote kans, en dankzij jou is die nu naar de knoppen.'

Lucky voelt een golf van medelijden opkomen. 'Man, natuurlijk snap ik dat wel,' zegt hij en hij steekt zijn hand uit om Conway op zijn schouder te kloppen, maar die schudt hem van zich af.

'Kijk me nou maar gewoon niet aan,' zegt Conway verbitterd. Hij schaamt zich voor zijn tranen en hij rent weg naar de kleedkamers. Het is nog maar een jochie, denkt Lucky. Na al die passie en de penalty's is hij gewoon nog maar een klein kind. Hij vraagt zich af of hij achter Conway aan moet, maar dan hoort hij een bekende stem die zijn naam roept en hij kijkt over het veld waar hij Zaki en Portia ziet staan. Ze zwaaien driftig. Het is zo'n magische middag geweest, met zo veel onverwachte wendingen, dat Lucky helemaal niet verbaasd is om Zaki daar te zien staan, ook al komt zijn koppige huismus van een grootvader zijn huis normaal gesproken liever niet uit, en al helemaal niet op een regenachtige zaterdagmiddag. Lucky rent op hen af.

‘Waar is mama?’ vraagt hij terwijl hij een arm om Portia heen slaat. ‘Is zij niet bij jullie?’

Zaki glimlacht breed, en neigt zonder iets te zeggen met zijn hoofd naar links en naar achter. Daar ziet Lucky zijn moeder staan praten met de twee anonieme mannen in hun dure regenjassen. Het is een ernstig gesprek. ‘Omijngod,’ fluistert Lucky en hij wil naar ze toe lopen, maar Zaki houdt hem tegen.

‘Laat je moeder dit nu maar afhandelen,’ zegt Zaki. ‘Daar is ze goed in. Je had haar vroeger eens moeten zien, toen ze nog marketing director was. Dat mens is een van de beste onderhandelaars in dit land.’

‘Maar ik wil niet dat ze onderhandelt, ik wil dat ze ja zegt!’ protesteert Lucky. ‘Of smeken mag ook.’

‘En dat is nou precies waarom jij hier blijft staan,’ houdt Zaki voet bij stuk. Portia knikt instemmend, ze knijpt hard in Lucky’s hand. Na een paar minuten, die een eeuwigheid lijken te duren, draait Delphine zich om en zwaait even naar Lucky voordat zij en de twee mannen naar Lucky toe komen lopen. Omijngod, denkt hij weer en hij voelt het bloed naar zijn licht gehavende hoofd stromen en weer hoort hij niets anders dan dat geruis in zijn hoofd – Nu Gaat Het Beginnen.

Manager van mannen en jongens

Delphine leeft ineens weer. In de loop van een ochtend en een middag is de precaire balans van haar treurige leven onverwacht doorgeslagen naar iets positiefs. Haar ontevreden gevoel is verdwenen, en terwijl ze als gewoonlijk moeilijke gerechten aan het koken is voor haar geliefden, voelt ze zich hoopvol en gelukkig. Ze voelt vanbinnen echt wat ze normaal alleen maar vanbuiten uitstraalt naar haar vriendinnen en ex-collega's.

De reden voor dit alles is eenvoudig. Na jarenlang alleen huisvrouw en moeder te zijn geweest heeft Delphine weer een baan gevonden – of liever gezegd, de baan heeft haar gevonden. Gedurende negentig magische minuten heeft haar getalenteerde zoon al haar verwachtingen overtroffen en door een overwinning te maken van een vrijwel zeker verloren positie heeft hij de interesse weten te wekken van mannen die de macht hebben om hem van zijn hobby zijn roeping te laten maken. Ineens, in de ogenblikken die volgden op de wedstrijd, had die zoon haar harder nodig dan ooit tevoren – niet als iemand die hem troost kon geven, zijn tranen moest vegen, hem moest helpen bij zijn huiswerk, of als zijn chauffeur, nee, hij had haar nodig zoals de ene volwassene de andere nodig kan hebben: als een door de wol geverfde vertegenwoordiger en onderhandelaar. Hij had haar nodig als manager, en zij merkte dat zij het nog steeds in haar vingers had. Moeiteloos stapte ze dan ook in haar nieuwe rol. Delphine ziet een toekomst, voor Lucky en voor zichzelf. Ze ziet zichzelf als nuttig in plaats van zielig tussen haar mooie spullen, en ze ziet haar zoon en hoe die de roem, rijkdom en het geluk tegemoet snelt als gevolg van zijn van God gegeven talent en haar slimme management. Ze worden een geweldig team; en hij wordt weer gewoon haar jongen.

'Daar komt niets van in. Zoiets krankzinnigs heb ik nog nooit gehoord,' zegt Jinan terwijl hij een stukje gebraden piepkuiken en een met geitenkaas gevulde ravioli aan zijn vork prikt. 'Hoe denk je dat hij zijn eindexamen kan doen als hij voor een of andere club aan de andere kant van Londen speelt?'

'Het is niet een of andere club, lieveling,' legt Delphine geduldig uit. 'Hij krijgt de kans om bij de jeugd van een eredivisieclub te gaan spelen. Als ze hem een vaste aanstelling geven, dan betekent dat dat Lucky rond zijn negentiende zelf in de eredivisie kan spelen – en misschien zelfs wel eerder, als hij goed genoeg is. Hij speelt met de besten van het hele land.' Ze zwijgt even, en wacht tot hij dit heeft laten bezinken, voor ze vervolgt: 'Het houdt in dat hij professional wordt; voetbal wordt dan dus zijn carrière.'

'Professional?' sputtert Jinan. 'Hoe kan hij überhaupt aan werken denken? Dat joch is nog geen vijftien!'

'Ik geloof niet dat jij helemaal doorhebt wat voor grandioze kans hem geboden wordt. Dit is waar de meeste jongens alleen maar van kunnen dromen,' antwoordt Delphine. 'En trouwens, hij wil dit zelf.'

'Hij wil het alleen maar om mij dwars te zitten,' mompelt Jinan onredelijk. 'Hij verneukt zo al zijn examens, en als hij klaar is met achter dat belachelijke balletje aanrennen heeft hij geen enkel diploma en wil geen enkele universiteit hem aannemen. Ja, hooguit als conciërge.'

'Mijn god, wat ben jij toch een ongelofelijke snob,' zegt Delphine, die nu eindelijk geïrriteerd begint te raken. Ze kijkt naar Jinan en hoe hij haar liefdevol toebereide maaltijd naar binnen zit te harken zonder enig respect voor het boterzachte piepkuiken of de perfecte ravioli. Alsof het een kant-en-klaarmaaltijd uit de supermarkt is. Had ze hier maar niet zoveel tijd ingestoken. Hij vond het kennelijk niet eens lekker; het was voor hem niet meer dan brandstof om dit nieuwste vuurtje van agitatie lekker op te kunnen stoken. Kauwde hij überhaupt wel?

'Ik ben inderdaad een ongelofelijke snob. Net als jij. Waarom doet Lucky ons dit aan? Wie denkt hij wel dat hij is, een of andere arbeidersheld?' Jinan neemt zijn laatste hap ravioli en kijkt even verslagen om zich heen, totdat hij de *focaccia* ziet die Delphine met rozemarijn heeft bestrooid. Hij scheurt een flinke homp af en veegt er zijn bord mee schoon. 'Ik bedoel: ik heb me niet voor niets het schompes gewerkt, zodat ik naar Oxford kon en rechten kon studeren. En dan zou Lucky nu de klok zeker drie generaties terugzetten zodat hij weer lekker in de buitenlucht kan werken in zijn *lungi*.'

'Dit is wel iets anders dan werken in de buitenlucht,' zegt Delphine terwijl ze zich afvraagt of ze Lucky wel zo zou bijvallen als hij inderdaad had besloten om op het land te gaan werken en boer wilde worden in het idyllische zuidwesten van Frankrijk. 'Als het om cricket ging, of tennis, dan was je nu vast niet zo negatief.'

'Inderdaad, dan niet, nee. Voetbal is voor boerenpummels – dan hadden we hem net zo goed kunnen opvoeden in een willekeurige goedkope achterbuurt. Noem mij een voetballer die naar een fatsoenlijke kostschool is geweest of die een universitaire titel heeft,' mokt Jinan.

'Er is geen maximumleeftijd als je nog wilt studeren, hoor,' zegt Delphine sussend. 'Ze zorgen ervoor dat Lucky zijn eindexamen haalt terwijl hij daar speelt, en we geven hem een jaar of zo om te kijken hoe ver hij kan komen in de voetballerij. Hij mag namelijk gewoon naar school als hij onder contract staat. En loopt het voetbal toch niet, dan kan hij altijd nog gaan studeren.' Ze bedenkt twee dingen die deze bittere pil wat zullen verzachten voor Jinan, en terwijl ze zijn hand streelt zegt ze: 'Zie het dan als een jaartje ertussenuit. Heb jij niet altijd gezegd dat je het zo jammer vindt dat je meteen na school bent gaan studeren? Trouwens, ik heb een chocoladesoufflé gemaakt voor toe.'

'Een soufflé, zei je?' zegt Jinan en hij klaart op. Hij loopt achter Delphine aan de keuken in met de borden, bijna blij als een puppy, en hij kijkt goedkeurend naar de soufflé. 'Ruikt fantastisch,' verzucht hij. Hij kijkt eerbiedig toe hoe Delphine hem uit de oven haalt en hoe ze door de korst heen snijdt en de smeltende chocolade er binnenin op zijn bord schept. Terwijl hij een hap neemt zegt hij: 'Dus jij vindt dit allemaal prima? Jij vindt dit allemaal geen slecht idee?'

Delphine hoort het compromis in zijn stem en verbergt een glimlach. Het lukte haar uiteindelijk altijd om Jinan om te krijgen. Misschien moest ze maar blij zijn dat ze met hem getrouwd was – er was vast geen andere advocaatmiljonair in Knightsbridge die zo makkelijk te managen was als hij. 'Ik denk dat we hem deze kans moeten gunnen,' zegt ze. 'Het zal hem geen kwaad doen, en als we hem tegenhouden zal hij het ons heel erg kwalijk nemen.'

'Ach ja, dit soort dingen moet je eigenlijk ook doen als je jong bent,' geeft Jinan toe terwijl hij het laatste restje soufflé van zijn bord schraapt en nog een portie opschept. 'Je hebt ook gelijk, ik heb er altijd spijt van gehad dat ik niet een jaartje over de wereld ben gaan reizen voor ik ging studeren. En toen ik eenmaal afgestudeerd was, gingen we trouwen, en toen kwam Lucky, en toen was het gewoon te laat.'

Delphine knikt instemmend. 'Mensen hebben altijd alleen spijt van de dingen die ze niet doen,' zegt ze. Ze kijkt op haar horloge – Lucky komt zo terug van Zaki's huis. Ze had hem daar naartoe laten gaan, samen met Portia, op voorwaarde dat hij daar zijn huiswerk zou doen. Ze staat op om cafeïnevrije espresso te zetten, en denkt aan Zaki's stoppelwang, aan de scherpe mufheid van de kleren waar hij al twee dagen in rondliep, in contrast met zijn frisgedouchte huid, en aan de geur van koffie en spijt.

Besluiten op de dansvloer

Delphine zit in een taxi op weg naar de meiden. Ze is een paar dagen alleen thuis, want Jinan is voor zaken naar New York en Lucky is op trainingsweekend met zijn team. Hij zit nu ruim een jaar bij de jeugdafdeling van deze club, en dankzij Delphines inzet loopt het allemaal prima. Ze heeft zijn contract weten te verlengen zonder al te veel drama, en ze heeft er zelfs voor gezorgd dat zijn eindexamen geen gevaar loopt. Jinan heeft ze iets minder goed in de hand. De avond voor hij vertrok hadden ze ruzie over iets onbelangrijks dat tot gigantische proporties werd opgeblazen. Dat was natuurlijk niet ongebruikelijk, en hoewel Lucky er niet bij was als toeschouwer, deden ze toch de volgende ochtend alsof er niets aan de hand was. Ze hadden zelfs nog gevreeën, voor het opstaan. Dat wil zeggen: Jinan had aanstalten gemaakt en ze had aanvankelijk geen bezwaar aangetekend. Gaandeweg kreeg ze er zelfs lol in, werd ze steeds enthousiaster. Het was hun gewoonte om het te doen voordat een van hen op reis ging. Om een soort eigendomsstempel te zetten, of bij wijze van inenting. Daarna hadden ze beleefd over koetjes en kalfjes gesproken, terwijl Jinan zijn koffer pakte en op zoek was naar zijn internationale stekkeradaptor. Wat zo eigenaardig, zo ongebruikelijk en akelig was aan hoe ze hun doodnormale ruzie dit keer bijlegden, was de manier waarop Jinan had geprobeerd om het weer goed te maken voor hij de deur uitging. Hij had haar tegen zich aan getrokken en gezegd dat hij vreesde dat het toch allemaal zijn schuld was. 'Ik ben getrouwd met een briljante marketingvrouw met een geweldige carrière, en in de loop van de jaren heb ik op de een of andere manier een doodgewone echtgenote van je gemaakt. Ik heb een huisvrouw van je gemaakt, een kok, een chauffeur en een babysitter. Geen wonder dat je niet gelukkig bent.'

'Ik ben wel gelukkig,' had ze toen gelogen, gekwetst omdat hij de spijker zo precies op de kop sloeg. 'Ik heb toch alles wat mijn hartje begeert.' Het was erg genoeg dat ze zelf wist dat ze zo gewoontjes was geworden, maar dat anderen het doorhadden was te veel voor haar. Dat anderen zagen hoe onbeduidend haar leven was geworden. Het meisje dat zoveel ambities had gehad, dat geloofde dat ze zoveel verdiende, en dat zichzelf onzichtbaar had gemaakt. Juist doordat ze alles had gekregen wat haar hartje begeerde, was ze iemand geworden die er nauwelijks toe deed. Het was een tragedie waar je niet op rekent: je dromen te vroeg in je leven waarmaken. Pas sinds kort was ze erachter dat je in dat geval niets meer had om naartoe te leven.

'We hebben het er wel over als ik weer terug ben,' had Jinan beloofd. Hij luisterde dus niet naar haar protesten, of hij geloofde ze gewoon niet. Hij had haar haren gepakt en er een zoen op gedrukt, alsof hij te gegeneerd was om haar een echte zoen te geven, zo bij hun voordeur. Toen zei hij, als een kind dat om een schouderklopje vroeg: 'Ik hou echt van jou, hoor. Ik hou heel veel van je.' Hij wachtte haar antwoord niet af, maar vertrok gehaast. Waarschijnlijk was hij bang, en terecht, dat Delphine zou aarzelen om diezelfde woorden tegen hem uit te spreken. Hij wilde dat moment van twijfel, of aarzeling, niet meemaken. In dit geval wilde hij zelf het laatste woord. Zijn onverwachte liefdesverklaring was ook een soort van inenting, dacht Delphine.

Toen ze alleen in hun appartement zat, bracht Delphine de hele dag door met voorbereidingen voor die avond. Ze was eindeloos lang in bad gegaan, had haar haar gedaan en haar nagels, en ze had haar benen gewaxt. Ze had haar *Abba Gold* cd opgezet en met haar vriendinnen gekakeld over de telefoon om te bespreken waar en hoe laat ze elkaar zouden zien. Ze voelde zich weer jong en optimistisch, iets wat ze zich nooit voelde als Jinan in de buurt was, want die eiste tegenwoordig genoeg ruimte op voor hen allebei.

Ze liep langzaam door de gang met een handdoek om haar hoofd en bleef even staan om een foto te bekijken van Jinan als baby, met allebei zijn ouders. Zaki en Nadya waren allebei nog tiener, en ze hadden fijne gelaatstrekken en een aanstekelijke glimlach. Ze keken hem aanbiddend aan. Hij was een onwaarschijnlijke kandidaat voor dat soort onvoorwaardelijke affectie: hij was een donkere, kale en nogal boos uitziende baby, met dikke lippen en dikke knuistjes. Jinan vond het geen leuke foto, uiteraard, maar zij had hem toch neergezet omdat er zo weinig babyfoto's van hem bestonden. Ze kon zich Jinan nog herinneren toen hij veertien was, even oud als Lucky nu, en dat hij zo'n ernstige jongen was, zo onberispelijk. Toen ze hem jaren later weer ontmoette, hij was toen ook ergens in de twintig, net als zij, was hij nog altijd even serieus, en even keurig verzorgd, met alle haren op hun plek. Zijn volle lippen vond ze nu eerder sensueel dan dik. Ze zat in de enorme vergaderruimte met mensen van Legal, Finance, R&D en met het grootste deel van Marketing, en daar had ze hem aan zitten staren. Hij staarde terug, en deed dat nadrukkelijk genoeg om haar collega's aan het roddelen te krijgen. Ondertussen probeerde zij zich al die tijd wanhopig te herinneren waar ze hem ook alweer van kende. Pas toen hij zijn achternaam noemde was ze uitgebarsten: 'Dus daar ken ik je van!' Haar collega's moesten lachen en zeiden dat zijzelf dachten dat ze hier te maken hadden met een gevalletje van liefde op het eerste gezicht. Hij had zijn belangstelling voor haar meteen kenbaar gemaakt, en zijn jonge leeftijd gaf hem daarbij een zekere naïeve gloed die hem nogal aantrekkelijk maakte. Hij was een goeie vangst, als goed uitziende en ambitieuze jonge advocaat. Hij was precies wat ze zocht. Ze vond het fijn om bij hem te zijn en ze vond het nog fijner als hij er niet was, want dan kon ze over hem opscheppen tegen haar vriendinnen en collega's. Het respectvolle enthousiasme waarmee hij de liefde met haar bedreef vond ze prettig, net als zijn verfrissende gebrek aan bagage. Hij bracht geen ex-echtgenotes en geen bitterzoete, stukgelopen romances, geen onaangename broers of zussen en geen bazige schoonmoeder met zich mee. Zij was de enige met bagage, maar hij scheen daar prima mee om te kunnen gaan, zelfs met haar korte relatie met zijn vader.

En ook al was ze misschien niet helemaal zeker of ze wel zoveel van hem hield als ze zou moeten doen, het deed er eigenlijk niet toe want hij had meer dan genoeg liefde voor hen allebei. Ze dacht aan de onstuimige woorden die hij in haar oor fluisterde tijdens hun meest intieme momenten, tijdens wandelingen door het park, in kunstgaleries en wijnbarretjes, in de receptie bij haar op kantoor als hij geduldig had zitten wachten omdat haar vergadering weer eens uitliep. 'Ik hou van jou. Ik hou zo ontzettend veel van jou,' had hij gezegd, dit verloren, moederloze jongetje, alsof hij zijn hele leven had zitten wachten tot hij die woorden tegen iemand kon zeggen en hij er nu niet meer mee kon stoppen. Dus toen ze alles had bereikt wat er in haar carrière te bereiken viel, was ze klaar voor de volgende uitdaging, het volgende avontuur: echtgenote worden, en moeder, en luxepaardje. Ze liet de ratrace over aan haar collega's en hoefde nooit meer in de spits de metro in. Ze was bevrijd van al die zelfingenomen kerels in krijtstreep voor hun flip-overs. Zij kon er allemaal aan ontsnappen. Het was best mogelijk dat ze Jinan toen in die tijd op de koop toe nam. Geen wonder dat ze nu zo wankel zijn, samen.

Delphine begreep dat ze bij Jinan weg moest toen hij haar die ochtend zo teder op haar haar kuste en haar opnieuw de liefde had verklaard. Ze wist niet hoe of wanneer, maar ze wist wel dat ze zou gaan. Er viel een enorm gewicht van haar schouders. Het voelde bijna net zoals toen ze ontslag nam op haar werk. Ze zou nooit meer enthousiasme hoeven veinzen of vreselijk haar best hoeven doen. Op een gegeven ogenblik zou ze gewoon weggaan. Ze hoorde hoe ze vrolijk meezong met 'Dancing Queen'. Misschien kwam het ook wel door het glas chablis dat ze voor zichzelf had ingeschonken, maar ze meende dat Nadya haar even verwijtend aankeek vanuit het glanzende glas in het zilveren fotolijstje. Want wie moest er nu van haar donkere baby met zijn dikke lippen houden?

Als de taxi door Curzon Street rijdt, ziet Delphine een bekende figuur, gekleed in smoking, nonchalant over de stoep slenteren. 'Zaki!' roept ze zonder nadenken, en ze draait het raampje naar beneden. De taxi parkeert naast de stoep en Zaki blijft verbaasd staan.

Hij doet het portier van de taxi open en als hij Delphine ziet zitten, zo jeugdig en geurig, met schitterend opgemaakte grijze ogen, klaar voor haar avondje uit, glimlacht hij spijtig en zegt: 'Wat is hier aan de hand, het lijkt wel alsof ik de deur open naar mijn eigen verleden.'

Delphine lacht en voelt zich een tikje ongemakkelijk. 'Maar dit keer regent het niet, en ik draag geen schoudervullingen en powerschoenen. Wat doe jij hier?'

Zaki knikt naar de luifel verderop in de straat. 'Ik was op weg naar de club.'

'Die is toch verleden jaar dichtgegaan?' zegt Delphine achterdochtig, ook al heeft Zaki geen enkele reden om erover te liegen. Een romantische, belachelijke gedachte flitst door haar hoofd: dat Zaki al twintig jaar lang elke vrijdagavond in zijn smoking door Curzon Street zwerft, en geduldig wacht tot zij weer verschijnt, in een taxi. Nu was ze dan eindelijk gekomen. Wat krankzinnig, denkt ze. Ze neemt het Zaki een beetje kwalijk dat hij haar op dat soort ideeën brengt, en dat hij alleen maar mooier wordt naarmate hij ouder wordt, en dat hij zo slank blijft in weerwil van zijn weerzinwekkende dieet van whisky en afhaalmaaltijden, en dat hij die smoking draagt met zulk zorgeloos gemak en zo veel flair dat je zou denken dat dit zijn dagelijkse kloffie is. Wat voor recht had hij om Curzon Street af te schuimen op een vrijdagavond?

Zaki haalt zijn schouders op: 'Ze hebben hem een tijdje terug weer geopend, onder nieuw management – zelfde gebouw, zelfde goktafels, zelfde personeel, voor het grootste deel. Het enige wat echt anders is zijn de naam en het logo op de papieren servetjes. Ayesha en ik gaan bijna elk weekend.'

'Heb je vanavond ook met haar afgesproken?' wil Delphine weten.

Zaki kijkt hoopvol om zich heen maar geeft dan toe: 'Nee, zo te zien niet. En jij? Avondje op stap met de meiden?'

Delphine knikt. Was ze maar niet zo voorspelbaar. 'Alleen met Katie en Veronica. We hebben afgesproken bij Ninos, hier om de hoek. We gaan het eens flink laat maken.' Ze aarzelt en zegt dan: 'Kom anders ook gezellig, als je dadelijk al je geld er doorheen hebt gejaagd.'

Zaki schudt zijn hoofd. 'O nee, Della! Daar trap ik niet in. Ik heb geen zin om de hele avond aan te moeten horen hoe jullie je echtgenoten zwartmaken bij flessen chardonnay. Ik heb je laatst toch al gezegd dat ik geen vriendin van je ben!' Hij leunt de taxi in om haar een vlugge zoen op haar wang te geven en wandelt dan weg.

In de gezellige, drukke kelderruimte van Ninos hebben Katie en Veronica al een tafeltje geregeld. Ze hebben frites besteld en roze champagne. 'Ik neem aan dat dat betekent dat we het eten maar verder overslaan?' zegt Delphine terwijl ze ook in een stoeltje glijdt. 'Smak, smak' luchtzoent ze voor de grap. Ze is blij dat ze werk heeft gemaakt van haar outfit, want dat hebben beide andere dames ook, en ze zien er geweldig uit – Katie met haar blonde haar, haar mooie rondingen en haar kuiltjes draagt een roze rok met glimmertjes en Veronica heeft een mooie zwarte haltertop aan, en ze heeft haar lippen vuurrood gestift, wat prachtig afsteekt bij haar donkere, satijnen huid. Haar kroeshaar heeft ze uitdagend in kleine vlechtjes laten doen die alle kanten op steken.

'Jij ook smak, smak. We wilden even op je wachten voor we gingen bestellen, maar toen dachten we, ach, laat ook lekker, want we wisten wel dat je toch te laat zou zijn,' zegt Katie gezellig, en ze schenkt Delphine een glas in.

'En je hebt niet eens een excuus – jij woont het dichtst bij. Ik moest helemaal uit Wimbledon komen,' doet Veronica een duit in het zakje terwijl ze haar sigaret uitmaakt en een frietje in de ketchup doopt. 'Mijn god, waarom spreken we hier toch telkens weer af? Deze frites zijn echt te vies voor woorden. Ik ga er maar eens iets van zeggen, dit keer...'

'Dat heb je de vorige keer ook al gedaan, Ronnie,' wijst Delphine haar terecht. 'En hij zegt toch wat hij toen ook al tegen je zei: dan moet je maar niet zo'n smerige stinksigaret opsteken vlak voor je gaat eten.'

'Maar ik kan niet zonder mijn stinksigaretten. Je weet toch wat er is gebeurd toen ik de vorige keer ben gestopt met roken, Dee,' antwoordt Veronica. 'De kilo's vlogen eraan. Mijn trainer had er zo'n irritant zinnetje voor...'

'Van perzik naar peer,' weet Delphine zich te herinneren. 'Trainers praten altijd in eufemismen.'

'Ja, want wat hij eigenlijk bedoelde was: van lichtgewicht naar spekbil,' giechelt Katie. 'Totdat Ronnie stopte met roken was het enige door mensen gemaakte ding op aarde dat je vanuit de ruimte kon zien de Chinese Muur... Au!' gilt ze als Veronica haar verontwaardigd een lel verkoopt tegen haar niet-bepaald-slanke, met roze lovertjes bedekte achterwerk.

'Nu ga je echt te ver,' zegt Veronica dreigend, en dan barsten ze alle drie in lachen uit.

'Jij ook altijd met die perfecte kont van je, dat is echt een ongezonde obsessie, hoor,' merkt Delphine op als ze weer een beetje bijgekomen zijn.

'Maar we hebben allemaal wel iets perfects waar we lekker druk mee kunnen zijn,' zegt Katie. 'Ronnie mag dan de perfecte achtersteven hebben, maar jij hebt de perfecte man en ik... wacht even, wat is er ook weer zo perfect aan mij?'

'Je haar,' zeggen Delphine en Veronica in koor.

'O ja, dat was het,' zegt Katie en ze gooit haar glanzende, natuurlijk platinakleurige lokken over haar schouder. 'Maar ja – als je zulk haar wilt hebben dan hoef je maar naar de kapper te gaan en dan koop je het haar dat meiden in Oost-Europa hebben laten afknippen en laat dat op je knar lijmen.' Ze knabbelt goedkeurend aan een frietje. 'Nu we het daar toch over hebben, Dee, wat vind je van Ronnies nieuwe kapsel?'

'Geweldig, inderdaad,' zegt Delphine oprecht. 'Het past heel goed bij je gezicht. Wanneer heb je je extensions er uit laten halen?'

'Paar weken geleden. Ik vond het eigenlijk maar niks om rond te lopen met andermans haar. Het voelde een beetje als uitbuiting. En ik vond ook dat die dreadlocks een tikje te jaren tachtig waren voor een supercoole reclamechick zoals ik. Dus toen stelde mijn kapper voor om het in kleine vlechtjes te zetten.' Ze pakt er eentje vast en draait het rond haar vinger. 'Het helpt ook tegen het roken, trouwens, want nu kan ik aan mijn haar frunniken in plaats van een sigaret tussen mijn vingers te nemen.'

'Ik denk dat we jou maar eens mee uit dansen moeten nemen, met dat funky kapsel van je,' stelt Katie voor. 'Dat hebben we al in geen eeuwen meer gedaan.'

'God, nee, zeg, dan gaat Derek over de rooie. Waarschijnlijk loopt hij nu toch al door het huis te ijsberen en te tandenknarsen. Je had hem moeten zien toen ik dit topje aantrok,' zegt Veronica, en ze draait zich om, om haar blote bruine rug te laten zien die het topje bijna helemaal vrijlaat. Delphine en Katie kijken elkaar veelbetekenend aan; ze zien geen van beiden heil in Veronica's huidige vriendje. Hij is iets belangrijks bij een reclamebureau, net als Veronica zelf, maar hij is ook vijftien jaar ouder dan zij, en niet half zo knap. Om die reden is hij ongelofelijk jaloers. Het helpt niet echt dat Veronica er voor haar leeftijd fantastisch uitziet. Jonge jongens fluiten haar na op straat. Delphine weet zeker dat zijzelf als tiener al meer rimpels had dan Veronica nu die tegen de veertig loopt.

'Kom op, Ronnie, doe het voor mij,' smeekt Delphine liefjes. 'Ik ben al in geen jaren wezen dansen...' Delphine was helemaal niet van plan geweest om naar een club te gaan, maar nu kan ze het idee nauwelijks weerstaan. Misschien zou ze daar dat meisje dat ze was kwijtgeraakt wel weer wakker weten te schudden vanonder de huissloof die ze geworden was, met haar dure, smaakvolle make-up.

'En je krijgt nog genoeg tijd om thuis te zitten breien en Saaie Derek zijn pantoffels aan te reiken als je straks kinds bent – dus over een jaar of vijf...' valt Katie haar ondeugend bij. Ze is zelf pas midden dertig en dat wrijft ze hen altijd flink in.

'Miauw! Katje Katie slaat haar klauwen uit,' roept Veronica uit. 'Ach, fuck it, we gaan gewoon! Ik stuur Derek wel even een sms'je. Hij zal zijn tanden wel tot gruis vermalen hebben tegen de tijd dat ik weer thuiskom.'

'Geeft niks,' zegt Delphine. 'Kerels van zijn leeftijd hebben toch allemaal een extra gebitje in een glas water op het nachtkastje.'

'Kreng!' Veronica gilt van het lachen. 'O god, ik plas nog in mijn broek dadelijk...' Ze zit nog steeds na te hinniken als de charmante eigenaar van Ninos langskomt met een schaaltje olijven, versgemaakte bruschetta en een schaal dikke, zelfgemaakte frieten.

'Voor mijn favoriete klanten,' zegt hij gladjes voor hij Delphine en Katie een vertrouwelijke knipoog geeft. 'Dus dit is de dame die altijd iets te klagen heeft over mijn patatjes?'

'Wie, ik? Hoe kom je daar nou bij? Dat zou ik toch nooit doen?' roept Veronica, terwijl ze overdreven opgewekt over haar platte buik wrijft. 'Ze zijn... ze zijn onbeschrijfelijk!' Als hij hen een galante handkus heeft gegeven en weer vertrekt, zegt ze: 'Ik weet alweer waarom we hier nog steeds komen. Die slimmerik geeft ons altijd gratis eten.'

'Ja, die verdomde cursussen in klanttevredenheid die ze tegenwoordig allemaal volgen,' zegt Katie met haar mond vol bruschetta. 'Daar krijg je dit soort ellende van.'

Tegen het einde van de fles heft Veronica haar glas. 'Dames, ik wil jullie even iets vertellen. Om niet te zeggen: ik heb groot nieuws.' Delphine en Katie kijken haar vol verwachting aan en steken hun glas vast de lucht in. Ze weten dat Veronica in de markt was voor een promotie op haar werk. 'Derek heeft me ten huwelijk gevraagd.'

'Wat?!' zegt Delphine vol afschuw.

'O god, nee hoor!' zegt Katie op hetzelfde moment, al even vol afgrijzen.

Veronica kijkt hen spottend aan, neemt een slok uit haar glas en zegt: 'Hebben jullie dat ingestudeerd of zoiets? Normaal gesproken feliciteer je iemand in zo'n situatie, of loop ik achter in die dingen?'

'Sorry, lieverd,' zegt Katie, die sneller bijgekomen is van de schrik dan Delphine. 'Maar ik dacht dat het niet zo serieus was tussen jullie. Ik bedoel, ik weet dat wij hem eigenlijk niet kennen, maar hij is zo totaal anders dan jij bent. Hij is gewoon zo... zo...'

'Zo oud?' vraagt Veronica. 'Dames, het is jullie misschien ontgaan, maar ik ben ook niet bepaald meer een jonge blom. We kunnen niet allemaal een jonge advocaat aan de haak slaan zoals onze Dee hier.'

'Maar dat is het niet alleen,' zegt Katie. 'Hij is ook zo sjaggo, en het is zo'n opschepper...'

'Nou, hij heeft anders ook genoeg om over op te scheppen! Hij is de baas van een reclamebureau, goddomme. Hij heeft meer dan vierhonderd man personeel! En tegen mij is hij helemaal niet sjaggo, tegen mij is hij heel lief, en zorgzaam, en attent... Ik bedoel, met Valentijnsdag...'

'Je bedoelt dat zijn secretaresse heel zorgzaam en attent is,' valt Katie haar in de rede. 'Je wilt toch niet beweren dat hij zelf bloemen en kaartjes uitzoekt, en dat hij zelf zijn tafeltjes reserveert...'

Veronica kijkt geërgerd. 'We hebben nu eenmaal niet allemaal van die kunstzinnige huismannen zoals jij, die zeeën van tijd hebben om de Interflora te bellen als ze tenminste niet aan het schilderen zijn in hun schuurtje. Heb je er ooit wel eens bij stilgestaan hoeveel mazzel jij hebt? Mijn carrière is het enige dat ik heb in mijn leven. Op mijn huis en mijn veel te dure sportwagen na dan, en daar ben ik ook alleen maar op aan het afschrijven. Ik wil wat jullie hebben, voor het te laat is – ik wil ook een man en kinderen en zwangerschapsverlof en zwangerschapsstriemen en vakanties in afgrijselijke bungalowparken.' Ze kijkt naar Delphine, die de woordenwisseling bezorgd gadeslaat, en doet een beroep op haar: 'Waarom zeg jij niks, Dee? Jij begrijpt me toch zeker wel?'

'Ja, schat, ik begrijp het best. En als jij van hem houdt, dan ben ik blij voor je,' zegt Delphine, en ze strekt haar hand uit naar die van Veronica. 'Maar als je het doet omdat je denkt dat je deze kans maar beter kunt grijpen, dan ben ik niet blij. Hoewel ik je dan ook nog kan begrijpen, geloof ik.'

Het blijft een poosje stil, terwijl Veronica haar glas in één teug leegdrinkt, en nog een stinksigaret opsteekt. 'Ach, zak er ook in,' zegt ze. 'Ik haat jullie, want jullie hebben gelijk.' Ter verdediging voert ze aan: 'Ik heb gewoon de energie niet om weer op zoek te gaan naar iemand anders. Als je tegen de veertig loopt en je bent nog steeds single dan is dat net zoiets als rondlopen met hoorntjes op je voorhoofd en een gevorkte staart aan je kont. Ik bedoel, Derek is in elk geval een fatsoenlijke vent, hij is veilig en hij zorgt goed voor me. Hij is misschien de Ware niet, maar hij is in elk geval Nu Beschikbaar.'

Ze ziet er zo ongelukkig uit dat Katie haar arm om haar heen slaat en half in ernst voorstelt, met die onmiskenbare logica die roze champagne met zich meebrengt: 'Trouw anders gewoon voor een poosje? Dan neem je een stel kinderen en dan zet je hem daarna weer aan de dijk. Ik bedoel, daar is hij wel aan gewend. Hij is toch al twee keer eerder gescheiden?'

'Misschien heb je wel gelijk,' zegt Veronica al een stuk vrolijker. 'Ik heb ergens gelezen dat het huwelijk tegenwoordig vooral gaat over iemand vinden om je mee voort te planten voor je biologische klok ophoudt met tikken. Als je wacht op degene met wie je oud wilt worden, kun je lang wachten...'

'Nou, met de huidige levensverwachting heb je nog een jaar of dertig voor de boeg. Tijd zat,' zegt Delphine instemmend.

Uren later, in een club in de buurt van Trafalgar Square, na te hebben gedanst tot ze er zere voeten van had gekregen, en na te veel drank, gaat Katie, nadat ze eerst aan Veronica en Delphine uit de doeken heeft gedaan wat haar allemaal niet bevalt aan Derek, door met klagen over haar eigen echtgenoot.

'Ik bedoel, dan kom ik thuis van mijn werk, doodmoe en met scheurende honger, en dan zit Tony dus gewoon voor de buis. Is ie dik tevreden met wat hij allemaal heeft gedaan die dag, namelijk de kleine van de crèche gehaald en een prak uit de vriezer. Het scheelt niks of hij gaat nog kwispelen, zo trots is hij dan. Het huis is gewoon een vuilnisbelt en het enige wat hij doet is zijn koffiekopje afspoelen terwijl hij aan zijn zogenaamde expositie werkt. En als ik een keer niet iets wil eten dat kant-en-klaar het huis binnenkomt via zo'n jongen op een brommer, dan kan ik zelf alsnog een extra keukendienst draaien.'

'Dan had je maar met een huisvrouw moeten trouwen in plaats van een kunstenaar,' zegt Delphine, niet geheel zonder ironie. Ze heeft haar hoge hakken uitgeschopt en wrijft over haar tenen; het zijn prachtige schoentjes, maar niet geschikt om op te lopen of te dansen, of überhaupt iets anders dan een beetje hangen op een barkruk of in een taxi.

'Misschien was ik nooit getrouwd als hij me niet zwanger had gemaakt,' zegt Katie terwijl ze het fruit uit haar cocktail plukt. 'Nou ja, daarom, en omdat hij vegetariër is.'

'En dan moet ik van jou huwelijksadvies aannemen?' vraagt Veronica ongelovig. 'Wat heeft het feit dat Tony vegetariër is in godsnaam te maken met het feit dat je met hem getrouwd bent? Als iemand een carnivoor is, dan ben jij het wel!'

'Nou, gewoon: hij was het enige vriendje dat ik ooit heb gehad dat niet van me verwachtte dat ik hem pijpte. Dat was de deal – hij hoefde van mij geen vlees te eten als ik dat van hem ook niet hoefde.' Katies schorre lach past totaal niet bij haar roze prinsessenuiterlijk, en Veronica en Delphine liggen slap van de lach. 'Maar,' vervolgt Katie, terwijl ze haar laatste restje champagne wegklokt, 'los van vegetarisme en baby's – allebei prima, hoor, begrijp me niet verkeerd – mijn punt is dat Tony me ongehoord op mijn zenuwen werkt, vooral sinds we getrouwd zijn.' Haar grote blauwe ogen kijken ineens heel filosofisch door hun waas van alcohol heen, en ze overpeinst: 'Misschien worden alle kerels wel lamzakken zodra je met ze bent getrouwd. Met uitzondering van jouw Jinan, Dee.'

'Ja, Jinan is een dotje,' zegt Veronica instemmend. 'Hij is de Mary Poppins onder de mannen: hij is in alles even perfect. Geef mij zo'n vent en mij hoor je niet meer.'

'Dat weet ik nog zo net niet,' mompelt Delphine, waarmee ze haar hoofdregel breekt. Die luidt: laat nooit aan je vriendinnen merken dat je niet helemaal gelukkig bent.

'Hallo, hoor ik het daar rommelen in het paradijs?' vraagt Veronica. 'Heeft de perfecte man nu toch eindelijk een misser begaan?'

Delphine haalt haar schouders op. 'Hij wordt te dik. Volgens mij heeft hij gedoe op zijn werk, en eet hij zijn stress weg.'

'Perfect is hij,' mijmert Katie. 'Hij wordt te dik en gestrest op zijn werk, en jij blijft dun en stressloos. Waarom kan Tony dat niet ook voor mij regelen?'

'Dat is het niet alleen,' protesteert Delphine, die ineens een destructieve aandrang voelt om de muren neer te halen die ze heeft opgebouwd om het onware beeld van haar perfecte huwelijk te beschermen. 'Het loopt gewoon niet lekker tussen ons. We hebben de hele tijd ruzie om de stomste dingen, er zit zo veel kwaad bloed tussen ons dat je er doodmoe van wordt. En hij geeft me de hele tijd van die hyperirritante 'to do'-lijstjes over wat ik allemaal moet kopen, en wanneer ik voor hem naar de stomerij moet...' Ze stopt want ze ziet de mengeling van regelrecht ongeloof en zelfs ergernis in de ogen van haar beste vriendinnen, die allebei elke dag tien tot twaalf uur moeten werken, terwijl zij in lunchrooms koffiedrinkt en eigenlijk in verhouding bar weinig uitspookt. Hoe leuk ze het ook vindt om Lucky's zaken te regelen sinds zijn contract getekend is, het is bepaald geen fulltime baan. Wat ze er nog aan moet doen, kan gerust thuis vanaf de bank. Ze weet heel goed dat zij precies hetzelfde denken als wat Jinan tegen haar zei, de avond voor Lucky's grote wedstrijd: wat heeft ze verder te doen, dan?

'Oké, Dee, dus jij bent een ontevreden huisvrouw, denk je. Maar laten we eens even een quizje doen om vast te stellen hoe treurig het precies is gesteld,' stelt Veronica voor. 'Wanneer hebben jullie voor het laatst gesekst? Wanneer is de laatste keer dat hij je heeft gezegd dat hij van je hield? Heeft hij ooit een verjaardag of trouwdag vergeten? Kom op, eerlijk antwoorden, je weet best dat wij er Jinan niet om zullen veroordelen.' Veronica wil haar duidelijk een kans geven door Delphine geldende, spijkerharde excuses te geven om te mogen klagen over haar man, zodat ze zich niet zo buitengesloten voelt. En

Delphine is diep teleurgesteld door de antwoorden die ze moet geven.

'Wil je het echt weten? Je gaat er te veel in leggen, zeg ik je vast,' verzucht ze. 'Vanochtend. Vanochtend. En nooit.'

Veronica en Katie kijken elkaar aan, en leggen hun arm om Delphine. 'Ach jee! Arm schaap!' zegt Veronica, die haar gezicht niet meer in de plooi weet te houden. 'Die akelige rotzak. Hoe durft hij nog altijd de liefde met je te bedrijven, na zestien jaar huwelijk? Slechte manieren noem ik dat. Hij zou zo beschaafd moeten zijn om harder te werken aan zijn impotentie, en hij mag wel eens wat vervelender en onachtzamer worden.'

'Van een ander zou ik dit nooit geloven,' zegt Katie. 'Maar mag ik dan alsjeblieft met je van leven ruilen? Of in elk geval van man? Alsjeblieft?'

Delphine moet onwillekeurig lachen. Op hetzelfde moment realiseert ze zich dat haar vriendinnen helemaal niet willen dat zij net zo wordt als zij: ontevreden en slecht behandeld. Zij hebben het nodig dat zij succesvol is in haar huwelijk, in het feit dat zij niet afhankelijk meer is van keihard werken, want anders hebben ze zelf niets meer om naar te streven. Want als zij al geen plezier heeft in haar luie leventje, met haar liefhebbende, rijke echtgenoot, wat voor hoop is er dan nog voor hen?

Er komt een fles champagne in een ijsemmer voorzien van een fors logo, en ze juichen alle drie. 'Wie heeft er Veuve Cliquot besteld?' vraagt Delphine als de slanke serveerster de fles komt brengen. Ze ziet er irritant chic uit in haar spijkerbroek en topje, alsof het haar geen enkele moeite heeft gekost. 'Ik dacht dat we aan de cocktails gingen?'

'Gingen we ook,' zegt Katie, die het ook niet weet. 'Ik dacht dat jij hem besteld had toen ik aan het dansen was. Ronnie, heb jij hem soms besteld?'

'Ach, Jezus,' zegt Veronica. 'Drie zwaaiende mannenpakken op elf uur. Die hebben het natuurlijk voor ons besteld – zullen we de fles terugsturen?' Op dat moment laat de serveerster de kurk ploffen en begint de glazen vol te schenken. 'Oké, dus niet.'

Intussen begint Katie opgewonden te zwaaien naar de drie pakken en wenkt hen, zonder acht te slaan op Delphine en Veronica die haar vragen hoe ze het in godsnaam in haar hoofd haalt. 'Joh, relax,' zegt ze. 'Die in het midden is een schatje. Misschien zit er wel een alternatieve fokstier voor Veronica tussen.'

Veronica bekijkt hem eens goed. 'Die Chinees met bril? Je hebt gelijk, hij heeft geweldige jukbeenderen. Hij heeft wel iets weg van Chow.' Ze zucht en denkt terug aan de meest veelbelovende van al haar exen, met wie ze het had uitgemaakt vanwege zijn cultureel geïsoleerde ouders die nauwelijks Engels spraken, ondanks het feit dat ze al twintig jaar in Londen woonden, en die haar afkeurden. 'Chow en ik, dat had schitterende kindjes opgeleverd.' Ze zwaait met Katie mee, en al snel zit ze flirterig te kletsen. Een van de pakken, een knappe vent van ergens halverwege de dertig, vraagt Delphine ten dans en ze stemt in, want al het lawaai op de dansvloer betekent dat ze in elk geval niet met hem hoeft te praten, want daar heeft ze helemaal geen trek in. En toch, als ze daar zo staat, voelt ze een belachelijke neiging om de handen van haar anonieme danspartner vast te pakken, alsof hij haar vriendje is, en ze moet echt haar best doen om van hem af te blijven, ook al voelt ze verder niks voor hem. Ze voelt zich vreemd, los van de werkelijkheid, alsof haar lichaam niets te maken heeft met wat er in haar hoofd en haar hart gebeurt, en alsof haar gedachten een onafhankelijke eenheid vormen die zomaar wat door haar stroomt, zonder dat ze echt iets met haar te maken hebben – als een geest. Er is iets niet helemaal goed, denkt ze. Hoe kan ze nu gewoon vrijen met haar man, die ochtend, en er nog lol in hebben ook, terwijl ze tegelijkertijd kil vaststelt dat ze niet meer zoveel voor hem voelt? Hoe kon ze de woorden 'Ik hou van je. Ik hou zo ontzettend veel van je,' zo oprecht uitgesproken, aanhoren en alleen maar tot de conclusie komen dat ze bij hem weg moest? Misschien is het wel een soort ziekte, dit losgezongen gevoel, denkt ze. Iets waar misschien wel een geneesmiddel voor is. Maar dan denkt ze aan dat jonge meisje uit Les Landes, het meisje dat precies wist wat ze wilde in het leven, en dat zich niet van haar koers liet brengen door voor een foute vent te vallen, een weduwnaar met een winkeltje en een tienerzoon die absoluut niet paste bij de upperclass dineetjes waar ze zo naar verlangde. Dat meisje vond het toen die zomer geen enkel probleem om zich te vermaken met haar ongeschikte minnaar, in de wetenschap dat hij geen blijvertje was en dat ze hem toch weer zou laten gaan. Ze realiseert zich dat er niets meer over is van dat meisje, nog geen vingerhoedje as, en dat ze haar alleen probeerde te imiteren toen ze die middag in haar handdoek Abba-liedjes liep te zingen, en nu hier, dansend in deze club. Het enige wat haar nog met dat meisje verbindt, met die vorige ik, is het gevoel dat haar hoofd, haar hart en haar lichaam los van elkaar functioneren.

Als ze weer gaat zitten in de lage bankjes, wat verder bij de dansvloer vandaan, hoort ze Veronica in alle ernst tegen de Chow-dubbelganger zeggen: 'Misschien had ik hem niet moeten vragen om te kiezen tussen mij en zijn familie, maar ik geloof ook dat die vraag überhaupt niet nodig had moeten zijn. En trouwens, ik zou ook niet terug kunnen naar Chow, ook al zijn we nog wel goede vrienden, want dat zou betekenen dat ik ergens op terug moet komen, en ik kom nooit ergens op terug. Maar het was een geweldige vent,' voegt ze er nostalgisch aan toe. 'Zo lief. En *jaren* jonger dan mijn huidige verloofde.'

Delphine ziet Katie nergens meer, tot ze haar tot haar verbijstering ziet schuifelen met het andere pak. Hij had zijn gezicht in haar nek verstopt en aaide over haar rug. Ze geeft Veronica dringende signalen. 'Ronnie, moet je Katie nou zien! Moet iemand die vent niet even gaan vertellen dat Katie getrouwd is?'

Veronica kijkt naar Katie en kreunt. 'Moet iemand Katie niet even gaan vertellen dat Katie getrouwd is? Die doet ook altijd rare dingen als ze gedronken heeft.' Ze staat op om Katie van zichzelf te gaan redden.

Delphine had niet doorgehad dat haar danspartner met haar mee was gelopen. Hij kijkt haar oprecht bewonderend aan. Zij kijkt vermoeid terug, en toont hem maar een halve glimlach. Hij is waarschijnlijk een paar jaar jonger dan Jinan en heeft precies zo'n frisgewassen uiterlijk, ondanks het feit dat hij in een oververhitte club zit. 'Heeft iemand jou wel eens verteld dat je het evenbeeld bent van Audrey Hepburn in *Charade*?' vraagt hij. 'Hoewel jij beter kunt dansen dan zij.'

'Je lijkt me een beetje jong om verstand te hebben van Audrey Hepburnfilms,' zegt Delphine beleefd.

'Mijn moeder is er gek op, dus heb ik er per ongeluk het een en ander van meegekregen,' antwoordt hij. Hij is echt aardig, en waarschijnlijk houdt hij veel van zijn moeder. En hij vindt ook nog dat ze op een elegante filmster lijkt. Ze weet dat ze gevleid moet zijn door zijn vriendelijke woorden en zijn compliment, maar Delphine voelt zich helemaal niet gevleid, ze geneert zich alleen maar.

'Dan denk ik dat jouw moeder en ik meer met elkaar gemeen hebben dan jij en ik,' flapt ze eruit. Pas dan realiseert ze zich hoe neerbuigend dat klinkt.

Ze lacht de jongeman verontschuldigend toe, staat op en loopt naar de rand van de dansvloer, waar Veronica en Katie zijn. Ze denkt aan wat Veronica zei over nooit ergens op terug willen komen. Misschien moet je dat ook niet doen, misschien is het inderdaad dom. Maar soms kon je nu eenmaal niks anders.

'Ik ben er klaar mee, dames. Vinden jullie het erg als ik naar huis ga? Dan pak ik een taxi,' zegt Delphine, en ze wuift hun bezwaren weg. Ze kust hen niet ten afscheid zoals ze hen begroette, met luchtzoenen. In plaats daarvan geeft ze hen echte kussen, op beide wangen een, warm en welgemeend, en alsof hun aanraking het enige is dat haar nog bij het hier en nu kan houden. Als haar lippen loskomen van Veronica's huid fluistert ze: 'Ronnie, ik vind echt dat je Chow moet opbellen.' En dan gaat ze, en neemt een taxi naar Curzon Street.

Bij Mirabelle, een restaurant, stapt ze uit en loopt de straat door op haar voor dat doel ongeschikte hoge hakken. Als het regent, dan is dat een teken, denkt ze, maar de hemel staat helder en er zijn zelfs sterren. Er loopt niemand in een smoking op straat. Ze voelt zich onnozel; ze jaagt spoken na, die van een verzopen meisje en een knappe man, elk aan de andere kant van deze koude, mooie straat. En nu staat ze zonder enige hoop precies op dezelfde plek waar ooit dat meisje stond, helemaal alleen in de vroege uurtjes van een zomerse ochtend. Ze ziet de portier onder de luifel van Zaki's club, en loopt naar hem toe om te vragen of hij een taxi voor haar wil regelen. Maar voor ze het hem kan vragen klinkt een stem uit de schaduw: 'Della? Wat doe jij hier?'

Ze geeft geen antwoord. 'Ik dacht dat je er niet meer was,' zegt ze.

'Ik stond op een taxi te wachten,' zegt hij. 'En jij?'

'Ik stond alleen maar te wachten,' antwoordt ze. 'Anders delen we er eentje, als je wilt?' Op haar wankele hakken loopt ze naar hem toe en hij pakt instinctief haar arm vast om haar steun te bieden.

'Hoelang sta je hier dan al te wachten?' wil hij weten. Zij ziet er moe uit, en verloren, en uitzonderlijk mooi.

'Te lang. Een jaar of twintig, gok ik...' zegt ze, en ze gaat op haar tenen staan om hem een zachte kus op zijn mond te geven, net op het moment dat de taxi er is. Hij voelt zich ook moe en verloren, en hij heeft een gevoel alsof dit moment onvermijdelijk was. Alsof het feit dat ze toen, aan het einde van die zomer, bij hem weg is gegaan maakte dat ze wel weer bij hem terug moest komen. Even onvermijdelijk als het doortikken van de tijd. Zoals wel vaker voelt hij zich totaal niet in staat om zich te verzetten tegen het lot; de taxi blijft staan en hij helpt haar met instappen. Hij doet de deur open die toegang biedt tot een plek waar geen plaats was voor spijt, of schuldgevoel, en waar niet nog-lang-en-gelukkig werd geleefd, maar ook geen ruimte voor had-ik-maar. Hij doet de deur open die toegang biedt tot het verleden, en hij stapt in.

Zaki rolt om in het beige, taupe en crèmekleurige beddengoed van Delphines smaakvol ingerichte logeerkamer, stapt uit bed en gaat dan weer op de rand zitten. Hij kijkt naar Delphines prachtige gezicht. Ze is diep in slaap. 'Ik voel me altijd beter als ik bij jou ben,' had ze gezegd voordat ze in slaap viel.

Hij leunt voorover en kust haar op haar haar, dat op het kussen uitgespreid ligt, want hij wil haar niet wakker maken. Hij weet nog dat ze gemakkelijk wakker wordt. Hij weet nog talloze kleine dingetjes van haar die hij zichzelf had gedwongen te vergeten. De sproet aan de binnenkant van haar arm; de lichte welving van haar rug; hoe haar handen tot halve vuisten opkrullen, en zich dan openen en uitvouwen als een bloem. 'Ik voel me altijd slechter als ik bij jou ben,' fluistert hij tegen haar, zijn huid in brand waar ze hem had aangeraakt, en met een gevoel van diepe pijn, nu de opwinding en heftige overgave voorbij waren. Hij voelt zich een beetje schuldig, dat zeker, en zonder het haar kwalijk te nemen beseft hij dat ze hem heeft gebruikt. Maar hij voelt zich vooral hulpeloos, een gevangene van dat slanke figuurtje onder de lakens, dat zo onschuldig ligt te slapen. Verdoemd is hij door zoiets moois. Hij kleedt zich aan en als hij wegloopt ziet hij in de hal de foto van zijn jongere zelf staan, vol zelfvertrouwen nog. Samen met de jonge Nadya, ook vol vertrouwen in hem, en de hulpeloze, boze Jinan. Hij heeft hen alle drie tekortgedaan. Hij wil zeggen dat het hem spijt, maar hij is bang dat dat hypocriet lijkt. Hij weet ook niet of hij zijn verontschuldigingen aan wil bieden of dat hij hen om begrip wil smeken. Wat hij eigenlijk wil zeggen is: 'Vergeef me. Vergeef haar,' maar hij weet niet wat hij daarmee goedmaakt, en dus durft hij het niet hardop uit te spreken.

Delphine Loustalot en haar kamer voor zichzelf

In de vroege uurtjes van de *morning after*, droomt Delphine dat ze een aantal levens tegelijk leeft. In het ene leven is ze in Les Landes gebleven, waar ze werkt als supervisor bij de Trésor Public, en waar ze getrouwd is met Jean-François, de zoon van de boer van verderop, en ze hebben twee op maïs grootgebrachte kinderen met goudblonde haartjes, neusjes vol snot en oogjes vol tranen vanwege alle pollen die door het overdadige groen worden losgelaten, en modderige kleertjes als gevolg van het robbedoezen met de honden over de zandweggetjes. Zij en Jean-François lijken weliswaar voor de buitenwereld een gelukkig stel, maar hij drinkt en voert geen moer uit in het huis, en zij is uit protest helemaal verslonsd en laat de vuile vaat zo hoog opstapelen dat hij eindelijk toegeeft aan haar verzoek om een vaatwasmachine te kopen. 's Avonds zijn ze zo wanhopig eenzaam dat ze vanzelf naar elkaar toe trekken, maar hun lichamen botsen eerder dan dat ze samensmelten. Ze lachen samen smadelijk om die suffe lui uit Engeland die de ruïne op het land van zijn vader voor een fortuin van hen hebben overgenomen. *Ils sont tout fous, ces anglais! Grande-tante* Christiane komt woensdags altijd op de kinderen passen, als ze vrij zijn van school, en telkens als ze arriveert heeft ze het air van een martelares, wat te maken heeft met haar afkeer van de staat van het huis en de overwoekerde tuin. Als ze weer weggaat, herinnert ze Delphine er telkens weer aan dat ze bidt voor haar, en als Delphine dan alleen in haar slaapkamer zit omdat haar man beneden pastis drinkt met zijn jachtmaten, vraagt ze zich af: waar heb ik dit aan verdiend?

In een ander leven is Delphine in Parijs gebleven en heeft ze na haar afstuderen niet geprobeerd om met haar charme of door te manipuleren een baan te krijgen op de marketingafdeling van een of andere multinational. Ze heeft besloten zichzelf niet te verloochenen voor een succesvolle carrière bij een anoniem bedrijf, en blijft aan de universiteit. Met instemming leest ze Virginia Woolf en Simone de Beauvoir. Rimbaud doet ze onmiddellijk af als een verwend kereltje, en Sartre als een arrogante, egocentrische kwast. De schoonheid van eerstgenoemde doet haar even weinig als de nietszeggendheid van de tweede. Ze neemt minnaars, zowel heel rijke als straatarme, maar een man die interessant of oorspronkelijk genoeg is om mee te trouwen loopt ze niet tegen het lijf, en trouwens, daar ligt haar prioriteit ook helemaal niet. Met onverholen medelijden, misschien zelfs boosaardigheid, kijkt ze naar die kirrende moeders met hun morsige koters in de Jardin du Luxembourg, en naar de zakenlui die in hun telefoon blaffen als ze uit de metrostations opdoemen. Ze weet het beter dan zij: zij is intellectueel en onafhankelijk. En als ze vastberaden naar haar colleges en naar de bibliotheek wandelt op mooie, frisse Parijse ochtenden, citeert ze onbewust de door haar bewonderde mevrouw Woolf: 'Wat een lachertje! Wat een onzin!' Ze is Clarissa Dalloway zonder de plaatsvervangende zelfmoord. Ze is Isabel Archer zonder de slecht gekozen echtgenoot. Ze is Jane Eyre zonder de banale happy ending. Ze is beter dan zij allemaal, want zij is alleen maar voorbestemd om Zichzelf te worden. Haar brein is als een kostbare schaal waaraan elke dag weer nieuwe kennis wordt toegevoegd, als een nieuw sieraad, en ze noteert al haar stemmingen en diepdoorwrochte gedachten met serieuze toewijding in haar dagboek, uit angst dat al die ideeënrijkdom voor het nageslacht verloren zal gaan. Vrij van familiebanden en materiële bezittingen, niet bezwaard door een sterke behoefte aan iemand die van haar houdt of iemand om van te houden, is dat dagboek haar voornaamste bezigheid, en haar enige, op dat na waarmee ze haar huur kan bekostigen. En dus zit ze avond aan avond alleen in haar appartementje. Ze ergert zich aan het voortdurende gerommel van de oude waterleidingen, probeert haar subtiele, grauwe gevoelens heel precies onder woorden te brengen met hier en daar een spat verbitterde kleur, totdat ze ze zwart op wit heeft staan. Op zo'n avond komt een enkele gedachte tot haar door de ruis van haar onbewuste ongebreideldheid, en hoewel ze die gedachte van zich af wil zetten, dringt hij zich steeds nadrukkelijker aan haar op, net zo lang tot ze gedwongen wordt hem onder ogen te zien: ze heeft nog nooit ergens passie voor gevoeld. Ze ziet wel in dat ze niet meer is dan een berooide ouwe vrijster zonder echte vrienden, helemaal alleen in haar kamertje, en ze vraagt zich af: waar heb ik dit aan verdiend?

In weer een ander leven, iets dichterbij, is Delphine naar Londen gegaan, waar ze al haar charmes en manipulatieve kunstjes in de strijd heeft gegooid, tot ze waanzinnig veel succes heeft in haar carrière, en marketing director is geworden voor een multinational, en dat al op verbluffend jonge leeftijd. Ze ontmoet een knappe maar ongeschikte man in een taxi en begint met hem een gepassioneerde liefdesrelatie. Dan verlaat ze hem, en vindt uiteindelijk een geschiktere kandidaat als levenspartner, en ze ontsnapt aan de gouden kooi die haar werk is geworden, en gaat deel uitmaken van de verwende beau monde in Knightsbridge, wordt de perfecte echtgenote, en de perfecte moeder. Ze is mooi en ze is bevrijd, haar gezin waardeert haar en haar vriendinnen benijden haar. Ze heeft een inkomen en een kamer voor zichzelf. Ze is een gezegend mens en ze vraagt zich af terwijl ze waarderend haar chique omgeving in zich opneemt: hoe is het mogelijk dat ik zo veel mazzel heb gehad. Waar heb ik het aan verdiend?

In haar laatste leven gaat Delphine ook naar Londen, heeft ze veel succes in haar werk en ontmoet ze een knappe, ongeschikte man in een taxi. En in die taxi blijft ze zitten, en het enige wat ze nog doet is kijken naar hem, terwijl hij naar haar kijkt. Maar dat leven is nog maar net begonnen.

Delphine bekijkt zichzelf kritisch in de spiegel in haar badkamer. Ze is naakt na het douchen, en haar huid is schoon en smetteloos, zelfs in het genadeloze ochtendlicht. Het is nog maar een paar uur geleden sinds ze met Zaki heeft gevreeën, en ze kan het nauwelijks geloven dat deze ervaring, deze misdaad, geen sporen heeft achtergelaten. Er is geen brandmerk in haar borst gebrand. Ze ziet er beter uit dan ooit. Het lijkt erop dat ze ermee weg gaat komen. Deze gedachte vervult haar met een plotselinge, onredelijke angst. Ze is helemaal niet van plan om ermee weg te komen, en om nog een keer weg te lopen bij dat-wat-had-kunnen-zijn. Ze kleedt zich snel aan, maakt zich niet op, en doet haar haar in een staart. Ze holt het appartement uit, de drie trappen af naar beneden, en struikelt bijna over Zaki, die op de onderste trede zit van de trap naar de begane grond, met zijn koffie in een papieren bekertje.

'Hallo, Della,' zegt hij. 'Wat een haast. Laat me je vooral niet ophouden.' Hij drinkt rustig van zijn koffie, veel te geconcentreerd, en kijkt uit over de straat door het glazen paneel naast de voordeur.

'Jij bent ook niet ver gekomen,' antwoordt Delphine ademloos. Zijn nonchalance brengt haar van haar stuk, en ze gaat bedachtzaam naast hem zitten.

'Jawel,' spreekt hij tegen. 'Ik ben naar huis gegaan, heb me omgekleed en toen ben ik weer teruggekomen. Toen bedacht ik dat ik dat nooit had moeten doen, dus toen ben ik weer naar huis gegaan. Toen ben ik alsnog hier naartoe gekomen. Maar toen ik hier eenmaal weer was, wist ik niet wat ik moest doen, en toen ben ik hier maar op de trap gaan zitten. En toen kwam jij.' Hij spreekt zonder Delphine aan te kijken, en voegt er dan aan toe: 'Ik heb het net uitgemaakt met Ayesha, trouwens.'

'O,' zegt Delphine onhandig. Ze zwijgt even, en vraagt dan: 'Waarom?' maar meteen voelt ze zich een sufkop, want ze weet best waarom.

Zaki kijkt haar gefrustreerd aan, alsof ze zich expres van de domme houdt. Hij haalt zijn schouders op en zegt luchtig: 'Ach, het doet er ook niet toe. Het zou toch nooit wat geworden zijn tussen mij en Ayesha. We wisten allebei dat het geen stand zou houden. Haar man komt dit jaar weer thuis.'

'Ik dacht dat ze gescheiden was, en dat hij uit Londen was verhuisd?' vraagt Delphine.

'Nou, dat klopt ook, maar daarin hadden ze niet veel te kiezen. Hij zit in de gevangenis, vanwege belastingfraude. Volgens Ayesha vond hij het wel lekker, er even helemaal tussenuit. Hij heeft leren koken en tuinieren en hij heeft zelfs zijn golfhandicap weten te verbeteren. Ze zouden hem eigenlijk moeten laten betalen voor zo'n rustkuur, in plaats van dat de belastingbetaler ervoor op moet draaien.' Nadat hij even heeft kunnen wegvluchten in dit lichtzinnige commentaar, drinkt Zaki zijn koffie op en kijkt dan een beetje droevig naar het lege kopje. Het doet Delphine denken aan hoe Jinan altijd kijkt als hij zijn bord leeg heeft. Het komt niet vaak voor dat er gelijkenis is tussen Zaki en Jinan, en het komt haar voor als opmerkelijk en een tikje slecht getimed dat zoiets haar juist nu op moet vallen. Zaki ziet dat ze naar hem kijkt, en verklaart: 'Ik zat te dubben of ik naar boven zou gaan als ik mijn koffie ophad. Het is zover, maar ik heb nog steeds niks besloten.'

'Maar ik ben hier nu toch?' zegt Delphine.

'O ja, dat is waar. Bedankt, Della. Behulpzaam als altijd,' zegt Zaki. Hij pakt Delphines hand en geeft er een zacht kneepje in voordat hij haar eraan optrekt. 'Ga anders met me mee, voor nog een koffie, of moet je ergens heen? Misschien weet ik na het tweede kopje wel wat ik moet doen.' Hij wrijft stevig over haar hand. Ze heeft altijd koude handen, denkt hij, en met een plotselinge, pijnlijke steek herinnert hij zich het tintelende gevoel van haar koele handen langs zijn rug, eerder die ochtend, en de verstomde geluidjes van haar opgewonden hartenklop die voelbaar was door de klamme huid op haar borst. Zijn maag verkrampt in een spasme van verlangen, en hij laat haar handen abrupt vallen en draait zich van haar af. Hij schaamt zich voor zijn gevoelens; hij zou dit soort vuur niet meer moeten voelen. Hij is geen filmster of rocker van wie je dit soort romantische intriges en nieuwe huwelijken en nieuwe gezinnen op hun vijftigste mag verwachten. Hij is een man met een winkel, en een hobbygokker, die zijn leven er al voor meer dan de helft op heeft zitten. Hij is opa. Hij zou de komende dertig jaar op zijn gemak, zo niet ziek, zwak en misselijk moeten doorbrengen, en langzaam in verval raken. Hij zou er niet van deze foute en onderdrukte gevoelens op na moeten houden voor de vrouw van zijn zoon. Wat zou de vervreemde familie wel niet denken van hun verhouding? vraagt hij zich af. De buren, vrienden en bekenden? Walgelijk, smerig, incestueus, zouden ze snuiven. Wat een ranzige affaire. Hij had haar vader kunnen zijn. 'Maar ik ben haar vader niet!' zou Zaki dan tegenwerpen. 'We schelen nauwelijks twaalf jaar. Ik ben nog niet eens oud genoeg om Jinans vader te zijn, laat staan de hare!' En dat ze die arme Jinan zoiets aan kunnen doen, die hardwerkende zoon, die trouwe echtgenoot, zo foutloos en perfect in elk opzicht? 'Maar ik had haar het eerst!' zou Zaki machteloos roepen, ook al zou er niemand in die moraalridderbrigade naar hem luisteren. 'Ik was het eerst met haar!'

Delphine trekt hem terug zodat hij weer naast haar komt zitten. 'Oké, ik ga koffie met je drinken. Maar ik wil eerst iets van je weten.' Ze pakt allebei zijn handen vast en zegt dringend: 'Ik heb het helemaal fout gedaan.'

Zaki voelt zijn maag van lood worden en probeert niet te zuchten; goed, dat was het dan. Zij had voor hen allebei besloten. Vannacht was dus waarschijnlijk alleen voor de troost en om even te ontsnappen; in plaats van haar een veilig en meelevend luisterend oor te bieden waar ze haar frustraties aan kon vertellen, had hij haar een veilig, meelevend lichaam geboden. Zij had hem gebruikt, meer niet, en hij mocht ook niet klagen, want echt vervelend vond hij het niet. Hij had beter moeten weten, denkt hij verbitterd. Hoe kwam hij er ook bij om Ayesha te dumpen en hier naartoe te komen hollen en als een verliefde schooljongen op haar trap te gaan zitten wachten? Wanneer werd hij nou eindelijk eens een keertje volwassen, wanneer gedroeg hij zich nu eindelijk eens naar zijn leeftijd? 'Tuurlijk, Della...' zegt hij vermoeid; hij wil de rest niet aanhoren.

'Nee, je snapt het niet,' valt ze hem in de rede. 'Twintig jaar geleden, toen heb ik het helemaal fout gedaan. Toen ik bij je wegging – toen heb ik de verkeerde keuze gemaakt. Maar de koek is op, wat Jinan en mij betreft; ik ga bij hem weg.'

'Dat heb je al eens eerder gezegd,' antwoordt Zaki, die geen hoop meer durft te hebben, nadat hij zich zo vernederd heeft gevoeld. 'Veertien maanden geleden speelde je ook al met de gedachte, en zestien jaar geleden had je het er al over.' In de weken voorafgaand aan Delphines trouwdag had ze aan Zaki opgebiecht dat ze niet echt van Jinan hield en dat ze van plan was om de hele toestand af te blazen. Maar toen was ze toch met hem getrouwd. Misschien moest Delphine de waarheid maar eens onder ogen zien. 'Ik denk dat jij meer om Jinan geeft dan je zelf weet.'

'Ik ga echt bij hem weg,' houdt Delphine vol. 'Ik moet alleen nog het goede moment vinden, want ik wil hem geen pijn doen.' Ze trilt een beetje vanwege de gespannen blik die Zaki op haar werpt, zijn gezicht strak en stijf, alsof hij haar niet echt gelooft. Dan zegt ze: 'Natuurlijk geef ik wel om Jinan. We hebben Lucky, samen. En hij houdt van mij. Maar denk je ook niet dat het tijd is dat ik eens met iemand ben van wie ik echt hou, voor de verandering? Ik denk dat we allebei heel goed weten wie in feite de liefde van mijn leven is...'

Delphine zwijgt verder als Zaki haar heftig van zich afduwt, tegen de trap aan, en haar zo even naar beneden gedrukt houdt en kijkt naar haar make-uploze gezicht, haar vochtige paardenstaart. Dan kust hij haar hevig en zonder reserves, in de kleine gemeenschappelijke hal van haar appartementencomplex, waar iedereen zomaar in en uit kan lopen en hun zou kunnen zien. Maar het kan Delphine niets schelen. Zo achterovergedrukt heeft ze het gevoel alsof ze echt leeft, alsof het leven dat nog niet echt begonnen was, het leven met het ongewisse einde dat misschien in lang-en-gelukkig uitmondt, nu dan toch echt van start gaat. Ze heeft het gevoel alsof er bliksemschichten van haar lichaam in de grond slaan, en ze klampt zich aan hem vast met een pijnlijke krampachtigheid, voor het geval de wereld uit zijn baan schiet. Dan trekt Zaki zich los en ziet de tranen opwellen in haar grijze ogen. 'Mijn god, Della – heb ik je pijn gedaan?' Hij laat zijn handen over haar rug en schouders glijden, en wrijft waar ze op de trap terechtkwam.

Ze schudt haar hoofd. 'Nee, dat zou jij niet kunnen. Mij pijn doen, bedoel ik. Nooit.' Gerustgesteld trekt hij haar op en trekt haar mee de straat op. 'Gaan we dan nu koffiedrinken?'

'De pot op met die koffie,' antwoordt Zaki. 'We gaan naar huis.' Hij houdt een taxi aan, noemt zijn adres, en dan schieten ze zo snel de achterbank op dat het er bijna komisch uitziet. 'Jij doet het altijd goed in een taxi – ze staan je prima,' zegt hij voor hij haar in zijn armen neemt en haar weer kust, minder dringend dit keer. Langzaam, en teder. Haar huid smelt als chocolade onder haar kleren. We gaan naar huis, denkt Delphine blij tussen het kussen door. Thuis is de plek waar je altijd weer naar terug wilt.

Over pubers en hun angst voor intimiteit

Lucky is bang dat hij Portia kwijtraakt. Terwijl hij bij zijn nieuwe club traint en ploetert op zijn huiswerk, is zij al bezig met haar eindexamen. Als ze beslist om te gaan studeren dan blijft ze nooit bij hem – dan hangt ze straks alleen nog maar in armoedige cafeetjes met gevoelige jongens met van die gestreepte collegesjaals en dubbele achternamen, en heeft ze diepe gesprekken over obscure onderwerpen. Lucky weet niet iets slims te zeggen en staat soms zelf versteld van hoe dom hij eigenlijk is. Laatst nog was er een of andere taalquiz op tv, waar ze een omschrijving gaven, en dan moest de kandidaat het woord erbij raden, en toen had hij geen idee dat je een groepje wolven een 'roedel' noemt, maar dat leeuwen weer in een 'troep' opereren. Hij had die quiz samen met Portia bekeken, en hij had maar niet laten merken dat hij er echt van geschrokken was. Hij vroeg zich af van hoeveel andere woorden hij de betekenis niet kende, alsof de wereld een geheime code had ontwikkeld en men hem nog niet had ingewijd.

En alsof het nog niet erg genoeg was dat Portia te intelligent voor hem was, begon de rest van de wereld ineens ook door te krijgen hoe ongelofelijk en onbedorven mooi ze was, en was ze door een scout van een modellenbureau gevraagd om eens langs te komen. Portia was best gevleid. De scout was een elegante vrouw van rond de dertig, met precies de goede accessoires. De botte bewondering die ze van mannen kreeg vond ze lang zo vleiend niet. Ze sprak af om na haar eindexamen bij het bureau langs te gaan.

Lucky kan maar twee manieren bedenken om Portia bij zich te houden voor ze uit zijn greep vliegt: met haar trouwen, of als dat niet lukt, in elk geval met haar naar bed gaan, want hij heeft uit betrouwbare bron vernomen dat meisjes altijd erg hechten aan hun eerste minnaar. Aangezien hij pas zestien is, is een huwelijk niet echt een optie. En trouwens, hij heeft het onderwerp met Portia besproken, en zij dacht dat hij maar een grapje maakte.

'Niemand trouwt als hij zestien is, tenzij er iemand zwanger is gemaakt of tenzij ze fundamentalistische ouders hebben die ze ertoe dwingen,' zei ze smalend. Lucky's argument dat zijn grootmoeder wel degelijk trouwde toen ze zestien was hielp hem niks, want hij wist niet of die misschien zwanger was, of gedwongen door haar ouders.

Wat betreft de seks had Lucky geen idee hoe hij dat bij haar aan de orde zou moeten stellen; hij wist een boel over de theoretische aspecten, maar hij had geen enkele praktische ervaring (los van zijn individuele oefeningen). Als hij zijn vrienden mocht geloven, en dat deed hij niet, was hij de enige maagd, zowel in zijn klas als in zijn ploeg. Portia had totaal geen blijk gegeven van het feit dat ze die stap al zou willen zetten. Ja, ze zoent hem gepassioneerd in parken en zo, en dan laat ze haar handen veelbelovend over hem zwerven tot hij bijna uit elkaar barst, en laatst, onder de wilgenboom in Hyde Park, slaakte ze een verlangende zucht, alsof zij er ook onder leed dat ze niet verder gingen. Maar als ze alleen waren in hun slaapkamers, als ze alleen thuis waren en eigenlijk huiswerk moesten doen, dan wilde ze alleen maar... nou ja, huiswerk doen. En als hij haar dan probeerde te zoenen of zijn hand op iets interessanters wilde leggen dan zijn scheikundeboek, dan zoende ze hem afwezig terug, legde zijn hand weer waar hij thuishoorde en werkte door, terwijl hij vol schaamte afdroop.

Lucky weet niet goed hoe hij dat moet uitleggen: die passie in het openbaar en die gereserveerdheid als ze alleen zijn. Als hij in de dure damesbladen van zijn moeder zou kijken, waar van die weerzinwekkende artikelen over seks en emoties in stonden, maar dat deed hij nooit, dan zou hij weten dat de diagnose moest zijn: Angst voor Intimiteit. De enige manier die hij kan bedenken om over Portia's Angst voor Intimiteit heen te komen, is om ergens in het openbaar met haar te beginnen, waar ze zich veilig genoeg voelt, maar waar toch genoeg privacy is om verder te kunnen gaan. Maar hij heeft geen flauw idee waar zo'n openbare en toch afgeschermde plek te vinden zou zijn, en als ze uiteindelijk toch wilde, hoe kon hij dan de condooms tevoorschijn halen zonder dat het manipulatief en cynisch zou lijken? Ze zou hem waarschijnlijk een tik in zijn gezicht geven en weglopen als ze vermoedde dat hij alles gepland had, en ze zou hem er ten onrechte van beschuldigen dat hij een door seks geobsedeerde puber was, maar op één ding uit, en dat was natuurlijk helemaal niet zo.

En dan, op een middag, als hij bij Zaki langsgaat, ziet hij plotseling het licht. De bel van de winkeldeur rinkelt als hij binnenkomt, maar er is niemand in de winkel. Zaki is waarschijnlijk even naar zijn bookmaker, dus terwijl Lucky staat te wachten, pakt hij stiekem een tijdschrift van de plank en bladert er vlug even doorheen. Walgelijk, precies wat hij al vermoedde. Porno voor meiden. Hij leunt tegen de toonbank en leest een artikel over de Emotioneel Afwezige Man, als hij per ongeluk Zaki's koffie omstoot. 'Fuck, shit,' klaagt hij, want de koffie is tot zijn verbazing nog loeiheet, en hij brandt er zijn arm aan. 'Au, fuck, au!'

'Lucky?' roept Zaki van boven. Hij komt de trap af rennen, en ziet er afwezig en geërgerd uit. Zijn haar zit verward en de knoopjes van zijn overhemd zitten los. 'Wat doe jij hier in godsnaam? Waarom zit je niet op school?' wil hij weten, voordat hij vraagt: 'En wat moet je *daar* in 's hemelsnaam mee?' doelend op het tijdschrift.

'Heb een blokuur vrij, zodat we konden leren, dus toen ben ik naar huis gegaan,' zegt Lucky geschrokken. 'Dit doet hartstikke pijn, man, ik moet mijn arm echt even onder de koude kraan houden.' Hij wil naar boven lopen, maar dan trekt Zaki hem ineens met verbazingwekkend veel kracht van de trap.

'Niet naar boven, jongen. Neem de kraan in de tuin maar, die is ook veel dichterbij. Ik zou mijn arm er minstens vijf minuten onder houden.' Hij duwt Lucky in de richting van de tuin.

'Wat deed jij dan boven? Lag je soms te slapen?' vraagt Lucky terwijl hij het water over zijn arm laat stromen. Hij mocht dan niet superslim zijn, hij was ook weer niet zo dom dat hij niet zag dat er iets loos was.

'Ja, ik lag te slapen,' antwoordt Zaki, 'en daar ga ik nu mee door, dus hang het bordje maar even aan de deur als je zo weggaat, dan weten ze dat ik gesloten ben.'

'Waarom staat hier dan een vers kopje koffie op de toonbank, als jij lag te slapen?' houdt Lucky vol.

'Om wakker te blijven natuurlijk, maar ik was gewoon te moe, dus toen heb ik de strijd maar opgegeven,' rolt gladjes en zonder aarzeling uit Zaki's mond.

'Wat een bullshit,' lacht Lucky. 'Kom op, Dada, vertel eens even hoe het zit. Waarom ben jij ineens zo snel naar boven vertrokken? Is er een paardenrace op tv, of heb je een meisje?' Hij kijkt naar Zaki's scheefgeknoopte overhemd en beantwoordt zijn eigen vraag: 'Het is een meisje, of niet soms?'

'Het is verdomme net een Franse klucht,' verzucht Zaki. 'Ga jij nou maar heel snel naar huis, voor ik aan je moeder vertel dat je spijbelt, of voor ik aan Portia ga vertellen dat dat nichterige vriendje van haar zo graag de *Marie Claire* leest.'

Lucky vindt het niet erg om naar huis te gaan, want hij weet ineens wat de perfecte plek is om haar mee naartoe te nemen, en je hebt er nog vrij toegang tot condooms ook. Het ligt zo voor de hand dat hij niet kan geloven dat hij het nu pas bedenkt. Hij zit altijd met Portia in de winkel van Zaki – zo moeilijk moet het niet zijn om een keer te komen als Zaki er niet is. Als hij bijvoorbeeld bij zijn nieuwe scharrel zit. Dan beginnen ze gewoon in het openbaar, als je de winkel zo kunt zien, en als het dan verder gaat, kunnen ze zo naar boven. Dat kan helemaal spontaan, ongepland, en dan zal Portia voor altijd van hem zijn. Zijn moeder is niet thuis, en dus trekt hij stiekem de *Marie Claire* die hij heeft meegejat, inclusief koffievlekken, uit zijn tas. Er staat een artikel in over bindingsangst; het lijkt hem een goed idee daar vast het fijne over te weten.

De vicieuze cirkel van huwelijkse harmonie

Delphine en Jinan zitten samen aan het ontbijt, op een zondagochtend. Lucky is al vroeg vertrokken, want hij moet naar een workshop mediatraining voor zijn club. Jinan heeft worstjes gegrild met wat cherrytomaatjes. De eieren heeft hij maar laten zitten. Hij heeft trouwens al een hele tijd geen eieren meer gebakken, dus Delphines aanrecht blijft smetteloos. Hij heeft ook voor hen beiden brood geroosterd, perfect goudkleurig en beboterd tot op de randjes. Voor Delphine heeft hij echte boter gebruikt, en voor zichzelf cholesterolverlagende halvarine.

'Wauw, dat noem ik pas perfecte toast, schat,' zegt Delphine goedkeurend en ze drinkt haar tweede cappuccino.

'Niet verkeerd, toch?' zegt Jinan, glimmend van zijn inspanningen bij de grill en duidelijk in zijn nopjes met het compliment. 'De truc is om het broodrooster in te stellen op exact twee minuten. En deze tomaatjes zijn heerlijk. Waar heb je die vandaan?'

'Bij die nieuwe delicatessenzaak om de hoek. Waar dat Indiase restaurant vroeger zat. Ze verkopen allemaal biologische producten. Ik ga er dadelijk nog even wat kaasjes halen, voor vanavond bij het eten,' antwoordt Delphine.

'Daar wilde ik inderdaad ook nog een keertje kijken – anders ga ik zo even met je mee?' stelt Jinan voor.

Er valt een prettige stilte, en dan werpt Delphine een blik op de ijskast. Er is iets mis. Er mist iets.

‘Lieverd, waar is je lijstje voor volgende week? Had je er soms geen tijd voor?’

Jinan kijkt nu heel ernstig. ‘Je hebt gelijk. We kunnen mijn lijstje natuurlijk niet zomaar vergeten!’ Dan sprint hij de keuken uit en komt bijna meteen weer terug uit zijn studeerkamer. Hij doet zijn best een glimlach te onderdrukken en hij kijkt heel ondeugend. Hij hangt iets aan de ijskast, overdreven zorgvuldig, en Delphine ziet nog net een regeltje, in dikke stift geschreven.

‘“Vrijdag vrijhouden”?’ leest ze hardop. ‘Met drie uitroeptekens? Dat is je hele lijstje voor deze week?’ Ze piekert zich suf. Wat was er dan aan de hand, vrijdag? Was dat de dag dat Jinans tante Padma uit Bangladesh bij hen op bezoek zou komen?

‘Yep, het schip Khalil ligt op koers, recht zo die gaat, en je hoeft dus helemaal niets te doen. Dus dat is het voor deze week, liefje. Behalve dan dat je vrijdag vrij moet houden,’ antwoordt Jinan. Hij is vrolijk als een klein kind.

Uit zijn onverbloemd vrolijke toon kan Delphine opmaken dat dit een of andere gecompliceerde manier is waarop hij haar iets betaald wil zetten, en ze vraagt daarom plagerig: ‘Mag ik misschien vragen waarom?’

‘Dat mag je niet,’ antwoordt Jinan, ‘want dan zou ik het verklappen.’

Delphine zucht. ‘Ach toe nou, Jinan. Alsof jij ooit een geheim kunt bewaren. Je kunt het me maar beter meteen vertellen, dan bespaar je jezelf een heleboel moeite.’ Vleierig voegt ze eraan toe: ‘En trouwens, je staat te popelen om het me te vertellen.’

Jinan klemt zijn lippen op elkaar. Het lukt hem niet een lachje te onderdrukken en dan geeft hij toe: ‘Nou vooruit. Ik neem zelf vrijdag vrij, en dan neem ik je mee naar Parijs, het weekend. Ik heb een kamer geboekt in het George Cinq, vrijdag en zaterdag.’

‘Jemig, wat ontzettend lief van je! Daar heb ik nou altijd zo graag een keertje willen logeren,' roept Delphine uit. 'Toen ik nog studeerde gingen we daar vaak koffiedrinken, en dan deden we net of wij ook hotelgasten waren.'

'Precies, dat weet ik nog!' zegt Jinan tevreden. 'Ik wilde je bedanken voor de afgelopen maanden. Ik weet dat je ontzettend je best hebt gedaan, en ik heb het gevoel dat het... dat het tussen ons weer is zoals het moet zijn.'

'Maar je golf dan, zaterdag? En Lucky?' bedenkt Delphine. Ze lacht nog wel, maar er bekruipt haar plotseling een heel onaangenaam gevoel.

'Ach, het golf kan de pot op. En Lucky is er niet, want die is met zijn team weg – dat heb ik gecheckt,' zegt Jinan voor hij naar Delphine toe leunt. 'Ik wilde gewoon iets doen om te laten zien dat ik van je hou. Want ik hou toch zoveel van je,' en hij slaat zijn armen om haar heen en kust haar zachtjes achter in haar hals, tussen de vlechten die ze nog niet uit heeft gehaald. Zijn lippen voelen heel zacht, en Delphine weet zeker dat hij die avond met haar wil vrijen. Ongecompliceerde seks, teder in plaats van gepassioneerd, op de automatische piloot ook, en ze weet ook dat zij zal toegeven en dat ze ook zal genieten van zijn fysieke nabijheid en van het feit dat hun vrijen niet verboden is. Hun liefde is van het volkomen acceptabele soort.

Het was gek, realiseerde Delphine zich, maar zodra ze een affaire was begonnen met de vader van haar echtgenoot, begon haar huwelijk juist beter te lopen. Ze kon het niet verklaren, maar alles was beter geworden tussen haar en de man die ze had willen verlaten. Of misschien was het wel helemaal niet zo onverklaarbaar, want zij was zelf gelukkiger nu. Nu ze weer bij Zaki was, voelde ze zich weer als een verliefd meisje. Ze voelde zich ook vrij. Haar gouden kooi, de verstikkende banden van haar perfecte huwelijk en haar perfecte dure huis, hield haar niet langer gevangen. Ze was niet meer gespannen en ontevreden als Jinan thuis was, maar juist relaxed en vrolijk, want ze wist dat hun volgende vreselijke ruzie de laatste zou zijn. Ze hoefde het niet meer te pikken, ze kon gewoon bij hem weg.

Maar ook al was zijzelf gelukkiger, en was het zonder meer haar bedoeling om alles aan Jinan op te biechten als het moment daar was, toch voelde ze ook af toe het schuldgevoel de kop opsteken over haar affaire. Dat, en oprechte bezorgdheid om de pijnlijke klap die ze hem binnenkort zou bezorgen. Toen hij terugkwam uit New York had ze hem een heldenontvangst gegeven. Ze had zonder wroeging de heerlijkste maaltijden voor hem bereid. Ze had zijn verhalen over het werk aangehoord zonder hem in de rede te vallen of al te duidelijk haar verveling te laten blijken. Ze had zijn mening over uiteenlopende onderwerpen, van de huizenprijzen tot de manier waarop zij het huishouden bestierde, zonder tegenwerping geslikt. Ze viel zelfs niet meer tegen hem uit over alle onbenulligheden die haar zo irriteerden.

Jinan, die totaal niet achterdochtig was, had zich niet achter de oren gekrabd bij deze plotselinge omslag in de sfeer thuis. Wel had hij op haar zonniger stemming gereageerd, en haar vriendelijker gedrag en het uitblijven van haar kritiek, door open te bloeien als een bloem. Hij had zijn gesnoep aan banden gelegd, was de kleinste dingen die ze voor hem deed duidelijker gaan waarderen, en hij was enorm gedwee geworden, zocht nooit meer ruzie en was voortdurend op haar goedkeuring uit, op een manier die geestig zou zijn als het niet zo hartverscheurend was. Hij hield van haar. Hij hield ontzettend veel van haar. Wat bedoelde hij eigenlijk, vroeg Delphine zich af, toen hij die woorden uitsprak, deze moederloze man die nooit eerder iemand had gehad tegen wie hij deze woorden kon zeggen. 'Zeg me alsjeblieft dat jij ook van mij houdt, vertel me alsjeblieft dat ik deug.' Ze had wel van steen moeten zijn als ze hem niet had willen troosten, als ze hem niet de liefde had willen geven waar hij zo naar snakte. Het was een vicieuze cirkel van eeuwigdurend huwelijksgeluk, bedacht ze: hoe zekerder zij ervan was dat ze bij hem weg wilde, des te gelukkiger werd ze. En hoe gelukkiger zij was, des te beter werd hun huwelijk. En hoe beter hun huwelijk werd, des te moeilijker werd het om weg te gaan.

'Wat zeg je nou?' zegt Zaki geschrokken. Het is midden op de dag, en hij draagt een dikke witte badjas die hij uit een hotel heeft meegejat en hij zet koffie in het appartement boven zijn winkel. Delphine zit in bad; ze zegt wel gewoon tegen Jinan en Lucky dat ze is gaan zwemmen, maar wat ze eigenlijk doet, is Zaki's geur van haar huid spoelen, ook al wil ze dat niet toegeven, zelfs niet aan zichzelf. Ze was door het hek van de achtertuin naar binnen gekomen, en ze hadden zich vrijwel meteen in een hartstochtelijke vrijpartij gestort. Moeilijke seks, vol passie, stiekem en controversieel, en ze hoefde zich bepaald niet te dwingen om eraan toe te geven. Ze waren nauwelijks boven aan de trap gekomen of ze waren al bezig, en de enige reden waarom ze uiteindelijk toch naar de slaapkamer waren gegaan, was dat ze pijnlijke schuurplekken kregen van de vloerbedekking.

'Ik ga dit weekend naar Parijs. Met Jinan,' herhaalt Delphine. 'Dus ik kan vrijdag niet langskomen.'

'Waarom naar Parijs? Ga je je familie opzoeken?' vraagt Zaki terwijl hij naar de andere kant van de keuken loopt, waar hij haar door de open deur van de badkamer kan zien.

'Je weet best dat ik helemaal geen familie heb in Parijs,' antwoordt Delphine.

'Maar… wat ga je er dan precies doen? Is het soms een soort…' grinnikt hij half, alsof hij een grap maakt waarvan hij zelf wel weet dat hij niet leuk is, alsof hij zijn best doet om niet te geloven wat hij zelf zegt: '…*romantisch* tripje?' Als Delphine hem niet tegenspreekt, maar alleen schaapachtig haar schouders ophaalt, mompelt Zaki: 'Godsamme,' en stormt weg.

Delphine stapt uit bad en slaat de handdoek die ze van thuis heeft meegenomen voor haar zogenaamde zwemuitje om zich heen. Ze ziet Zaki nergens, en de latte die hij voor haar heeft gemaakt staat koud te worden op het aanrecht. Ze pakt de beker op, neemt een slokje, kleedt zich aan en loopt naar beneden, de winkel in, waar ze hem boos in zijn paardensportkrantje ziet bladeren. 'Ben je nog niet weg?' zegt hij fronsend. 'Je hebt je verzetje toch weer gehad? Het verbaast me dat je nog bent gebleven voor wat naspel.'

'Doe nou niet zo. Ik kan er toch niks aan doen dat hij dat tripje heeft geboekt?' zegt Delphine.

'Dat kun je wel!' werpt Zaki tegen. 'Jij moedigt hem kennelijk aan, want hij denkt dat er nog hoop is. Hij zou nu helemaal geen verrassingsweekendjes naar Parijs moeten boeken: hij zou met een advocaat jullie scheiding rond moeten breien, en aan al zijn vrienden vertellen wat voor bitch jij bent. Je zou bij hem weggaan, weet je nog wel?'

'Ik ga ook bij hem weg,' sust Delphine, stiekem verheugd over de jaloezie die Zaki aan de dag legt, en ze drukt zich tegen zijn rechte, brede rug.

'Nou, wat let je dan?' valt hij woedend uit, en hij reageert niet op haar omhelzing.

'Ik wacht op het juiste moment. Het valt niet mee als hij zo ontzettend zijn best doet en denkt dat alles prima gaat. Ik kan moeilijk zeggen: "Nou, dat was weer een fijn dagje, hartelijk dank voor al die aardige dingen die je voor me hebt gedaan, o, en tussen haakjes, ik ga bij je weg." Dan zou het een veel te grote schok voor hem zijn, als het zo uit de lucht komt vallen. Ik vertel het hem als we een keer ruzie hebben, of op zijn minst woorden. Dan is hij er in elk geval een beetje op voorbereid. Ik wil hem niet kwetsen, althans, niet meer dan nodig is.'

'Daar ben ik helemaal voor, om Jinan niet meer te kwetsen dan nodig is,' zegt Zaki, nog niet echt minder boos, en hij draait zich om en kijkt haar aan. 'Maar ik geloof voor geen meter dat hij er zo weinig op bedacht is als jij nu zegt. Hij is namelijk niet achterlijk. We zijn nu al een paar maanden samen, dus hij heeft heus wel door dat er iets niet helemaal in orde is tussen jullie. En om nu met hem naar Parijs te gaan is gewoon bizar. Als je het hem nu niet kunt vertellen, hoe denk je het dan wel te kunnen doen na een romantisch samenzijn in Parijs?' Hij zwijgt even. 'En hoe denk je daar te kunnen vermijden dat jullie... dat je samen... dat er...' hij aarzelt, en aangezien hij aan Delphine ziet dat ze geen idee heeft wat hij bedoelt, verklaart hij: 'Seks! Hoe kom je daar onderuit, tijdens een romantisch weekendje?'

Delphine kijkt stomverbaasd, en ze bijt onbewust op haar onderlip, wat ze altijd doet als ze zich onzeker voelt of in de war is. Ze had zich totaal niet gerealiseerd dat Zaki aannam dat zij en Jinan het niet meer met elkaar deden. Ze was tenslotte nog altijd zijn vrouw. Dan dringt het tot haar door dat die aanname haar vooral goed te pas kwam, maar dat hij nogal harteloos was. 'Zaki, ik heb helemaal niet...' begint ze.

'Godallemachtig, Della. Je doet het gewoon nog altijd met hem!' valt Zaki haar in de rede. Hij is vol afgrijzen. Hij doet een stap naar achteren, en als ze het niet ontkent, kijkt hij haar aan alsof ze de ergste slet is die ooit op twee benen heeft rondgelopen. 'Hoe durf je?'

'Ik dacht dat je dat wel wist,' zegt ze met een trillend stemmetje, en met een nog kleiner stemmetje zegt ze: 'We zijn toch getrouwd,' alsof dat een goede verklaring is. Hoe zou ze aan Zaki haar eigenaardige aandoening kunnen uitleggen: hoe haar hart, haar hoofd en haar lichaam helemaal niet meer met elkaar verbonden lijken? Hoe kan ze nu verklaren dat ze verliefd is op Zaki, dat ze zelfs gelooft dat ze krankzinnig en hartstochtelijk verliefd op hem is, met precies dezelfde roekeloosheid die ze zichzelf niet toestond toen ze nog begin twintig was, maar dat ze het toch niet erg vond om met Jinan in bed de krant te lezen? Dat ze het niet erg vond als Jinan met haar wilde vrijen, en dat ze het gevoel van zijn lichaam tegen het hare zelfs wel prettig vond, de zachtheid rond zijn middel, het gekietel van de haartjes op zijn arm. Een zacht maar hardnekkig stemmetje zeurde in haar hoofd: waarom zou ze het ook uit moeten leggen? Was hij niet bij uitstek degene die dat soort dingen zou moeten begrijpen?

Zaki gaat weer zitten, alsof iemand hem een stomp in zijn maag heeft gegeven. Hij ziet er ineens heel moe en afgetobd uit. 'Natuurlijk – je bent getrouwd. Wat dom van me dat ik daar niet aan gedacht had. Ik ben vast seniel aan het worden.' Gekke oude, slechte oude, oude oude Chacha Zaki. Een domme oude man die een droom najaagt terwijl hij maar al te goed wist dat zijn dromen vervlogen waren. Een taxi in Montmartre in Parijs en een taxi in Curzon Street in Londen; allemaal onderdeel van hetzelfde enorme ongeluk, de botsing die zijn lot bezegelde. 'Ga alsjeblieft weg, Della. Ga nou maar.'

'Ik wil zo niet weg,' zegt ze, en ze doet ontzettend haar best om niet te huilen. 'Het spijt me zo, Zaki. Ik dacht gewoon dat jij het wel zou weten. Maar het verandert toch verder niks? Je weet toch wat ik voor jou voel?'

'Dat dacht ik, ja,' zegt Zaki. 'Maar ik dacht ook dat ik wist hoe je tegenover Jinan stond, en dat had ik ook mis. Hij staat je duidelijk niet voldoende tegen, want anders zou je niet meer met hem naar bed gaan.' Bitter voegt hij daar aan toe: 'Hoe flik je dat eigenlijk? Doe je je ogen dicht en denk je gewoon aan volk en vaderland?'

Delphine ziet wel dat hij echt overstuur is, maar ze is absoluut niet van plan om hem te laten schieten om zoiets… zoiets… onnozels, in feite. Als het andersom was geweest, als hij degene was geweest die nog getrouwd was, dan zou zij het heel normaal gevonden hebben als hij het nog met zijn vrouw deed. Wat maken die paar avondjes met plichtmatige seks met je echtgenoot nou uit, als je het afzet tegen de mogelijkheid van een lang en gelukkig leven? 'Wil je dat nou serieus van me horen?' zegt ze. 'Want het was helemaal niet mijn bedoeling om je te misleiden, en ik wil echt alleen maar eerlijk tegen je zijn. Dus als je het echt wilt weten, wil ik het je heus wel vertellen.'

'Nou, vertel maar, dan,' antwoordt Zaki. Het was niet zijn bedoeling dat het er uit rolde als een uitdaging, maar dat doet het toch.

'Het is prima. Best goed zelfs. Meer niet,' zegt ze zachtjes.

Zaki schudt zijn hoofd. Had hij het maar niet gevraagd. 'Is seks soms niet meer dan een gewoonte voor jou, Della? Is het iets wat je nu eenmaal altijd doet tussen het tandenpoetsen en douchen door? Betekent het überhaupt wel iets voor je?'

'Met jou wel,' zegt Delphine oprecht; ze voelt dat Zaki de enige is waarover haar hoofd, haar hart en haar lichaam het ooit eens zijn geweest. Zag hij dan niet wat ze allemaal voor hem zou willen opgeven?

Zaki kijkt haar aan. Ze is helemaal wit weggetrokken van verdriet. Hij heeft moeite om in dit klamme, schoongewassen engeltje een ranzige *femme fatale* te zien die er zo koelbloedig twee mannen op na kan houden voor haar eigen plezier. 'Gebruik je mij soms gewoon, Della?'

Delphine zucht. 'Ik snap niet dat je me dat durft te vragen.'

Zaki haalt diep adem; hij was de oudste, dus misschien moest hij ook maar eens – maar niet te vaak, dat niet – de verstandigste zijn. Het was hem niet ontgaan dat ze in feite geen antwoord had gegeven op zijn vraag. 'Misschien is het niet de bedoeling, maar het gebeurt toch. Misschien hou je echt wel veel meer van Jinan dan je wilt toegeven.'

Delphine stapt naar hem toe en slaat haar armen weer om hem heen; hij geeft geen krimp en schudt haar niet van zich af. Maar hij durft ook geen verdere toenadering te zoeken dan dit. 'Dan ga ik voortaan niet meer met Jinan naar bed. Dan ga ik niet naar Parijs. Ik ga binnenkort echt bij hem weg, dat beloof ik. Vertrouw me nou toch alsjeblieft.'

'Nee, ik vertrouw je niet,' zegt Zaki, maar dan trekt hij haar op schoot en kust haar vol vuur. 'Maar ik hou wel van je, dus ik heb niet veel keus.' Delphine weet niet goed wat ze moet denken van deze vreemde, tegenstrijdige bekentenis, maar ze kan er niets meer tegen inbrengen, want daarvoor houdt hij haar te stevig vast. En dus zit ze daar, in zijn winkeltje, vol in het zicht van iedereen op straat, en ze kust hem terug, blij dat deze ruzie weer voorbij is.

De schaduwzijde van de liefde

Lucky heeft altijd al wel geweten dat Portia een donkere kant heeft; hij kan het voelen als ze zomaar ineens losbarst in brandende woede, en in hoe broos haar liefdevolle zorgzaamheid kan zijn. Hij voelt hoe het borrelt onder het oppervlak van haar smetteloze huid. Hij weet niet wat hij ermee aan moet, en dus accepteert hij het maar. Zo is Portia nu eenmaal. Hij maakt zichzelf graag wijs dat zij sinds ze samen zijn wel iets vrolijker is geworden dan de tragische, melancholieke en ontegenzeggelijk interessante tiener die ze was toen ze elkaar pas leerden kennen. Hoewel iets in hem trouweloos genoeg wil dat zijn Portia ook weer niet al te gelukkig wordt, omdat hij wel inziet dat dat opvliegerige melancholische in haar, haar nu juist zo interessant maakt. En niet alleen vindt hij het zelf leuk aan haar, anderen schrikt het juist af, en dat is een bijkomend voordeel. Hoe was het anders mogelijk dat Portia al zo lang bij hem bleef: een meisje dat zo mooi en zo intelligent is, terwijl hij alleen maar een slungelige keeper is, met hier en daar een jeugdpuistje, die niets meer te bieden heeft dan dat hij ooit, heel misschien, onder liefhebbers van zijn mooie sport bekend zal zijn als de eredivisiespeler die de minst begeerde plek op het veld inneemt. Lucky worstelt met deze verwarrende gedachten terwijl hij samen met Portia op weg is naar de winkel van Zaki. Kon hij zich maar zo goed uiten als zijn grootvader. Hij schaamt zich een beetje voor zijn egoïsme, en omdat hij liever wil dat Portia ongelukkig is met hem, dan gelukkig zonder hem. Hij is zo diep verzonken in deze gedachten dat hij bijna vergeet wat het heimelijke doel is van hun bezoek aan de winkel; hij hoopte eigenlijk, nu ze hun examens achter de rug hadden en de resultaten binnen waren, en hij fulltime voor zijn club aan het spelen was en Portia onder contract was bij het modellenbureau dat haar had gevraagd, dat ze eindelijk eens aan seks zouden kunnen beginnen. Hij weet bijna zeker dat hij nu echt de enige maagd is in zijn team. Portia ziet dat hij ergens anders is met zijn gedachten, en knijpt in zijn hand.

'Wat is er? Zit je te denken aan Jong Engeland?'

'Watte?' vraagt Lucky verbaasd. 'Nee joh, daar sta ik helemaal niet bij stil. Ik zie wel of ik gevraagd word of niet.' Hij denkt er nog even over na, en zegt dan: 'Hoewel ik wel een goeie kans heb, denk ik. De meeste jonge keepers zijn niet echt goed, vind ik. Keepers zijn allemaal een beetje raar.'

'Je bent zelf een keeper, weet je nog?' zegt Portia. Ze ziet er heel mooi uit vandaag, met haar hysterisch roze zomerrokje en verkreukelde katoenen hemdje. Lucky vindt het nooit fijn als ze er zo bijloopt, zo meisjesachtig. Hij heeft liever dat haar prachtige benen door haar slobberjeans verpakt worden. Gelukkig zijn er nog een heleboel andere mooie meisjes met lange, wapperende haren die ook allemaal grote stukken van hun gebruinde huid laten zien, zodat ze in elk geval niet al te zeer opvalt.

'Ja, ik weet het. Toch voelt het nog steeds niet zo. Ik hoop soms dat ze me misschien nog een kans geven op het middenveld. Maar dat gaat natuurlijk nooit meer gebeuren,' zegt Lucky.

Met die broze bezorgdheid van haar, alsof ze eigenlijk eerder haar eigen vermogen om lief te zijn test en helemaal niet met de bedoeling om hem te troosten, zegt Portia geruststellend: 'Keepers zijn heel belangrijk. Misschien zelfs wel het allerbelangrijkst. Op elke andere positie kun je iemand missen, maar zonder je keeper kun je niet spelen.'

'Nou, in het doel staan, dat is helemaal geen positie, dat is alleen maar ellende,' mompelt Lucky, want dat had hij Zaki ooit eens horen zeggen. 'En een keeper kan de wedstrijd nooit voor je winnen. Die kan er hooguit voor zorgen dat je niet verliest.'

'Als je eenmaal beroemd bent, vind je het niet meer zo erg om keeper te zijn,' zegt Portia vol vertrouwen. Lucky zucht; schattig hoor, dat Portia en zijn moeder er zo van overtuigd zijn dat hij beroemd gaat worden. Ze doen zelfs alsof hij dat nu al bijna is. Bijna-beroemd. Hij is nu al meer dan een jaar bijna-beroemd, en zijn toekomst ligt bij lange na niet vast. Als de club beslist dat hij toch niet goed genoeg is, dan kunnen ze zonder probleem zijn contract ontbinden bij de eerstvolgende vervaldatum.

'Prins van Wales,' zegt Portia ineens als ze bij de winkel aankomen. De deur staat al open.

'O. Hij is er,' zegt Lucky, die de teleurstelling niet kan onderdrukken. Te laat realiseert hij zich dat die teleurstelling hem verdacht maakt. Hij hoopt maar dat Portia zijn ware bedoelingen achter dit bezoekje niet geraden heeft. Ze kijkt hem vragend aan, en voor ze hem de vraag kan stellen, zegt hij: 'Hoe bedoel je, Prins van Wales?'

'Wat je net zei: dat is geen positie, dat is alleen maar ellende. Dat komt uit een toneelstuk – Om Prins van Wales te zijn, dat is geen positie, dat is alleen maar ellende. Ik weet alleen niet meer welk toneelstuk,' zegt ze, en ze loopt de winkel in en leunt tegen de toonbank. 'Zaki weet het vast wel.' Ze haalt haar pakje sigaretten tevoorschijn en steekt een stinkstokje op, waarbij ze het gezicht dat Lucky trekt probeert te negeren. Maar dat lukt haar niet: 'Wat nou?' vraagt ze geïrriteerd.

'Ik zou het fijn vinden als je niet rookte,' zegt hij. Hij baalt dat zijn plannetje in duigen is gevallen.

'Hoezo, omdat je geen zin hebt om een asbak leeg te likken?' vraagt ze sarcastisch.

'Nee, omdat elke sigaret je drie minuten van je leven kost, en ik wil graag dat je nog een tijdje blijft leven. Zo lang mogelijk, het liefst,' antwoordt Lucky. De spanning verdwijnt uit Portia's gezicht en ze slaat haar armen om Lucky heen en trekt hem naar zich toe en kust hem met haar rokerige mond. De dunne stof van haar rokje voelt als niet-bestaand tegen zijn benen. Ze zucht als zijn handen naar haar billen glijden, vol van de belofte die er zo vaak is geweest. De belofte die ze altijd doet als ze zeker weet dat ze toch niet af kunnen maken waar ze aan beginnen. Ze stopt haar hand achterlangs in zijn spijkerbroek en trekt hem dichter naar zich toe, zodat zijn kruis tegen haar aandrukt, en ongemakkelijk begint te groeien. 'Zaki kan elk moment naar beneden komen,' zegt Lucky, en hij maakt zich los. Zijn Dada kon nooit ver weg zijn. De leveringen van vandaag stonden nog overal in stevig dichtgeplakte dozen verspreid door de winkel.

'Ik weet het,' zegt Portia spijtig. Ze pakt de sigaret weer op en neemt een lange haal voor hij opgebrand is.

'Zaki, waar hang je uit?' roep ze. Er komt geen antwoord, maar Orla, van de cafetaria naast de winkel, verschijnt in de deuropening.

'O geweldig, jullie zijn er. Zou jij de winkel willen afsluiten voor je opa, Lucky? Dat lekkere ding is hem weer eens gesmeerd en ik moest al zijn leveringen van de stoep vissen. Die zal ik eens flink de waarheid zeggen als ik hem in mijn vingers krijg.'

'Tuurlijk, Orla,' zegt Lucky. 'Is hij naar de renbaan?'

'Joost mag weten waar hij nu weer uithangt. Hij is het hele weekend al weg. Waarschijnlijk met een of andere snollebol,' antwoordt Orla, en ze werpt hen een boze blik toe voor ze de deur hard en afkeurend dichtsmijt, zodat de bel boven de deur angstig klingelt en de deur zelf in het slot valt.

Lucky is dolgelukkig. Hij lacht even gegeneerd. 'Waar waren we gebleven?' vraagt hij verlegen, en hij leunt weer naar Portia toe.

Hij laat zijn handen schutterig over haar benen glijden, alsof hij verwacht dat ze hem elk moment een tik op zijn vingers kan geven. Maar Portia geeft zich over en kust hem met evenveel enthousiasme; als hij haar op de toonbank tilt, zodat ze hem kan zoenen zonder een stijve nek te krijgen, slaat ze zelfs haar benen om hem heen. En dan gebeurt er iets, en de felheid van haar reactie beangstigt hem. Haar zachte aanraking slaat om in het klauwen met haar nagels, en haar warme, gezwollen kussen worden vervangen door felle, bijtende tanden. Het lijkt wel alsof ze alle schijn van kinderlijke affectie uit wil bannen. Lucky weet niet hoe hij moet reageren; hij is totaal onvoorbereid op deze nog niet eerder vertoonde gewelddadigheid. Hij neemt aan dat dit nu passie is, maar hij vindt het maar niks. Hij heeft er zelfs helemaal geen zin meer in. Portia trekt aan de knopen van zijn spijkerbroek en hij vraagt zich af of ze soms van plan is om hem ter plekke te nemen, maar dat kan niet. Zo hoort het niet. 'Laten we naar boven gaan,' mompelt Lucky, hoewel hijzelf niet meer wil.

'Te ver,' zegt Portia hijgend, ze zwaait haar benen naar de andere kant van de toonbank, laat zich ervan af vallen en duwt Lucky tegen het zeil. Ze gaat boven op hem zitten en kust hem als een bezetene. Ze bijt in zijn bovenlip tot bloedens toe. Hij is zich er nu van bewust dat hij in feite gewoon maar een onervaren jongetje is, en dat Portia, die nog geen jaar ouder is dan hij, overal veel meer verstand van heeft. Ook al is ze precies even maagdelijk als hij. Ze trekt zijn short uit en hij wenst dat ze ergens in een of ander park waren zodat hij hier een einde aan kon maken zonder over te komen als een idioot of een lafaard. Hij heeft al zo vaak gefantaseerd over hoe het zou zijn om het met Portia te doen, maar in geen van die fantasieën deden ze het op vuil zeil. Het was altijd in een slaapkamer, ergens waar hij rustig aan haar beha kon frunniken totdat ze hem moest helpen om het haakje los te krijgen. Dan zou ze toegeeflijk lachen om zijn onhandigheid.

In zijn fantasie zou hij zich over haar heen buigen, en zij zou zich aan hem vastklampen en haar adem inhouden. Hij had nooit verwacht dat hij zo hulpeloos op de grond zou liggen, bijna alsof ze hem verkrachtte. Hij kan wel huilen, omdat het langverwachte moment waarop hij eindelijk echt samen zou zijn met Portia hem nu zo bang maakt. Het is net alsof blijkt dat de kerstman eigenlijk een boeman is.

En dan maakt Portia zich zomaar van hem los, en gaat snikkend in een hoekje zitten. 'Ik kan het niet! Ik kan het gewoon niet! Jezus, Lucky, het spijt me zo.' Onmetelijk opgelucht door deze plotselinge wending, gaat Lucky bij haar zitten en knoopt vlug zijn broek weer dicht.

'Het geeft niks, Portia, echt. Huil nou maar niet.' Hij probeert iets te verzinnen om te zeggen waarbij hij zichzelf de schuld kan geven. Iets als: 'Het spijt me dat ik zoveel druk op je heb gelegd,' maar dat was zo overduidelijk niet waar, dat het nooit een troost kon zijn. 'Ik weet zelf ook niet of ik er wel klaar voor ben, dus maak je maar geen zorgen.'

'Ik wilde het echt, Lucky, echt waar. Ik wil niet dat jij denkt dat ik je alleen maar een beetje zit op te geilen en dat ik niet...'

'Zoiets zou ik nooit denken,' zegt Lucky, en hij trekt zijn shirt weer aan voor ze weer van gedachten verandert. 'Kom, dan gaan we naar Orla en drinken een kop thee of chocolademelk of zo.' Hij zou zich een stuk veiliger voelen als hij gewoon weer onder de mensen was, waar het allemaal niet uit de hand zou kunnen lopen, waar ze elkaar alleen maar kinderlijke zoenen zouden kunnen geven.

'Nee, die ziet vast dat ik heb zitten huilen,' zegt Portia. De tranen rollen nog altijd over haar wangen. Haar gladde, karamelkleurige huid zit onder de vlekken en rond haar ogen en neus zitten lelijke rode randjes. 'Laten we naar boven gaan. Dan kan ik mijn gezicht even wassen.' Met tegenzin loopt Lucky achter haar aan, en omdat hij niets beters weet te doen, loopt hij de keuken in om water op te zetten. Zij gaat naar de badkamer, plenst koud water over haar gezicht en jat wat van de dure gezichtscrème van Zaki's vriendinnetje. Dan gaat ze moedeloos aan de keukentafel zitten en legt haar hoofd in haar handen.

Lucky zet de thee met zorg en is diep geroerd door hoe ze erbij zit, zo verloren en zo kwetsbaar. Hij knielt naast haar neer en slaat zijn armen om haar heen. Zijn gezicht drukt hij tegen haar rug en hij voelt zich schuldig omdat hij zo van haar houdt omdat zij zo overstuur is. Hij zou er zelfs wel weer zin in hebben. Haar verdriet heeft iets verschrikkelijk aantrekkelijks. Het maakt haar onaantastbaar en onweerstaanbaar tegelijk. Ik ben verdomme net een parasiet, denkt hij enigszins beschaamd. Ik voed mezelf met het ongeluk van mijn vriendin, het windt me zelfs op. Wat ben ik ook een eng mannetje.

'Je bent zo lief, Lucky,' zegt Portia, en ze streelt zijn hand. 'Je bent echt een engel, dat je het uithoudt met mij.'

'Welnee,' zegt Lucky naar waarheid. 'Maak je nou maar geen zorgen. We... nou ja, je weet wel... we doen het pas als jij er aan toe bent.'

'Maar ik ben eraan toe – ik ben verdomme al bijna zeventien. Ik wil gewoon seks hebben met mijn vriendje. Iedere keer als het bijna zover is, dan ben ik altijd degene die afhaakt.' Ze zwijgt en neemt een slokje van haar thee. 'Het lijkt wel alsof ik er bang voor ben.'

'Angst voor intimiteit,' stemt Lucky alwetend in. Dan staat hij op en kust haar op haar blote schouder. Hij gaat zitten in de stoel tegenover haar, en moet zijn benen naast de tafel uitstrekken omdat ze er anders niet onder passen.

'Daar ben ik helemaal niet bang voor,' zegt Portia. Ze kijkt Lucky recht in de ogen en zegt dapper: 'Ik ben bang dat je erachter komt.'

'Dat ik waar achter kom?' vraagt Lucky, want hij heeft geen flauw idee waar ze het over heeft.

'Dat ik geen maagd meer ben,' zegt ze, en ze wendt haar blik af.

'Maar...' begint Lucky, en hij beseft dat hij absoluut niet weet hoe hij op deze bizarre onthulling moet reageren. Hoe kan het nou dat Portia geen maagd meer is? Ze zijn toch al bij elkaar sinds hun vijftiende? Ze heeft hem toch zeker niet belazerd met iemand? 'Maar sinds wij verkering hebben, heb jij toch niet...?' vraagt hij, zonder haar te veroordelen, hij wil gewoon alleen bevestiging. Portia, die zijn blik nog altijd ontwijkt, klemt haar lippen op elkaar en schudt heftig met haar hoofd. Lucky probeert de informatie tot zich door te laten dringen; ze is niet met iemand naar bed geweest terwijl zij verkering hadden, dus dan heeft ze het gedaan vóór die tijd. Maar ze was pas vijftien toen zij verliefd werden, en ze was pas veertien toen hij haar leerde kennen. Veertien! Het besef begint te komen, en hij begint de oorzaak van Portia's donkere stemmingen te begrijpen. Hij begint te begrijpen waarom ze altijd zo moeilijk doet over de vriendjes van haar moeder, en waarom ze altijd zo boos is op de mannen die haar op straat nafluiten. Hij begint te begrijpen waarom ze zo peinzend naar de zelfmoordbrug keek, die avond toen ze samen bij de rivier zaten. Hoe ze zich net op hem stortte, met zo veel geweld, dat was omdat ze zich van iets had willen verlossen. De woorden komen op in zijn keel, maar hun gevolgen zijn zo enorm dat die zijn mond vullen, en uitzetten als een gigantische spons die tegen zijn verhemelte duwt, en tegen zijn tong, en zijn tanden. Hij kan de woorden niet uitspreken, hij krijgt ze niet geformuleerd, laat staan dat hij ze er uit krijgt: Aanranding. Verkrachting. Zijn arme, lieve Portia.

'Weet iemand ervan? Je vader, je moeder?' vraagt hij uiteindelijk.

'Het is niet wat jij denkt,' zegt Portia zachtjes, en ze laat vol schaamte haar hoofd hangen om het medeleven in zijn stem. 'Het was een van mijn moeders vriendjes. Ik was boos op haar vanwege de scheiding, en toen wilde ik haar terugpakken. Dus toen heb ik het gedaan met haar vriendje.' Lucky kijkt haar vol afgrijzen aan en Portia zwijgt even. Dan gaat ze gespannen verder: 'Maar verkrachting was het niet. Ik heb hem zijn gang laten gaan. Ik heb hem expres bij me op mijn kamer laten komen. Ik heb zelfs net gedaan alsof ik het zelf ook leuk vond.'

Lucky hoort het allemaal aan, dan begint hij woedend zijn hoofd te schudden. 'Maar het was wél verkrachting!' ontploft hij. 'Jij was pas veertien, en je was helemaal in de war, en die vieze ouwe vent heeft daar misbruik van gemaakt. Hij had gewoon zin in een wip met een minderjarig schoolmeisje. En waar hing je moeder eigenlijk uit toen die vent haar dochter aan het neuken was in haar slaapkamertje?'

'Je begrijpt het niet,' zegt Portia. De tranen wellen weer op en beginnen over haar gezicht te stromen. 'Het was allemaal mijn schuld. Ik was gewoon een domme slet. Mijn moeder had er geen idee van.' Portia wil het hier helemaal niet over hebben; ze had het er nooit met iemand over willen hebben, en ze heeft nu al spijt dat ze haar ranzige geheim met Lucky heeft gedeeld. Ze wil helemaal niet terugdenken aan hoe ze zich daarna had gevoeld; ze vond zichzelf eerst nog zo slim, dat ze het jongere, brutale vriendje van haar moeder tegen haar had gebruikt, maar daarna voelde zij zichzelf juist gebruikt. Want hij had haar genomen als een stuk gewillig vlees. Haar moeder had niet eens in de gaten wat er aan de hand was. Misschien was ze daar nog wel het allerkwaadst om. Haar moeder had wel moeten zien wat er loos was, en ze had er een stokje voor moeten steken. Hoewel de seks op zich geen pijn deed, en ook niet echt vervelend was, voelde Portia zich maanden later nog steeds vies, vanbinnen en vanbuiten. Dan liep ze op straat, uit school of op weg naar de winkel, en dan werd ze ineens overspoeld door een golf van walging. Dan voelde ze zich smerig, alsof er rioolwater door haar heen stroomde, en dan was ze bang dat de mensen dat konden ruiken. Pas toen ze Lucky had leren kennen begon ze zich weer een beetje schoon te voelen. Ze had zich aan hem vastgezogen om zijn argeloze onschuld in zich op te zuigen tot ze weer zichzelf kon zijn, een schoolmeisje met een schooljongen als vriendje. Ze vond zelf helemaal niet dat die man haar had misbruikt. Ze vond dat ze zelf verantwoordelijkheid droeg voor haar eigen gedrag, en het donkere, niet-aflatende schuldgevoel dat daarna kwam, droeg ze gelaten. Had ze het maar nooit aan Lucky verteld, dacht ze. Had ze maar een andere manier kunnen bedenken om hem duidelijk te maken hoe erg ze het vond dat ze seks had gehad met iemand van wie ze niet hield en hoe graag ze had gewild dat hij haar eerste minnaar was geweest.

'Ik weet dat het puur mijn eigen schuld was, want het was op zich helemaal niet zo vreselijk,' voelt Portia zich gedwongen toe te geven, omdat ze vindt dat ze Lucky's woede en medelijden niet verdient. 'Hij was heel lief voor me. Daarom wilde ik het ook aan niemand vertellen, verder, want dan zou ik moeten vertellen wat er precies was gebeurd, en dat ik hem erin heb geluisd. Daarom wilde ik zo graag dat het met jou heel mooi zou zijn. Ik wilde het gewoon... achter de rug hebben. Ik dacht dat ik het naast me neer kon leggen als wij het een keer echt goed zouden doen, dat ik alles wat er is gebeurd zou vergeten.'

'O, Portia,' zegt Lucky en hij walgt van het feit dat hij op dit moment zo ontzettend veel van haar houdt. Dat het feit dat zij het slachtoffer is alleen maar maakt dat hij nog meer van haar houdt. Want het is hem volkomen duidelijk dat zij wel degelijk het slachtoffer is. Wat ze daar zelf ook dapper tegen inbrengt. Hij voelt de emoties in zich aanzwellen, trekt haar ruw in zijn armen en houdt haar stevig vast. Als zij zou willen, zou hij het ter plekke met haar doen, hoe bang hij zelf ook is. 'Ik zal ervoor zorgen dat niemand jou ooit nog iets aandoet. Ik zal ervoor zorgen dat het allemaal weer goed komt. Dat beloof ik.' En terwijl hij die krankzinnige belofte doet, voelt hij zich ook echt sterk genoeg om hem gestand te kunnen doen. Portia kijkt naar hem op met haar grote, betraande ogen, en kust hem weer, eerst dankbaar, dan teder, dan hongerig, en hij neemt haar mee naar Zaki's logeerkamer, waar hij zijn best doet om zich aan zijn belofte te houden, ondanks zijn eigen angsten, en waar hij probeert de herinneringen uit haar lichaam te bannen.

Schaakmat in de winkel

Zaki zit op zijn gebruikelijke plek in zijn winkel en doet alsof hij de krant leest, maar eigenlijk kijkt hij naar de klok, want hij zit te wachten op Delphine. Hij is een beetje verkleurd tijdens hun tripje naar Cornwall, waar ze voortdurend in de buitenlucht en onder de mensen zijn geweest, als tegenwicht voor hun Londense leven, waar ze gedwongen waren om binnen te blijven, uit het zicht van nieuwsgierige ogen. Jinan komt morgen terug van zijn zakenreis, en dan zullen ze weer moeten onderduiken. Zaki zucht, en tekent hartjes en slingertjes in de kantlijn van zijn krant. Dan klingelt de deurbel en kijkt hij hoopvol op. Het is Portia maar, gekleed op de hitte in haar bleke topje met dunne bandjes en losse witte broek. Ze is ontegenzeggelijk mooi, en heeft alles weg van het model dat ze binnenkort ook inderdaad zal zijn. Ze kijkt ook ontegenzeggelijk schuldig, en Zaki weet wel waarom.

'Vanwaar die rode wangen, Bloosje?' vraagt hij pesterig.

'Maar meneer Khalil, ik heb waarlijk geen idee waarover u rept,' antwoordt Portia in een poging grappig te zijn.

'Lul niet. De volgende keer dat jij en Lucky weer eens boven gaan liggen rotzooien, zou ik dat graag eerst even willen weten. Want als je het niet vraagt, dan plegen jullie in feite een inbraak...'

'Ach welnee, dat heeft een veel romantischer naam,' valt Portia hem in de rede, en ze giechelt.

Zaki moet ook lachen. 'Schaamteloos ben je!' zegt hij, en hij is al bijna over zijn ergernis heen. 'Luister, ik ben heus wel blij voor jou en Lucky dat jullie je diepe emotionele band eindelijk hebben beklonken met wat vunzige puberseks, maar ik zou daar toch graag op een iets subtielere manier mee geconfronteerd willen worden.'

'Hoe ben je er dan achter gekomen? We hebben de kamer keurig achtergelaten, toch?' vraagt Portia.

'Dat was al een heel veeg teken; dat, en het feit dat er ineens heel ander beddengoed op het bed lag. Bovendien dreef er een vrolijk condoompje in de plee.'

Portia bloost aandoenlijk, en is zo verstandig zich in elk geval te schamen. 'Jemig, sorry. Ik heb nog gezegd dat Lucky twee keer door moest trekken.' Ze gaat onuitgenodigd op de kruk aan de andere kant van de toonbank zitten en leunt samenzweerderig naar Zaki toe. 'Dat is trouwens precies de reden waarom ik hier ben; ik wil je iets vragen. Een gunst...'

Zaki vouwt haastig zijn krant op zodat ze de getekende hartjes niet kan zien, en propt hem vlug onder de toonbank. 'Geen denken aan, pop. Jullie zijn nu twee volwassen mensen, en jullie zorgen zelf maar lekker voor een plekje om te rampetampen. Jullie hebben allebei een slaapkamer waar niks mis mee is, en jullie hebben allebei ouders die niet altijd thuis zijn. En wat is er mis met een fietsenschuurtje?'

Portia glimlacht en schudt haar hoofd. 'Dat was de gunst niet. Maar gisteren ben ik ergens achter gekomen waar Lucky vast enorm van over de rooie gaat, en jij moet ervoor zorgen dat dat niet gebeurt.'

'Tuurlijk, vertel op,' zegt Zaki, die maar met een half oor luistert naar wat ze zegt, omdat hij nog steeds onafgebroken naar de klok staart, die boven de sigarettenstandaard hangt. 'Was dat het, Portia? Ik zit eigenlijk op iemand te wachten. Niet dat ik jullie seksleven niet onmetelijk fascinerend vind, natuurlijk...'

'Bedankt, Zaki. Ik wil je vragen om een kleine gunst, voor Lucky. Ik wil dat je ophoudt om zijn moeder te neuken,' zegt Portia. Ze kijkt hem uitdagend aan, alsof ze zeggen wil 'durf het eens tegen te spreken', en haar glimlach is weg, zodat haar mond weer in de gebruikelijke dunne, harde lijn getrokken is.

Zaki blijft volkomen rustig en geeft niks prijs. 'Hoe kom je er in godsnaam bij dat ik het met Lucky's moeder doe?' vraagt hij. 'Dat zou ik wel eens willen weten.'

Portia zucht. 'Je neemt dus niet eens de moeite om het te ontkennen. Ik heb gisteren haar crème in je badkamer zien staan, en toen realiseerde ik me dat jullie allebei dit weekend weg waren. En toen heb ik een heel verhelderend babbeltje gehad met Orla, die me precies wist te vertellen hoe vaak jouw plichtsgetrouwe schoondochter hier komt om je te helpen met je... boekhouding, dat was het toch?'

Zaki zwijgt even, maar herstelt zich dan en kijkt haar met een welwillende glimlach aan. 'Dat bewijst allemaal niets. Nooit geweten dat jij zo'n rijke fantasie hebt, Portia. Omdat jij nu net toevallig voor het eerst aan seks bent begonnen wil dat nog niet zeggen dat de hele wereld het met elkaar doet.'

'Ik meen het serieus,' zegt Portia. 'Doe maar niet net of ik gek ben. Lucky zou er kapot van zijn als hij er achter kwam waar jullie mee bezig zijn. Jij bent zijn grote held, hij hoeft niet te lijden onder het feit dat jij je broek kennelijk niet aan kunt houden. Dat mens is je schoondochter. Dat is toch te walgelijk voor woorden?'

'Je weet niet waar je het over hebt,' zegt Zaki kortaf. 'Wat ik in mijn eigen tijd doe, gaat Lucky geen moer aan, en jou al helemaal niet. En laat ik je dit zeggen: ik doe helemaal niks verkeerds.' Hij zwijgt en schenkt haar dan zijn allervaderlijkste glimlach: 'Dus donder nou maar weer lekker op, snoes. Zoals ik al zei: ik zit op iemand te wachten.' Hij geeft haar een klopje op haar hand.

Portia lijkt dit dubbelzinnige antwoord kalmpjes op te vatten, en geeft verder geen antwoord. Maar dan trekt ze haar hand met een woest gebaar terug en maait alles van de toonbank zodat de koffiebeker, de whisky, de pennen en de papieren en muntjes en sleutels op de vloer kletteren in één groot muzikaal crescendo. Zaki kijkt haar aan, vol afschuw vanwege haar van woede vertrokken gezicht; ze is bijna lelijk, zo. 'O, je hoeft niet op te ruimen, hoor. Dat vrolijke gezicht is mij genoeg...' begint hij droogjes, maar Portia valt hem in de rede. Haar sluimerende woede is ontploft.

'Hou je bek met je achterlijke geintjes, Zaki! Ik heb schoon genoeg van die grappen van je, zelfingenomen ouwe hypocriet die je bent! Jij vindt jezelf zo bijzonder omdat je lak hebt aan alles, omdat je nauwelijks werkt en omdat je af en toe andermans leven naar de kloten helpt? Nou, zo geweldig ben jij niet – jij stelt helemaal niks voor. Je bent gewoon een parasiet, die het leven van andere mensen overneemt omdat hijzelf geen leven heeft. Je bent een sneue ouwe zuipschuit en dit keer ben je echt veel te ver gegaan.'

'Stop, dadelijk moet ik nog blozen,' zegt Zaki, vruchteloos zoekend naar iets in Portia's tirade wat niet waar was. 'Kijk, niet iedereen is voorbestemd om topmodel of voetbalheld te worden, Portia. Ik hoop dat je nog eens denkt aan eenvoudige zielen zoals wij als je straks wordt geïnterviewd voor de *Hello!*, vanuit je grote landhuis.'

Portia haalt diep adem en maant zichzelf tot kalmte. Ze kijkt naar de scherven tussen de andere rommel op de vloer en duwt die voorzichtig aan de kant met haar sandaal voor ze van de barkruk komt. 'Ik meen het, Zaki,' herhaalt ze dreigend. 'Jij maakt een einde aan dat gedoe met Lucky's moeder. Denk voor de verandering maar eens aan iemand anders dan alleen aan jezelf. Heb je eigenlijk wel enig idee hoeveel mensen je hiermee beschadigt als dit uitkomt? Ik ben niet van plan om dit geheim te houden. Als je er niet mee ophoudt laat je me geen keuze.'

Zaki's gezicht betrekt bij dat laatste dreigement; het lijkt wel alsof Portia, op wie hij altijd zo dol was, hem alleen nog maar haat. Het onschuldige schoolmeisje is in één klap uitgegroeid tot een moraalridder, en hij weet niet of hij er te dicht op heeft gezeten of te ver van af heeft gestaan om dat op te kunnen merken. Ze is naadloos opgegaan in de Brigade van het Opgeheven Vingertje, bestaande uit zijn hele familie, en al zijn vrienden en bekenden van wie hij weet dat die hem hierom bits zouden veroordelen: walgelijk, ziek, incestueus... wat een misselijkmakende toestand. En hij weet ook dat het totaal geen zin heeft om tegen Portia te zeggen: 'Maar ik had haar het eerst! Ik heb haar gevonden!' want zij lijkt evenmin geïnteresseerd in wat hij te zeggen heeft als de rest zal zijn. Dus in plaats daarvan zegt hij alleen: 'Ik heb niets verkeerds gedaan,' maar zijn woorden klinken zowel klagelijk als hol, zelfs in zijn eigen oren.

'Dat heb je wel,' spreekt Portia hem ferm tegen. 'Ik zou maar snel zorgen dat ik er een einde aan maakte, als ik jou was.' Ze bijt besluiteloos op haar lip voordat ze er met iets van haar oude vriendelijkheid aan toe voegt: 'Sorry voor de troep.' Zaki weet niet zeker of ze het wel heeft over de troep op de grond. Ze loopt de deur uit en kijkt niet meer om.

Zaki kijkt op zijn mobieltje en ziet dat Delphine hem een sms'je heeft gestuurd om te zeggen dat ze niet kan komen. Ze zou het later nog wel uitleggen. Maar goed ook, denkt hij, ook al is hij teleurgesteld – hij had niet gewild dat Portia haar hier tegen het lijf zou lopen. Hij gaat naar boven en controleert de badkamer. Daar staat Delphines potje Crème de la Mer, precies zoals Portia al zei. Ruim honderd pond kostte die troep. Hij pakt het op en stopt het in de doos met troepjes die hij in de bezemkast bewaart, waar het totaal niet op zijn plek lijkt. Dus besluit hij om het maar heel diep in de linnenkast te verstoppen. Hij kan de verleiding niet weerstaan om het deksel heel even van het potje, glad en zwaar als steen, te halen en de rijke geur in te ademen, om zich Delphines naakte lichaam voor de geest te kunnen halen, en hoe ze ruikt als ze in bad is geweest, voor ze al die make-up opsmeert om haar schattige imperfecties te verdoezelen onder een dauwzacht, egaal masker. Zijn hart maakt een sprongetje als hij haar auto zijn parkeerplaats op ziet rijden; ze is dus toch gekomen. Hij holt naar beneden, maar in plaats van Delphine die blij naar hem toeloopt en in zijn armen springt, ziet hij hoe Jinan behoedzaam de auto afsluit. Hij draagt een bordeauxrood vest, ondanks de hitte. Hij loopt aarzelend de winkel binnen, en schrikt een beetje van het vrolijke getingel boven de deur. Zaki realiseert zich dat hij al een poosje in shock naar Jinan heeft staan kijken; zijn zoon belt hem bijna nooit, en ze zien elkaar ook nooit los van de kerstdagen en verjaardagen. Hij kan zich niet herinneren wanneer Jinan voor het laatst in de winkel is geweest. Uiteindelijk weet Zaki zichzelf tot de orde te roepen en hij begroet hem met een: 'Ha, Ji-Ji. Dat is lang geleden. Ik dacht dat jij in New York zat?'

Jinan kijkt even bang als Zaki zich voelt. Zijn gebruikelijke donkere huidskleur heeft zijn robuuste blos verloren, en er parelt zweet onder zijn haargrens. Hij blijft bij de deur staan, en doet dan twee passen naar voren. 'Hallo, Baba. Ik moet met je praten,' zegt hij. Hij kijkt naar de brokstukken voor de toonbank en loopt er naartoe, loopt voorzichtig om de stukken aardewerk heen en zucht licht. Het lijkt wel alsof hij op het punt staat te gaan huilen, en Zaki ziet in de glibberige spiegels van zijn bruine ogen zijn eigen hypocriete, oude gezicht. Een onschuldig poeltje dat een stormlucht weerspiegelt, zich onbewust van de ellende die daar binnenkort uit los gaat barsten. Alles wat hij weet over Jinan – zijn irritante lijstjes, de belachelijk plichtsgetrouwe voorbereiding op zijn toelatingsexamen voor Oxford waarbij hij elke *Economist* en *Financial Times* uitgebreid uitploos en van aantekeningen voorzag, zijn gepoch over zijn juridische carrière, en de zelfingenomenheid over zijn vastgoedinvesteringen, ja, zelfs zijn huwelijk met een aantrekkelijke Française – dat alles smelt als sneeuw op een warme Londense stoep in december. Alles komt samen in dat ene moment waarop de kleine hulpeloze Jinan door de bovenbuurvrouw werd afgeleverd bij zijn appartement in Parijs, omdat Zaki hem in zijn egocentrische verdriet totaal vergeten was. Het moment waarop hij zijn armen om dat kleine kereltje sloeg en zei: 'Het spijt me zo, Ji-Ji.' Kon hij nu maar zijn armen om de grote Ji-Ji slaan, om dat walgelijke bordeauxkleurige vest van hem, en kon hij die woorden nog maar één keer uitspreken; maar hij is veel te bang dat Jinan maar al te goed weet waar hij zich dit keer voor moet verontschuldigen. Portia heeft gelijk – hij is uiteindelijk toch niet zo stoer.

Jinan kijkt zijn oude slaapkamer rond terwijl zijn vader in de keuken bezig is. De scheur in de muur die doorliep in het plafond zit er nog altijd, en is niet korter of langer geworden sinds de tijd dat hij hier aan zijn bureautje zat te staren als hij zijn huiswerk deed. Het hele huis zit onder de scheuren die Zaki nooit heeft laten maken in al die jaren dat ze hier woonden, maar deze scheur vond Jinan altijd de ergste. Zodra hij een eigen huis kreeg, verbaasde het hem hoe makkelijk het was om van die scheuren af te komen – gewoon een tube allesvuller, beetje opschuren, likje verf, klaar. Er hingen ook nog steeds dezelfde gordijnen, met van die afgrijselijke psychedelische krullen waar hij altijd door halfgesloten ogen naar keek als hij wakker werd. De foto van zijn diploma-uitreiking van de middelbare school hangt scheef aan de binnenkant van de deur, aan het haakje waar vroeger zijn badjas hing. Hij moet toegeven dat hij niet bijster fotogeniek is. Hij probeert weliswaar te glimlachen, maar zijn ogen zijn toegeknepen tegen het felle buitenlicht, of, en dat is waarschijnlijker, omdat hij toen nog niet gewend was aan zijn contactlenzen. De grote donkere ladekast staat er ook nog altijd, net als de bijpassende linnenkast met de doffe gouden knoppen. De meubels waren een cadeautje van Dada Khalil, zijn grootvader, duur maar smakeloos. Ach, dat was misschien niet aardig – het was een ander soort smaak. Uit een ander tijdperk. Zijn grootvader gaf altijd de voorkeur aan grote zware dingen, die in dat opzicht een beetje op hem leken. Dingen die bezit namen van hun territorium met een vorstelijke vormeloosheid, alsof ze nog niet tevreden waren met de ruimte die ze was toegewezen en ze hunkerden naar meer. Dingen die zijn fortuin onderstreepten door hun fysieke aanwezigheid.

Het stoffige slaapkamerraam keek uit over de achtertuin, nog altijd hetzelfde stukje gras vol onkruid, met stokoude knoestige rozenstruiken die van die bloezende rozen met loshangende blaadjes droegen en die zorgden voor donkerrode en perzikroze confetti bij het geringste briesje. En de camelia was uitgegroeid tot monsterlijke proporties, zowel boven- als ondergronds, en had de tegels van het terras omhoog geduwd. Die camelia vond hij vroeger altijd zo mooi, in de lente, als ze een overvloed aan bleekroze bloemen droeg, allemaal als van perfect porselein. Hij was jaren bezig geweest om zijn ontsnapping aan deze troosteloze plek te plannen, hard studerend om de cijfers te halen waardoor hij boven het moeras uit zou steken waartoe hij en zijn vader waren aangewezen na de dood van zijn moeder, en toch, zo voelde hij nu, was hij er niet ver genoeg van weg gekomen. Misschien was dat ook wel de reden waarom hij hier nooit meer kwam. De waarheid was, dat hij zich schaamde voor het feit dat hij hier was opgegroeid, en dat hij zich schaamde voor het feit dat zijn vader niet meer was dan een man met een winkeltje. Maar al dat harde studeren van hem en al dat harde werken en al zijn professionele succes hadden hem maar een paar kilometer verder gebracht, naar een appartement met veel te dure plantenbakken op het dakterras en het balkon waar hij nooit zulke overrijpe rozen of overdadige camelia's heeft kunnen houden.

Zaki komt binnen met een pot thee en twee kopjes die al volgeschonken zijn. 'Zo, Ji-Ji. Met twee klontjes suiker.'

Jinan schrikt op bij zijn binnenkomst. 'Ik gebruik geen suiker meer, Baba. Sorry, dat had ik even moeten zeggen.' Maar dan zwijgt hij, en houdt zijn hoofd een beetje schuin, en pakt het aangeboden kopje toch van Zaki aan. Die herinnert zich dit maniertje van toen Jinan nog een kind was; hij deed het bijvoorbeeld als hij een speeltje uitkoos – het was alsof je hem letterlijk zag denken. 'Ik denk dat ik misschien wel weer overstap op suiker. Vind ik lekkerder. Heb je misschien ook koekjes?' vraagt hij hoopvol.

Zaki loopt naar beneden, naar de winkel, en komt terug met een pak gesorteerde koekjes. Hij legt ze op de tafel in de zitkamer, en Jinan zakt op de bank en neemt zonder aarzelen het grootste koekje met de meeste chocola. 'Waarom ben jij met de Audi?' wil Zaki weten, en hij kijkt vragend toe hoe Jinan het koekje in de thee doopt en hem in een paar happen gretig opeet en dan meteen een nieuwe pakt. Zaki zegt er niet bij dat het toch Delphines auto is; hij denkt bijgelovig, tegen alle redelijkheid in, dat alles goed zal komen als hij dit gesprek voert zonder dat haar naam valt.

'De mijne staat nog op het vliegveld. Ik moest een taxi nemen, want ik mag geen lange afstanden rijden. Ik had eigenlijk niet eens hier naartoe mogen rijden, maar ik had absoluut geen zin om met de metro te gaan.'

'Hoezo mag jij niet rijden?' vraagt Zaki, die zich niet meer kon herinneren of hij dat al eens van hem had gehoord.

'Ik ben ziek geworden in New York. Daarom ben ik ook een dag eerder teruggekomen. Tachycardie.'

'O, joh,' zegt Zaki onverschillig. 'Dure woorden, moet je je niet door op stang laten jagen.' Als hij Jinans vragende gezicht ziet, zegt hij: 'Grapje. Laat maar.' Kon hij die impuls maar onderdrukken, dacht Zaki, om overal de spot mee te drijven. Geen wonder dat Jinan afstand hield van zijn gestoorde oude Baba.

Jinan knikt en praat verder alsof Zaki net wel iets zinnigs heeft gezegd. Dat wat hij eigenlijk had moeten zeggen. 'Dat is wat Tony Blair ook had. Hartritmestoornis. Iedereen was flink geschrokken, dat kan ik je wel zeggen. Ik heb het maar niet aan Delphine verteld toen ik nog in New York was, want ik wilde niet dat ze zich te veel zorgen zou maken. Ik wilde het pas vertellen als ik terug was.'

'Maar nu gaat het wel weer?' vraagt Zaki, verrast door zijn eigen bezorgdheid. Jinan knikt, en Zaki zwijgt, en wacht tot Jinan uitlegt waarom hij hier is gekomen, voor het eerst in maanden, terwijl hij eigenlijk thuis in bed zou moeten liggen. Hij bestudeert zijn thee en zijn nagels en kijkt vol verwachting op als Jinan verdergaat.

'Dada is bijna jarig, wil je dat we jouw naam ook op ons kaartje zetten, en doe je mee met ons cadeau?'

'Sturen jullie hem dan een kaart en een cadeau?' vraagt Zaki. Hij kon zich zelfs niet precies herinneren wanneer zijn vader jarig was. Hij belde hem altijd ongeveer een week te laat, en elke keer nam hij zich weer voor om de datum ergens te noteren, maar dan vergat hij het toch steeds weer.

'Ja, nou ja, ik niet. Delphine koopt meestal iets leuks voor hem. Zo lang het maar in een grote doos van Harrods zit, vindt hij het prachtig. Ik geloof dat ze dit jaar zakdoeken heeft gekocht. Van die grote, waar je tenminste fatsoenlijk je neus in kunt snuiten, niet van die sierdingen voor in je borstzak.'

'Dat vindt hij vast geweldig,' zegt Zaki. Hij wacht nog steeds op Jinans verklaring voor zijn bezoekje. Maar zijn zoon rebbelt door, alsof hij de gênante stilte wil vullen.

'Heb jij nog wel eens iets gehoord van de familie in Bangladesh, de laatste tijd?' vraagt Jinan terwijl hij zijn derde koekje pakt, dat hij met een goedkeurend knikje naar zijn vader verzwelgt. Zaki schudt zijn hoofd, maar zegt niets. Hij vraagt zich af waar Jinan zo omheen draait, en vreest dat hij het antwoord al weet. Jinan gaat maar door met het vullen van de stilte. 'Wij hadden dus laatst tante Padma op bezoek. Die reist de hele wereld af sinds haar scheiding – weet je nog, haar man was er vandoor met een zangeresje uit Calcutta?' Zaki knikt meelevend, alsof hij al wist dat het zusje van zijn vrouw gescheiden was, terwijl hij er in werkelijkheid niets over had gehoord. Hij vraagt zich af waarom Delphine het hem niet heeft verteld. Zij en Jinan waren veel beter in het contact houden dan hij. Jinan ging verder met zijn geratel: 'Ze leek er niet erg onder te lijden, die tante Padma. Gek idee dat zij mijn tante is, terwijl ze nog geen twee jaar ouder is dan ik. Delphine is zelfs ouder dan zij, dus die noemt haar niet eens tante. Padma noemt haar juist "Apa". Apa Delphine, alsof ze haar oudere zus is. Net als mama. Klinkt idioot, vind je ook niet?'

'Ja, best wel,' zegt Zaki, die het gevoel heeft dat hij Jinan moet onderbreken zodat die even op adem kan komen. Hij denkt terug aan Jinans schooltoneel, toen hij van die lange monologen had. Als hij die aan het oefenen was, vergat hij soms te ademen, en dan ging hij al maar sneller praten om vlug naar het einde te komen. 'Maar het gaat dus goed met Padma?'

Jinan knikt. 'Ja, ze is altijd al heel sterk geweest, en haar kinderen studeren inmiddels, en ze heeft een goede regeling met hem getroffen, dus ze is er heel vrolijk onder. Opgeruimd staat netjes, zeggen ze dan. Dat hij er vandoor is gegaan met zo'n goedkoop zangeresje. Ja, opgeruimd staat netjes...' Jinans stem breekt, en de tranen die al sinds hij aankwam in zijn ogen stonden, rollen nu eindelijk over zijn ronde wangen, en vormen een plasje langs de zijkanten van zijn neus voordat ze doordruppelen naar zijn bovenlip. Zelfs mijn tranen zijn niet fotogeniek, denkt Jinan; als je mensen ziet huilen in de film vallen hun tranen altijd keurig in een rechte lijn langs hun jukbeenderen. Hij veegt zijn gezicht af met de mouw van zijn vest. 'Delphine is van plan om bij me weg te gaan,' zegt hij dan eindelijk.

Zaki schiet overeind. Het lukt hem niet zijn schuldgevoel en de opluchting die deze mededeling met zich meebrengt te verenigen met de overweldigende drang om zijn zoon te troosten. Zijn zoon die er nu zo klein en verloren uitziet. Hij heeft geen idee hoe hij moet reageren, en dus reageert hij onbehouwen als altijd: 'Nou, zullen we dan maar een borrel nemen en een potje schaak opzetten, Ji-Ji?' vraagt hij opgewekt. 'Jij een gin-tonic, toch?' en hij vlucht de kamer uit.

'Heb je wel gehoord wat ik zei?' vraagt Jinan zachtjes als Zaki terugkomt met de drankjes en met het schaakbord onder zijn arm.

'Tuurlijk heb ik je gehoord,' zegt Zaki, die probeert om de lompheid van zijn eigen vader te imiteren als hij ergens niet over wilde praten. 'Maar wat heb ik daar verder mee te maken?' Hij begint de schaakstukken neer te zetten, met de snelle zwierigheid waarmee een kaartspeler zijn kaarten schudt. Hij doet de eerste zet, verschuift een pion, en leunt dan naar achteren met zijn whisky.

'Jij hebt er alles mee te maken,' zegt Jinan ongelukkig. Hij zwijgt en ziet niet dat Zaki, ondanks het feit dat hij er zo losjes mogelijk bij probeert te zitten, zijn adem inhoudt. 'Jij bent de enige die precies weet hoe het voelt om door haar verlaten te worden. Los van Jean-François in Les Landes, haar eerste vriendje, maar die spreekt geen Engels.' Hij haalt zijn schouders op en leunt voorover, en verzet zelf ook een pion.

Zaki zucht even onmerkbaar, en gaat door met het spel. 'Hoe kom je er eigenlijk bij dat ze bij je weg wil?'

Jinan bijt op zijn volle onderlip. 'Ze heeft een verhouding. Als ik haar bel is ze er nooit, en ze beweert altijd dat ze in de sportschool zit, of hier bij jou, maar ze neemt haar mobiel nooit op. En ze kwam met een belachelijk excuus om ons tripje naar Parijs af te blazen. En ze is gewoon anders; ze levert geen kritiek meer op me, ze corrigeert me nooit meer, ze maakt nooit meer ruzie. Eerst dacht ik nog dat dat juist goed was. Maar toen drong het tot me door dat ze dat allemaal niet meer doet omdat het haar niet meer interesseert. Ze heeft de moed opgegeven wat ons betreft.' Hij kijkt Zaki recht in het gezicht. 'Baba, hoe heb jij dat toen overleefd?'

Zaki neemt een bedachtzame slok, alsof hij echt diep nadenkt over deze vraag. 'Dat is al zo lang geleden,' zegt hij ten slotte. 'En het ging heel rustig, voor zover je rustig uit elkaar kunt gaan. Ze was toen ook nog zo jong, en ik was ook erg onvolwassen. Ik ben trouwens nog steeds erg onvolwassen. Sommige dingen veranderen nu eenmaal nooit.'

'Maar andere dingen wel,' zegt Jinan, die een wonderlijk gedurfde zet doet op het schaakbord. 'Ze wil bij me weg, maar ze gaat voorlopig niet. Nog lang niet.'

'Dat is ook niks voor jou,' zegt Zaki, die verbaasd is over de zet – Jinan was altijd defensief in zijn spel, nog erger dan een Italiaans voetbalteam in de jaren zeventig. Gedwongen om zijn toren naar de hoek te halen, vraagt hij langs zijn neus weg: 'Hoezo niet, dan?'

'Nou ja, ik denk dat ze nu niet bij me weggaat,' antwoordt Jinan, die zijn glas met gin-tonic tegen zich aan klemt en er kleine slokjes van neemt. 'Toen ik dit weekend naar New York ging, wist ik dat ze naar hem toe zou gaan. Maar toen ben ik naar huis gestuurd omdat mijn hart niet goed was. Dus zij lag te rotzooien met haar lover terwijl mijn hart letterlijk brak. Kun je je voorstellen hoe schuldig ze zich nu voelt? Zo kan ze niet bij me weg, ze wil het goedmaken, ze wil voor me zorgen. Ze was echt heel lief voor me toen ik weer terugkwam, echt ontzettend lief...' Hij zwijgt, en zegt timide: 'Ik weet heus wel wat jij denkt...'

'Dat betwijfel ik,' antwoordt Zaki naar waarheid, en hij betwijfelt ineens of Zaki wel echt ziek is.

'Jij vindt me een lafaard. Ik zou de confrontatie aan moeten gaan. En opgeruimd staat netjes, en zo. Net als Padma. Die doet vast niet net alsof ze ziek is om haar overspelige man terug te krijgen.'

'Dus je bent niet echt ziek?' herhaalt Zaki voor de zekerheid. 'Je hebt dus helemaal geen hartritmestoornis?' Hij had nooit gedacht dat Jinan zich tot zulke extreme maatregelen zou verlagen om Delphine nog wat langer aan zich te binden.

Jinan praat door alsof zijn vader niets gezegd heeft: 'Maar ik wil Delphine helemaal niet confronteren; ik wil helemaal geen ruzie met haar. Ik wil niet dat ze bij me weggaat. Ik kan het haar niet kwalijk nemen dat ze vreemdgaat, want ik ben er zelf ook niet altijd even zeker van geweest dat ik haar wel verdiende. Maar ik dacht altijd dat als ik er maar voor zorgde dat ik succesvol genoeg was, en rijk genoeg was, en als ik maar genoeg van haar hield, dat ik haar uiteindelijk toch waard zou zijn.' Jinan blijft langzaam doordrinken, en kijkt aandachtig naar zijn geslagen stukken in plaats van naar het gezicht van zijn vader. 'Ik wil helemaal niet dat er iets verandert tussen mij en Delphine. Wat ik het allerliefste wil is dat alles bij het oude blijft. Heb jij dat dan nooit zo gevoeld, Baba?'

Zaki kijkt Jinan scherp aan; zijn zoon heeft nog nooit zo tegen hem gesproken. Maar hij heeft dan ook nog nooit meegemaakt dat zijn leven op het punt stond in duigen te vallen. Behalve die ene keer toen hij drie was, en dat ook daadwerkelijk gebeurde. 'Ja, natuurlijk wel. Zo voelde ik me over jou en je *Amma*, in Parijs. En toen gebeurde het ongeluk, en alles werd anders.'

'Denk je dat jij en mama nog altijd samen zouden zijn geweest als ze was blijven leven?'

'Ik weet het niet,' zegt Zaki. 'Misschien had ze na een poosje tabak van me gekregen. Maar ik kan me niet voorstellen dat ik bij haar weg zou zijn gegaan. Ze was zo lief en zo onschuldig en zo vol vertrouwen; ze kwam van haar dorpje via een vijandig huis in Dhaka naar een piepklein appartementje in Parijs maar ze liet zich nooit door iets uit het veld slaan. Zolang ze jou en mij maar had was ze gelukkig.'

'Kon ik me haar maar beter herinneren,' antwoordt Jinan. 'Ik was nog maar zo klein toen ze stierf, ik weet niet eens of ik haar ooit wel verteld heb dat ik van haar hield.’ Hij kijkt Zaki aan, in afwachting van een antwoord. ‘Nou?’

‘Jij was een welbespraakte peuter,’ stelt Zaki hem gerust. ‘En je moeder hield ongelofelijk veel van jou. Dat zei ze ook de hele tijd, en ja, dan wist jij precies wat je terug moest zeggen. Weet je dat dan niet meer?’

Jinan schudt zijn hoofd en bijt op zijn lip, in een poging om zijn mond niet te laten vertrekken, maar zijn gezicht schiet in de kreukels en de tranen beginnen weer te stromen. ‘Was ik... was ik wel een lief kind? Wist ze wel dat ik een lief kind was? Heeft ze wel eens gezegd dat ik een lief kind was?’

Zaki kijkt hem spottend aan. ‘Je begrijpt er niks van, Ji-Ji. Ja, je was een lief kind. Maar dat was niet waarom ze van je hield. Al was je het allerstoutste jongetje van de hele wereld, dan had ze nog van je gehouden. Ze stelde geen voorwaarden. Je hoefde haar liefde niet te verdienen. Ze was jouw Amma, dat was genoeg.’

Jinan knikt. ‘Heb je Delphine gezien met Lucky, toen hij pas geboren was? Ik had nooit gedacht dat ze zo’n natuurlijke moeder zou zijn. Ik dacht dat ze binnen twaalf weken gewoon weer naar kantoor zou willen. Maar ze adoreerde hem, hij was haar hele wereld, zelfs voordat hij echt schattig werd, toen hij nog zo’n belachelijk paars schreeuwend hoopje was. Toen pas heb ik gezien tot hoeveel liefde ze in staat is. En ik dacht: als ze nou maar bij benadering zoveel van mij zou kunnen houden, dan zou ze misschien, dan zou ze...’ hij aarzelt en zegt dan beschaamd, alsof de woorden ineen zouden krimpen zodra ze met de lucht in aanraking kwamen: ‘...dan zou ze me kunnen geven wat ik kwijt ben geraakt toen Amma stierf. Onvoorwaardelijke liefde. Dat is wat ik Delphine wel kan geven; daarom ben ik haar waard. Zij hoeft mijn liefde niet te verdienen, ze hoeft het niet eerst waard te zijn. Ik kan haar geven wat ik zelf het meest nodig heb.’

Jinan trekt zijn benen op de bank en slaat zijn armen om zijn knieen als een klein kind, en concentreert zich volledig op het schaakbord. Hij merkt dat Zaki hem verwonderd aankijkt, en vraagt: 'Heb ik je beschaamd, Baba?'

'Hoe kom je daar nou bij?' vraagt Zaki.

'Omdat ik een zwakkeling ben. En omdat ik lieg. Omdat ik helemaal niet lijk op jou of Amma; ik ben geen vrije geest die zorgeloos van het ene naar het andere continent zou verhuizen. De gedachte om zelfs maar een andere baan te nemen, of te verhuizen naar een groter huis buiten de stad bezorgt me al uitslag. Ik dacht altijd dat jij liever een andere zoon had gehad. Een die creatief was, en die lak had aan conventies. Een dappere zoon.'

Zaki kijkt zijn zoon aan, die nog steeds op zijn lip bijt. Hij heeft Nadya's mond, ziet hij nu; de volle lippen die er bij haar zo voluptueus en sensueel uitzagen en die bij haar zoon eerder gewoon dik lijken. Hij schaamt zich omdat hij Nadya teleurgesteld heeft. Haar kind is het enige dat hij nog van haar over heeft. Zij had hem aan Zaki toevertrouwd. En hij was zo'n waardeloze vader voor hem geweest dat Jinan nu het idee heeft dat hij een teleurstelling voor hem is, net zoals hijzelf een teleurstelling is voor Dada Khalil. Hij is zo'n waardeloze vader geweest dat hij de les die Nadya hem had geleerd, heeft vergeten: die van de onvoorwaardelijke liefde. 'Ik ben heel trots op jou, Ji-Ji. Ik ben altijd al trots op je geweest, en ik ben nog nooit zo trots op je geweest als nu. Jij bent een geweldige vader, en een geweldige echtgenoot, en Delphine mag zich in haar handjes knijpen dat ze jou heeft. Niemand zou haar kunnen geven wat jij haar geeft.'

Jinan kijkt op en ontkrult zich verbaasd uit zijn opgetrokken houding. 'Meen je dat echt, Baba?'

Zaki knikt, en slaat zijn arm om hem heen. 'Jij lijkt zo ontzettend op je moeder. Ik vertrouwde haar zoals ik nooit iemand op deze wereld heb vertrouwd. Jij bent het allerbeste dat ze me had kunnen nalaten,' en hij voelt dat hij meent wat hij zegt. Zijn arme, verloren zoontje. Zijn moederloze jongen, die alleen maar op zoek was naar iemand om van te houden, en naar iemand die van hem zou houden, en die zou zeggen dat hij een lief kind was. 'Het spel is uit,' voegt hij eraan toe, met nederige stem.

'Heb jij gewonnen?' vraagt Jinan, die in verwarring naar het bord staart.

Zaki weerstaat de verleiding om hem scherp aan te kijken; hij denkt weer aan Jinans schooltoneel, en aan de enigszins overdreven onschuld aan het eind van het stuk, aan het gevoel dat het uiteindelijk toch allemaal geacteerd was, dat daar gewoon een acteur stond met een uitgeschreven script. Zaki heeft geen zin om al te lang stil te staan bij deze gedachte. Het doet er niet toe of hij ook bespeeld is, het enige wat ertoe doet is dat het spel nu ten einde is. Zonder wroeging beseft Zaki dat Jinan veel manipulatiever is, en veel slimmer dan hij had gedacht. 'Nee, jij hebt gewonnen,' zegt hij. 'Had je dat niet gezien dan? Ik sta schaakmat.'

Kennelijk is het Zaki zelf, en niet Delphine, die meer van Jinan houdt dan hij had gedacht.

Grote vissen, kleine vissen, kartonnen dozen

Bloemen, ketting, jurk, dacht Delphine de ochtend van haar verlovingsfeestje. Bloemen, ketting, jurk. Ik haal de bloemen op de bloemenmarkt op Columbia Road, en dan zet ik ze in het water tot vanavond. Dan ga ik die ketting kopen bij Hatton Garden, en dan haal ik op de terugweg mijn jurk van de stomerij. Dat zou haar wel bezighouden tot het tijd was om de taxi te nemen naar de feestlocatie: een partyboot die lag aangemeerd aan de noordelijke oever van de Theems, niet ver bij Temple vandaan. Het was Jinans idee geweest, van die boot. Zijn kantoor had er laatst een feestje gehad en dat was kennelijk een enorme knaller geweest. Dat was juist goed, als mensen een feestje een knaller noemden. En ze wist ook best wat het betekende, maar ze vond het geen plezierig woord, en dat had niets te maken met dat het vreemd klonk in haar buitenlandse oren. Het klonk zo puberaal. Het herinnerde haar eraan dat Jinan te jong voor haar was. Hoe dan ook, ze had geglimlacht en ze had Jinan zijn zin gegeven, want hij was al akkoord gegaan met haar idee van een droombruiloft – iets kleins, tot in de puntjes verzorgd, met een lunch in de Ritz of de Savoy, en met zo min mogelijk gasten. Bloemen, ketting, jurk, prentte ze zich in. Ze had dingen te doen, en ze had geen tijd om ergens over na te denken. En ze had al helemaal geen tijd om stil te staan bij wie er die avond allemaal op het feestje aanwezig zouden zijn; ex-geliefden en aanstaande schoonvaders, allemaal handig verpakt in één en hetzelfde smokingjasje. De een was te jong voor haar en de ander te oud. Nee. Ze had absoluut geen tijd om daar allemaal bij stil te staan. Ze stapte uit haar victoriaanse appartement in London Fields, dat ze had gekocht toen ze uit de flat in Putney was vertrokken, en ze liep doelgericht naar Columbia Road. Wat een onzin! Wat een gedoe!

Tijdens het feestje bleef Delphine de hele tijd kritisch kijken naar de bloemstukken. Toen ze hoorde hoe duur het zou zijn als de mensen van de partyboot de bloemstukken zouden regelen, wilde ze het per se zelf organiseren. Hoe moeilijk kon dat nou helemaal zijn? dacht ze. Ze wilde dat ze eruit zouden zien alsof iemand even snel de tuin of een weiland in was gelopen, daar wat bloemen had geplukt en die achteloos in een vaas had gezet, maar in plaats daarvan hadden de enorme bossen zonnebloemen en rozen en fluitenkruid met enorme architectonische bollen allium juist iets heel erg bestudeerds. Jinan kwam op haar af met een glas prosecco en kneep haar verlegen in haar middel. ‘Je ziet er schitterend uit,’ zei hij. ‘Die ketting is beeldschoon,’ en met de moed die het gevolg was van iets te veel drank, kuste hij haar voorzichtig op haar mond.

‘Hé, stelletje tortelduiven,’ zei Veronica, die rondstruinde op haar spannende hoge hakken in een mouwloze krijtstreepjurk. ‘Jullie moeten ons niet zo met de neus op jullie romantische geluk drukken, hoor, dat getuigt van slechte smaak,’ zei ze vermanend voor ze hen allebei een zoen op hun wang gaf. Jinan lachte bescheiden, bloosde licht en glom van de hitte en de drank. Zijn getuige, Dan, tikte hem op zijn schouder en trok hem mee om een hele rij brandende sambuca’s soldaat te maken bij de bar.

‘Hé, Ronnie,’ zei Delphine. ‘Mooie jurk. Ben je met de tijdmachine teruggeflitst naar de jaren tachtig om hem te scoren?’

‘Welnee, kind. De jaren tachtig zijn weer helemaal hot. Maar jouw jurk is ook beeldig. Tenminste, ik denk dat hij beeldig wordt, als hij straks echt helemaal af is…’

'Ach, hou je snavel,' zei Delphine vrolijk.

'Maar kind, hij is zo kort,' zei Veronica terwijl ze een glas prosecco van het blad van een passerende ober viste. 'Die ketting is wel echt heel mooi. Had ik maar van die mooie, opvallende dingen.'

'Nou, dankjewel,' zei Delphine, die moedeloos neerkeek naar de stijve gouden halve cirkel met de gigantische hanger van zwart kristal. 'Je bent de tiende die er iets van zegt. Het is het eerste wat mensen vanavond tegen me zeggen, na "Goedenavond" en "Van harte".'

'Maar het is een compliment, Dee, het was totaal niet sarcastisch bedoeld of zo,' zei Veronica.

Delphine zuchtte. 'Eerst vond ik hem nog mooi, maar ik krijg zulke verdachte complimenten over dat rotding; er moet wel iets mis mee zijn. Het is net alsof ik een koortslip heb – iedereen staart ernaar, en dan zeggen ze maar vlug iets aardigs om te verhullen dat ze zo aan het staren waren.' Ze kon niet goed uitleggen hoe ze zich voelde; het was alsof ze een gruwelijke *faux pas* had begaan en alsof iedereen te beleefd was om het haar te vertellen. De bloemen, de ketting, de jurk, alles. Ze had zo graag *soignée* over willen komen; ze had willen schitteren. Ze kon nauwelijks aan zichzelf toegeven waarom ze zo teleurgesteld was over hoe ze er uiteindelijk uitzag, want dan moest ze ook toegeven dat ze wilde dat Zaki haar zou zien, en dat hij misschien zou denken dat ze mooi was geworden. Maar Zaki was helemaal niet op komen dagen.

Uren later kwam Delphine even van de dansvloer en liep naar het dek voor wat frisse lucht. Ze schopte haar schoenen uit en leunde over de reling om te kijken naar de weerkaatsing van de lichtjes in de traag stromende rivier, die zwart en stroperig voortbewoog in het maanlicht. 'Mooi hoor, die grote schermbloemen, binnen,' zei een stem achter haar. 'Lijkt wel wat op het onkruid dat je altijd langs de weg ziet staan.'

'Dat is het ook,' zei Delphine, en ze draaide zich om naar Zaki. 'Fluitenkruid heet het.'

'Wauw.' Hij floot goedkeurend. 'Heus onkruid. Dat heeft je vast een fortuin gekost.' Hij zweeg even en kwam naast haar staan aan de reling. 'Je ziet er goed uit, Della...'

'Ja, ja, ik weet het, en ik heb een mooie ketting om,' onderbrak ze hem, geïrriteerd omdat hij pas kwam nu zij aangeschoten en bezweet was. Nu haar haren in de war zaten en haar voeten pijn deden.

'Dat was me nog niet opgevallen, maar ik wil best zeggen dat hij mooi is, als ik jou daar een plezier mee doe,' zei hij, en hij bekeek haar profiel, met haar schattige neusje en opgekrulde lippen. Delphine, die zich een beetje had laten vermurwen, zei niets, en toonde hem een flauw lachje. 'Nou, eigenaardig, dit, vind je niet?' zei Zaki na een poosje.

'Ja, wel een beetje,' antwoordde Delphine. 'Ik wist niet of je zou komen.'

'Ik had het Jinan beloofd,' zei Zaki. 'Ik neem aan dat jouw ouders er ook zijn?'

'Nee, die komen alleen volgende maand voor de bruiloft.'

'Ach ja, volgende maand,' herhaalde Zaki. 'Wel een beetje snel, toch? Het is toch geen moetje, hè?'

'Hoe bedoel je?' vroeg Delphine gepikeerd.

'Jemig, Della. Niet zo snel op je teentjes getrapt, hoor,' zei Zaki kalm. 'Ik vraag alleen of je mijn zoon soms zwanger hebt gemaakt – hij krijgt een beetje een buikje de laatste tijd.'

'Zaki, als je het er niet mee eens bent, zeg dat dan gewoon. Niemand heeft om jouw zegen gevraagd, en het maakt ons verder toch niks uit,' zei Delphine.

'Waarom zou ik het niet goedkeuren?' vroeg Zaki verbaasd. 'Mijn zoon gaat trouwen met de mooiste vrouw op deze boot. Natuurlijk keur ik dat goed.' Hij gaf haar een kuise kus op de wang en glimlachte. Delphine voelde alle spanning uit zich stromen en daarvoor in de plaats kwam een ander gevoel, een gloeiend warm gevoel, alsof ze van binnenuit begon te blozen.

'Dankjewel, Zaki,' zei ze. 'Bedankt dat je dit niet zo moeilijk maakt.'

'Tuurlijk niet, Della,' antwoordde hij. 'Ouwe bokken zoals wij moeten elkaar niet afvallen.' Hij knikte naar de toegang tot het dek, waar een mager blondje met heel kort haar naar hem zwaaide. 'Dat is Lisa, mijn date; ze moest even naar de garderobe voor haar jas. Tot straks.' Delphine deed haar best om niet te kijken hoe hij naar Lisa toe liep, zijn arm om haar heen sloeg en Delphine nog even toeknikte vanuit de deuropening. Delphine knikte terug met een vrolijk, wat gegeneerd lachje. Lisa was nog jonger dan zijzelf.

Terug op de dansvloer schuifelde Delphine met Jinan op 'Wonderful Tonight'. En hij fluisterde pijnlijk oprecht in haar oor: 'Ik hou van je. Ik hou zo ontzettend veel van je.' Hij sprak het haast verwonderd uit en begroef zijn gezicht diep tussen haar hals en haar schouder. Hij sprak het uit als een gebed. Maar net als bij een gebed was het alsof het feit dat hij het uitsprak maakte dat het echt werd, dat het uitkwam. Als bij toverslag. Toen de muziek omsloeg in iets wat meer uptempo was, liet ze hem dankbaar los en ging aan een tafeltje zitten. Ze keek toe hoe hij enthousiast op en neer stuiterde met Veronica en zag toen dat Zaki rondhing bij haar tafel. 'Dit is jouw volkslied, je zou eigenlijk de dansvloer op moeten,' zei ze tegen hem. Toen hij haar vragend aankeek legde ze uit: 'De band die dit speelt heet Cornershop, buurtwinkel, je weet wel.' Hij schoof niet aan, maar bleef naast haar staan. 'Ik kan de tekst niet helemaal volgen,' gaf ze toe.

'Ik ook niet. Maar dat kan ik eigenlijk nooit. Wat ik het allerergst vind is "Whiter Shade of Pale"; waar gaat dat over, dat snapt toch niemand? Ik denk dat de kerel die het geschreven heeft het zelf niet eens begrijpt,' antwoordde hij. 'Nou, Jinan heeft het in elk geval naar zijn zin. Hij danst precies zoals mijn vader.'

Delphine lachte trouweloos, en toen ze zich dat realiseerde hield ze er meteen mee op. 'Ik weet niet waar je het over hebt,' zei ze stijfjes.

'Dat weet jij heel goed – grote vis, kleine vis, kartonnen doos,' zei Zaki, en hij deed de bijbehorende gebaren na met zijn armen op de muziek. 'Zo danste hij als puber ook al. Niet dat dat zo heel lang geleden is, zoals jij wel weet.'

'Maar Dada Khalil danst niet zo, dat weet ik zeker,' sputterde Delphine tegen, ook al had ze de grootvader van haar verloofde nog nooit ontmoet.

'Je hebt gelijk. Als die danst heeft het meer iets weg van ramen zemen,' antwoordde Zaki droogjes. 'Ach, daar zul je haar hebben,' zei hij toen Lisa terugkwam en hem meetrok de dansvloer op. Pas toen drong het tot Delphine door dat ze had zitten wachten tot Zaki haar ten dans vroeg. Ze zwaaide naar een ober, besloot dat het moment daar was om ongenadig dronken te worden, en beroofde hem van een hele fles.

Delphine moest zich de rest van haar verlovingsfeestje door slepen. Ze kon zich nog herinneren dat ze een beschonken eed aflegde samen met Veronica, bij een paar glazen tequila, dat ze geen van beiden ooit nog hoge hakken zouden dragen, omdat dat toch alleen maar leidde tot onwaardige taferelen op de dansvloer, als je uiteindelijk gedwongen was om blootsvoets verder te dansen. Ze kon zich ook nog herinneren dat ze over moest geven, en toen Jinan meegenomen werd naar een club door zijn getuige en zijn vrienden, in plaats van een echte bachelors party, waar hij niet voor in was, wist ze ook nog dat Zaki de opdracht kreeg te zorgen dat zij in een taxi terechtkwam. En aangezien ze in elkaar zakte bij de deur van de taxi, besloot hij om met haar mee te rijden om te zorgen dat ze fatsoenlijk thuiskwam. Toen was ze als een diertje tegen hem aan gekropen en had haar ogen dichtgedaan. Misschien dat ze in die toestand wel tegen Zaki had gezegd: 'Ik ga niet met hem trouwen, hoor, echt niet. Ik trek het niet. Het zou ook niet eerlijk zijn. Ik hou niet van hem zoals hij van mij houdt.' Misschien dat ze toen ook wel in het raam van de taxi heeft gezien hoe ze eruitzag, met haar wazige blik en haar rode gezicht, en dat ze toen grapte: 'Nu vind je me vast niet meer de mooiste vrouw op de boot.'

'Misschien alleen de mooiste vrouw in deze taxi,' zei Zaki, en hij trok zijn jas over haar heen en liet haar op zijn borst in slaap vallen. Hij keek naar haar handen die ze eerst tot vuisten balde en vervolgens liet openbloeien als bloemen. Hij was zelf ook zo ver heen dat alles zich in een schitterend waas voltrok. Hij moest haar de taxi uit dragen, de voordeur door, en hij botste met haar benen en zijn hoofd tegen de muren van haar hal. En toen ze eindelijk in haar zitkamer waren, vielen ze allebei gillend van de lach op de bank. En wat er toen gebeurde kan Delphine zich echt absoluut niet meer herinneren.

De volgende ochtend hoorde Delphine de radio in de keuken. Ze trok haar badjas aan en ging op zoek naar Zaki, die er louche en ongeschoren uitzag in zijn pak van de vorige avond. Hij was koffie aan het zetten. 'O,' zei ze met onverholen irritatie, alsof ze had verwacht dat hij er niet meer zou zijn.

'Ik moest je bijstaan, gisteravond,' legde hij uit. 'Je kon niet meer op je benen staan. Niet dat ik er zelf zoveel beter aan toe was.'

Delphine glimlachte zwakjes, om te doen lijken alsof ze het zich allemaal niet meer herinnerde. Ze had een vreselijke kater en het geluid van de vrolijke radiopresentator dreunde door haar hoofd alsof er een boosaardig elfje lange spijkers langs haar haargrens tikte. 'En hoe zit het dan met, hoe het ze ook alweer… Lisa?'

'Die heb ik net gebeld. Die was oké. Ze is nog op stap gegaan met Veronica en Jinan en de jongens. Zo te horen hebben ze het naar hun zin gehad. Meer haar ding dan met mij naar mijn café te gaan, denk ik.'

Delphine knikte, schonk zichzelf een groot glas water in en liep toen naar de keukentafel. Terwijl ze ging zitten voelde ze een doffe, onverklaarbare pijn in haar buik, tussen haar heupen, en ze voelde zich gedwongen om hem wat al te dringend te vragen: 'Ik hoop dat je lekker hebt geslapen op de bank? Je hebt toch wel op de bank geslapen, of niet soms?'

Zaki knikte, en was een beetje gekwetst, maar hij probeerde om geamuseerd te kijken. 'Daar werd ik in elk geval wakker, ja.'

'O,' zei Delphine weer, dit keer zonder meer opgelucht.

'Kun jij je überhaupt nog wel iets herinneren van gisteravond?' vroeg Zaki nieuwsgierig. Toen Delphine hulpeloos glimlachte en haar hoofd schudde, drong hij aan: 'Over dat je niet met Jinan wilde trouwen. Je zei dat je niet met Jinan wilde trouwen. Je zei dat je niet genoeg van hem hield.'

'Dat kan ik me niet voorstellen,' zei Delphine. 'En trouwens, maak je maar geen zorgen, want ik hou wel van hem. Geen idee waarom ik zoiets zou zeggen. Ik kan gewoon niet zo goed tegen drank; dan ga ik sombere taal uitslaan.'

'Grappig, ik word er juist altijd zo geestig van en zo onweerstaanbaar voor de dames,' zei Zaki luchtig.

'Nou, fijn voor je,' antwoordde Delphine. Ze zweeg even, en zei toen met klem: 'Bedankt voor het thuisbrengen.'

Meer hints had Zaki niet nodig. Hij duwde zijn kopje koffie zonder iets te zeggen naar Delphine toe en stond op om weg te gaan. Te laat drong het tot haar door dat hij die koffie voor haar had gezet, en niet voor zichzelf. Om beleefd te zijn sleurde ze zichzelf naar de deur om hem gedag te zeggen. 'Dan zie ik je dus op je trouwdag,' zei hij, en hij kuste haar op haar wang. Maar omdat ze niet goed wist welke kant ze uit moest steken, draaide ze met haar hoofd, zodat haar mond zijn lippen per ongeluk raakte en hij haar heel even kuste. De druk van hun lippen was maar heel licht, maar onmiskenbaar, en ze trokken zich gegeneerd terug. 'Sorry, macht der gewoonte,' zei hij. 'Mooie meisjes kussen bij de voordeur, bedoel ik,' voegde hij er nog aan toe, en toen liep hij de gemeenschappelijke hal in en ging de zware victoriaanse deur uit.

Delphine keek de trap op en zag dat een van haar buren naar beneden was gekomen en haar nu nieuwsgierig bekeek. 'Heb ik iets van u aan?' vroeg ze, en marcheerde toen terug naar haar appartement en smeet de deur achter zich dicht. Ze ging op de bank zitten, die er helemaal niet beslapen uitzag. Hij zag er eerder uit alsof er op gevochten was. Ze voelde die doffe, en niet onplezierige pijn weer en dacht bij zichzelf: Nee, dat zou ik me toch heus wel herinneren? Als er iets is gebeurd, dan zou ik dat toch echt nog wel weten? Ze liet zich in de kussens vallen en verstopte haar gezicht ertussen; er was niets wat ze zich zou moeten herinneren, en zelfs al was dat er wel, dan nog was het niet de moeite waard om het zich te herinneren. Over een paar weken ging ze trouwen met een lieve man die van haar hield; ze kon al die complicaties helemaal niet gebruiken; er wachtte een heel nieuwe toekomst op haar. De radio speelde een bekende plaat. Het was dat liedje van gisteravond, van Cornershop. Delphine stond op om de radio het zwijgen op te leggen en dronk geen druppel meer tot haar trouwdag. Toen stond ze zichzelf een glaasje champagne toe; haar geheelonthouding bleek goed getimed, want Lucky kwam zo snel na de bruiloft dat de meeste mensen aannamen dat het huwelijk toch een moetje was.

Deel twee

Gokkers

De andere kant van het water

Het is ongelofelijk eenvoudig om te verdwijnen. Het hoeft ook helemaal niet met veel drama of tragiek gepaard te gaan. Er hoeft geen auto-ongeluk aan te pas te komen, geen overstroming of niks. Het enige wat er moet gebeuren is dat iemand een besluit neemt. Het besluit om de deur uit te gaan, en op de hoek van de straat onder de lantarenpaal te gaan staan. En dan weer een besluit: kiezen welke straat je in zal lopen, en dan alleen maar door blijven lopen. Stap voor stap. Kleine stapjes, zouden sommige mensen zeggen; kleine stapjes die leiden tot je uiteindelijke bestemming. Steen voor steen, zongen de werkmannen in zijn dorp vroeger altijd als ze samen een huis bouwden van blokken modder die ze lieten drogen in de zon. De salamitactiek noemen politici het: eerst een plakje om aan de smaak te wennen, dan nog eentje, en dan nog eentje. Je hebt je nog nergens op vastgelegd, dus het is helemaal niet eng. De voordeur staat nog open, en je kunt net zo goed gemakkelijk weer terug. De kassa staat nog gewoon op de toonbank, en is gevuld met de omzet van vandaag; de radio staat nog aan en geeft de uitslag van de paardenrennen van vandaag, en het water zal nu wel zo'n beetje koken, dus als je nu teruggaat, dan zet je een kopje thee voor jezelf. Je hebt geen brief geschreven, je hebt niet zoiets banaals gedaan als je zaakjes netjes afwikkelen. Er is niets wat erop duidt dat dit een vooropgezet plan was, er is niet eens iets wat erop duidt dat je überhaupt bent weggegaan. Het enige bewijs dat daarvoor bestaat is het feit dat je nu hier zit; in hemdsmouwen en een licht jasje. Op een bankje bij de rivier, in plaats van thuis achter de toonbank.

Ach nou ja. De rivier. Misschien toch niet zo eenvoudig. Je loopt in een rechte lijn en dan sta je ineens voor de rivier, en dan kun je niet meer verder. En je voelt je schuldig, omdat je weet dat zij zich schuldig zullen voelen. Portia zal denken dat het door haar komt, die verwaande madam – alsof zij zo belangrijk is, alsof haar moralistische dreigementen je tot deze daad zouden kunnen drijven. Het is gewoon lachwekkend, maar je wilt ook weer niet dat de schaduw van jouw verdwijning voor altijd over haar heen zal vallen. Dat arme ding heeft al genoeg woede in zich koken. Della zal denken dat zij er iets mee te maken heeft; natuurlijk denkt ze dat. En Jinan weet dat hij er iets mee te maken heeft. En juist door hun onuitgesproken bijdrage aan dit alles zullen ze bij elkaar blijven, en misschien zelfs gelukkig worden. En Jinan krijgt zo in elk geval wat hij wilde, namelijk dat alles bij het oude zal blijven. En Lucky? Die heeft geen idee, en hij zal het niet willen geloven. Dat weet ik zeker, dat hij het niet zal geloven. Hij denkt natuurlijk dat ik op wereldreis ben gegaan of zoiets. Dus over Lucky hoef ik me tenminste niet schuldig te voelen.

Hij is mooi bij zonsondergang, de rivier. En nu het bijna nacht is, is hij zelfs nog mooier. Mensen zijn in een waas aan me voorbijgetrokken: joggers, mensen die hun hond uitlieten, zakenlui, verliefde stelletjes, studenten. Mensen kwamen naast me op het bankje zitten en gingen weer weg. Het was net alsof ik de enige constante was in een wereld die maar ronddraaide. Het heeft iets heel moois, iets romantisch zelfs. Een eenzame figuur op een bankje op een zomeravond. En nu pakken de wolken zich samen en wordt het een donkere, stormachtige nacht; zo mogelijk nog romantischer. Ik zit alleen nog maar te wachten op het perfecte moment, en dan zet ik de volgende stap.

Mijn volgende moddersteen. Mijn volgende plakje salami. Ik wacht al dertig jaar, dus die paar minuten extra vind ik geen bezwaar.

Het gekke is dat het niet alleen maar vanwege hen is. Vanwege Della of Jinan, niet met de puinhoop die ik heb gecreëerd en waar Portia zich zo veel zorgen om maakt. Wel is het voor een groot deel vanwege Lucky. Toen Jinan me vertelde dat hij wilde dat alles bij het oude bleef, realiseerde ik me dat ik juist precies het tegenovergestelde wilde. Ik wilde dat alles anders zou worden. Alles. Ik wilde geen winkel meer in het slechte deel van Hammersmith, en geen affaire met de misschien-wel-binnenkort-ex-vrouw van mijn zoon. Ik wilde niet meer dag in dag uit hetzelfde domme toneelstukje opvoeren, waarin ik die ouwe gek speel die zich nergens aan wil conformeren, en die quasigeestige nepadviezen geeft, of de ouder wordende vrijgezel die het alleen maar met andermans vrouw wil doen. Ik wilde mijn eigen leven, een leven waar ik echt voor had gekozen in plaats van een leven dat me is opgelegd. Mijn vader kon me niet dwingen te trouwen, maar alles eromheen heeft hij wel degelijk voor me geregeld. En ik was te lui of te bang om er uit te stappen. En ik dacht aan Lucky. Het ziet ernaar uit dat die alles zal krijgen waar hij ooit van droomde en dat hij een beroemde voetballer wordt; zo jong nog en dan al je droom hebben waargemaakt. En moet je mij zien, ik die helemaal niks heeft bereikt. Ik heb niet eens meer dromen. Dat is een echte tragedie, om deze fase van je leven te bereiken en te moeten inzien dat je niet alleen je dromen niet hebt verwezenlijkt, maar dat je zelfs niet eens meer weet wat je dromen waren. En ik was degene met het woord 'Dromer' op mijn polsbandje toen ik in het ziekenhuis van Dhaka werd geboren, toch? Als ik dan geen dromen van mezelf heb, misschien moet ik dan maar andermans droom lenen – of hoe ging dat gezegde ook alweer? Iets over dat elke man een boom moet planten, een zoon moet krijgen en een huis moet bouwen. Dat lijkt me een prima droom. Nou, ik heb toen die mangopit op de grond gegooid, naast de rivier de Bansi; de mangopit waar kleine Padma op sabbelde toen ik Nadya ten huwelijk vroeg. Misschien is dat ooit nog iets geworden. Maar die zoon en dat huis; ach, ik heb zo goed als ik kon voor ze gezorgd, maar het was niet mijn eigen zoon, en het was niet mijn eigen huis. En die zoon heeft nooit van mij gehouden. En ik heb nooit van het huis gehouden.

Mensen hebben nu eenmaal allemaal zo hun manier om de touwtjes weer in handen te nemen. Della ging met mij naar bed, en haar man hield alleen nog maar meer van haar. Jinan deed net alsof hij een lichte hartaandoening had. Portia liet loze dreigementen op me los. Lucky werd heel goed in een positie die hij eigenlijk haatte. Waar het op neerkomt, is dat je iets anders moet doen als je doorkrijgt dat je nooit gelukkig zult worden door op de oude voet verder te gaan, door in de rol te blijven die je altijd al speelde, en door alle anderen voor de voeten te blijven lopen. Mensen hebben nu eenmaal verschillende manieren om de touwtjes weer in handen te krijgen, en dit is mijn manier. Ik steek het water over, ik sta op de brug. De draden glinsteren boven mijn hoofd, en de regen valt gestaag. Het is verrassend warm. Misschien ben ik zelf wel warm, omdat ik eindelijk iets alleen voor mijzelf doe. Ik heb in het verleden veel te vaak de schuld gegeven aan het lot. Nou, het lot kan de pot op. Dit is mijn beslissing, eindelijk, en dat kan niemand me meer afpakken. Nog één stapje en ik ben de reling over, en ik sta gemakkelijk op de rand en ik kijk omlaag. De rivier ziet er glanzend en schoon uit, vanaf hier. Niet zo schoon en helder als de Bansi waar Nadya de kleren in waste, maar schoon genoeg om de bezoedelde ziel van een domme oude man schoon te wassen. Schoon genoeg om de geur van whisky en spijt weg te wassen, en de theatrale spinnenwebben van het toneelstuk dat de afgelopen dertig jaar steeds maar weer werd opgevoerd. Er is verder niemand op de brug; niemand heeft me gezien. Het is het perfecte moment, en de trage rivier onder me breekt hier en daar, alsof er vissen opspringen. Ik kijk naar het spetteren en de golfjes – niet om het moment uit te stellen, maar om er nog even aan vast te houden. In Montmartre was een straatgoochelaar die dat kleine pleintje met de fontein als zijn werkterrein had. Hij nam muntstukken aan van mensen die dan een wens mochten doen, en als hij die vervolgens in de fontein gooide, kolkten ze even in het water en veranderden dan in goudvissen die wegschoten als lichtflitsen. Nadya vond het altijd zo mooi, zo magisch, dat de wensen van die mensen tot leven waren gekomen, dat ze wegzwommen om die dromen waar te gaan maken. Anders waren de munten maar gewoon naar de bodem gezonken, samen met de wens. Dit is dus mijn wens. Dit is mijn muntstuk. En dit is het kleine stapje dat ik zet, een stapje van de rand van de brug. Simpel.

KENSINGTON AND CHELSEA POST

Jonge wijkgenoot komt uit voor Jong Engeland

De jonge Londenaar Luhith Khalil, 16, die recent heeft getekend voor de beroemde jeugdacademie van West Ham Football Club, is geselecteerd voor Jong Engeland. Luhith, die 'Lucky' wordt genoemd, is geboren en getogen in hartje Londen, waar hij woont met zijn trotse ouders, Jinan en Delphine. Hij trok de aandacht van scouts toen hij speelde voor de Royal Borough Junior FC. Over het feit dat hij is opgesteld zegt hij zelf: 'Het is een eer om gekozen te worden, en ik zal er alles aan doen dat men trots op me kan zijn.'

HAMMERSMITH POST

Verdwijning plaatselijke winkelier raadsel voor de politie

De politie onderzoekt de mysterieuze verdwijning van Zakaria Khalil, een legende in Hammersmith, die daar al meer dan dertig jaar een buurtwinkel drijft. Het lijkt erop dat Khalil op de middag van 5 september is verdwenen. Zijn winkel was gewoon open, en hij heeft geen kleding of andere bezittingen meegenomen. Meneer Khalil was een graag geziene klant van de plaatselijke bookmakers, en suggesties als zou hij zijn verdwenen vanwege gokschulden zijn ongegrond gebleken. Hij is de vader van de prominente advocaat Jinan Khalil, en grootvader van aanstormend voetbaltalent Lucky Khalil. De politie onderzoekt de mogelijkheid van ontvoering, hoewel er geen losgeldeisen zijn binnengekomen. Tijdens een persconferentie die hij hield samen met zijn ouders, deed Lucky Khalil een beroep op iedereen die informatie kan verstrekken over de huidige verblijfplaats van zijn grootvader. De speler van West Ham zei: 'Wij willen gewoon dat hij weer thuiskomt. We missen hem.'

RADIO 5 LIVE: WEST HAM TEGEN CHELSEA

'En wat een redding door de jonge Khalil! Het is een feest om te zien hoe hij zich dit seizoen heeft ontwikkeld. Hij heeft zijn plaats in de selectie dubbel en dwars verdiend. De jongste keeper ooit, zou ik zo zeggen.'

'En wie zien we daar? Die kennen we, met zijn bekende grijze pak. Het is vast geen toeval dat de coach van Engeland hier nu op de tribune zit, wat jij, Dave?'

'Dat is zeker geen toeval. Khalil staat hier te bewijzen aan de Man in het Grijze Pak dat hij het waard is om voor Engeland uit te komen tijdens de Wereldbeker volgend jaar. Maar daar wordt de druk weer opgevoerd als Chelsea opnieuw in balbezit is...'

'Cox schiet met rechts op Schwarz, Schwarz schiet hem slim over naar Carlos, die zich in het strafschopgebied bevindt en – o! Dat is een dubieuze tackle van Marquez, en Carlos gaat neer. Marquez protesteert maar dat mag allemaal niet baten, en ja hoor, de scheidsrechter trekt de gele kaart, en het is een penalty.'

'Daar zal Khalil zijn teamgenoot niet dankbaar voor zijn. Ze hadden nog geen doelpunt tegen, deze wedstrijd, maar goed, Khalil blijft er rustig onder. Ongelofelijk volwassen, deze jonge gast. Hij is nog maar zeventien. Schwarz, de Duitse international, stapt naar voren om de penalty te nemen. Groot talent, die Schwarz, heeft een schat aan ervaring meegenomen naar Chelsea, en is een serieuze bedreiging voor de kansen van Engeland, volgend jaar.'

'Daar gaat ie, daar gaat ie... (schreeuwt) maar Khalil flikt het hem! Het is toch niet te geloven! Nou ja, oefening baart kunst; alweer zo'n magistrale redding. Oorverdovend, het enthousiasme van de thuissupporters. "*Can Khalil do it? Yes he can!*" Khalil geniet van zijn moment, en dat gunnen we hem van harte. Hij is Engels, dus hij is van ons!'

OBSERVER SPORT MONTHLY

Onderonsje met Lucky Khalil

Luhith 'Lucky' Khalil is keeper van het eerste van West Ham, en hij is in hevige competitie om de plek in het doel van Engeland tijdens de Wereldbeker in Italië, volgend jaar. Maar de mediaschuwe achttienjarige woont nog gewoon bij zijn ouders, en heeft verkering met zijn jeugdliefde. Hij valt op onder alle andere Engelse talenten omdat hij altijd de goede krantenkoppen scoort.

OSM: *Lucky, je hebt wel eens gezegd dat jij er altijd al van droomde om voetballer te worden, en ongelofelijk maar waar, je speelde al op zestienjarige leeftijd als semiprofessional. Wie zijn nou de spelers die jij het meest bewonderde toen jij nog klein was?*
LK: Nou, toen ik nog klein was, waren het Beckham, Lampard en Zidane.

OSM: *Interessant – allemaal middenvelders?*

LK: Ja, nou ja, ik speelde zelf ook op het middenveld, tot mijn veertiende. Maar ik was niet echt heel goed, hoor. Ik bedoel, ik was wel goed, maar niet zo goed als ik toen zelf dacht. Ik was dus niet goed genoeg om het als professional te kunnen maken op die plek. Ik had er gewoon de benen niet voor, niet genoeg snelheid of loopvermogen. Je moet echt willen lopen, op het middenveld. Mijn trainer bij Royal Borough heeft me toen in de goal gezet, en ik daar ben ik nooit meer uit weggegaan.

OSM: *Wat vind jij het mooiste doelpunt ooit?*
LK: Een van mijn favoriete doelpunten is dat van Michael Owen, tegen Argentinië. Hij was toen pas achttien. Tijdens de Wereldbeker in Frankrijk, in 1998. Ik was toen zelf nog maar een baby, maar ik heb het later op televisie gezien. Waanzinnig.

OSM: *Nu we het toch hebben over wonderkinderen, wat heb je ons te zeggen over je zogenaamde rivaal Felix Conway?*
LK: (moet lachen) Ach, dat is zo'n onzin. Ik speel al sinds mijn dertiende tegen Conway. Hij was toen twaalf. Hij is een fantastische voetballer, en hij heeft mooi werk laten zien sinds hij bij Manchester City heeft getekend. We hebben samen voor Jong Engeland gespeeld, en hij heeft zich altijd voor de volle honderd procent gegeven. Het is een beetje een heethoofd, maar hij is nog jong. Jonger dan ik, bedoel ik.

OSM: *Er zijn mensen die beweren dat er maar ruimte is voor één jonge ster in het nationale team. Als jij mocht kiezen, voor wie zou je dan gaan?*
LK: Maar dat lijkt me geen keuze. Je kunt niet kiezen tussen een keeper en een spits. Dat weet toch iedereen.

OSM: *Maar toch, jullie hebben allebei geen enkele ervaring op het grote internationale podium, en de Man in het Grijze Pak moet zijn risico's zo veel mogelijk beperken. Stel dat hij nu maar één onervaren gast mag opstellen voor de Wereldbeker, wie zou dat dan zijn?*
LK: Dan moet hij gaan voor de beste voor die specifieke plek. En als ik dat word, dan zou dat geweldig zijn.

Niet verzuipen maar zwaaien

Hoor eens, ik heb nooit gezegd dat ik niet kon zwemmen. Die denkfout wordt vaak gemaakt, dat winkeliers van boven de vijftig die van bruggen springen niet kunnen zwemmen. Waarom zou ik van een brug springen als ik niet kon zwemmen? Ik had alleen genoeg van mijn oude leven, maar niet van het leven in bredere zin. Het leven is veel te kostbaar om zomaar te laten gaan – dat heb ik wel geleerd toen ik Nadya kwijtraakte. Ik heb tot nu toe zo veel van mijn leven verspild, dat het misdadig zou zijn om ook de rest ervan maar een beetje uit te zitten. Dus genoot ik van de val, ik genoot van de heftige smak op het water en van de onderdompeling, en toen van hoe ik weer naar de oppervlakte werd getrokken. Ik ben een goede zwemmer – ik ben immers opgegroeid in Bangladesh – maar de stroming was verbazingwekkend sterk, dus het duurde wel even voor ik het water weer uit was. Pas bij Southwark Beach lukte het me. Ongelofelijk, toch? Dat is niet echt een strand, trouwens, maar ik noem het zo want als de waterstand laag is, kun je een strook zand langs de oever zien liggen, met stukken oude fiets en hier en daar een winkelwagentje. Dat is in feite een hele prestatie, want in de wijde omtrek is geen supermarkt te vinden. De dichtstbijzijnde, gok ik, zit in dat roze winkelcentrum in Elephant and Castle. Dus wie durft te beweren dat het die boefjes van tegenwoordig aan motivatie ontbreekt, die zit ernaast. Ik klom de treden langs de oever op en keek uit over de rivier. Er lag een gigantische boot aangemeerd aan de overkant, ergens in de buurt van Temple. Een partyboot misschien, hoewel het toen te laat was voor feestjes. De zon kwam zelfs al op.

Ik stak over naar Waterloo Station, en de zonsopgang was precies even mooi als de zonsondergang de avond ervoor. 'Waterloo Sunrise', zo'n lied hadden ze eigenlijk moeten schrijven. Het uitzicht over de rivier is toch al een van mijn favoriete beelden in de stad. Het was het beeld dat ik wilde onthouden, en ik ben blij dat dat het laatste was wat ik van Londen heb gezien, want ik betwijfel of ik er ooit nog terugkom. De vroege forenzen begonnen te verschijnen en velen van hen keken me verwonderd aan – mijn haar was toen al wel droog, maar mijn kleding was nog kletsnat. Ik ging het station in, en nam wat geld op van de hypotheekrekening die Dada Khalil op de winkel heeft lopen. Die oude zwendelaar denkt zeker dat ik niet kan rekenen – de hypotheek liep vijfentwintig jaar, dus die heb ik al een hele tijd geleden afbetaald, maar ik moest doorbetalen van hem. Nou, het was niet moeilijk om via internet bij de rekening te komen, en toen was het ook helemaal niet moeilijk om er een bankpas bij aan te vragen en een nieuwe pincode. Toen ik dat allemaal deed, was dat alleen om hem dwars te zitten, zodat als hij weer eens betaling van me zou eisen, ik met de afschriften zou kunnen zwaaien en triomfantelijk zou kunnen zeggen: 'Aha, dus jij denkt dat jij je eigen zoon af kunt zetten?' Wat dacht hij eigenlijk dat ik zou doen als ik schuldenvrij was? Dacht hij soms dat ik dan zou weglopen? Nou, dan had hij dus gelijk. Misschien kent hij me wel beter dan ik wil toegeven. Maar hij heeft me nooit iets cadeau gedaan. Iemand iets cadeau doen? Bah! Dat vindt mijn Baba een vies woord – hij heeft de ziel van een winkelier. Het mooie van die hypotheekrekening is dat niemand die zou controleren als ik weg was. Hij staat immers niet op mijn naam. En zoveel heb ik er niet van afgehaald. Een paar duizend pond, om een beginnetje te kunnen maken. Ik heb andermans geld verder niet nodig, ik heb zelfs mijn eigen geld niet meer nodig. Ik ben nu vrij, en ik red me wel.

Het weggaan was veel gemakkelijker dan het was om hier aan te komen. Toen Jinan en ik uit Parijs kwamen, moesten we met de trein naar Calais. Toen met de bus naar de boot. Toen met de boot naar Dover, toen op de trein naar Victoria Station. Dat kostte de hele nacht, en hij kon niet slapen. Hij zat rechtop in de plastic stoeltjes van het restaurant op de boot, en zijn ogen werden alsmaar wijder terwijl hij keek naar hoe een stel Amerikanen snacks bestelde bij een ongemotiveerde ober van dienst. Dus ik kocht steeds warme chocolademelk voor hem, tot mijn geld op was. Een blonde moeder met haar als Farrah Fawcett zat er ook, met twee vredig slapende kinderen naast zich. Ze keek me achterdochtig aan – zo'n jonge jongen die verantwoordelijk is voor een kind van drie? Ze liet duidelijk blijken dat ze vond dat ik niet goed voor Jinan zorgde. Dat het fout was dat ik al die bekers warme chocolademelk voor hem kocht en dat hij de hele nacht op mocht blijven. Ze aaide over haar kinderen, die daar onder hun dekentjes lagen, alsof ze hen wilde beschermen tegen types zoals ik. Ik begreep niet waarom de aanblik van haar tevreden slapende kinderen mij zo'n hulpeloos en triest gevoel gaven. Toen Jinan begon te huilen, omdat hij een natte luier had, en omdat hij zo moe was, en omdat zijn warme chocolademelk op was, omdat zijn moeder was overreden door een taxi en hem bij een krankzinnige kerel had achtergelaten die niet wist hoe hij in zijn eentje voor hem moest zorgen, kon ik het niet langer aan. Ik liep samen met Jinan naar de vrouw met het Farrah Fawcettkapsel en vroeg haar of ze even op hem wilde letten, omdat ik wat water moest halen om zijn luier te kunnen verschonen. Hij was zo verbijsterd dat ik hem zo plompverloren achterliet bij een wildvreemd iemand, dat hij vergat om geluid te maken toen hij zag dat ik me snel uit de voeten maakte. Ik ging naar de toiletten, deed een plas, en waste mijn gezicht. Toen leunde ik met mijn hoofd tegen de beslagen spiegel. Toen ik weer terugkwam bij de vrouw met het kapsel, lag Jinan ook in een dekentje gerold en sliep hij bijna. Ik was haar zo dankbaar dat ik niet wist wat ik moest zeggen. Ze glimlachte naar me alsof ze wilde zeggen dat ze me verkeerd had ingeschat. Alsof ik ook een kind was dat in een dekentje gerold moest worden, waar voor gezorgd moest worden. Zij was een echte ouder, net als Nadya, terwijl ik maar deed alsof, ik was een nepouder. Een understudy die het toneel opgejaagd was en die weinig bakte van zijn rol. Iemand die zijn tekst maar zo'n beetje opdreunde, en die geen idee had wat hij daar verder op het toneel moest doen. Als iemand me toen had gezegd dat ik langszij af mocht, dan had ik dat zonder meer gedaan.

'Hij had geen natte luier,' fluisterde ze. 'Hij was gewoon moe.' Ze knikte naar haar eigen koters, en legde uit waarom ze op zo'n onchristelijk tijdstip de boot hadden genomen: 'Dit was de enige boot waarop nog plek was. We gaan naar mijn moeder. Ze is ziek.'

'Wat erg,' zei ik, met de bedoeling om medeleven te tonen, maar toen realiseerde ik me dat ze alleen mijn eerste woord had verstaan, want ze zei nog een keer: 'Ik zei: ze... is... ziek', zoals je dat zou zeggen tegen een niet al te snugger kind. Ze bekeek me alsof ze zat te wachten op mijn verklaring waarom wij hier waren, en heel even was ik in de verleiding om alle ellende van de afgelopen weken te spuien. Hoe Nadya's mond een verbaasde 'O' vormde toen de taxi haar zo bruut van het leven had beroofd, hoe ze die laatste keer de straat overstak, hoe alles voor altijd anders was geworden. Maar in plaats daarvan zei ik alleen maar: 'We waren bij mijn vader.' Ik zweeg even en voegde eraan toe: 'En nu gaan we naar huis,' alsof dat waarheid zou worden als ik die woorden uitsprak. Als een gebed. Als een toverspreuk.

Zoals ik al zei was het hier weggaan een stuk gemakkelijker dan hier aankomen. Ik hoefde alleen maar een kaartje te kopen, door een poortje te lopen en op de trein te stappen naar Parijs. Mijn natte paspoort deed de douane wel fronsen. Het was het paspoort dat ik verleden jaar kwijt ben geraakt. Ik had nooit een nieuw aangevraagd. Het zat in mijn jasje toen ik de deur uitliep. Nou, dat zag ik wel als een teken. Ik ben namelijk niet zo'n vrijbuiter, en ik ben ook niet zo spontaan als je misschien denkt. Dat paspoort, die bankrekening – dat riekt toch naar planning. En in zekere zin was het ook allemaal gepland. Ik ben het al dertig jaar aan het plannen. Al sinds de tevreden slapende kinderen van die betweterige moeder mij zo'n hulpeloos en triest gevoel gaven. Als sinds het moment dat ik weet dat ik een schertsfiguur ben. Het is tijd om te stoppen met het spelen van rollen die niet bij me passen. Het is tijd om mijn eigen fortuin te gaan zoeken, op mijn eigen manier. Ik ben nu een heel ander soort gokker geworden. Ik wed op paarden en op de ronddraaiende zwarte en rode vakjes, en ik speel schaak voor geld in een haveloos appartementje. Mijn avondeten bestaat uit foie gras uit blik, en als ontbijt neem ik koffie met whisky en een brioche. Maar ik ben niet van plan in Parijs te blijven, en ik ga niet naar Nadya's graf. Dit gaat niet over het einde van dingen, dit gaat over een nieuw begin.

Het is tijd om opnieuw te beginnen, schoon en zacht en glad als een pasgeboren baby in zachte luiers gewikkeld. Het is tijd om mijn muntjes in het water te gooien en te zien hoe ze als gouden lichtflitsen tot leven komen en wegzwemmen. Als een gebed. Als bij toverslag. Af langszij. Zonder bagage.

Het uitzicht vanaf de bodem van een fles

Delphine heeft het gevoel alsof ze volkomen stilstaat, en alsof alles om haar heen danst. Het lijkt wel alsof ze een rekwisiet is op het toneel – iets wat er niet echt toe doet, zoals een hoedenrek. Iets waarvan het bestaan door de spelers weliswaar wordt erkend, maar dan alleen in die zin, dat zij er niet tegenaan willen botsen. Sinds Zaki vertrok, aan het einde van hun zomer samen, neemt ze nog maar heel weinig ruimte in beslag in de wereld; nog veel minder dan voorheen. Haar interactie met de wereld om haar heen wordt tot een absoluut minimum beperkt; tot het overhandigen van haar betaling in winkels, en het ontvangen van wisselgeld. Vanwege haar schuldgevoel schept ze een deugdzaam genoegen in de gang van zaken. Pas nog, denkt ze, stond er iemand op mijn voet in de metro, en toen heb ik maar mijn excuses aangeboden, om hem de moeite te besparen. En misschien was het mijn fout ook wel. Had ik ook maar niet in de weg moeten staan met mijn lompe voeten. Domme ik; zelfs dat kleine beetje ruimte dat ik inneem is nog te veel.

Haar monstrueuze schuldgevoel drukt op haar, en ze geeft steeds zo'n subtiel beetje toe aan haar depressie, op zo'n voorzichtige maar gestage manier, dat ze er zelf nauwelijks erg in heeft. Het helpt dat ze weer is gaan drinken – in de gulle hoeveelheden die ze tot zich nam toen ze jong was. Ze is per slot van rekening een Française. Wat kan ze beginnen tegen zo'n erfelijke belasting? De drank doordrenkt haar met een verdovende kalmte, en op dezelfde sluipende manier zinkt ze tot ze op de bodem van de fles zit, waar ze zich nestelt als een embryo op sterk water, een door zuur verschrompeld gedrochtje. Een wezentje dat ooit zo hoopvol en zo vol belofte begon, en dat nu niets anders meer te bieden heeft dan het bevredigen van een morbide wetenschappelijke nieuwsgierigheid naar haar uiteindelijke vivisectie. Snij het maar voorzichtig open, want straks valt het nog uit elkaar. O, kijk nou toch naar dat verdorde kleine hartje, het klopt nog! En zie dat bloed in die adertjes – het is nog rood! En dan die orgaantjes nog allemaal zo netjes bij elkaar in hun leerachtige omhulsel; ongelofelijk dat dit vreemde beestje nog steeds lijkt te functioneren. De alcohol heeft haar bloed vervangen, en ze is nu voor het nageslacht geconserveerd door haar schuldgevoel. Ze is jaloers op andere mensen met hun huis-tuin-en-keukenschuldgevoel, die zich hooguit druk maken om de omvang van hun achterwerk, of over het feit dat ze overdag televisiekijken, of dat ze hun ouders nooit eens opzoeken of hun kinderen verwaarlozen, of omdat ze onbeschoft doen tegen personeel in restaurants. Wat een simpele schuldcomplexjes, wat een troostrijke treurigheid. Wat zullen die mensen 's nachts lekker slapen, zeg. Nee, dan zij. Zij heeft een hele familie verscheurd zonder zelfs ook maar de moeite te hebben genomen of het ongemak te hebben willen slikken van het zelf weggaan; ze is met haar schoonvader naar bed geweest, en na een paar maanden heeft ze die verjaagd met haar verstikkende, egocentrische zucht naar aandacht. Ze heeft de vader van haar man verloren, en de grootvader van haar zoon; het kan zelfs zijn, ook al is het niet waarschijnlijk, dat ze hem de dood in heeft gejaagd. Het kan zelfs zijn, ook al is het niet waarschijnlijk, dat hij de vader van haar zoon is, en niet de grootvader, en dat geen van hen – haar zoon, haar echtgenoot en haar minnaar – dit ooit heeft geweten. Haar misdaad is echt van een legendarische omvang, bijbels, misschien zelfs. Ze vraagt zich af of haar *grande-tante* Christiane thuis in Les Landes nog altijd voor haar bidt; ze hoopt alsnog dat God Frans spreekt.

Haar apathie en zelfmedelijden, die zo zinloos lijkt voor de mensen die zich niet van de ware toedracht bewust zijn, leiden eerder tot irritatie dan tot medeleven. In plaats van rond te hangen als een dronken vod zou ze zich ook bezig kunnen houden met het uitpluizen hoe het zit, met navraag doen bij de geëigende instanties. Haar vriendinnen hebben hun geduld nog niet verloren, want die mijdt ze zorgvuldig. Dit vonden ze niet alarmerend, want ze hebben zo hun eigen beslommeringen. Katie is zwanger en daar is ze woedend over, want haar figuur was nog maar net herstellende van de vorige zwangerschap en de kleine meid zat eindelijk op de basisschool. 'Hij zei dat een condoom niet nodig was,' fulmineerde ze door de telefoon tegen Delphine, een paar maanden na Zaki's verdwijning. 'Hij zei dat het technisch onmogelijk was dat ik zwanger werd op de laatste dag van mijn ongesteldheid. Technisch onmogelijk! Ja, een konijn kruisen met een chihuahua, dat is technisch onmogelijk. Wat hij bedoelde is dat het technisch *onwaarschijnlijk* was. Het is toch niet te geloven dat ik nu weer zwanger ben omdat die halfzachte kunstenmaker van een vent van me nog nooit een woordenboek van dichtbij heeft gezien?' En dus zit Katie thuis aan het mineraalwater, ziek van de ochtendmisselijkheid die de eerste maanden van haar zwangerschappen altijd tot een hel maakt, en als ze daar niet voor naar de wc hoeft, dan is het wel voor haar onophoudelijke plasdrang.

Ondertussen is Veronica haar huwelijk met de allersaaiste man in de hele reclamewereld aan het plannen. Ze hinkt op twee gedachten: moet ze nou sexy en vol zelfvertrouwen in een strak, bloot jurkje, op een hip feestje verschijnen met alleen zorgvuldig uitgekozen geestige en succesvolle mensen, of juist zedig in een Vera Wangcreatie in een kerk vol met pioenrozen en lelies, en met alle onbelangrijke, tuttige familieleden en hun etters van kinderen erbij om haar te bewonderen? Ze geeft Delphine updates van haar voortgang in de vorm van ellenlange e-mails, en het uitblijven van een antwoord daarop legt ze vrolijk uit als een teken dat Delphine het nog altijd niet eens is met de bruidegom die ze heeft uitgekozen, en met haar redenen om dit huwelijk door te zetten.

En hoe zit het dan met de mensen met wie ze in één huis woont, de mensen die haar iedere dag zien? Het lijkt erop dat haar zoon zelf veel te veel verdriet heeft over de verdwijning van zijn grootvader om te zien hoe zij eraan toe is; zijn examens zijn allemaal achter de rug en de trainingen zijn weer begonnen. Dus huurt ze een chauffeur die hem elke ochtend naar de training brengt, en ze ziet hem pas na het avondeten weer terug. Dan pakt hij iets uit de koelkast en gaat hij naar zijn kamer om daar te gaan spelen met een van de hightech gadgets van hem. Hij ziet helemaal niet dat ze lijdt, en ze neemt aan dat hij ook vindt dat het helemaal nergens voor nodig is dat ze lijdt. Zijn grootvader was helemaal niks van haar; hij was niet haar held, en niet haar bondgenoot. Hij was zelfs niet eens een vriend van haar. Ze was alleen maar aangetrouwde familie. En dus is uiteindelijk de enige die haar verdriet, haar wanhoop zelfs, wel opmerkt, precies degene die zo driftig zijn best doet om net te doen alsof hij het niet ziet, want hij heeft het idee dat dat het beste is. En dus doet haar echtgenoot net alsof alles prima in orde is, en dat er niks dramatisch is gebeurd, verder. Hij toont opmerkelijk weinig belangstelling voor de onverklaarbare afwezigheid van zijn vader, alsof het een flauw geintje van Zaki betreft. Alsof Delphines grauwe, kwijnende staat niet meer dan een verkoudheidje is. Hij gebruikt kindertaal om haar slepende depressie goed te praten: 'Nog steeds niet helemaal lekker, schat?'; 'Nog steeds een beetje down?' Maar hij was tenminste niet meer zo blozend opgewekt als toen ze pas gehoord hadden dat er een man de rivier in was gesprongen op de dag van Zaki's verdwijning. De omschrijving van die man was vaag, en er is nooit een lijk gevonden, maar ja, ze hadden ook nooit een teken van leven ontvangen. Er was nog geen schoen van hem teruggevonden. Niets om te bewijzen of het Zaki nu wel of niet was. Niet genoeg bewijs om te hopen en niet genoeg bewijs om de zaak af te sluiten.

Bizar genoeg heeft Delphine in haar wat meer heldere momenten, als ze door haar dure appartement waart als een verwarde geest, nog best bewondering voor Zaki ook. Voor zijn besluitvaardigheid; dat hij zijn winkel open heeft gelaten en al zijn bezittingen achter heeft gelaten. Ze had tegen hem gezegd dat het zo moeilijk was om alles achter te laten, maar hij had haar het tegendeel bewezen. En kennelijk was het haar vertellen niet genoeg, nee, hij moest het haar tonen. Zij was de lafaard geweest van hen tweeën, door maand na maand te blijven wachten, en door met het ene na het andere smoesje te komen. De eerste dagen na zijn plotselinge verdwijning dacht ze nog dat Zaki wel contact met haar zou opnemen, en dat hij haar zou vragen hem na te reizen, naar waar hij ook mocht uithangen. In een romantische stenen cottage in Cornwall, of in de strandhut waar ze dat weekend toen hadden doorgebracht. Of, en dat was waarschijnlijker, ergens waar ze een casino hadden en een paardenrenbaan. Ze had nog niet gepakt, maar ze keek wel steeds rond in het appartement om te zien wat ze mee wilde nemen als het zover was. Die met liefde uitgekozen kussens, grappige souvenirtjes uit verre landen, enorme fotoalbums. Ze kon maar niet beslissen wat nu echt de moeite van het meenemen waard zou zijn. Of er überhaupt iets het meenemen waard was. Ze schaamde zich ervoor dat ze zo hing aan haar bezittingen. Het waren maar dingen, maar die dingen hielden haar toch gevangen. Ze kon niet zo gemakkelijk bij ze weg als Zaki bij de zijne. Ze kon niet zo gemakkelijk weg bij haar man en haar zoon als Zaki bij hen allemaal. Ze was bang dat als het telefoontje uiteindelijk kwam, dat dan zou blijken dat ze helemaal niet weg wilde. Dat ze de moed niet had om te vertrekken; dat ze de moed niet had om dat akelige openhartige gesprek met Jinan en Lucky te voeren. Maar het maakte niet uit, want dat telefoontje, dat kwam nooit.

Door net te doen alsof haar verdriet niet bestaat laat Jinan hun relatie inderdaad gewoon op de oude voet doorgaan. Hij is wonderbaarlijk geduldig en lief voor haar, ook al doet zij zo ongeïnteresseerd dat het bijna onbeschoft is. Hij interpreteert haar lethargie optimistisch als instemming, en haar bijtende opmerkingen als interesse. Hij vindt het kennelijk prima om haar 's ochtends achter te laten met een kop koffie in haar handen en 's avonds weer aan te treffen met een glas wijn. Hij blijft de liefde met haar bedrijven. Vaak en enthousiast. Hij begint er altijd mee als zij ofwel half slaapt, of half wakker is, en hij is dolgelukkig met de geringste respons van haar kant. Er is maar één ding echt veranderd, en hij is zich daar niet eens van bewust. Hij raakt haar overdag nooit meer aan. Hij kust haar niet eens meer op haar haar, en raakt haar schouders nooit meer aan. Daar is ze hem dankbaar voor, want ze weet niet zeker of ze daar niet voor zou terugdeinzen. Misschien weet hij dat diep vanbinnen best, en misschien is dat ook wel de reden waarom hij haar overdag nooit meer aanraakt. Als hij zou zien dat ze terugdeinst, dan zou het hele kaartenhuis ineenstorten. Dan zouden ze misschien toch dat gesprek of die ruzie moeten hebben waarbij alles boven tafel komt, en dan is alles voor altijd anders. Dus overdag is hij wel bij haar maar niet samen met haar; ze zijn net een stel kleuters die nog te jong zijn om te snappen hoe je samen speelt en die daarom allebei maar in hun eentje spelen. Er mag niets veranderen, denkt Jinan, en hij herhaalt wat al die goedbedoelende, zinnige mensen om hem heen al zo vaak tegen hem hebben gezegd sinds zijn vader er vandoor is gegaan: het leven gaat door.

Gaat het leven eigenlijk wel door? vraagt Delphine zich af. Ja, dat kan ze niet ontkennen, want ze zijn er allemaal nog, behalve Zaki. Maar wat ze niet zeker weet is of zij wel wil dat het doorgaat. Haar gedroomde alter ego's, haar dubbelgangsters die al die andere levens leiden in Les Landes, in Parijs en hier in Londen, weten ook niet meer wat ze moeten doen. En het gedroomde alter ego dat in de taxi was gestapt met de knappe vreemdeling toen haar leven pas begon, vraagt zich af wat ze nu met de rest van haar leven aan moet, het leven dat gewoon doorgaat.

Op een ochtend komt ze eindelijk uit bed en in plaats van somber en met gebogen hoofd rond te blijven hangen in haar keuken, beklaagt ze zich over de staat waarin haar appartement verkeert – de werkster gooit er duidelijk met de pet naar. Ze klaagt over de manier waarop haar man koffie heeft gezet. Toen hij het pak openmaakte heeft hij overal gemalen koffie gemorst. Ze klaagt over het vettige pannenkoekmes op het aanrecht en over het vieze, natte weer. Ze zeurt en zanikt en je ziet aan alles dat ze net een uitgerekt elastiekje is dat op knappen staat. Ze kijkt naar haar spiegelbeeld in het keukenraam, en ziet haar losse vlechten, haar gekwelde, wezenloze gezicht met haar holle ogen en de donkere kringen onder die ogen die ze al weken niet meer weg krijgt met haar Touche Éclat, de superconcealer. Ze ziet er niet uit, ze lijkt wel een monster. Ze schenkt koffie in en hervat haar commentaar op Jinan. 'Ja, jij denkt vast elke dag weer: wat een bofkont ben ik toch met zo'n vrouw,' zegt ze sarcastisch. Na al dat geklets van haar over hoe ze bij hem weg zou gaan, lijkt het haar nu helemaal niet zo onwaarschijnlijk dat Jinan bij haar weg wil. Waarom zou haar echtgenoot die er zo keurig verzorgd bijloopt iemand in zijn buurt willen hebben die eruitziet als een magere dronken feeks?

Jinan, die verbaasd en ook, tot zijn verrassing, met iets als opluchting naar het geraaskal heeft zitten luisteren, die morgen, geeft snel antwoord, voor ze verder tiert: 'Ik vind mezelf inderdaad een bofkont als ik jou zie. Naar je kijken is het probleem niet. Naar je luisteren is meestal niet zo'n pretje.' Delphine kijkt hem geschokt aan, en stopt onmiddellijk met haar tirade. Ze zou bijna glimlachen, maar dat voelt gek, want dat heeft ze al zo lang niet meer gedaan. Ze strekt haar hand over de tafel uit naar Jinan, hij aarzelt geen seconde en neemt hem in zijn eigen vlezige handpalmen.

Het spijt me, Zaki, denkt ze in de dagen en weken en maanden die op die ochtend volgen, als ze zichzelf weer door de flessenhals omhoogperst, en de alcohol in haar aderen weer door bloed vervangt. Het spijt me, denkt ze als ze met haar man vrijt, als ze haar smaakvolle woning verzorgt, en als ze een uitgelezen dineetje bereidt voor haar gezin, als ze kaas kiest bij het nieuwe culinaire paleis bij hen om de hoek, als ze haar begenadigde zoon succesvol begeleidt bij zijn tocht naar de hoogste regionen van het betaald voetbal, als ze een hoed koopt voor de bruiloft van haar vriendin. Het spijt me dat ik je zo heb gebruikt, precies zoals jij al vermoedde. Het spijt me dat ik niet sterk genoeg was om bij je weg te gaan, of om jou te laten gaan.

Een kwestie van natuurlijke selectie

Lucky zit op het stoepje voor de dichtgespijkerde winkel van Zaki, vele maanden na diens verdwijning. Het seizoen is ten einde, en het nieuws over de selectie is net bekendgemaakt. Hij is zich er ineens van bewust dat er iemand naar hem kijkt, en kijkt ongerust om zich heen op zoek naar mannen met telelenzen. Als hij opstaat komen er een paar kinderen op hem af; buurtkinderen – hij heeft ze wel eens in de winkel gezien, waar ze chocola kochten en probeerden biertjes te stelen, recht onder Zaki's onverschillige neus. Zaki had nooit problemen met dit soort uitschot; hij keek op van zijn krant, nam het geld in ontvangst voor de chocola en zei dan verveeld: 'Ik mag jullie niks in rekening brengen voor die vier biertjes die jullie in je jasjes hebben verstopt, want ik mag geen alcohol verkopen aan minderjarigen. Dus ik zet ze wel gewoon op de rekening van jullie vaders, goed?' En zonder een woord te zeggen, zetten de jongens de biertjes weer terug op de plank en maakten zich als een haas uit de voeten. 'Bedankt, jongens,' zei Zaki dan.

'Gaat ie, Lucky?' vraagt een van de jongens met een vroegtijdig lage stem. Hij is een jaar of veertien, en zijn ruwe, puisterige gezicht en zijn hagelnieuwe grote adamsappel maken dat Lucky zich ongehoord oud en wereldwijs voelt; hij is achttien, en hij heeft een baan en een vaste vriendin. Hij is dus volwassen, net als zijn vader, maar dan net iets anders. Die hele fase tussen kind-zijn en volwassen worden heeft hij overgeslagen.

‘Hij gaat lekker, jongens,’ antwoordt Lucky. Er valt een korte stilte terwijl ze daar met zijn allen op de hoek staan. Lucky voelt zich niet bedreigd door hen; hij steekt mijlenver boven ze uit. Het schiet hem te binnen dat iemand die hen zo zag staan waarschijnlijk zou denken dat hij de aanvoerder van dit clubje is.

‘Nog steeds geen nieuws over Zaki?’ vraagt een van de andere jongens. Het is een mager ventje, uit een gemengd huwelijk. Lucky weet nog hoe hij heet, want hij was degene die een brandende sigaret in zijn mond kon ronddraaien zonder zich te branden. Een mooie truc, want zo werd hij nooit betrapt op roken in de garderobe op school. In tegenstelling tot de anderen. Peter, zo heette hij; Peter de Vuurvreter.

‘Nee, niks,’ zegt Lucky kort, maar niet kortaf. Nu de beleefdheden zijn uitgewisseld kijken de jongens elkaar aan en Peter schraapt zijn keel en stelt zijn vraag, waarmee hij het werkelijke doel onthult waarom het clubje naar de straathoek is komen lopen zodra ze hem zagen.

‘Hey, man, mogen we je handtekening?’ vraagt Peter, en hij houdt een pen op en een paar stroken papier.

‘Tuurlijk,’ zegt Lucky. Hij neemt de pen aan en zet zijn handtekening op de strookjes papier. ‘Wat ga je daarmee doen?’ wil hij weten. ‘Jullie hebben allemaal mijn handtekening al. En jullie zijn geen van allen supporter van West Ham.’

Peter stopt zijn handtekening netjes in de zak van zijn jas, zonder hem te vouwen. ‘We verzamelen ze, en dan verkopen we ze op eBay. We wachten tot na de Wereldb…’ hij zwijgt gegeneerd. Een van de anderen geeft hem een por, en hij probeert met alle macht na te denken hoe hij zich hier uit kan lullen. ‘…na de zomer, bedoel ik. Dan krijgen we er meer voor, als het nieuwe seizoen begint.’ Hij glimlacht even, en laat een glimmend rijtje beugelslotjes zien. ‘Bedankt, man,’ zegt Peter tegen Lucky, dan slentert hij weg met de rest van de jongens.

Lucky staat versteld van hun slimheid en ondernemingslust. Hij vindt het wel prettig dat zijn handtekening ervoor zorgt dat Zaki's jongens niet zonder bier en sigaretten komen te zitten; het was net alsof hij een cheque voor hen had getekend in plaats van keurig afgescheurde stukjes van een A4tje. Ze deden zo hun best om cool te lijken, maar er waren er minstens twee bij die een Engelandshirt droegen. Hij had wel door dat ze hun best deden om het niet over de Wereldbeker te hebben, alsof ze zijn gevoelens wilden sparen. 'Niet over de oorlog praten,' mompelt hij. 'Niet over de Wereldbeker praten.' Hij besluit om de winkel binnen te gaan en springt over de muur de achtertuin in.

Het is een beetje eng in de winkel. Alsof de tijd heeft stilgestaan sinds zijn grootvader zo lang geleden verdween. Het lijkt wel een verlaten heiligdom. Zijn krant en pen liggen nog altijd op de toonbank. Zaki's koffiebeker staat er niet meer. Die heeft zijn vader afgewassen en afgedroogd, en teruggezet in de servieskast. Het is niet stoffig, en dat is eigenlijk heel vreemd, alsof er nog steeds iemand woont die alles netjes houdt. De planken liggen nog altijd vol met chocoladerepen en blikjes en pakjes, allemaal behoorlijk over de uiterste verkoopdatum. Het enige overduidelijke teken dat de winkel niet meer in gebruik is, is de donkere drankenkast, die nu uitstaat, zodat de flesjes bier en frisdrank in het lauwe donker staan. Lucky kijkt om naar de toonbank en heel even ziet hij Zaki daar heel duidelijk zitten, met een glimlach en een overhemd waarvan het bovenste knoopje openstaat. Hij heeft zijn krant in zijn handen en kijkt alsof hij weer een of ander onzinnig advies wil geven. Verdomme, denkt Lucky. Ik wist wel dat ik niet aan die zooi had moeten komen met Portia. Hij was met haar op een feestje geweest, waar andere modellen en halve beroemdheden waren, ergens in een of andere club. Lucky rookte of dronk bijna nooit, maar die avond had hij hem flink geraakt om de teleurstelling over de selectie weg te spoelen, en omdat hij toch geen reden had om die zomer in vorm te blijven. Portia had hem meegesleept naar de vip-toiletten, waar een stel van haar vriendinnen lijntjes coke zaten te snuiven, nadat ze het vakkundig met hun creditcards hadden versneden. 'Doen mensen dat nog steeds, dan?' vroeg hij zogenaamd onschuldig, om zijn afkeuring te verhullen. 'Vinden jullie dat dan niet een beetje jaren tachtig?' Hij had wel eens wat wiet gerookt met Portia, en zij had hem overgehaald om ook eens wat sterkers te proberen. 'Je kunt het pas veroordelen als je het zelf hebt geprobeerd,' zei ze tartend. 'Anders ben je net zo'n katholieke gek die een film over Christus verbiedt zonder dat hij hem zelf heeft gezien.' Lucky, die normaal gesproken risico's uit de weg ging, en die altijd zo op zijn hoede was vanwege de dopingcontrole tijdens het seizoen, had het toch geprobeerd. Achteraf voelde hij zich ontzettend stom; waarom kon hij zich nooit tegen Portia verzetten? Want zelf had hij heus wel in de gaten dat haar argument absoluut nergens op sloeg. Hij voelde zich nu des te dommer, omdat hij gewoon zat te hallucineren.

'Wat is er loos, Lucky?' vraagt Droom-Zaki, terwijl hij zijn krant neerlegt en naar de toonbank loopt. Lucky kijkt hem verbaasd aan. Een lopende en pratende hallucinatie – wat was dat in godsnaam voor een troep, die ze hem had gegeven?

'Niks,' antwoordt hij, en hij voelt zich heel dom. 'Niks, behalve dan dat ik hier sta te praten tegen een geest. Ik ben niet goed bij mijn hoofd, verdomme.'

'Een geest? Dus jij denkt dat ik dood ben?' vraagt Droom-Zaki geïnteresseerd.

'Nee, natuurlijk niet,' mompelt Lucky, voor hij daar trouweloos aan toevoegt: 'Je bent hem gewoon gesmeerd en je hebt ons gedumpt. Waarschijnlijk zit je met een of ander mokkel op een tropisch eiland en denk je nooit meer aan ons.'

Droom-Zaki haalt gekmakend kalmpjes zijn schouders op. 'Ach

ja, daar had ik zo mijn redenen voor, moet je maar denken. Niet dat jij dat begrijpt.' Met een twinkeling in zijn ogen zegt hij dan: 'Misschien dat het helpt, maar jij weet donders goed dat ik het niet zou uithouden op een tropisch eiland. Te heet, te klam en te veel zand. En je kunt er de hele dag niks anders doen dan een beetje langs het strand slenteren. Ik zou me dood vervelen; je weet toch dat ik geen mens ben voor het buitenleven.'

'Misschien ga ik wel een weekje met Portia naar zo'n eiland,' merkt Lucky ongeïnteresseerd op. 'Heb ik nog nooit gedaan. En verder heb ik deze zomer toch niks te doen.'

'Aha, daar gaat dit dus allemaal over?' vraagt Droom-Zaki scherp. 'Ik neem aan dat ze de selectie voor de Wereldbeker bekend hebben gemaakt? En nu kom je hier om je daarover te beklagen?'

'Ik weet ook niet wat ik dan had gedacht,' zegt Lucky. 'Ik zou de jongste keeper ooit zijn. Maar iedereen blies het zo op, en de pers maakte er een hype van, en toen ben ik er zelf ook in gaan geloven.' Hij zwijgt en zegt dan verbitterd: 'Weet je nog, die kleine vlo, die Conway? Die jongen die mij uitschold voor poepfransoos, toen we nog bij de junioren zaten? Komt net tot mijn knie. Nou, die zit wel in de selectie. Fucking Wonderkind, zeggen ze.' Lucky staart teleurgesteld naar zijn handen.

'Ach, laat hem lekker de klere krijgen, Lucky. Wat maakt het uit,' zegt Droom-Zaki. 'Jouw tijd komt nog wel; jij weet heel goed dat jouw tijd nog wel komt. Jij bent niet zoals de rest, jij stelt echt wat voor. Jij bent heel bijzonder, en jij zult het heel ver schoppen, jongen. Dat heb je toch altijd gedroomd?'

Lucky kijkt ineens op. 'Hoe weet jij van mijn droom?'

'Ja, duh,' zegt Droom-Zaki, 'hoe zou ik daar nou vanaf weten?'

Lucky gluurt door het halfdonker. Duh? Zijn opa zou nooit 'duh' gezegd hebben. Hij kende het hele woord niet. Hij doet zijn mond open om de man achter de toonbank uit te dagen, om hem te zeggen dat hij een bedrieger is, maar Droom-Zaki is al verdwenen. 'Hé!' roept Lucky, maar hij hoort niets anders dan de echo van zijn eigen stem in de lege winkel. De pen en het papier liggen nog altijd op de toonbank. Hij ziet niemand anders dan zijn eigen spiegelbeeld in het glas van de lijst die achter de toonbank hangt. Zijn gezicht weerspiegelt glimmend over de jonge Zaki, Lucky's jonge grootmoeder Nadya en een boos kijkende Jinan.

Lucky hoort geschuifel bij de achterdeur, en dan roept Portia: 'Lucky, ben je hier, liefie?' Hij vindt het vervelend dat Portia hem liefie noemt. Hij weet wel dat ze het lief bedoelt, maar het voelt alsof Portia ermee bevestigt dat hij klein is, en zij groot.

'Hoe wist je nou dat ik hier zat?' vraagt hij als ze via de achterdeur de winkel binnenkomt. 'Je was niet thuis en je chauffeur zei dat hij je bij de metro Hammersmith had afgezet.' Ze kijkt om zich heen. 'Jezus, dit is echt weird. Het is net alsof hij hier vanochtend pas is weggewandeld. Hij heeft echt helemaal niks meegenomen, hè?'

Lucky schudt zijn hoofd. Hij staat op om naar boven te gaan. 'Ik denk dat ik maar een kopje thee ga zetten voor mezelf. Ik voel me raar in mijn hoofd van die troep gisteravond.' Portia lijkt iets te willen zeggen, maar bedenkt zich en loopt achter hem aan naar de keuken. 'Wat?' vraagt hij, want het ergert hem dat ze kennelijk niet zomaar wat tegen hem durft te zeggen. Het irriteert hem dat iedereen zo voorzichtig is sinds de selectie bekend is gemaakt; zelfs Portia.

Portia glimlacht flauw. 'Ik wilde alleen vragen wat je hier eigenlijk deed. Maar toen realiseerde ik me dat ik dat wel wist.'

'O ja, waarom dan wel?' vraagt Lucky boos.

'Omdat je baalt van de selectie, en omdat je Zaki mist, en omdat dit hier Zaki is. Het ruikt zelfs nog naar hem,' zegt ze zachtjes. 'Ik mis hem ook, hoor. Soms voel ik me er zelfs schuldig over.'

'Waarom zou jij je in godsnaam schuldig voelen?' vraagt Lucky terwijl hij de waterkoker oppakt. Er zit nog water in. Dat gooit hij er eerst uit, en vult hem dan opnieuw voor hij hem aanzet.

'Ik vind dat ik een betere vriendin voor hem had moeten zijn, meer niet,' zegt ze zachtjes. Kon ze hem maar meer vertellen, want sinds Zaki's verdwijning loopt ze rond met een afschuwelijk schuldgevoel. Dacht hij dan echt dat ze het zou vertellen? Ze kon niet echt geloven dat zij dit allemaal op haar geweten had, maar feit was wel dat hij maar een paar dagen nadien was verdwenen, met niks anders dan de kleren die hij droeg. Ze kijkt naar Lucky, hoe hij over de tafel hangt, zo verdrietig, en haar hart bloedt voor hem. 'Ik ken niemand die Zaki voor jou zou kunnen vervangen, liefie. Maar ik zal er altijd voor je zijn, dat beloof ik.'

Lucky steekt zijn hand naar haar uit en trekt haar met kracht naar zich toe. Dan houdt hij haar stevig vast, en snuffelt in haar nek. Hij is onzegbaar dankbaar, en onzegbaar verdrietig; in de steek gelaten. Dat iemand doodging was één ding, zoals zijn grootmoeder had gedaan; maar dat iemand bij je wegliep, dat was helemaal moeilijk te verstouwen. Portia verstijft en begint zich van hem los te maken. Maar haar tegenzin maakt dat hij haar alleen nog maar dichter tegen zich aan wil trekken.

'Ik moet even naar de wc, liefie,' zegt Portia. Ze herinnert zich iets; ze is Zaki iets verschuldigd. Als hij is vergeten om zijn geheim te verstoppen, dan moet zij het voor hem doen. Ze gaat naar de badkamer en zoekt naar Delphines gezichtscrème, de Crème de la Mer. Het staat niet meer op het planchet. Ze ademt opgelucht uit en begrijpt dat hij het waarschijnlijk verstopt heeft. Maar ze beseft ook dat ze waarschijnlijk ooit toch een keer het huis zullen moeten ontruimen, als het huis ooit weer verhuurd wordt, of verkocht, als Zaki nooit meer terugkomt. En dan zou die crème gevonden worden, als een bom die in de grond was verstopt en lag te wachten om te ontploffen. Als een kloppend hart onder de planken vloer of een lijk van een verloren liefde dat achter een muur verborgen was. Ze doorzoekt het medicijnkastje, de wasmand, en uiteindelijk doorzoekt ze ook de linnenkast. En daar staat het, het gladde witte potje met heerlijk geurende crème. Ze stopt het in haar handtas en gaat terug naar Lucky.

'Wat was je allemaal aan het doen?' vraagt hij kregelig.

'O, niks,' zegt ze luchtig en ze gaat weer op zijn schoot zitten met een verleidelijke beweging, en slaat haar armen om zijn hals. 'Ik zat alleen te denken, en je weet toch dat ik klasse heb: ik denk alleen op de plee.'

'Waar zat je dan aan te denken,' vraagt Lucky terwijl die vertrouwde angst bij hem bovenkomt en dat bijna pijnlijk kloppende gevoel dat hij altijd kreeg als Portia in zo'n bui was.

'Ik zat te denken dat ik wel weet hoe ik je kan opvrolijken,' zegt ze, en ze begint zijn knoopjes los te maken. Lucky houdt zijn adem in en geeft gedwee toe. Hij weet nog altijd niet zeker of hij seks eigenlijk wel leuk vindt. De opbouw van de spanning vindt hij haast ondraaglijk, en hij weet niet zeker of de ontlading nu echt prettig is, of dat het gewoon de opluchting is dat het voorbij is. Zijn huid tintelt zo erg dat Portia's aanraking bijna brandend aanvoelt, en zijn tepels worden zo pijnlijk gevoelig dat zijn adem al stokt als Portia haar mooie pronte borsten er langs haalt. Om raadselachtige redenen interpreteert zij zijn reacties als tekenen van intens genot. En hij is ook nog altijd zo verlegen om hun naaktheid dat hij liever tot het allerlaatste moment zijn ondergoed aanhoudt en Portia ziet hij ook liever in haar broekje en beha dan in haar blootje, hoewel hij dat nooit aan iemand zou toegeven. Een beha en een onderbroek voelen vertrouwd, als een bikini op het strand, terwijl haar naaktheid iets dierlijks heeft, iets beangstigends zelfs. Toch kan hij niet ontkennen dat hij zich na afloop altijd goed voelt, vanwege de intense tederheid die hij voelt als hij Portia dan in zijn armen houdt, en hoe het voelt haar zachtjes te kussen, voor ze van hem af rolt om naar de wc te gaan of om nog een sigaret op te steken. Hij neemt aan dat dat liefde is, en het rechtvaardigt wat hem betreft de onwaardige worsteling die eraan vooraf moet gaan. 'Je weet toch wat ze zeggen over mannen met grote handen?' vraagt Portia hees, en ze laat haar hand in zijn spijkerbroek glijden.

'Ja, die hebben grote handschoenen,' antwoordt Lucky, en hij snakt naar adem als ze met haar ijskoude hand zijn zaakje vastpakt. Dan gaat Portia's telefoon plotseling over met zo'n irritante ringtone die ze bijna wekelijks verandert. 'Ik zou maar opnemen,' zegt hij, en hij doet zijn best teleurgesteld te klinken. 'Misschien is het je agent wel.'

Portia zucht en haalt haar hand uit Lucky's broek om haar telefoon uit haar handtas te vissen. Ze zorgt ervoor dat Lucky de pot crème die zich daar nu ook in bevindt niet kan zien. Ze zat te wachten op een telefoontje over een *shoot* voor Burberry, en kijkt naar haar display. Een privénummer, dus dat kon haar agent niet zijn. Ze klapt haar mobieltje open: 'Hallo?' vraagt ze. 'O, hoi Dee. Ja, die is bij mij. Ja, irritant is dat, hè? Ik zeg steeds dat hij dat ding moet opladen. Of dat hij een extra batterij neemt, dat heb ik zelf namelijk. Nou, hier is hij...' Nodeloos zegt ze tegen Lucky: 'Je moeder voor je,' en ze geeft hem de telefoon.

'Ja?' zegt Lucky weinig vriendelijk zodat Portia denkt dat hij baalt omdat ze werden gestoord. 'Ik zei toch dat het me niet kon schelen? Nou, het kan me ook niet schelen. Portia en ik zaten te denken om deze zomer weg te gaan, naar een tropisch eiland of zo.' Portia fronst. Dit is nieuws voor haar, maar ze haalt haar schouders op alsof ze wil zeggen: Waarom ook niet. 'Wat zeg je nou? Je zit me toch verdomme niet in de zeik te nemen, hè, mam? Ja sorry, ik zal niet meer vloeken, maar je zit me toch verdomme niet in de zeik te nemen, hè? Ja, ik kom meteen naar huis. Nee, je hoeft niet vast te beginnen met pakken, ik kom er meteen aan, zei ik toch? Tot zo, dan. Ja, doei.' Lucky klapt Portia's telefoon dicht en geeft hem zwijgend aan haar terug. De tranen wellen op in zijn ogen, en beginnen langs zijn wangen te druppen. Hij houdt Portia van een afstandje vast, staart naar haar gladde, perfecte gezicht en duwt de modieuze elfenlokken naar achteren. Ze draagt het nu iets langer dan toen ze net met elkaar gingen.

'Lucky, wat is er aan de hand?' vraagt Portia, ook al beseft ze dat het een domme vraag is. Ze weet best dat ze deel uitmaakt van iets veel groters waarvan ze nog niet precies weet wat het is. Lucky trekt haar in zijn armen en kust haar zachtjes maar vol passie. Zoals hij altijd deed toen ze nog jonger waren; gewoon heel veel heerlijke, ongecompliceerde, volle, warme, natte kussen. Hij kust haar tot ze allebei roze wangen hebben en buiten adem zijn, en dan fluistert hij eindelijk snikkend: 'Ik zit toch bij de selectie. Crichton is geblesseerd en dus nemen ze mij.'

Terwijl ze door de achterdeur naar buiten lopen en hij die afsluit, zwaait hij heel even naar de toonbank in de winkel. Hij merkt hoe hij trilt; hij heeft een droom gehad, en nu komt die droom hem op de proef stellen. Wat nu als hij te licht wordt bevonden? Wat nu als hij ook niks bijzonders blijkt te zijn? Hij klampt zich vast aan Portia en wordt overmand door een drang om te gaan rennen. Maar wat hij plotseling niet zeker weet, is of hij weg wil rennen van zijn droom of er juist op af wil hollen.

De schakende schooier van Deauville

Ik ben maar heel kort in Parijs gebleven. Ik kwam aan met de trein, ben via de metro naar een ander station gegaan, en ben vandaar weer vertrokken met een andere trein. In een opwelling ging ik naar Deauville. Ik had wel eens gelezen dat Churchill er een hele winter had doorgebracht met drank, kaarten en wedden op de paarden; het leek me een uitstekende plek. Er zijn twee renbanen en er is een groot casino, dus het voldeed prima aan mijn bescheiden wensen. Ergens vroeg ik me af of ik niet wat verder had moeten reizen; het leek me niet erg ver voor iemand die wilde ontsnappen, de noordkust van Frankrijk. Maar als ik verder naar het zuiden af zou reizen, dan zou ik in het warmere weer komen te zitten, en na dertig jaar in Engeland vervulde de gedachte aan warm weer me van klamme weerzin.

Ik had een schoudertas gekocht en wat kleren om in die tas te stoppen, en ik checkte in in een hotel in de stad – van het zieltogende, anonieme soort waar alle kamers precies hetzelfde hok waren waar gasten naar binnen moesten met behulp van een code. Ik liep langs het strand en keek uit over de zee alsof het een enorm schilderij was, niet helemaal echt. De schoonheid van die grauwe dag, de lucht en de staalblauwe zee was overweldigend. Voor het eerst in mijn leven was ik er absoluut zeker van dat ik de juiste keuze had gemaakt. Ik hield genoeg van mijn familie om hen van mij te bevrijden, ik hield genoeg van Jinan om hem de vrouw te laten die hij ondanks alles zo liefhad, en ik had genoeg om Delphine gegeven om haar los te kunnen laten.

En nu was ik zelf ook eindelijk vrij; vrijer dan ik ooit was geweest. De rest van mijn leven strekte zich voor me uit als het strand en als de zee, en elke minuut was een zandkorrel en een druppel zeewater. Ik had het gevoel dat ik misschien wel eeuwig zou leven, zolang dat strand maar voor me lag en de zee voor me uit kolkte. Ik had medelijden met Oscar Wilde, die zijn laatste dagen in Parijs moest slijten en moest bedelen bij rijke kennissen, in de goot, met boven zich de sterren. Parijs zoog het leven en de kracht uit je, en lijfde je in. Maar deze stad was anders; deze stad voedde je juist. Hij had hier moeten blijven, dacht ik. Hier was hij de Koning geweest.

Ik bestudeerde het formulier voordat ik echt mijn gok waagde. Ik was een klein beetje zenuwachtig, maar vooral om educatieve redenen. Ik had een schriftje bijgehouden om de bookmakers te kunnen verslaan, net zoals ik Londen deed. Ondertussen speelde ik kaart in het casino en schaakte ik voor geld. Met het kaarten speelde ik quitte, maar aan het schaken hield ik flink over. Ik was verhuisd naar een familiehotel iets meer uit het centrum, want ik werd depressief van dat hok, en ik speelde tegen de eigenaar en tegen andere gasten. ‘Zaki, had ik maar evenveel geluk als jij,’ zei Yves, de magere, zenuwachtige eigenaar die een metalen brilletje droeg en als een Parijzenaar gekleed ging, in zwart en grijs. ‘Hoe kan het toch dat je altijd fors wint, of maar een klein beetje verliest? Dat is niet natuurlijk!’ Het hotel was Yves’ projectje na zijn pensionering, maar hij had er lang zoveel plezier niet in als hij had gehoopt. Hij was een enthousiast schaker en hij was er hopeloos aan verslaafd, ook al won hij zelden. Telkens vroeg hij om nog een potje, zelfs als ik het tijd vond om te stoppen. Dus verloor ik expres elk derde potje, uit medelijden. Dit had het wonderlijke effect dat hij steeds vaker wilde spelen. Zodra hij me begon te verslaan bij elk derde potje was hij gaan denken dat hij me ook in de andere potjes kon verslaan en dat hij misschien wat van zijn geld terug kon winnen. Hij zag niet hoe het in elkaar zat. Toen ik eenmaal een maand gratis behuizing had gewonnen, besloot ik om niet meer tegen hem te spelen. Dat maakte ik hem zo vriendelijk mogelijk duidelijk; ik speelde tien potjes achter elkaar tegen hem, die hij allemaal verloor, net zo lang tot hij zelf vond dat het tijd was om ermee op te houden – hij mocht dus zelf de beslissing nemen. 'Je bent een ouwe schooier, Zaki,' zei hij somber, maar zonder een spoor van verbittering.

'Zal ik je eens wat vertellen?' antwoordde ik. 'Misschien heb je wel gelijk.' Zo spannend – in die korte tijd dat ik in Frankrijk was, was ik een oplichter geworden, en verdiende ik mijn geld met wat ik het liefste deed. Nou ja, op één ding na. Het was tijd om mijn geluk te beproeven bij de paardjes.

Deauville heeft iets middelbaars, en dat merkte je vooral op de renbaan waar ik altijd kwam. Londen is een stad voor jonge mensen; zelfs de oudere mensen doen hun best er zo jong mogelijk uit te zien, met haarverf en collageen en botox, alsof er geen stadium bestond tussen jong en stokoud en rimpelig. Het onopgesmukte van de mensen van middelbare leeftijd in Deauville had iets heel verfrissends; er lag geen schaamte in, en je zag oudere stelletjes nog hand in hand lopen, en zoenen en lachen en drinken, zoals gewone mensen. Vreemd genoeg voelde ik me er juist heel jong door. Ik was niet meer een ouwe kerel in een jongemensenwereld; ik was gewoon wie ik was. Ik hoorde erbij. Ik was niet meer die slechte oude, gekke oude Chacha Zaki. Ik was nu alleen nog maar slecht en gek. Dat klonk me prima in de oren. Ik voelde me gevaarlijk. Het gebrek aan mooie jongedames was ook heel verfrissend; met alle dames van middelbare leeftijd had ik geen last van de verleiding, of van de herinneringen aan die prachtige jonge dingen waar ik tot nu toe mijn hele leven mee had rondgelopen. Er was een zo'n dame van middelbare leeftijd naar wie ik altijd zat te staren als ze op de tribune van de renbaan zat. Ze was ook het type dat aandacht trok, want ze was nogal schreeuwerig en een beetje een hippie. Haar brede heupen werden omhuld door losse jurken met etnische motieven en hysterische borduursels langs de hals en de zoom. Haar korte, rommelige haar was vuurrood geverfd, net als haar lippen. Haar gebruinde gezicht was te mollig voor rimpels en ze had een ruwe, dijenkletserige lach. Waarschijnlijk was ze ongeveer halverwege de vijftig. Het was zeker geen meisje meer, maar ook absoluut geen dame. Toch had ze iets heel aantrekkelijks; ze leek zo zorgeloos, of vrij, in elk geval. Ze had iets waarom ik haar benijdde. Vlak voor ik mijn geld wilde inleggen keek ze me aan over haar schouder en zag dat ik naar haar had zitten staren. Ze wierp me een bijna ondeugende glimlach toe, alsof ze me op iets stouts had betrapt – de medeschuldige, gulle glimlach van een vrouw die er aan gewend was dat men haar aangaapte, en niet altijd om vleiende redenen, maar die zich daardoor niet van haar stuk liet brengen. Ik knikte naar haar en liep weg. Die dag had ik weinig geluk met de paarden, maar echt veel had ik ook weer niet verloren. Ik had mijn schriftje ook nog niet klaar. Ik had nog wat meer tijd nodig voor de wet van de gemiddelden me te hulp zou schieten.

Een paar dagen later was ik weer op de renbaan. Ik dronk een klein kopje van hun bittere koffie en maakte aantekeningen. Er viel een schaduw over me heen, en ik rook en hoorde haar voordat ik haar zag. Ze droeg een ruime hoeveelheid van een bedwelmende geur – iets als lelietjes-van-dalen vermengd met patchoeli – en luid rinkelende armbanden. Dit keer droeg ze een losse, wapperende broek en met het oog op het koeler wordende herfstweer een vestje met luipaardprint. Ik word achtervolgd door mensen met lelijke vestjes, dacht ik lachend. De vrouw maakte je automatisch aan het lachen, want ze zag er bijna komisch uit met haar verschrikkelijke kleren en haar geverfde haar en haar uitbundig tevreden uitstraling. Je kreeg het idee dat als zij in een volle bus zou stappen, de passagiers die anders geklaagd hadden nu welwillend moesten lachen om haar belachelijk optimistische uitrusting, en dat ze zonder meer plek voor haar zouden maken. Je moest wel: ze nam heel veel ruimte in, in deze wereld. 'Hallo,' zei de vrouw vrolijk, in het Frans. 'Jij kunt me vast wel helpen om een weddenschap te winnen.'

'*Avec plaisir, Madame*,' antwoordde ik.

'Mijn vriendin hier heeft met me gewed dat je een schrijver bent, omdat je altijd met je schriftje in de weer bent. Maar ik denk van niet. Ik zei dat jij een beroepsgokker bent. Je bent helemaal niet voldoende geïnteresseerd om schrijver te kunnen zijn.'

'Ik had geen idee dat ik zo scherp in de gaten gehouden werd,' merkte ik op. 'Terwijl ik nog zo mijn best deed om niet op te vallen.'

Ze snoof weinig charmant van het lachen. 'Ja, net als ik. Nou, dat is ons dan mooi niet gelukt! Dus, heb ik mijn weddenschap nu gewonnen?'

'Proficiat, *Madame*, u hebt gewonnen. Mijn excuses aan uw vriend, maar ik zou nooit kunnen schrijven. Ik heb al moeite met het uitschrijven van een cheque,' grapte ik flauw. Het was al zo lang geleden dat ik in Frankrijk woonde, en mijn Frans was niet goed genoeg meer om een fatsoenlijke grap te kunnen maken. En daarbij voelde ik me vergeleken bij de uitbundigheid van de vrouw een beetje bleek afsteken, een beetje nietszeggend.

De vrouw giechelde alsof ik wel degelijk een dijk van een grap had verteld. 'Ja,' stemde ze in, 'als het om cheques uitschrijven gaat ben ik ook altijd heel dyslectisch, vooral als ze bedoeld zijn om mijn rekeningen te betalen. Godzijdank heb ik aardige schuldeisers.'

'Maar vertelt u me eens, *Madame*, hoe heeft u zo goed geraden hoe het zat?' vroeg ik, met wat meer moed na haar vriendelijke reactie.

'Ik zag je schriftje, en toen wist ik precies waar je mee bezig was. Ik hou zelf ook een schriftje bij, maar dan meer voor de lol dan dat het me iets oplevert.' Ze keek om en zag dat haar vriendin naar haar gebaarde en een klein glaasje troebel vocht ophief. 'Ah, daar is mijn pastis. Kom anders bij ons zitten voor een *apéro*?'

Ik keek om naar de stille bar; als ik zou weigeren was de kans niet groot dat ze me met rust zouden laten. De stem van de luidruchtige dame zou schallen als een misthoorn of ik er nu bij zat of niet. En dus nam ik de uitnodiging dankbaar in ontvangst, en herhaalde: '*Avec plaisir, Madame.*'

'O, hou daar toch eens mee op, ik ben je schooljuffrouw niet,' zei ze. Het was voor het eerst dat ik enige irritatie bij haar bespeurde. 'Noem me toch gewoon Coco, net als iedereen.'

'Zoals Coco Chanel?' vroeg ik, want zij was een van de beroemde vroegere inwoners van Deauville.

'Zoals Coco Chanel,' stemde ze in. 'Hoewel een stuk minder geurig.' Ze lachte alweer schalks, ook al had ze dat grapje vast al heel vaak moeten maken. Maar ik lachte met haar mee, want ze liet haar oude grap toch fris en geestig klinken. Zij verstond de kunst om oude, uitgepufte dingen nieuw leven in te blazen. Het was haar gave.

'Ja, natuurlijk ken ik Coco. Iedereen kent Coco,' zei Yves tijdens het schaken. We speelden dit keer niet om geld, maar hij had beloofd dat hij een stukje heel mooie foie gras voor me had als ik won, dus met mijn motivatie zat het wel goed. Ik had al wel eens eerder een door zijn vrouw toebereide foie gras geproefd; haar truc was om de lever in armagnac te marineren, en het resultaat was als een smeltend stukje hemel in de mond. 'Zij is de dochter van Gérard; hij runt de *bar-tabac* in zijn dorp. Zij werkte in Deauville en ze is toen getrouwd met een bestuurder van het *Centre des Impôts*. Later heeft ze nog voor een flink schandaal gezorgd, want toen ging ze er vandoor met een jongere vent.' Yves aarzelde even over zijn loper, maar verzette hem uiteindelijk toch. Hij leunde over het bord en fluisterde: 'Het was een zwarte! Met dreadlocks! Nou, dat hield geen stand. Een paar jaar geleden kwam ze weer terug, toen Gérard die hartaanval kreeg.'

'Waar was ze dan naartoe gegaan met die jongere man?' vroeg ik geïnteresseerd, en ik reageerde snel met de zet die ik al in mijn hoofd had terwijl Yves zo zat te prakkiseren. Ik had tenslotte zelf ook ervaring met weglopen. Ik had het immers al twee keer gedaan.

'Hoe moet ik dat weten? Zie ik eruit als haar reisagent?' zei Yves geërgerd. Hij deed zijn volgende zet nogal haastig, afgeleid als hij was door de vraag waar Coco eigenlijk had uitgehangen al die tijd dat ze weg was. '*Merde*,' mompelde hij. 'Dit blijft me natuurlijk net zo lang bezighouden tot ik het eindelijk weet.'

Yves' vrouw, Michelle, een kleine slanke dame met de achteloze élégance die sommige oudere Françaises nu eenmaal hebben, kwam binnengelopen en legde haar hand op de schouder van haar man. In tegenstelling tot Yves kwam zij wel uit deze contreien, en dus wist zij alles over iedereen. 'Ze is eerst met hem naar Réunion gegaan, en later naar Amerika,' zei ze. 'Ze is altijd al een beetje raar geweest, Coco, een beetje, hoe moet ik het zeggen, een beetje *spéciale*.' Ze sprak het woord uit zoals de Fransen dat kunnen: bepaald niet complimenteus maar met een licht schouderophalen, alsof ze zelf niet helemaal achter haar eigen uitspraak stond. Ze keek met slimme oogjes naar het bord, en tikte haar man toen hartelijk boven op zijn kale bol, en zei: 'Ik zal de foie gras maar eens gaan klaarmaken.' Ze had hem al in plakken gesneden – ik had hem in de keuken zien staan, onder een glazen stolp – dus ze hoefde hem alleen nog maar te bakken in een hete pan. Het had nog geen minuut per kant nodig. Ze serveerde de lever met in de oven gebakken peren.

'Wacht even, Micho. Nog niet,' sputterde Yves tegen, terwijl ik een stuk verzette met een geforceerd kuchje dat verontschuldigend bedoeld was, maar dat eerder triomfantelijk klonk.

'Schaakmat,' zei ik.

Yves keek met hernieuwd respect naar zijn vrouw. 'Misschien moet je maar eens tegen haar spelen, hè, Zaki? Dan kan ik nog eens wat van mijn centen terugwinnen.'

Op de renbaan liep ik Coco weer tegen het lijf. Ik was net bezig om mijn wedformuliertjes keurig in stukjes te scheuren, om ze daarna in de prullenbak te gooien. 'Geen geluk?' vroeg ze meelevend. 'Je moet dit ook niet doen voor je inkomen. Dan is de lol ervan af.'

'Nee, het gaat niet om geluk,' zei ik, terwijl ik Coco beleefd op beide wangen zoende, 'ik weet nog niet genoeg van deze paarden. En ook niet van de mensen eromheen, trouwens.'

'Weet ik, ik heb ook een tijdje een schrift bijgehouden,' zei Coco. 'Misschien mag je dat wel een keer van me lenen.' Daar was dat ondeugende lachje weer, alsof ze iets heel stouts van plan was. 'Als je mij nu bijvoorbeeld eens mee uit lunchen nam, dan kan je me daar wellicht toe bewegen.'

Ik grijnsde en hapte toe. 'Nou, zo'n lunch moet geen probleem zijn. Ben je vandaag toevallig vrij?'

'O, ik ben altijd vrij,' zei Coco, op een manier waar absoluut geen zelfmedelijden in doorklonk. 'Maar ik waarschuw je wel, ik kan eten als een paard.' Ik nam haar bij haar mollige arm. Rond haar elleboog had ze kuiltjes.

'Uitstekend. Je weet hoe dol ik ben op paarden,' zei ik galant, en ik werd bijna omver geblazen door haar lach. Een aanstekelijk hinnikje was het, zodat ik zelf ook moest lachen.

Friendly fire in de kleedkamer

Lucky is klaar met pakken en zit gezellig met Portia in de Hour Glass, de kleine buurtkroeg vlak bij het huis van zijn ouders. Morgen voegt hij zich bij het team voor de training, en nadat hij een cola-light voor Portia heeft gekocht, vraagt hij haar achteloos: 'En wanneer kom jij dan? Er is ook een kamer geboekt voor de spelersvrouwen, en hun vriendinnen natuurlijk.'

'Tuurlijk kom ik ook nog,' antwoordt Portia, al even nonchalant. 'Maar ja, ik moet ook werken. Ik wacht nog steeds op dat telefoontje van Burberry.' Lucky kijkt haar geschrokken aan; hij had gewoon aangenomen dat ze er de hele tijd zou zijn. Ze drinkt elegant van haar cola door het rietje, met een zorgeloos air. Hij neemt aan dat ze hem maar een beetje zit te pesten, en ontspant weer.

'Tuurlijk kom je ook,' zegt hij. 'Je kunt altijd nog terugvliegen als je een fotoshoot hebt. Je hebt verder toch geen reden om niet te komen.'

'Jazeker, wel,' mompelt Portia rebels. 'Dit is een enorme toestand. Vergeet alle media-aandacht die je tot nu toe hebt gehad, want dat is echt niks vergeleken met wat er nu los gaat barsten. Als ik dan mee kom om alleen maar een beetje rond te hangen in dure winkels, en om een beetje te zwaaien met mijn dure handtasje samen met de andere nepblondines en voetbalvrouwtjes, nou, dan denkt iedereen dat ik ook zo'n... zo'n domme sexy muts ben.' Ze spuugt dat laatste vol walging uit.

'Domme sexy muts? Waarom zou iemand in godsnaam denken dat jij een domme sexy muts bent?' zegt Lucky oprecht verbaasd.

'O, dus ik ben niet sexy?' briest Portia. 'Alleen omdat ik me toevallig niet in van die belachelijk strakke jurkjes hijs en mijn tieten er uit laat hangen als ik maar even de kans krijg? Nou, ik zal je zeggen dat ik toevallig best voor een domme sexy muts door kan gaan, hoor, als ik dat zou willen.'

Lucky staart haar ongelovig aan, en dan prikt ze hem in zijn buik, waardoor hij quasikermend dubbelslaat. 'Ach, idioot,' zegt ze warm. 'Wil je me er echt bij hebben?'

'Ja, dat wil ik echt,' antwoordt hij. 'Je moet me komen beschermen tegen al die nepblondines en domme mutsen – jij verslaat ze wel voor me met dat akelige vingertje en die dikke, zware, intelligente boeken van je...'

'Goed, dan kom ik,' belooft Portia uiteindelijk. 'Je hebt ook gelijk. Dan heb ik mooi de gelegenheid om eens wat bij te lezen, als die andere meiden aan het winkelen slaan. En dan kan ik ook mooi mijn waanzinnige brilletje uitproberen.' Ze trekt een dure leesbril tevoorschijn waar gewoon glas in zit, en zet hem op. Ze bekijkt haar spiegelbeeld even kritisch in het spiegeltje van haar poederdoos. Het was een nieuwe look waar ze mee aan het experimenteren was, omdat ze per se niet wilde dat mensen zouden denken dat ze een duffe bimbo was als de paparazzi haar te grazen zouden nemen. 'Wat vind je, liefie?' vraagt ze aan Lucky. 'Zie ik er zo een beetje slim en intellectueel uit?' Lucky weet niet goed wat ze met 'intellectueel' bedoelt; hij dacht eigenlijk dat slim en intellectueel hetzelfde betekenden, maar Portia kennende zal dat wel niet zo zijn. Alweer een woord om hem op zijn eigen domheid te wijzen. Hij heeft het gevoel dat hij er alleen maar dommer op wordt sinds hij van school is. Hij verbergt zijn ongemakkelijke gevoel door voor de meest veilige optie te gaan – instemmen met wat Portia zegt.

'Ja,' zegt hij, zo eenvoudig dat hij het wel moet menen. Hij voelt zich er zelf niet zeker over, maar Portia lijkt tevreden.

Lucky is al vroeg in de kleedkamer, en de eerste die er bij komt is Felix Conway. De enige teamgenoot die nog jonger is dan hijzelf. 'Alles goed, Conway?' vraagt hij vriendelijk, want hij wil aan de koppige kleine smurf laten zien dat hij het Felix niet nadraagt dat hij hem ooit heeft uitgescholden en heeft geschopt en geslagen tijdens hun eerdere ontmoetingen. Conway was de speler die hij het beste kende van alle spelers in de selectie, want er waren verder geen mannen van West Ham bij. Hij en Felix kenden elkaar natuurlijk ook van Jong Engeland. Toen hielp het natuurlijk wel dat ze elk aan een andere kant van het veld stonden.

'Best, hoor, poepfransoos,' antwoordt Conway, maar op een vrolijke toon, en hij kleedt zich fluitend om.

'Hé, zou je dat misschien niet meer willen doen?' vraagt Lucky geërgerd. Conway zou het niet in zijn hoofd halen om 'Best hoor, neger,' of 'Best hoor, ouwe jood' te zeggen tegen de zwarte of joodse spelers in het team.

'O, ja, sorry, is ook heel irritant,' zegt Conway instemmend, en hij houdt meteen op met fluiten. Lucky weet niet zeker of hij hem wel begrepen heeft, maar zuchtend besluit hij om het maar naast zich neer te leggen. Hij zou niet in de valkuil trappen om er maar eindeloos over door te gaan; als Conway doorkreeg dat hij gevoelig was voor scheldnamen zou hij het van zijn leven niet meer laten rusten. Daarom was Conway ook zo'n goede tactische speler; als hij een zwakke plek zag, dan viel hij daar schaamteloos op aan, of het nu ging om een heetgebakerde speler die hij zo tot een overtreding kon uitlokken, of om een agressieve tackle bij iemand die net hersteld was van een knie- of enkelblessure. Hij was in zekere zin een gemene speler, maar hij zette wel altijd een goed resultaat neer, en dus werd het hem niet alleen vergeven, hij werd er zelfs voor beloond. Hij werd het grootste deel van het seizoen opgesteld bij het eerste van zijn club.

'Zeg,' zei Conway na een stilte, 'hebben ze die voodoopop nog gevonden in je bagage?'

'Sorry, maar ik volg je niet helemaal,' zei Lucky kortaf. Hij had besloten dat hij Conway maar het beste zo kon behandelen als alle andere grofgebekte types op straat: niet door grof of beleefd te zijn, maar zo veel mogelijk negeren.

'De voodoopop van die arme Crichton. Je hebt vast het hele jaar naalden in hem zitten steken om zijn plek in te kunnen nemen. Wel gek dat hij zo zijn enkel heeft gebroken, zo na het seizoen, bedoel ik. Je zou haast denken dat iemand jou daar een handje mee geholpen heeft. De een zijn dood...' Conway zwijgt, en begint dan hard te lachen. 'Lucky, nou, zo zal je wel niet voor niks heten.' Hij grinnikt smakelijk om zijn eigen grap voor hij, met een schuin oog op de deur, vervolgt: 'Niet dat het zo zeker was dat jij hem dan zou mogen opvolgen. Waarschijnlijk hadden ze liever Huxley gehad, als die in vorm was. Mijn moeder heeft gesproken met de secretaresse van de FA, je weet, die ene die altijd te veel drinkt op feestjes en dan haar mond voorbij lult. Zij zei dat ze jou alleen maar hebben genomen omdat ze op zo korte termijn geen keuze hadden, en ze moesten nu eenmaal drie keepers meenemen. En jij had in elk geval nog een paar keer gespeeld, dit seizoen. "Vreselijke jongen, die blauwe, met zijn overdreven chique ouders. Maar ja, wat hadden we verder voor keuze?" Dat zei ze tegen mijn moeder.' Hij haalt even zijn schouders op, en leunt dan achterover tegen het bankje.

'Ja, en dronken secretaresses zijn nu eenmaal een enorm betrouwbare bron van informatie, inderdaad,' zegt Lucky, in een poging niet te laten blijken dat de stoom hem bijna uit de oren slaat.

'Ach, maak je maar niet druk, man. Er staat verder toch helemaal geen druk op jou. Je bent zoiets als de vijfde die in aanmerking komt om in het doel te staan; dus de Man in het Grijze Pak stelt je pas op tegen sint-juttemis. Maar wel gezellig dat je er bij bent, toch?'

'Ja, heel gezellig,' mompelt Lucky, die nu pas echt kwaad wordt, want hij weet dat het waar is. De kans dat hij wordt opgesteld is zo goed als nul. En de kans dat hij zal scoren, nou ja, dat is gewoon helemaal onmogelijk natuurlijk. Terwijl die vieze zelfingenomen klootzak die nu voor hem zit Engelands topscorer is.

'Niet zo somber, poepfransoosje,' zegt Conway zogenaamd vriendelijk. 'Het draait allemaal om het team, weet je nog? En tijdens de training kun je je nuttig maken voor ons. We moeten allemaal oefenen met penalty's. Hoewel de meesten van ons natuurlijk liever oefenen op een echte keeper. Maar je kunt vast wel wat te snacken voor ons halen, in plaats van...'

'Ja, ik kan wel zien dat je daar al druk mee bezig bent geweest, de laatste tijd. Met snacken,' valt Lucky uit. Het was niet aan de algemene aandacht ontglipt dat Conway, die vroeger zo'n mager scharminkel was geweest, tegenwoordig nogal aan de forse kant was. Zijn club had er verder niet over geklaagd, want het leek zijn snelheid niet in de weg te zitten, en het was een voordeel als hij een lijn met verdedigers omver moest lopen. Lucky vermoedt dat Conway niet gevoelig is voor subtiliteiten, dus om zeker te zijn dat zijn belediging aankomt, zegt hij met klem: 'Want we zijn wel een paar kilootjes aangekomen, zo te zien, hè?'

'Dat komt zo: elke keer als ik jouw vriendinnetje neuk, krijg ik een koekje van d'r,' kaatst Conway terug zonder ook maar een seconde na te denken. 'Maar wat me echt opbreekt is al dat vette Franse eten dat je moeder me voorzet als ik haar weer eens een flinke beurt heb gegeven...' Lucky springt op Conway af en houdt hem met een arm op de grond gedrukt.

'Dat neem je terug, vuile etterbak,' sist hij, maar dan gaat de deur van de kleedkamer open. Hun aanvoerder komt binnen en die trekt Lucky van Conway af.

'Mannen, als jullie willen rollebollen, dan hebben we daar hotelkamers voor,' zegt hij mild. 'Ik zal het deze keer niet aan de Man in het Grijze Pak vertellen, maar als ik nog één keer zoiets zie, Lucky, dan word je zo op het vliegtuig terug gezet.'

'Bedankt, man,' zegt Conway, die de vermoorde onschuld uithangt. 'Ik begrijp gewoon niet wat hem bezielde – hij viel me zomaar ineens aan.'

'Jezus, wat ben jij een lul,' mompelt Lucky vol ongeloof. 'Hij begon.'

'Ja, dat geloof ik graag, hij is wel van de Poolse invasie,' zegt de aanvoerder. Conway snapt deze verwijzing naar de Führer niet, naar Lucky wel en hij moet op zijn lip bijten om niet te lachen. Als de aanvoerder dat ziet, vermurwt hij een beetje. 'Ik weet dat we ver van huis zijn, jongens, en ik weet dat de druk enorm groot is. Maar onthou één ding: er is geen enkel excuus om door te slaan. Dit is ongelofelijk belangrijk. Dit gaat om de Wereldbeker. Er is niks belangrijkers dan dit, en er bestaat ook niks ergers dan dit. Onthou goed dat jullie allebei aan dezelfde kant staan.' De jongens knikken, en zijn zo verstandig om te blozen. Dan steekt Lucky zijn hand uit naar Conway. Hij pakt hem aan. De aanvoerder voelt zich verschrikkelijk oud en verstandig; dit is zijn tweede Wereldkampioenschap, en hij is pas zevenentwintig. Hij kan zich niet herinneren dat hij zich ooit vrij en onverantwoordelijk genoeg heeft gevoeld om een potje te gaan vechten in de kleedkamer. Hij is van zijn tenen tot zijn kruin het bezit van zijn sponsors, dus hij is niet eens vrij om zijn eigen merk cola te kiezen, als hij al een keer mag gaan stappen. Hij benijdt de jongens om hun ongeremdheid, om hun jeugd.

Als hij de Man in het Grijze Pak spreekt, vertelt hij dat de verhalen over Khalil en Conway misschien toch wat meer zijn dan een opgeblazen mediazeepbel. 'Ik wil niet dat Conway ergens door afgeleid wordt,' zegt de Man in het Grijze Pak, met dat vriendelijke Schotse accent van hem waardoor hij zo streng en gezaghebbend overkomt maar tegelijkertijd ook zo vertrouwenwekkend. Hij kon een goede persconferentie geven, zoals andere mensen goede etentjes konden geven – iedereen ging altijd voldaan naar huis, iedereen was onder de indruk van zijn talenten en iedereen had het reuze naar zijn zin gehad. 'We moeten hem beschermen; hij is onze ster in de voorhoede, dat staat buiten kijf.' Hij grinnikt. 'En trouwens, ik zei al tegen Doris bij ons op de FA dat ik Khalil nooit had gekozen als het niet strikt nodig was geweest. Vreselijke jongen, die blauwe, met zijn overdreven chique ouders.' De aanvoerder knikt ongemakkelijk, want hij realiseert zich dat Lucky Khalil juist degene is die tijdens het toernooi bescherming nodig zal hebben, en dat hem die taak wacht.

Een onbeduidende bruiloft

Het is vreemd, thuis, zo zonder Lucky, vindt Delphine. Ze volgt hem dagelijks in het nieuws en via internet, en ze belt hem af en toe. Niet te vaak, want ze wil hem niet irriteren, maar ook niet te weinig, want ze wil ook niet ongeïnteresseerd overkomen. Hij is natuurlijk wel eens vaker van huis geweest, maar toch voelt dit anders. Ze heeft het gevoel dat hij van deze trip niet meer terug gaat komen, tenminste, niet zoals hij was. Als hij terugkomt is hij volwassen, want dan heeft hij de verwachtingen en verlangens van een hele natie te verduren gehad – welke jongen zou daar niet door veranderen? Hij zou ofwel zijn bezweken onder de druk, of hij zou groter en sterker zijn dan ooit. Portia neemt het soms voor hem op. Die klinkt dan zakelijk en efficiënt, en misschien een tikje te... bezitterig. Delphine weet wel dat dat nu eenmaal hoort bij een bittere coup waarbij geen bloed zal vloeien. Ze wordt zachtjes uit het zadel gewerkt door Portia – dat was al duidelijk toen die eerste keer op het voetbalveld, toen hij zijn moeder niet wilde zoenen bij het afscheid omdat hij zag dat Portia op hem stond te wachten. Misschien gaat hij wel het huis uit als hij straks terugkomt, realiseert ze zich geschrokken. Dan trekt hij in bij Portia. Ze verdienen allebei een aardige boterham, veel meer dan zij verdiende toen ze net begon in de marketing. Er was niks dat hem nog aan huis bond, behalve haar kookkunst. Ze bijt op haar lip en begint intens geconcentreerd haar teennagels te lakken.

'Dag lieverd,' roept Jinan als hij thuiskomt. Hij treft haar aan voor haar kaptafel, waar ze met haar voeten op een krukje haar nagels zit te lakken. De late avondzon valt door het raam naar binnen en valt op het uiteinde van haar lokken, zodat die wel van goud lijken. Hij kust haar aarzelend op haar hoofd, om haar niet te storen, en om dit tafereel niet te verpesten met zijn mollige, zweterige aanwezigheid. Dan gaat hij op het bed zitten en doet zijn das af. Als hij denkt aan Delphine, dan is dat altijd aan die kaptafel. Zo zou hij haar ook geschilderd willen hebben als hij er de man naar was om zich met dat soort dingen in te laten. 'Delphine aan haar kaptafel' zou het schilderij heten. Net als Rembrandts 'Bathseba na het bad'. Vol bewondering kijkt hij naar de voorzichtige, precieze streken van het penseeltje, die haar tenen omtoveren tot robijnrode juwelen. Hij dacht wel eens dat Delphine zelf misschien een gefrustreerde kunstenaar was, die gedwongen was om dan maar haar lichaam te gebruiken als doek. Lippotloden, kohl, getinte crèmes en potjes met fijn zilver- en goudstof, allemaal hielpen ze haar zichzelf te herscheppen, elke dag weer. Maar wat hem betreft zag Delphine er altijd even mooi uit, en hij moest vaak zijn best doen om de resultaten van haar inspanningen te onderscheiden. Het was alsof hij een blinde vlek had waardoor hij haar tekortkomingen onmogelijk kon zien. Jinan staarde wel eens naar Delphines gezicht voordat ze een avondje uitgingen om te zien of ze nu eigenlijk al make-up op had gedaan. Ooit, heel lang geleden, had hij er wel eens naast gezeten. Toen moesten ze naar een etentje bij vrienden, en hij was wat laat terug van zijn golf. Hij was het huis in komen sprinten, en toen hij Delphine zag staan, in het zwart gekleed en met haar haar stijlvol opgestoken, zodat haar gladde voorhoofd zichtbaar was, had hij aangenomen dat zij klaar was voor vertrek. Dus hij liep alweer naar buiten, toen Delphine ineens beledigd uitriep: 'Je denkt toch zeker niet dat ik zo de deur uit kan?' Hoe kon hij haar ook uitleggen dat ze er wat hem betreft altijd precies hetzelfde uitzag, en dat ze helemaal niets aan zichzelf kon verbeteren, en dat hij haar juist absoluut niet had willen beledigen? Het bleek dat Delphine toen niet alleen nog geen make-up had aangebracht, maar dat ze zichzelf nog niet eens had omgekleed. Ze was zelf ook laat thuis van haar yogales, en ze had haar wijde yogabroek nog aan, met een T-shirt. Ze had haar haar even snel in een elastiekje gefrommeld, dus niks 'stijlvol opgestoken', maar dat zag hij allemaal niet. Hij zag alleen maar haar.

'Jemig, wat is het warm buiten. Het is gewoon een opluchting om weer thuis te zitten en om je das af te kunnen doen. Die voelt als een strop, bij dit weer,' keuvelt hij.

'Waarom wacht je dan ook tot je thuis bent voor je je das afdoet? Die kun je toch gewoon onderweg al afdoen?' antwoordt Delphine afwezig. Ze denkt nog steeds aan dat Lucky en Portia misschien gaan samenwonen. Hopelijk wel ergens in de buurt. Portia zou toch nooit in de buurt van Lucky's club willen zitten, want dat is haar niet trendy genoeg. Maar ja, dat was Knightsbridge waarschijnlijk ook niet. Ze zal wel ergens in Chelsea willen zitten, of Notting Hill. Of zelfs nog verder weg, zoals Camden of Hampstead. Ergens waar Delphine geen excuus heeft om langs te komen. Dus dan zou ze hem nooit meer zien. O god…

'Omdat ik de schijn moet ophouden. Je weet maar nooit wie je tegenkomt in de parkeergarage, of voor de stoplichten. Nee, ik kan niet zonder das de deur uit. Dat zou als teken van zwakte worden uitgelegd. En ik ben nog steeds in de race voor die promotie, weet je nog wel? Voor die baan waarbij ik voor de langetermijnstrategie verantwoordelijk zou zijn. Dat zou mooi zijn, dan hoef ik niet meer steeds van die ad-hoczaken aan te pakken.' Jinan vertelt het vrolijk. Want die promotie, waarmee hij ook in de raad van bestuur komt, heeft hij al vrijwel zeker binnen, en het overbekende feit dat zijn zoon in het nationale elftal speelt doet hem in die zin ook zeker geen kwaad. Jinan vindt het prettig dat men hem waardeert, op kantoor. Het is een van de drie dingen waaraan hij zijn gevoel voor eigenwaarde ontleent – gehaaidheid op het werk, mooie vrouw, succesvolle zoon. Ze hadden hem eigenlijk ook Lucky moeten noemen, denkt hij tevreden, zonder ook maar enigszins acht te slaan op de recente gebeurtenissen. Alsof hij nooit nepproblemen met zijn hart had gehad, alsof hij zijn vader nooit met schaken had verslagen. Alles was bij het oude gebleven, prachtig mooi, precies zoals altijd. Het had Delphine alleen een beetje tijd gekost om zich aan deze omstandigheden aan te passen, maar hij was geduldig geweest, en zijn geduld was beloond.

Delphine glimlacht flauwtjes. 'Hm, langetermijnstrategie. Leuk baantje. Niemand komt er ooit achter of jij je werk wel goed hebt gedaan, want dat ligt allemaal veel te ver van hun bed. Kun je de hele dag lekker surfen op het internet, of spelletjes doen op je laptop.'

Jinan lacht een beetje ongemakkelijk. Nam Delphine zijn werk nou maar eens wat serieuzer – hij was nu meer dan Heel Belangrijk, hij was Een van de Allerbelangrijksten, maar zij zag kennelijk het verschil niet. 'Het huis ziet er goed uit,' zegt hij om van onderwerp te veranderen. 'Kasia doet weer flink haar best sinds jij met haar gebabbeld hebt.'

'Hm-hm,' bevestigt Delphine vaag. 'Ik weet alleen niet zeker of het wel kwam door mijn speech. Ik denk dat het kwam doordat ik de meubels ben gaan verplaatsen en haar toen heb laten zien dat de ballen stof die er onder vandaan kwamen groot genoeg waren om een heel eigen ecosysteem te beginnen.' Ze is klaar met haar nagels en spuit er een dure spray over, die de lak eerder moet doen drogen. 'En trouwens, ze is er niet met de pet naar gaan gooien omdat ze er tabak van had. Ze was alleen wat afgeleid, want ze heeft zich eindelijk ingeschreven voor die lerarenopleiding.'

Delphine bedenkt dat iedereen bezig is om zichzelf te verbeteren: Jinan met zijn promotie, Kasia met haar nieuwe carrière, Ronnie met haar nieuwe leven als echtgenote en Lucky en Portia met hun trendy nieuwe huis. In haar hoofd is dat laatste plotseling van een mogelijkheid veranderd in realiteit, een keihard feit. Zelf streeft ze nergens meer naar; ze heeft het geprobeerd, maar het is jammerlijk mislukt. En nu wil ze helemaal niks meer, heeft ze ook geen enkele ambitie meer. Dat is eigenlijk niet erg. Wat zeggen ze ook alweer: er zijn maar twee tragedies in dit leven: de ene is niet krijgen wat je wilt, en de andere is wel krijgen wat je wilt. Het is veel beter om helemaal niks meer na te streven, en zo die tragedies te mijden. 'Zo, dat is dat,' zegt ze terwijl ze tevreden naar haar tenen en nagels kijkt. Wel een beetje suf, denkt ze, dat ze daar nou zo tevreden mee is, alsof mooi gelakte nagels een prestatie zijn, iets om trots op te zijn. 'Dit kun je maar beter 's avonds doen. 's Ochtend heb je immers nooit ergens tijd voor.'

Jinan strekt zich uit op het bed en veert dan weer enthousiast op. 'Ik verheug me echt ontzettend op Veronica's bruiloft, morgen. Het is al zo lang geleden dat ik naar de bruiloft ben geweest van mensen die ik echt leuk vind.'

'Dan heb je de bruidegom duidelijk nog nooit ontmoet,' zegt Delphine somber. Die arme Ronnie, met haar saaie, al twee keer gescheiden, oude, onaantrekkelijke, overmatig bezitterige aanstaande echtgenoot. De mediaman van haar dromen. Er zijn maar twee echte tragedies in dit leven, denkt Delphine. Zaki zei altijd van dat soort dingen. Ze zal het wel van Zaki hebben.

Katie is de eerste die het ziet. Ze fluistert dringend in Delphines oor terwijl Veronica door het gangpad van de kerk schrijdt. Haar gladde donkere rug en haar schitterende schouders steken prachtig af bij de schuimtaartenjurk die veel meer cachet heeft dan een Vera Wangcreatie, en die schijnbaar met de hand gemaakt is door een exclusieve coupeuse ergens in een onuitspreekbaar gehucht in de binnenlanden van Wales. Veronica wordt gevolgd door haar snoezige nichtjes, die eruitzien als chocolade-engeltjes, verpakt in zijde en veel kant, en die roze en gele rozenblaadjes uitstrooien die perfect passen bij hun sorbetkleurige jurkjes en bij de glinsterende kralen in hun haarbanden. 'Dee, hoelang is het geleden dat jij Ronnie voor het laatst hebt gezien?' vraagt Katie.

'Minstens een maand. Eigenlijk niet meer sinds haar maidenparty. Ze is zo idioot druk geweest. Ik heb ook van alles te doen gehad vanwege de onderhandelingen met sponsors voor Lucky, sinds hij bij het nationale elftal is gevraagd.'

'Ik heb haar ook niet meer gezien, want ik kom de deur bijna niet meer uit met die verdomde bowlingbal die ik rondzeul,' antwoordt Katie, en ze gebaart naar haar onwaarschijnlijk zwangere buik. De baby had er eigenlijk al moeten zijn. 'En dat piepkleine jurkje dat ze naar haar maidenparty droeg, dat liet weinig aan de verbeelding over, toch? Ik bedoel, ze droeg niet eens een beha...'

'Wat wil je nou eigenlijk zeggen?' valt Delphine haar in de rede, terwijl ze verdrietig zucht als Veronica bij het altaar aankomt en haar teleurstellende bijna-echtgenoot vroegtijdig bezit van haar neemt door haar hand stevig beet te grijpen. Alsof hij bang is dat ze zich alsnog bedenkt en wegspringt, met de hele stoet sorbetkleurige chocolade-engeltjes met hun lege bloemenmandjes achter zich aan. Ga dan, Ronnie, ga, schreeuwt ze haar in stilte toe, ook al heeft ze niet echt veel hoop meer.

'Moet je d'r tieten zien! Gigantisch – nou, dat waren ze een maand geleden bepaald nog niet!' zegt Katie hardop fluisterend om boven de orgelmuziek uit te komen. Jinan werpt haar een misprijzende blik toe; hij heeft het woord 'tieten' opgevangen en probeert ernstig te kijken. Als niet-christen gedraagt hij zich altijd heel stijfjes en eerbiedig in kerken, omdat hij er zelf vroeger zo weinig is geweest.

'Jezus, je hebt gelijk! Ze zien er geweldig uit zo,' mompelt Delphine in een onzekere mengeling van woede, bewondering en jaloezie, dat laatste met een blik op haar eigen nogal bescheiden boezem. Alweer iets wat 'echt heel minimalistisch' was. 'Shit! Zou ze zich hebben laten opereren, denk je? Bij wijze van huwelijkscadeau voor hem?'

'Mijn god, Dee, wat ben jij toch naïef,' giebelt Katie voordat haar gezicht vertrekt en ze haar buik moet vastgrijpen. 'Au, snotverdorie, au! Ik mag niet lachen van hem; volgens mij kreeg ik net een kopstoot, voor straf.' Ze klopt even sussend op haar buik en als het orgel stopt fluistert ze tegen Dee: 'Ziet dat eruit als een vrouw die net onder het mes heeft gelegen? Ik zal je eens wat zeggen: die heeft zich zwanger laten maken. Dat zie je toch altijd het eerst aan je voorhoede.'

'O, mijn god!' antwoordt Delphine teleurgesteld. 'Nu moet ze wel met hem trouwen,' alsof ze niet in een kerk vol met bloemstukken zaten, met keurig gedrukte liturgieën met zijden lintjes eromheen, en alsof ze niet zaten te luisteren naar het koor dat de eerste psalm met overdreven gecompliceerde harmonieën had ingezet. Het leek wel alsof geen van die dingen zo echt en belangrijk waren als het feit dat Veronica's boezem zo in omvang was toegenomen. Verder deed niets er meer toe. Katie doet haar best om niet te lachen om Delphines overdreven neerslachtigheid, gromt dan, en grijpt nog maar een keer naar haar buik.

Tijdens de champagne, buiten de kerk, komt Veronica op hen afgestormd en gilt verrukt: 'Meiden! Hebben jullie me al vergeven? Het spijt me zo dat ik jullie niet als bruidsmeisjes kon vragen. Maar als ik dat wel had gedaan, zou mijn moeder me tot in lengte van jaren blijven achtervolgen met de vraag waarom ik niet mijn zusjes heb genomen. Dus heb ik maar gewoon alleen een zwik bloemenmeisjes genomen, wel zo makkelijk.'

'En veel fotogenieker,' zegt Katie instemmend. 'Wat een schatjes, die nichtjes van je. Komen zo uit een catalogus gelopen. En bovendien, hoe denk je dat wij eruit hadden gezien: als de Dikke en de Dunne. Mij had je waarschijnlijk in een stoel achter je aan moeten rollen.'

‘Je ziet er beeldschoon uit,’ zegt Delphine welgemeend en enigszins plechtig. Ze geeft Veronica een heel dikke knuffel en knikt dan oneerbiedig in de richting van haar boezem. ‘En leg nou maar eens even uit hoe dat zo komt.’

‘Jezus, valt het zo op?’ gilt Veronica. ‘Ik dacht dat iedereen hooguit zou denken dat ze er mooi bijstonden vandaag.’

‘Als je ze in het verleden beter had verstopt, ja, dan was het niet zo opgevallen,’ zegt Katie droog. ‘Hoeveel weken ben je nou?’

‘Een week of zes, denk ik. Toen met mijn maidenparty wist ik het nog helemaal niet – gelukkig heb ik toen niet zo heel veel gedronken. Mijn mannetje is zo blij. Je zou denken dat het zijn eerste wordt, in plaats van zijn derde.’ Fluisterend opgewonden, zodat de andere gasten het niet kunnen horen, voegt ze eraan toe: ‘Het is toch niet te geloven, dames? Ik word moeder!’

‘Ik ben ontzettend blij voor je, lieverd,’ zegt Delphine. ‘Echt geweldig. Ik weet dat dit alles is wat je ooit wilde.’ Eindelijk heeft ze een reden om Veronica oprecht te feliciteren die dag, en eindelijk begrijpt ze haar beslissing. Delphine begrijpt nu dat de bruidegom niet meer was dan een middel om tot een doel te komen. Een doel waar Veronica altijd al van gedroomd had. Net als die kerk vol met bloemstukken en de keurig gedrukte liturgieën, was hij in feite onbelangrijk.

Tijdens de receptie, de speeches en het aansnijden van de spectaculaire taart van Patisserie Valerie, zat Delphine de hele tijd te denken dat het leven van Veronica en Katie opnieuw begon, terwijl dat van haar juist zo’n beetje ten einde liep. Zij hadden geweldige carrières achter de rug, en nu begonnen ze aan een gezin, of aan gezinsuitbreiding, terwijl Delphines hele leven nu in feite voorbij was – of nog erger: terwijl er voor haar niets meer veranderde. Het was alsof de tijd stilstond voor haar; zodra Lucky weg zou gaan, en dat was nog maar een kwestie van maanden, of zelfs weken, zou zij geen moeder meer zijn. Dan was ze niets meer. Zelfs geen zakenmiep. Gek, en treurig, denkt ze, dat het enige wat ze ooit had willen zijn en het enige waar ze ooit echt heel goed in was geweest, het moederschap was, en dat ze niets meer had om naar uit te kijken, nu dat er op zat. Bedroefd dacht ze dat ze te jong was om er de brui aan te geven, en te oud om er nog iets van te maken.

Ze keek de zaal rond, naar gasten die hun kleine kinderen hadden meegebracht, die ze de borst zaten te geven, of met wie ze zaten te knuffelen, of die ze op schoot hadden terwijl ze met iemand zaten te praten, en Delphine herinnerde zich precies hoe het was om een klein kind te hebben. Ze was bang geweest dat ze het niet goed zou doen; dat ze alleen maar goed was in marketing en organiseren, maar niet in verzorgen en vertroetelen. Dat vergde een bijzonder talent, dat wist ze wel zeker. Daarom was ze ook zo streng geweest voor die onhandige, goedbedoelende Jinan; hij is nu eenmaal niet goed met zijn handen, en ze vertrouwde er niet op dat hij Lucky niet zou laten vallen, en was bang dat hij zijn hoofdje tegen de deurpost zou stoten als hij hem meenam naar een andere kamer, of dat hij de luier niet goed genoeg vast zou maken. Ze vertrouwde hem totaal niet in die dingen. ‘Let op zijn hoofdje!’ gilde ze doodsbang als hij Lucky vasthad. ‘Nee, doe het eens *goed*!’ Maar gek genoeg, als Jinan er niet bij was, als niemand toekeek terwijl zij haar rol van Supermoeder speelde, dan voelde ze zich totaal niet op haar gemak. Alsof ze op een podium stond in een uitgestorven theater. Dan zat ze naar Lucky te kijken en dacht ze: En wat nu? Dan zei ze haar tekst op: ‘Knappe jongen! Maman houdt toch zoveel van jou,’ en speelde ze de vaste scènes op vaste tijden: luier verschonen, badje, voeding. Ze had het gevoel dat ze het toch niet helemaal goed deed. Alsof ze niet in het juiste toneelstuk stond, en de verkeerde tekst voordroeg, en er niemand was die haar corrigeerde. Als Jinan ’s avonds weer thuiskwam, was ze opgelucht omdat ze hem kon uitschelden om zijn eigen onhandigheid en weer kon laten zien wat een handige moeder zij was. Overdag was Zaki haar enige steun. Het zwarte gat van haar verlovingsfeestje was met wederzijdse instemming vergeten en hij kwam regelmatig langs met cadeautjes voor Lucky. Hij leerde hem rare versjes en gekke spelletjes en hij zong liedjes. Misschien was het haar verbeelding maar, maar soms zag ze dat hij Lucky wel heel aandachtig bekeek; vroeg hij zich soms af wat zij zich soms ook afvroeg? Het kon, maar het was hoogst, hoogst onwaarschijnlijk. Dat zouden ze zich toch wel herinnerd hebben?

Ze was zo druk in de weer met Lucky, en zo verrukt van hem, dat ze zichzelf helemaal niet kon voorstellen met nog een ander kind erbij. Dus toen hij eindelijk naar school ging, en zij stopte met de pil, was het niet echt een teleurstelling dat ze maar niet zwanger werd. Maar waarom konden we eigenlijk nooit meer een kind krijgen, al die jaren daarna? Waarom eigenlijk niet? En hoe was het überhaupt gelukt om Lucky te krijgen?

Ze vroeg zich af of Zaki zich dat soms ook af was gaan vragen. En de vrouw van je zoon afpikken was één ding, maar om hem nu ook zijn zoon af te nemen, dat was van een totaal andere orde. Het enige wat je echt behoort te doen voor je kind is proberen hem voor verdriet en pijn te behoeden, te zorgen dat hij veilig is; dus wat moet je als jij degene bent die hem mogelijk pijn zou kunnen doen, als jij zijn veiligheid in gevaar brengt? Dan maak je die dreiging onschadelijk, en dan ga je weg – je hebt geen andere keus. Zou dat de reden zijn waarom Zaki was weggelopen? Het leek haar nu allemaal zo simpel, zo duidelijk. Hij deed wel altijd zo stoer en misprijzend over Jinan, maar ergens had ze altijd al zijn geheim doorgehad: dat hij van Jinan precies zoveel hield als van Lucky. Dat hij veel meer om Jinan gaf dan hij eigenlijk wilde toegeven.

Delphine voelt dat er iemand naar haar kijkt, en realiseert zich dat Jinan uitgepraat is met Tony, Katies man, en dat hij geduldig wacht tot ze aandacht voor hem heeft. ‘Ik hoorde het goede nieuws over Ronnie,’ zegt hij. ‘Leuk dat er weer een baby komt die we kunnen verwennen, toch?’

‘Ja, heel leuk,’ antwoordt Delphine. Voelde ze zich maar echt zo vrolijk als ze klonk. ‘Baby’s zijn geweldig,’ voegt ze er met een grijns aan toe, die bedoeld is voor Tony, maar ook al klinkt haar stem vast en is er geen melancholiek trillertje te horen, ze voelt zich hol als ze het zegt. Jinan kijkt haar weer aan en ziet iets in haar glimlach dat niemand anders kan zien. Haar trekken zijn zo bevroren dat het bijna zielig is. Zijn maag krimpt ervan ineen, op dezelfde manier als toen Lucky voor het eerst zijn babyhuiltje opzette – een intense, fysieke reactie die maakt dat hij haar wil pakken en vasthouden. En dus doet hij dat ook, bijna zonder na te denken, en Delphine ondergaat zijn ongevraagde omhelzing gedwee, verbaasd dat hij haar behoefte aan troost woordeloos heeft begrepen, en nederig vanwege de onzelfzuchtigheid van zijn reactie.

Lelijke gezelligheid

Coco woonde in een klein appartementje in de stad. Het was bijna net zo klein als de studio van Nadya en mij in Parijs. In haar jeugd had ze voor een antiquair gewerkt en haar huis stond vol met uiteenlopende vondsten van vlooienmarkten in de buurt: donkere, mooi uitgesneden tafels, gecombineerd met protserige art deco, etnische beeldjes en grand foulards met glimmertjes. Ze had de allerlelijkste leunstoel die je maar kunt verzinnen, bekleed met halfvergane chintz, maar ik had nog nooit zo heerlijk gezeten. Ik zonk er helemaal in weg, en ik had het gevoel dat ik er nooit meer uit op zou kunnen staan. 'Dat antiek was niks voor mij,' vertelde Coco bij een pittig kopje espresso, die zo dik was dat de suikerklontjes erop bleven drijven tot we ze voorzichtig met een lepeltje naar beneden duwden. 'Ik vond het wel leuk om de marktjes af te struinen, of om bij mensen thuis te kijken. Nieuwe spullen zoeken, dat vond ik leuk, maar het verkopen vond ik verschrikkelijk. Ik haatte het om de hele dag in een winkel te moeten zitten. Ik heb namelijk een aangeboren weerzin tegen winkels. Dat komt door mijn jonge jaren in de *bar-tabac*. Mijn vader kon maar niet begrijpen dat ik de zaak niet van hem wilde overnemen. Hij dacht dat het mijn droom was om zijn afgrijselijke winkeltje te runnen. Toen ik wegging heb ik hem uitgelegd dat hij wel de ziel van een kruidenier had, en je gelooft het niet...' ze zweeg, en ik maakte de zin voor haar af.

'...maar hij vatte het op als compliment,' zei ik. 'Ja, zo was mijn vader ook – een kruidenier. En hij wilde dat ik ook zo werd. Terwijl ik juist wilde dat mijn zoon iets heel anders ging doen, iets creatiefs. Goddank werd hij geen kruidenier, maar advocaat. Wat bijna net zo erg is.'

Coco knikte meelevend. 'Mijn dochter is bij de overheid gaan werken, net als haar vader. Het aller-, allersaaiste beroep dat je maar kunt bedenken. Het was natuurlijk mijn schuld, want haar vader was ook de allersaaiste man die je maar kunt bedenken. Ik denk, nee, ik weet zeker dat ik alleen maar met hem ben getrouwd om aan die verdomde winkel te kunnen ontsnappen. Toen het duidelijk werd dat mijn stage bij de antiquair geen succes was, zei mijn vader: "Maak je maar geen zorgen, Coco. Kom maar weer gewoon naar huis, dan kom je bij mij in de winkel." Ik had geen werk, ik kon nergens heen, dus toen heb ik Didiers huwelijksaanzoek maar geaccepteerd. Ik kende hem niet zo goed; ik was niet eens echt dol op hem. Maar het is net zoiets als liften in de regen: je pakt de eerste de beste auto die voor je stopt.'

'Hoelang ben je dan met hem getrouwd geweest?' vroeg ik terwijl ik mijn espressokopje neerzette en terugzakte in de heerlijk zachte wolkerigheid van het zitgedrocht.

'Zestien jaar,' zei ze schokschouderend en een tikje gegeneerd. 'Ik werd bijna meteen zwanger van Claudette, en ik was niet dapper en niet slim genoeg om eerder de benen te nemen. En toen ontmoette ik Fabien en werd ik ineens dapper, maar nog steeds niet slim. Hij was acht jaar jonger dan ik, en heel romantisch, maar ik had kunnen weten dat er geen toekomst voor ons was.' Ze haalde weer op die typisch Franse manier haar schouders op en pruilde even elegant. Het was een gebaar dat ze vaak maakte. 'Maar ja, je bent verliefd en dan sta je niet stil bij dat soort dingen,' zei ze met een vrolijk soort berusting en ze rekte haar armen uit en legde ze achter haar hoofd. 'Claudette was woedend op me. Ze bleef bij haar vader en heeft maandenlang geweigerd om met me te praten. Als ik belde, hing ze meteen op. Mijn brieven kreeg ik ongeopend terug. Ze heeft het me pas vergeven toen Fabien en ik uit elkaar gingen, maar nu is ze nog steeds niet blij met me. Ik denk dat ze zich voor me schaamt.'

'Dus toen je relatie stukliep ben je hier weer teruggekomen?' vroeg ik, en ik zag weer hoe zacht haar armen waren. Haar onderarmen staken nogal bleek af bij haar felpaarse bloes, en ik had een absurde aandrang om ze aan te raken. Om ze te aaien, zoals je een kat soms over zijn zachte buikje wilt aaien.

'Nee, ik ben niet op mijn schreden teruggekeerd toen het uit was met Fabien. Ik ben in de Verenigde Staten gebleven. Ik werkte als croupier in Atlantic City, en ik had het er naar mijn zin. Maar ik moest wel terug toen papa zijn hartaanval kreeg. Hij vroeg er niet om, maar ik ben toch gekomen. Hij had mijn hulp nodig; hij zou toch nooit iemand anders die suffe winkel van hem laten runnen als hij ziek was, en mijn arme *maman* had haar handen vol aan hem en Mémé – dat is mijn oma,' legde ze nodeloos uit, want de meeste grootmoeders in die generatie werden zo genoemd. 'En Claudette had het uiteraard veel te druk met duimendraaien op kantoor om bij te kunnen springen.'

'Dus toen heb jij de winkel gerund?' vroeg ik verbaasd. 'Ik dacht dat je dat zo verschrikkelijk vond.'

'Tot hij er weer bovenop was. Wat moest ik dan?' vroeg ze met diezelfde schouder- en lipbeweging. Ik merkte dat ik Coco nogal leuk begon te vinden. Het was net alsof we uit het zelfde laken een pak waren, met dezelfde teleurstellingen en dromen over vluchten, met onze vaders die de ziel van een kruidenier bezaten, en onze misprijzende kinderen. Ik vroeg me af of ik, als ik in een spiegel zou kijken, misschien wel die met de uitbundige krullen die boven Coco's kachel hing, of ik mijzelf dan zou zien zoals ik Coco zag: als iemand die zijn beste tijd had gehad en die er nu een tikje belachelijk bijliep, maar die ondanks alles het leven, de liefde en zijn dromen nog niet had opgegeven. Ik vroeg me af of anderen mij ook zo zagen. Coco keek me onderzoekend aan, en vroeg met een glimlach: 'Dus jij vindt het stom van me, dat ik weer terug ben gegaan. Jij vindt het stom en zwak om weer terug te komen en om de winkel over te nemen die ik zo haatte. Maar ik deed het voor mijn vader; hij is een goed mens, een aardig mens. Een heer, zou ik zelfs zeggen.' Haar mond vorm het woord *gentilhomme* met klem, en nogal balend, alsof zijn goedheid haar ondergang betekende, en alsof het veel beter was geweest als hij een ouwe kankerpit was geweest zoals zoveel oude mannen, onder wie mijn eigen Baba. Het was nooit bij me opgekomen dat een goede vader de ondergang van een afvallig kind zou kunnen betekenen. Normaal gesproken was het precies andersom.

'Ik zou jou nooit als dom of zwak willen omschrijven,' zei ik oprecht tegen Coco, om mijn hand niet te overspelen. 'Als ik jou zou moeten omschrijven, zou ik eerder zeggen dat je slim en dapper bent.' Ik wist wel dat ik een tikje te charmant was, een tikje te gladjes door precies het tegenovergestelde te zeggen, maar ik kon het niet helpen. Ik was gehypnotiseerd door de bleekheid van haar zachte, volle armen. Tot mijn eigen verbijstering vroeg ik me steeds maar af hoe het zou voelen om die armen om me heen te hebben; misschien wel net zo comfortabel als het was om in die lelijke oude stoel te zitten die zich op dat moment om mij heen plooide.

'Je zit te slijmen,' zei ze afkeurend, 'of erger nog: je zit me te pesten. Je zou eens kennis moeten maken met mijn vader, dat is ook al zo'n man aan wie je geen weerstand kunt bieden. Niet omdat hij zo charmant is, trouwens, maar omdat hij... zichzelf is.'

'Ik zou je vader graag eens ontmoeten,' zei ik zonder nadenken, en zonder stil te staan bij de implicaties van wat ik zei. Coco was al even verbaasd als ikzelf, maar haar open, opgewekte gezicht straalde alleen maar plezier uit, en ze kleurde roze zodat haar wangen mooi pasten bij haar kersenrode mond. Ze wachtte even, waarschijnlijk om te controleren of ik mijn woorden niet meteen weer terug zou nemen, en zei toen: 'Ik denk dat hij het ook leuk zou vinden om jou te ontmoeten. Ik zal wel een afspraak maken; misschien kunnen we er zondag gaan lunchen.'

Ik bedankte Coco voor de koffie en stond op om te vertrekken. Bij de deur gaf ik haar de gebruikelijke beleefde zoenen op de wang. Maar dit keer sloeg ze na die zoenen haar armen om me heen en met onstuitbaar enthousiasme kreeg ik een geweldige knuffel. Haar armen voelden precies zo zacht en kussenachtig en comfortabel als ze eruitzagen. 'Tot zondag,' zei ze, en nadat ze me had losgelaten, streek ze haar weerzinwekkend paarse geval glad over haar ruimvallende zijden broek. Haar lippen waren te fel, en vloekten zowel bij haar bloes als bij haar haar, maar haar ogen stonden helder. Ze was schreeuwerig, in alle betekenissen van het woord, en ze was een nogal forse oude hippie. Ze was geen meisje en ze was ook zeker geen dame, en ze had een absolute wansmaak als het ging om kleding en de aankleding van haar huis. Geen wonder dat het zo lang duurde voor ik zag dat ze in feite nogal mooi was.

Een modelvriendin

De week nadat zijn moeders beste vriendin met die mediagigant was getrouwd, zit Lucky de krant te lezen. Het is de avond voor de derde wedstrijd in deze poule, en ze hebben hem opgedragen om al om halfelf te gaan slapen. Maar ook al weet hij dat er geen schijn van kans is dat ze hem morgen opstellen, toch is hij te opgewonden om te gaan slapen. En strikt genomen breekt hij de regels niet, want hij ligt gewoon in bed. Met het licht uit. Dus als iemand komt controleren, kunnen ze nergens aan zien dat hij nog wakker is. Maar wakker is hij, en hij heeft zich onder het dekbed van zijn hotelbed verstopt, met een zaklantaarn, om de kranten te kunnen lezen. Hij lijkt wel een kind dat zijn pornoblaadjes voor zijn moeder probeert te verstoppen.

Het is voorspelbaar wat er in de kranten staat; eindeloze kolommen over Conway, die nog veel onuitstaanbaarder is geworden sinds hij die hattrick scoorde in de eerste wedstrijd tegen Australië. Gelukkig staat er ook ergens een niet zo charmante cartoon van hem, waarin hij nogal dik wordt afgebeeld. Het onderschrift luidt: 'Fatboy Felix Slaat Terug'. Hij scheurt hem uit voor Portia. Die zal wel niet zien dat de tekening op *Star Wars* slaat, dus dan heeft hij de kans om haar eens iets uit te leggen, in plaats van andersom. Er wordt flink gespeculeerd over de vorm van hun tweede spits, die dit seizoen al veel geblesseerd is geweest en tijdens de vriendschappelijke wedstrijden niet kon spelen, en er staan een paar hartverwarmende stukjes in over de pasgeboren tweeling van een van de middenvelders. Lucky's naam wordt maar één keer genoemd, in een artikel over de spelersvrouwen – de sv'tjes, zoals een van de zondagkranten hen hardnekkig noemt. Er staan een paar foto's van Portia in die er waanzinnig goed en waanzinnig intelligent uitziet. Haar bril met de nepglazen heeft precies het effect dat ze beoogde, en heeft voor nogal wat opschudding gezorgd. Zijn naam wordt alleen terloops genoemd als 'haar jeugdliefde'. Lucky houdt niet van die uitdrukking, die veel te vaak wordt gebruikt als het over hen gaat. Het impliceert dat hun relatie al voorbij is, en dat ze inmiddels in de markt is voor een volwassen liefde.

In de volgende stapel kranten staan zelfs nog meer foto's van Portia. Ze is kennelijk het lievelingetje van de pers aan het worden, misschien ook wel omdat ze een van de jongste spelersvrouwen is. En een van de weinige niet-blondines, dus opvallen doet ze zeker, al helemaal met die bril. Hoe meer Lucky erover nadenkt, des te sterker het tot hem doordringt dat ze echt heel anders is dan al die andere meiden, waarvan de meesten er van een afstand precies hetzelfde uitzien, met hun lange, gehighlighte haar, hun gigantische zonnebrillen en precies dezelfde combinatie van een skinny jeans met een bloot topje dat ze onlangs hebben gescoord in een winkel in Milaan. Portia had natuurlijk al succes als fotomodel, en ze wist als geen ander hoe ze zichzelf moest verkopen en hoe ze moest zorgen dat ze haar zagen en plaatjes van haar schoten. Maar Portia was ook slim genoeg om speels geïrriteerd te doen. De Lady Di-act, zoals iemand het een keer noemde: met grote ogen wegduiken voor de camera maar er wel voor zorgen dat haar haar perfect zat en dat de fotografen de beste hoek en het beste licht hadden. Het was misschien berekenend, maar het was zoveel interessanter dan die aandachttrekkerige wichten die 's avonds straalbezopen in een of andere bar hingen uit verveling, en die dan midden in de nacht hun vriendjes jankend opbelden, omdat ze even vergeten waren dat de jongens de volgende dag de eer van het vaderland moesten verdedigen. De vrouw van de aanvoerder was berucht omdat ze zo neurotisch was, zo erg zelfs dat het gerucht ging dat de Man in het Grijze Pak haar naar huis wilde sturen.

Lucky had de jongens in de kleedkamer horen klagen over het ordinaire gedrag van hun vriendinnen. Hij had geprobeerd om meelevend te kijken, en hij had precies de juiste gromgeluiden gemaakt. Hij deed zelfs zijn best om tevreden te zijn met zijn eigen Portia, die weliswaar beleefd meeging voor een drankje maar zich dan stortte op haar taak om de media om haar vinger te winden door in goed verlichte openbare gelegenheden te gaan zitten met een goed boek en haar slimme brilletje. In werkelijkheid was Lucky helemaal niet zo tevreden; in werkelijkheid was hij een beetje jaloers. Waarom belde Portia hem nou nooit eens op in haar dronken wanhoop, om hem met dubbele tong te melden dat ze echt heelsuperveel van hem hield, en dat ze hem echt heelsuperveel miste? Want hij miste haar wel. Niet de Portia die hij in de krant zag, met dat geslepen imago dat ze voor zichzelf had gecreëerd, met kleding die 'elegant' werd genoemd als het lang was, of 'frivool' als het kort was, maar die nooit als ordinair werd omschreven. Hij miste de Portia van vroeger. De Portia die de rok van haar schooluniform oprolde om over het muurtje te klimmen en hem te helpen met zijn keeperstraining, en die geconcentreerd op een pen kauwde als ze de sudoku deed aan de toonbank van de winkel. De Portia die hem liet betalen voor een cola die hij van zijn opa had gejat. De dappere, intelligente, rechtvaardige Portia. De Portia die zijn geheimen bewaarde en die diep vanbinnen ongelukkig was. Zijn duistere, sombere engel. Dat is de Portia die hij wil spreken als hij belt met de Portia die haar plaats heeft ingenomen. Hij weet dat ze nog ergens is, en dat alles om haar heen niet meer is dan mooie, glimmende cadeauverpakking.

De prettige gevolgen van een kaartspel

Januari was een stille, grauwe maand in Deauville; nu de vrolijke kerstdrukte achter de rug was, kon de stad de schijn niet langer ophouden dat het iets anders was dan wat het was: een badplaats in het verkeerde seizoen. Ik had even een pauze genomen van de paardjes en goktafels, en ik bracht veel tijd door bij Coco, in wier eigenaardige appartementje ik zonder vooraankondigen kwam binnenvallen als ik in de buurt was.

Eerst deed ik dat nog uit beleefdheid; vlak na de jaarwisseling liep ik door haar buurt, en ik dacht dat ze me misschien had zien lopen. Dan zou het onbeleefd van me zijn om niet even gedag te zeggen. Vooral gezien het feit dat ik de kerstdagen bij haar familie had doorgebracht. Haar vader, een lief oud heertje, die de potjes en flesjes in zijn *bar-tabac* met extreme toewijding oppoetste op zondagmiddag, had me dat gevraagd toen ik daar op de lunch kwam. Hij en zijn vrouw stonden erop toen ze merkten dat ik geen familie in de buurt had wonen, en na een glaasje pastis, twee flessen goede rode wijn en de rosé bij de soep, het hoofdgerecht, de salade, de kaas en het toetje, en een flink glas whisky als *digestif*, was ik te goed doorvoed en te vrolijk om daartegen in te gaan. En dan daarbij, ik wilde het niet aan hen toegeven, maar ik wilde dolgraag zo min mogelijk in het hotel zijn tijdens de feestdagen. Ik had gehoopt dat Yves en Michelle naar een van hun volwassen kinderen zouden vertrekken, in Parijs, en dat ze mij achter zouden laten om het fort te bewaken, maar in plaats daarvan kwamen al hun volwassen kinderen met een heel nest kleinkinderen in het hotel bivakkeren, al een paar dagen voor het *réveillon* op kerstavond. Pas na Nieuwjaar zouden ze weer naar huis gaan. Al die kinderen en al dat gedoe, dat was me te veel. Met Coco en haar popperige ouders en reumatische Mémé wist ik tenminste precies waar ik aan toe was. En het was een gezellige boel geworden, die kerst. Het was eigenlijk net als de gebruikelijke zondagse lunch, maar dan net een tikje uitbundiger, en er was extra vermaak in de vorm van de misprijzende Claudette, die even aan kwam waaien om haar neus op te halen voor haar moeders kapsel en outfit. Ze had een sober grijs broekpak voor Coco gekocht dat Coco, dat moeten we haar nageven, met een vriendelijke lach in ontvangst nam, alsof ze blij was met wat voor cadeautje haar dochter ook kwam. De lach verdween pas toen Claudette tactloos voorstelde dat Coco het pak zou dragen tijdens het dineetje met haar schoonouders, binnenkort; Coco had gelijk, Claudette schaamde zich voor haar.

Dus daar stond ik dan op Coco's deur te kloppen, en ze was zo vrolijk en warm dat ik me een beetje schaamde dat ik er even over na had moeten denken of ik wel wilde. En dus ging ik nog een keer langs. En nog een keer. Ze was niet altijd thuis, want ze hielp een paar ambachtslui in de buurt met hun boekhouding. Zo verdiende ze een zakcentje bij. Net als met de huur die ze soms ontving van het vakantiehuisje op Réunion dat ze samen met Fabien had gekocht, en dat zij nu volledig in haar bezit had. Ik vond het wel lekker dat ik eindelijk eens degene was die iemand anders kwam belegeren, terwijl ik vroeger altijd degene was waar anderen zomaar langskwamen omdat ik toch altijd wel achter mijn toonbank zat. Dankzij Coco's tomeloze energie, haar gezonde verstand, haar warmte en haar openhartigheid leken de anders zo lusteloze middagen om te vliegen, ook al deden we nooit veel anders dan eindeloos koffiedrinken en kletsen.

Op een middag verraste Coco me toen ze aanbod om mijn kaarten te leggen. Ze liep naar een kunstig uitgesneden houten doosje dat onopvallend op een plank stond, haalde er een in zwarte zijde verpakt pakje uit waarin een set tarotkaarten zaten. 'Ik wist niet dat jij tarotkaarten las,' zei ik achterdochtig. Het was de zwarte zijde die me tegenstond; het duidde op een ceremonie, op... religie, en hoewel ik Coco wel altijd als een soort van hippie had gezien, vond ik haar ook altijd heel praktisch, niet het soort vrouw dat zich met dit soort modieuze onzin in zou laten.

'O, maar dit zijn mijn heel speciale kaarten,' zei ze, geamuseerd door mijn duidelijke misnoegen.

'Hoezo, heb je ze soms van een vervloekte zigeuner gekregen?' gokte ik sarcastisch.

'Ja, uiteraard. Maar ook omdat ze deze kaarten hebben gebruikt in *Live and Let Die*. Die Bondfilm, weet je wel. Hij verving elke kaart door De Minnaars, om het meisje in bed te krijgen.'

Ik grinnikte een beetje onbehouwen. 'Daar heb jij die kaarten toch niet voor gebruikt, mag ik hopen?'

Coco mompelde streng en afkeurend. Het leek in tegenspraak met haar vlammende haar en haar rok met muntjesceintuur. Ze had iets van een schoolmeisje dat de directrice na probeert te apen. 'Je bent absoluut niet grappig, Zaki.'

'Jouw familie vindt me anders wel grappig – ze lachten om al mijn grapjes,' antwoordde ik opgewekt schaamteloos.

'Dat doen ze uit beleefdheid,' snoof Coco en ze begon de kaarten te leggen. 'Ik heb deze van een vriendin in Atlantic City gekregen, en die heeft me ook geleerd hoe ik de kaarten moet lezen. Het is simpel – deze kaart staat voor wat je was, deze voor wat je nu bent, en deze voor wat je zult worden.'

'Dit heeft echt helemaal geen zin,' zei ik en ik rekte me uit in die heerlijke lelijke stoel van haar. 'Want wie ik was, dat weet ik al, wie ik ben, weet ik ook al en wie ik zal worden, dat kan me niet schelen. Ik geloof niet in voorbestemming. Niet meer, in elk geval.'

'Ik geloof ook niet in voorbestemming,' zei Coco goedkeurend, 'maar ik geloof wel in het lot.' Ze gebaarde naar de kaarten. 'Dit is gewoon voor de lol. Wat hier vooral zo boeiend aan is, is om te zien hoe mensen reageren op wat je ze vertelt.'

Ik leunde voorover en veegde alle kaarten op een hoop, waarna ik ze schudde alsof het een gewoon kaartspel was. 'Nou goed, als jij dan gelooft in het lot, dan zal ik er eens eentje trekken,' en ik pakte de bovenste kaart van de stapel en draaide die om. 'Oei,' zei ik toen ik hem zag. Het was een onaangename afbeelding van een middeleeuws bouwwerk dat door de bliksem was getroffen en dat al brandend ineenstortte. 'Ik geloof niet dat ik wil weten wat dit betekent.'

Coco zocht het op in het kleine boekje dat ze ook in het doosje bewaarde. Ze stelde me een beetje gerust door te zeggen dat ze niet uit het hoofd wist wat alle kaarten betekenden. Het leek er op alsof ze dit alleen maar voor de lol deed, en haar interesse niet verder ging. 'De Toren: dat wil zeggen dat er iets gruwelijks en tragisch is gebeurd of staat te gebeuren. De bliksem straft hen die schuldig zijn aan het uitbuiten en gebruiken van anderen. Niet echt gezellig,' zei ze achteloos.

'Jouw beurt,' zei ik, en ik verzamelde de kaarten. Ze nam ook de kaart die bovenop lag, keek er even naar, bloosde en legde hem toen met de bovenkant naar beneden op tafel. 'Laat zien,' drong ik aan, want ik vond het grappig dat ze zich schaamde. 'Wat is het, De Minnaars zeker?'

'Nee, verwaande kwast die je bent,' sputterde ze en met tegenzin draaide ze de kaart weer om. 'O,' zei ik, en ik keek naar de skeletachtige figuur met de zeis van De Dood. 'Ook niet echt gezellig, toch?'

'Deze is niet zo slecht, hoor. Ik weet wat deze kaart betekent, want deze kaart kent iedereen. Hij betekent alleen dat alles anders zal worden,' zei ze schouderophalend.

‘Maar als dat niet zo erg is, waarom ben je dan toch teleurgesteld?’ wilde ik weten. Ik zag weer het begin van een blos, en ineens kon ik het antwoord wel raden.

‘Omdat ik niet wil dat alles anders wordt,’ zei ze, en ze keek me recht in het gezicht. Een van de dingen die me zo aansprak in Coco, was het feit dat ze niets geheimhield, dat ze zo transparant was als glas. De blos rond haar ronde appelwangen werd dieper, en liep bijna door tot haar oren. Hij had precies de kleur van haar korte helrode haar. Ik voelde me ineens een beetje roekeloos, en ik pakte haar vast en trok haar bij me op schoot in die schandalig comfortabele stoel van haar en gaf haar een kuise kus op haar wipneus.

‘Maar als we nu een paar kleine dingen veranderen?’ stelde ik voor.

‘Je bent echt verschrikkelijk verwaand,’ probeerde ze scherp, maar weinig overtuigend. Ze worstelde om weer uit de stoel te komen, maar hij bleef om haar heupen klemmen zodat we allebei gevangenzaten. ‘En je bent ook absoluut niet zo knap als je zelf schijnt te denken.’

‘En ondanks alles vind je me toch leuk,’ zei ik toen ik haar eindelijk liet ontsnappen. Ze bloosde alweer en begon de kaarten op te rapen die van de tafel waren gevallen. ‘Je zult toch onderhand wel doorhebben dat ik jou ook leuk vind, Coco,’ zei ik, verbluft over mijn eigen openhartigheid. Zij was er kennelijk ook van geschrokken, want toen ze me aankeek welden er tranen op in haar grote bruine ogen, en ze gooide haar armen om me heen, en kuste me met haar kersenmond. Ik zag ons in die krullerige spiegel van haar; een onwaarschijnlijker stel kun je je niet voorstellen: ik lang en zij klein, ik dun en zij dik, ik flets en zij flamboyant. Ik had kunnen denken: Mijn god, nu zit ik nog geen paar maanden in Deauville of ik heb me al laten inpakken door een vriendin die zo rond en zo kitscherig is als een kerstbal, en haar familie krijg ik er gratis bij. Ik had kunnen denken: Nu gewoon ophouden met zoenen, weggaan, beschaamd en verontschuldigend kijken. Zij is toch te goedzakkerig om er moeilijk over te doen. Ik had kunnen denken: Misschien moet ik maar eens een andere stad opzoeken met een beter casino. Misschien moet ik mijn hele fortuin er maar eens doorheen jagen in Las Vegas.

Maar in plaats daarvan dacht ik alleen maar hoe saai en bloedeloos ik eruitzag naast haar stralende rondheid. In plaats daarvan dacht ik hoe heerlijk haar zachte lichaam met haar enorme moederlijke boezem aanvoelde in de cirkel van mijn armen. In plaats daarvan dacht ik alleen hoe warm en hoe gelukkig ik me voelde, doordrongen van een rozige gloed die ergens in mijn buik begon en die uitstraalde naar buiten alsof ik degene was die bloosde. Ik dacht aan hoe het gat in mijn verdorde hart, dat al wegkwijnde sinds de dag dat Nadya die straat overstak, eindelijk gedicht werd. Met Delphine werden al die overweldigende passie en tedere gevoelens die ik ontegenzeggelijk voelde altijd getemperd doordat ik op mijn hoede moest zijn. En door de wetenschap dat ze me zou verlaten na die eerste lange zomer. En door het schuldgevoel dat we allebei probeerden te negeren, die tweede zomer, toen we ouder waren, maar nog niet veel wijzer. Dit keer voelde ik niet dat soort verraderlijke, ellendige hartstocht. Ik voelde me alleen maar veilig, alsof ik in Coco's warme, gulle omhelzing eindelijk mijn thuis had gevonden.

Het einde van het seizoen

Het was Coco's idee om naar Las Vegas te gaan. Ze kwam er op een ochtend mee, toen we croissantjes zaten te eten in haar krankzinnige hemelbed, zodat overal schilfers op de lakens vielen, die vervolgens aan onze huid bleven plakken in dat enigszins vochtige appartement. Deauville had de zomer zien komen en weer vertrekken en ondanks de dappere poging van Coco's kleine elektrische kacheltje was het vocht dat met het verschijnen van de zon in de zomer was verdwenen, weer even hardnekkig teruggekomen toen het herfst werd. 'God, wat mis ik de warmte,' zei ze, terwijl ze de koffie warmde op haar fornuis, hem toen inschonk en meenam naar het nachtkastje. Ze liet de badjas van haar schouders glijden die ze droeg om warm te blijven en niet uit kuisheid, en glipte toen weer naakt tussen de lakens. Ze doopte het restantje van haar croissant in de koffie en stopte het zorgvuldig in haar mond, in een poging niet te morsen op haar schitterende ronde boezem. Coco was het type vrouw dat er naakt veel beter uitzag dan met kleren aan. Haar gulle, ivoorkleurige rondingen waren veel zachter en bijna klassiek van proportie als ze niet door stof in bedwang werden gehouden. Hoewel haar gezicht een beetje verweerd was van te veel zon, was de rest van haar huid bleek en prachtig dooraderd en zacht als die van een baby. Als zijde spreidde haar huid zich uit in een verleidelijke, voluptueuze vlakte over haar buik en dijen. Toen ik Coco eenmaal zonder kleren had gezien, moest ik me altijd enorm inhouden om die vreselijke gewaden niet subiet van haar lijf te scheuren en met haar in bed te duiken. 'Het enige wat ik niet prettig vond in Atlantic City waren de koude winters. Daarom wilde ik liever in Las Vegas gaan werken – een vriendin en ik waren van plan om er een huis te huren en daar dan werk te gaan zoeken in een van de casino's, maar daar is het nooit meer van gekomen.'

'Ik ben er wel eens geweest,' zei ik achteloos terwijl ik mijn arm om haar heen sloeg, onder haar borsten zodat ik het prettige gewicht daarvan op mijn onderarm voelde rusten. 'Ik ben er wel eens een weekje naartoe geweest met een vriendin, en toen heb ik alle grote casino's gezien. Op een avond zijn we verschrikkelijk dronken geworden en toen stelde Ayesha voor om te trouwen, gewoon voor de lol; dus toen zijn we naar zo'n drive-inkapelletje gegaan, en terwijl we daar in de rij stonden te wachten werd ik ineens weer heel erg nuchter en stond ik me alleen nog maar wanhopig af te vragen hoe ik er nog onderuit kon.'

'En, is dat nog gelukt?' vroeg Coco geïnteresseerd.

'Nou, ik herinnerde me weer dat zij eigenlijk al getrouwd was,' zei ik schouderophalend. Coco keek me ongelovig aan, en begon vervolgens te bulderen van het lachen. Ze snurkte zo weinig damesachtig van de pret dat ik maar mee ging lachen.

'Jij bent vreselijk, echt vreselijk,' zei ze toen ze eindelijk tot bedaren kwam. 'Ik had er ook echt graag naartoe gewild. Ik dacht altijd dat ik tijd zat had om nog van alles te doen in Amerika, maar ja, toen moest ik dus ineens terug.' Ze keek in haar koffiekopje en tuitte gedachteloos haar lippen. 'Je vindt het vast belachelijk, maar ik voel me nog altijd heel jong. Ik vind mezelf in elk geval te jong om te doen alsof mijn leven voorbij is, en al die dingen waar ik toen geen tijd voor had, daar heb ik nog steeds zin in. Ik heb nog steeds zin om naar Las Vegas te gaan.'

'Nou, ga dan,' zei ik, me comfortabel tegen haar aan nestelend.

'Wat houdt je tegen? Je vader is weer prima gezond, en je dochter mist je zeker niet, en de mensen kunnen het ook wel even zonder jouw boekhoudkundige inbreng stellen.'

'Domme man,' riep Coco uit. 'Het komt door jou! Jij bent degene die me tegenhoudt. Als ik nu wegga weet ik niet of je er nog wel bent als ik terugkom. Misschien ben je tegen die tijd wel weer terug in Londen, of Bangladesh, of de andere kant van de wereld. En ik vind het leuk met jou. Jij bent de eerste man die me niet veroordeelt om het feit dat ik rook, en drink en gok en eet, en bovendien ben je een geweldige minnaar.'

'Hou op, ik moet ervan blozen,' zei ik, en ik realiseerde me dat zij ook de eerste vrouw was die mij niet veroordeelde omdat ik rookte en dronk en gokte. Misschien klopte het wel wat je altijd hoorde: dat gezamenlijke interesses de sleutel waren tot gelukkige relaties; of dan toch in elk geval gezamenlijke ondeugden.

'Tenzij...' begon Coco bedachtzaam. 'Nee, dat vind je vast een idioot plan.'

'Tenzij wat?' vroeg ik, en ik zette mijn in rap tempo koud wordende koffie aan de kant.

Coco zweeg even, en stelde toen hoopvol voor: 'Tenzij jij met me meegaat. Dan kunnen we dit vervloekte vochtige gat achter ons laten en dan kunnen we plezier hebben in de woestijn. En jij kunt er de hele nacht gokken. Jij zult het wel beter weten, maar ik heb gehoord dat het altijd wel dag lijkt in die casino's, en dat ze om drie uur 's nachts zuurstof rondpompen om de mensen wakker te houden.'

'Het lijkt me hemels,' zei ik spottend, en ik trok haar naar me toe om mezelf onder haar klamme, goddelijke vlees te laten bedelven.

Ze gilde van plezier. 'Meen je dat? Dus je wilt mee?' Ik had eigenlijk helemaal niet gezegd dat ik mee wilde, maar ze keek zo opgewonden dat ik het hart niet had om dat recht te zetten. Ik vergat steeds dat Coco absoluut geen radar had voor sarcasme, omdat ze zelf zo lief en onbesuisd vrolijk was dat ze het zelf bijna nooit was. En nou ja, zo erg was het nu ook weer niet om naar Las Vegas te gaan, ondanks die extra rondgepompte zuurstof. Als ik dat weglopen van mij serieus wilde nemen, nu ik bijna een jaar uit Engeland weg was, dan werd het wel eens tijd dat ik net iets verder weg trok.

Ondanks haar wat softe uiterlijk was Coco iemand die doorbeet als ze zich eenmaal iets in het hoofd had gehaald, en dus boekte ze de tickets zodra ze de kans kreeg. Toen ze eenmaal had besloten dat ze weg zou gaan uit Deauville was het alsof elke minuut die ze er nog langer moest doorbrengen een absolute kwelling was. Ze nam haastig afscheid van haar vrienden, en negeerde de roddels die haar achtervolgden – die domme verliefde Coco, die er alweer met een kleurling met een dubieuze reputatie vandoor ging. Het ergste was om afscheid te nemen van Claudette, die het gesprek niet aan wilde gaan en alle telefoontjes van haar moeder weigerde. Uiteindelijk, de avond voordat we zouden vertrekken, ging Coco naar haar huis en wachtte daar tot haar dochter uit haar werk kwam. Claudette wilde haar niet binnenlaten, en Coco kwam in tranen terug naar het appartement. 'Ik dacht altijd dat ze zich alleen maar voor me schaamde vanwege mijn geverfde haar en omdat ik nooit van die degelijke grijze pakjes droeg met vleeskleurige panty's. Maar ik geloof dat ze me echt haat.'

'Ze haat je niet,' zei ik troostend, niet zeker of dat een leugen was of niet. 'Ze begrijpt je gewoon niet. Mijn zoon is precies zo, alleen wij zijn er uitgekomen.'

'De zoon die je nooit meer ziet, bedoel je, en die niet eens weet of je überhaupt nog leeft?' vroeg Coco bij wijze van opheldering, maar zonder spoor van ironie.

'Ja, want zo zijn we er uitgekomen. Hij is nu gelukkig, en ik ook,' zei ik opgewekt. 'Ik had jaren eerder moeten vertrekken.'

'Maar ik ben ook jaren eerder vertrokken,' zei Coco troosteloos, 'en ik weet niet zo zeker of dat wel heeft geholpen. Ze zei altijd dat ze een gewone moeder wilde, maar ik weet niet wat dat precies betekent. Wil ze dan soms dat ik in mijn eentje blijf wonen, met hooguit een kat, en dat ik de hele dag sokjes ga zitten breien voor mijn aanstaande kleinkinderen, en dat ik ga zitten wachten tot zij één keer in de maand bij me op bezoek komt?'

'Waarschijnlijk wel, ja. Maar ze is een grote meid, en ze zou moeten weten dat de wereld niet om haar draait. Ze zou moeten houden van haar moeder om wie ze is, en niet om wie ze zou moeten zijn, volgens haar. Ik bedoel, jij veroordeelt haar toch ook niet om haar dodelijk saaie ambtenarenbestaan.'

'Hoe kan ik haar nou veroordelen?' zei Coco. 'Het is ook wel mijn fout – ik heb haar bij Didier achtergelaten...' ze verzonk in gedachten en ging verder met pakken. Ze had een geborduurde rugzak die nog kleiner was dan mijn al behoorlijk minimale weekendtas. Coco reisde duidelijk zeer licht, en nadat ze een paar sandalen en wat shirts en broeken in de tas had gestopt lukte het haar ook nog om al haar toiletspullen in het buitenvak van de rugzak te proppen – alleen een tandenborstel, een stuk savon de Marseille, een tube dagcrème, twee lippenstiften en een poederdoos. Al haar persoonlijke bezittingen had ze al in de kelder van het appartement gezet, zodat de flat tijdens onze afwezigheid kon worden verhuurd. Ik dacht voor het eerst in maanden aan Della, en aan de beeldschone koffer die ze had gepakt voor ons weekendje naar Cornwall. Die was makkelijk twee keer zo groot als Coco's rugzak, en tot de rand toe volgepropt met potjes en smeerseltjes en cosmetica en bij elkaar passende outfits en ten minste vier paar schoenen. 'Ik moest mijn hele leven pakken,' had ze bij wijze van quasi-excuus gezegd toen ik haar zag op het perron, en de koffer in het bagagerek buiten de coupé moest zetten, omdat hij niet in de rekken boven ons hoofd paste. Coco's tas, daarentegen, had nog ruimte over toen ze klaar was met pakken. Ze keek me even vlug aan, en toen, alsof ze zich geneerde voor wat ze ging doen, pakte ze het grijze broekpak dat Claudette haar voor kerst cadeau had gedaan, rolde het op en legde het zorgvuldig boven op de andere kleding, zodat het niet zou kreuken. 'Wat is er?' vroeg ze defensief, en ze stak haar kin in de lucht terwijl ze de rugzak dichtritste. 'Misschien heb ik dat nog nodig, voor sollicitatiegesprekken, of zo.'

'Er is helemaal niets,' zei ik, want ik wilde niet laten blijken hoezeer ik was geraakt door het feit dat Coco bijna niks meenam, zodat ze ruimte had voor het laatste ding dat ze ooit van haar dochter had gekregen. En dat cadeau was niet eens uit liefde gegeven. Claudette was een akelig spook, en toch hield haar moeder van haar, en in zekere zin maakte die liefde hen allebei vrij. Het was niet voor het eerst dat ik me voor mijzelf schaamde. Ik vroeg me af of ik Coco wel verdiende; ze was zoveel groter dan ik, en niet alleen qua kledingmaat.

Frites van iemand anders bord

Terwijl het team viert dat ze door zijn naar de laatste zestien van het toernooi om de Wereldbeker, is Lucky in zijn eentje ongelukkig. Hij heeft het gevoel dat al het publiek, en het hele land hem uitlacht, want hij is de enige van de hele selectie die nog niet heeft gespeeld. Zelfs toen ze Togo in de touwen hadden met drie tegen nul, had de Man in het Grijze Pak hem nog niet eens de kans gegeven om hem te wisselen – in plaats daarvan mocht de tweede keeper blijven staan, en kwamen de twee andere bankzitters het veld op. Er was geen plek meer voor Lucky, en nu ze door waren gedrongen tot de knock-outfase van het toernooi waren de belangen veel en veel groter, en de kans dat hij überhaupt nog werd opgesteld was nog veel kleiner dan eerst, het was zelfs volstrekt uitgesloten.

De rest van het team is in een opperbest humeur, daar in de kleedkamer. Als hij zijn rug naar hen toedraait om zich om te kleden, hoort hij Conway tegen een van de verdedigers schreeuwen: 'Twee dagen vrij, man! Ik ga me helemaal sufneuken, laat ik je dat zeggen.' De verdediger antwoordt met een lage, geheimzinnige stem, en Conway, die een stuk minder discreet is, lacht verrassend smerig. 'Ja, die is verreweg de beste van het hele zooitje. Ik durf te wedden dat ze tekeergaat als een beest, in bed – dat doen ze altijd, die zogenaamde preutse mokkeltjes. Als het mijn wijf was dan zou ik haar eens even flink nemen, en dan trok ik me van onze bedtijd effe niks aan. Ik zou haar alle hoeken van de kamer laten zien.' Lucky bevriest, en draait zich dan langzaam om. Als Conway het over Portia heeft, dan draait hij hem goddomme zijn nek om. Maar hij zal toch zeker niet zo harteloos zijn dat hij zo over Lucky's vriendin praat waar hij bij staat? Hij werpt Conway een woedende blik toe, en gaat door met aankleden, maar dan ziet hij dat Conway hem terloops bekijkt en dan zegt: 'Die arme snollebol, die zit gewoon te snakken. Ik hoorde van Tiffany dat ze op maandag een zoen van hem krijgt en op donderdag een knuffel.' Lucky voelt de woede naar zijn gezicht stijgen in de toch al zo oververhitte kleedkamer. Hij heeft niet meer met Portia geslapen sinds ze hier zijn; hij is te gespannen en te nerveus, en de tijd die ze buiten de training door kunnen brengen is zo kort dat ze nauwelijks tijd hebben om bij te praten. En om eerlijk te zijn, een geruststellende kus en een knuffel waren ook het enige waar hij zin in had. Maar waarom zou Portia dat in godsnaam aan die andere meiden vertellen, laat staan aan Tiffany, de grootste roddelkont van al die voetbalvrouwen? Conway kijkt Lucky recht in het gezicht en zegt met een grijns, zachtjes maar toch zo hard dat Lucky het kan horen: 'Weet je wat ik denk. Ik denk dat die gozer geen ballen meer heeft.' En dan roept hij hard tegen Lucky: 'Hé, poepfransoos, waarom kijk je zo sip, man? We hebben gewonnen, of heb je dat niet gezien, daar in de catacomben?'

Lucky springt de kleedkamer door, sleurt Conway van zijn bank af, en gooit hem op de grond; hij schudt hem door elkaar als een rat tot hij door de rest van het team van hem af wordt getrokken. 'Smerige hufter!' fulmineert hij. 'Dat neem je terug!'

De aanvoerder komt er bij staan, fris gedoucht en met een handdoek om zijn nek; hij ziet er precies zo uit als in de deodorantreclame waar hij in speelt. Hij giet doodkalm zijn flesje mineraalwater over Lucky heen. 'Het is hier warm, Lucky, maar dat is nog geen reden om zo uit je plaat te gaan. Dit is een mooie dag. We hebben gewonnen. Dus wat is er in godsnaam met je aan de hand?'

Conway staat moeizaam op. 'Die egocentrische eikel vindt zichzelf zielig omdat hij niet goed genoeg is om te mogen spelen, dat is er aan de hand.'

'Jij bent echt ongelofelijk,' zegt Lucky verbluft. 'Hij zat te brallen dat hij mijn vriendin wilde neuken.'

'Jezus Christus,' zei de verdediger, tegen wie Conway het net had, 'hij had het helemaal niet over Portia, hij had het over...' maar Conway legt hem met een felle schop het zwijgen op.

'Je hoeft niet voor me te liegen, Jack,' zegt Conway tegen de verdediger, en hij steekt zijn handen schaapachtig in de lucht als hij de aanvoerder aankijkt. 'Nou goed, dan hoorde hij toevallig wat ik zei. Ik zei alleen maar dat zijn vriendin er wel neukbaar uitziet. Dat is toch geen misdaad – dat staat in alle kranten, en die laat hij toch ook met rust.'

'Ik zou het op prijs stellen als jij je mening voortaan voor je houdt, Felix,' zegt de aanvoerder kortaf tegen Conway. 'Als jij gezegend was met een vriendin of een zus, dan zou je weten dat je dat soort teksten niet over ze hoort uit te slaan; het zijn geen objecten.' Dan draait hij zich weer om naar Lucky en zegt streng: 'Ik waarschuw jou, Lucky, als jij je buiten het veld al niet kunt beheersen, dan gaat de Man in het Grijze Pak je op het veld al helemaal nooit vertrouwen. Schelden doet geen pijn, weet je nog? Als de tegenstander er achter komt dat jij zo makkelijk op stang te jagen bent, dan hebben we echt geen ene moer aan je.' De aanvoerder ziet hoe ongelukkig Lucky kijkt, en dat vermurwt hem wat. Lucky was ook nog maar een jongen die meer om zijn vriendinnetje gaf dan om zijn reputatie in de kleedkamer; het kon erger. Iets vriendelijker voegt hij eraan toe: 'En geloof het of niet, er komt een moment waarop we je nodig zullen hebben. En als dat moment is gekomen, dan heb jij ervoor te zorgen dat je er klaar voor bent.'

'Tuurlijk ben ik er klaar voor,' stamelt Lucky beschaamd. Als de aanvoerder wegloopt, gaat hij naar Conway toe en zegt: 'Wij zijn nog niet klaar, ranzige kleine dwerg.'

'Jezus, Lucky,' herhaalt Jack, de verdediger, die een wanhopige blik trekt. 'Chillen, man. We hadden het helemaal niet over jouw lieve Portia. We hadden het over de vrouw van de aanvoerder.'

Conway schudt opgelucht zijn hoofd, omdat hij ermee weg is gekomen en hij schenkt Lucky een gemene grijns. 'Maar zeg gerust tegen Portia dat als ze thuis niet aan haar trekken komt, ze wel bij mij langs mag komen.' Hij keurt Lucky verder geen blik meer waardig als hij samen met Jack de kleedkamer uit loopt. Lucky blijft achter in het rumoer van de kleedkamer. Verder valt niemand hem lastig, maar hij voelt zich nog dommer en nog eenzamer dan hij ooit voor mogelijk had gehouden.

'Je hebt een fout gemaakt,' zegt Portia. 'Meer niet.' Ze eten snacks die ze besteld hebben via de roomservice in Portia's hotel, terwijl de rest van het team uit eten is om de overwinning te vieren. Lucky had absoluut geen zin om mee te gaan, en hij had aan Portia gevraagd om te zeggen dat zij zich niet zo lekker voelde, en om te vragen of Lucky bij haar mocht blijven. Portia drinkt een glaasje champagne en eet een salade met gepocheerde zalm; ze stort zich niet op de broodjes, zoals Lucky, en ze is het toonbeeld van beheerste gematigdheid. Het kostte Lucky veel tijd om een keuze te maken van de enorme menukaart. Hij bestelt altijd graag dingen die hij thuis nooit zou eten, en nadat hij alle chique gerechten had bestudeerd, besloot hij dat zijn moeder die waarschijnlijk stuk voor stuk beter zou klaarmaken. Dus ging hij uiteindelijk voor een cheeseburger met chili en frites, want dat zou zijn moeder helemaal nooit klaarmaken. Toen het eten gebracht werd, stond hij versteld van het gemak waarmee Portia de ober charmant had ontvangen, en hoe ze hem geroutineerd een fooi gaf. Lucky wist wel dat je een fooi hoorde te geven, maar hij had geen idee hoe je dat precies moest doen. Dus verstopte hij zich liever in de badkamer zodat hij helemaal niks hoefde te geven. 'Ik vind het juist heel fijn dat je mijn eer hebt verdedigd,' voegt Portia eraan toe.

Lucky haalt zijn schouders op. 'Wil je een frietje?' biedt hij genereus aan, terwijl hij zijn cola naar binnen slurpt.

Portia schudt haar hoofd. 'Nee, dank je. Als ik frites had gewild, dan had ik die zelf wel besteld. Dan ga ik jou nu niet van de jouwe beroven.' Ze nipt elegant van haar champagne. 'En trouwens, het is een belachelijk idee dat die kleine Felix Conway op mij geilt. Ik bedoel, hij komt bij mij tot hier,' zegt ze, en ze wijst op haar borst.

'Dat is waarschijnlijk precies de hoogte waar die viezerik op hoopt,' zegt Lucky zuur. Chagrijnig vraagt hij: 'Hoezo wil je geen frietje? Je bent gek op frites. En de meeste meisjes jatten frietjes van andermans bord. Ik vind het niet erg, hoor, het is toch veel te veel voor mij.'

'Jezus, Lucky, ik heb gewoon geen zin, ja?' zegt Portia die nu geïrriteerd begint te raken.

'Nou, ik hoef ook niet meer, dus dan moeten ze ze weggooien,' zegt Lucky kregelig, en hij duwt zijn bord van zich af. Hij heeft zijn cheeseburger maar half op. Hij lijkt wel een kleuter die op het punt staat een driftbui te krijgen. Portia zucht en eet dan de rest van haar gepocheerde zalm met drie keurige beweginkjes van haar vork: snijden, spiesen en slikken. Ze pakt haar champagne en loopt naar het balkon om te roken. Lucky wacht een paar minuten, kliert wat met zijn bestek en verwenst zichzelf omdat hij zo'n puberale zak is. Dan eet hij toch de rest van zijn burger maar op, en gaat bij haar staan. Hij legt zijn armen om haar heen en begraaft zijn hoofd aan de zijkant van haar hals. 'Sorry dat ik zo'n loser ben. Dat je het met me uithoudt,' zegt hij down.

Portia legt haar eigen armen over de zijne, om hem te troosten. 'Dat is omdat jij heel bijzonder bent, Lucky. Daarom hou ik het met je uit. En je bent helemaal geen loser.'

‘Dat is anders niet wat alle anderen zeggen,’ zegt Lucky. ‘Ik hoorde ze vandaag op Radio 5 Live zeggen dat de enige keer dat ik in dit toernooi opgesteld zou kunnen worden, is als we in de halve finale verliezen en in de play-offs om de derde plek zouden moeten strijden. Ze zeiden dat ik dan misschien in de laatste minuut van de blessuretijd zou worden ingezet, gewoon voor de gein, om de bookmakers te zieken.’

‘Schelden doet geen pijn, Lucky,’ zegt Portia, net als de aanvoerder. ‘Het is allemaal slap geouwehoer om de zendtijd vol te lullen. Jij zit nu hier, en zij niet. Hoeveel jongens dromen er niet van om alleen al deel uit te kunnen maken van de selectie?’ Ze staart in de verte en ziet dan een flits vanuit het terrein rond het hotel. ‘Telelenzen, kom, we gaan weer naar binnen,’ zegt ze, en ze trekt hem mee naar binnen.

Lucky zit in de leunstoel en plukt wat in de schaal met koude frites. ‘Ik weet ook wel dat ik er altijd van gedroomd heb, maar ik weet nu dat het gewoon niet genoeg is, zo. Als ik nou maar kon spelen, dat kon ik ze eens wat laten zien. En als ik dan slecht speelde, dan kon ik tenminste nog snappen waarom ze me allemaal zo in de zeik nemen. Maar ik doe helemaal niks. Ik zit er gewoon bij als mascotte. Dan hadden ze net zo goed een knuffelbeest mee kunnen nemen. Ik ben gewoon zo…’ Hij zoekt naar het juiste woord, gromt van frustratie en grijpt boos een hand frieten en steekt die in zijn mond.

‘Gefrustreerd,’ zegt Portia. ‘Ja, tuurlijk ben je dat. Het is ook heel frustrerend, want je hebt geen enkele controle. Je kunt zelf niks doen om de omstandigheden te veranderen. Maar een wijze man heeft ooit eens gezegd dat je altijd een keuze hebt. Jij beslist, altijd. Je kunt bijvoorbeeld beslissen om hierboven te staan, omdat je weet dat je ooit wordt opgesteld. Misschien niet nu, in dit toernooi, hier in Italië, maar ooit gaat het gebeuren. Dat weet ik zeker, en je weet dat ik nooit tegen je zou liegen.’

Lucky is diep geraakt. 'Dank je wel, Portia,' zegt hij dankbaar. Hij denkt na over wat ze zei, en realiseert zich dat haar troostende, verstandige woorden hem heel bekend voorkwamen – griezelig bekend, zelfs. En dan komt plotseling het inzicht: 'Portia, die wijze man waar je het net over had, hè, die zei dat je altijd een keuze hebt? Dat is toch niet toevallig die tovenaar uit Harry Potter, hè? Zei die dat niet tegen Harry in die film die we laatst nog op dvd hebben gezien?'

Portia wordt rood, want ze vermoedt dat Lucky wel eens gelijk zou kunnen hebben. Ze wist het zelf echt niet meer, dus de kans dat hij zou weten waar het citaat vandaan kwam achtte ze minimaal. 'Kan – maar wat dan nog, als het Gandalf was. Het is waar, of niet soms?'

Lucky schudt zijn hoofd, hij laat zich de kaas niet van het brood eten als het gaat om zijn kennis op het gebied van fantasyromans. Dat is het enige waar hij wel verstand van heeft. 'Nee, niet Gandalf, die is uit *Lord of the Rings*. Je bedoelt Dumbledore,' zegt hij.

'Ach, wat maakt het uit,' zegt Portia laatdunkend, alsof zij degene was die iets slims had gezegd in plaats van Lucky.

Ach, wat maakt het uit. Dat zei ze de laatste tijd steeds. Portia kijkt hem alwetend aan, zoals ze altijd kijkt als ze hem iets uit gaat leggen, of als ze hem terechtwijst. Dan pakt ze de menukaart op en kijkt naar de desserts. 'Weet je, het klopt wel, wat Tiffany zei over de aanvoerder en zijn vrouw. Is iets nog wel een roddel als het waar is? Nou ja, hoe dan ook, ze hebben geen seks gehad sinds ze hier zijn. Hij is veel te gespannen – hij gelooft er echt in dat hij de Wereldbeker gaat veroveren voor Engeland, en hij spaart al zijn krachten voor op het veld. Net zoals die topwielrenners in de Tour de France – die doen ook aan onthouding.'

'En helpt dat?' vraagt Lucky geïnteresseerd.

Portia kijkt hem scherp aan. 'Haal jij je nou maar niks in je hoofd. Al die andere meiden hebben kerels die meteen boven op ze duiken zodra de wedstrijd achter de rug is, en het enige waar jij bovenop duikt zijn een fles cola en een cheeseburger. Ik zou bijna denken dat je me niet meer aantrekkelijk vindt.'

'O, dat is niet waar,' protesteert Lucky heftig, en hij denkt terug aan de opmerking van Conway over een kus op maandag en een knuffel op donderdag. Hij zou beter zijn best moeten doen voor Portia. Hij stuitert naast haar op het bed, pakt de menukaart af en laat hem op het nachtkastje vallen. Hij geeft haar een lange, onstuimige natte kus, waarvan hij zou willen dat hij nooit meer stopt, en dan begint hij met enige spijt, waarvan hij denkt dat hij die goed weet te verhullen, haar dunne bloesje los te knopen. 'Als we daarna maar wel lekker knuffelen,' zegt hij. Maar of dat een grap was, dat weet hij niet zo zeker.

Viva Las Vegas

'Wat Deauville betreft zie jij de dingen door een roze bril. Jij vindt ons allemaal bijzonder, of nog erger: schilderachtig,' zei Coco bij het ontbijtbuffet in het hotel. Bij aankomst hadden we besloten om een week in een fatsoenlijk hotel te gaan zitten, voor onze financiële bron uitgeput was. Ik hoopte dat ik het huis met kaarten zou kunnen winnen. Coco was iets pragmatischer en was in de krant op zoek gegaan naar huurwoningen en naar vacatures.

'Ik vind jullie helemaal niet schilderachtig,' sputterde ik zachtjes tegen. 'Ik vind jullie hooguit een heel klein beetje… *mignons*, meer niet.' Ik was dit gesprek begonnen door te klagen over Las Vegas, en een vergelijking te trekken waarbij deze botte, hebberige omgeving ongunstig afstak bij het beschaafde Deauville, en bizar genoeg had ik Coco daarmee beledigd.

'Niet *mignons*, niet schattig. Schilderachtig,' herhaalde Coco vastberaden en ze dronk haar koffie uit en zette het kopje met een ferme klap op tafel. Ze zwaaide naar onze vriendelijke serveerster. 'Nog wat koffie, graag,' zei ze met haar vette accent en haar nauwelijks waarneembare lispeltje. Ik was alweer vergeten hoe charmant het klonk als Franse dames Engels spraken, zelfs als het ging om vrouwen die normaal een schelle stem hebben, zoals Coco. Ze bekeek me afkeurend en ging verder: 'Het is helemaal niet vleiend als mensen je schilderachtig vinden, hoor. Sommige mensen vinden dat zelfs nogal kleinerend.'

‘Ik ben liever schilderachtig dan vulgair,’ zei ik kortaf, en ik zag hoe Coco schrok en een beetje gekwetst in haar schulp kroop. ‘Doe niet zo raar, ik heb het natuurlijk niet over jou,’ zei ik ongeduldig. ‘Ik heb het over Las Vegas. Dat is vulgair. En Deauville is natuurlijk wel schilderachtig en schattig, en het dorp van je vader al helemaal. Als jullie hadden gewild dat het niet schattig zou zijn, waren jullie allang opgehouden met mooi zitten zijn in jullie kleine stenen huisjes met jullie *potagers* en beschilderde luiken voor de ramen, en dan waren jullie allemaal gaan wonen in lelijke arbeiderswoningen tussen de snelwegen.’

‘Nu ’eb je ’et over ’ammersmith, zeker,’ zei Coco, die expres haar h’s inslikte om mij aan het lachen te maken. ‘Daar was het dus niet zo schilderachtig?’

‘Niet echt, nee. Sommige delen van Hammersmith zijn misschien wel aardig, maar waar ik woonde absoluut niet. En het had niet eens genoeg glamour om voor vulgair door te kunnen gaan, hoeveel glimmende lege bierblikjes en zilveren kauwgumwikkels er ook op de grond zwierven,’ gaf ik toe. ‘En misschien is het een troost voor je: ik vind Deauville helemaal niet schilderachtig. Die snoes van een dochter van jou, om maar eens iets te noemen, vind ik verre van schilderachtig.’ Coco lachte even en zuchtte, een gebaar dat het midden hield tussen affectie en wanhoop. Ze schudde bedroefd haar hoofd en verdiepte zich toen weer in de krantenadvertenties. Ik weet ook niet waarom ik zo down werd van Las Vegas; dit was pas onze eerste week hier, en ik had wat gewonnen aan de blackjacktafel, en tot nu toe had ik dat geld nog niet verloren bij de roulette. Ik dacht ook terug aan hoe leuk ik het hier had gehad, toen met Ayesha, ondanks het rampzalige uitstapje naar de *wedding chapel*. Maar er was iets wat me bedroefd maakte en waardoor ik heimwee kreeg naar Deauville, naar de kust en naar die grappige straatjes, en de vriendelijke *bar-tabacs* waar aardige mensen in werkten, zoals de vader van Coco.

Misschien was het de combinatie van glitter met de vuiligheid op de muren en tapijten van de grote gokruimtes. Misschien kwam het ook wel doordat ze te veel zuurstof rondpompten. Misschien kwam het wel gewoon door de meisjes; de showgirls, de serveersters en zelfs de hoertjes buiten. Ze waren allemaal zo mooi en zo goed verzorgd, met hun getoupeerde haartjes en kleren die je sletterig speels zou kunnen noemen. Ze waren vast allemaal *homecoming queens* geweest, in de plaats waar ze vandaan kwamen, en nu waren ze hier om zichzelf te verkopen in een kunstmatig complex midden in de woestijn waar de meeste mensen niet langer dan een week wilden blijven.

'Misschien word je gewoon te oud,' zei Coco verontrustend genoeg. Kon ze soms gedachten lezen? 'Jij houdt van Deauville omdat het er comfortabel is, en vertrouwd. En dat is Vegas geen van beide – het is hier oncomfortabel, het is vreemd, het is vulgair, maar het is in elk geval wel leuk. En daar kwamen we toch voor, of niet soms. Voor de lol.'

Coco had een punt, zoals altijd. 'Wacht jij maar tot na het ontbijt, dan zal ik je eens laten zien wie er hier oud wordt,' dreigde ik, om haar aan het giechelen te krijgen. Toen de serveerster eindelijk kwam met de koffie en die voor ons stond in te schenken, probeerde ik niet naar haar veel te jonge gezichtje te kijken waar ze veel te veel make-up op had gesmeerd, of naar haar afgekloven nagels onder de plastic French manicure. Misschien wilde niet iedereen als voormalige homecoming queen in een boerengat blijven hangen.

Een paar weken later was het Coco nog steeds niet gelukt om een baantje te vinden. Wel was ze bezig om van ons laatste beetje geld een tripje naar Cancun te plannen, omdat ze altijd al eens naar Mexico had gewild. 'Fabien en ik zijn wel eens naar San Diego geweest, om bij familie van hem te logeren, en toen zijn we met de tram naar de grens gegaan, naar Tijuana. Maar dat was het toch niet helemaal. Wat een vreselijke stad is dat, vol met Amerikaanse dagjesmensen, die er alleen maar heen gaan om goedkope drugs te scoren.'

'Wat is er eigenlijk misgegaan met jou en Fabien?' vroeg ik geïnteresseerd. In mijn ervaring vinden de meeste vrouwen het heerlijk om over hun exen te vertellen, en het verbaasde me enigszins dat Coco haar voormalige echtgenoot en Fabien maar heel af en toe terloops ter sprake bracht.

Coco gaf haar schokschouder-pruil combinatie ten beste. 'Misschien was het vanaf het begin af aan al wel gedoemd te mislukken. Ik was net als jij: ik vond hem schilderachtig. Hij had een prachtige huid, als ebbenhout, en hij had geweldig haar dat hij in dreadlocks droeg. Hij kwam oorspronkelijk van Réunion, maar hij werkte in Parijs, als souschef. En toen kwam hij naar Deauville.' Ze glimlachte even. 'Ik vond hem leuk omdat hij zo'n dromer was. Hij was jonger dan ik, dus misschien kon hij zich daarom dat gedroom nog veroorloven. Ik was zestien jaar getrouwd met een man die tranentrekkend saai was, en ik wilde alleen nog maar vluchten. En dat beloofde hij me. Dat hebben we gedaan.'

'Maar waarom liep het dan stuk?' vroeg ik, een beetje jaloers op Coco's jonge god met zijn ebbenhouten huid. Ik wist hoe het was om verliefd op iemand te worden vanwege de pure schoonheid. Ik had Nadya immers gezien bij de rivieroever, met armen die glommen als gepolijste stenen in het water, en dat was al genoeg.

'Hij was niet meer verliefd op me,' zei Coco alleen. 'Ik denk dat het kwam doordat ik mijn haar verfde. Toen hij me leerde kennen had ik paars haar, zo paars dat het bijna blauw leek. Maar op een dag, toen ik in Atlantic City over straat liep, zag ik mezelf in een etalageruit en ik voelde me belachelijk: een vrouw van dik in de veertig die er zo bijliep. Dus toen ben ik een kapperszaak binnen gelopen en heb ik het rood laten verven. Hij haatte het; oudevrouwenrood, noemde hij het. Hij vond dat ik mezelf ermee had afgeschreven.'

'O,' zei ik, omdat ik niet goed wist hoe ik moest reageren. 'En heb je het toen weer paars laten verven?'

Coco schudde haar hoofd. 'Nee, dat was niet eens bij me opgekomen. Misschien wilde ik hem zo wel laten zien dat ik ook niet meer verliefd was op hem.'

De telefoon in onze kamer ging over, en Coco nam automatisch in het Frans op. 'Allo,' zei ze, en toen riep ze blij: 'Maman!' en begon vrolijk te rebbelen over haar plannen voor Cancun. Maar plotseling zweeg ze, en begon ze te luisteren. En terwijl ze luisterde begonnen de tranen haar over de wangen te rollen. Ik probeerde in hulpeloos zwijgen te horen waar het gesprek over ging, en ging naast haar staan, met mijn hand achter in haar hals. Ze hing op en keek mij aan vanuit haar stoel bij de telefoon. 'Heb je het gehoord?'

'Ja,' zei ik. 'Staat hij er slecht voor?'

'Slechter dan de vorige keer,' zei Coco. 'Ik moet terug, hij heeft me nodig.' Ze begon zachtjes te huilen, en ik knielde naast haar neer en hield haar vast. Toen zei ze: 'Ga je met me mee terug?'

'Natuurlijk ga ik mee terug,' antwoordde ik. 'Dat hoef je toch niet te vragen.' Ik haalde wat tissues en begon haar ogen te betten. 'Niet huilen. Hij is een ouwe taaie, die vader van je.'

'Ik huil ook niet om hem,' zei Coco met verstikte stem, 'ik ben een egoïstische *chienne*, want ik huil om mezelf. Ik huil omdat ik weer terug moet, en omdat alles dan weer precies zo wordt als het altijd geweest is. Ik huil omdat ik die klotewinkel van mijn vader moet gaan runnen, en omdat ik er dit keer nooit meer vanaf kom.'

'Het hoeft toch niet precies zo te worden als het altijd was,' zei ik. 'We kunnen er toch iets anders van maken, voor we straks teruggaan?'

'Hoe bedoel je?' snikte Coco, en ze keek me achterdochtig aan.

'Ik bedoel, ik heb altijd al een zwak gehad voor getrouwde vrouwen. Dus ik zou er graag met een terug willen naar Deauville – bij wijze van souvenir om ons aan Las Vegas te herinneren. Ik heb wel eens gehoord dat je ze kunt vinden in de drive-in chapel. En laat die nu net op weg naar het vliegveld zijn,' antwoordde ik, en ik liep nonchalant de kamer door om mijn schamele bezittingen te verzamelen en ze terug te doen in mijn weekendtas. Ik draaide me om en zag dat Coco was opgehouden met huilen, en dat ze me aankeek met ogen als schoteltjes, terwijl ze verwonderd naar me glimlachte.

'Ik wist helemaal niet dat jij zo'n romanticus was,' zei ze.

'Ach, ik zat gewoon te denken,' zei ik, 'een tijdje terug, in Deauville, zei jij dat je je te jong voelde om te doen alsof je leven voorbij was. Daar heb ik over nagedacht en ik vind eigenlijk dat ik te oud ben om niet echt te hebben geleefd. Dus is het hoog tijd dat ik met mijn leven begin. Met jou. Als je me tenminste wilt hebben – ook al ben ik een verwaande kwast, en niet half zo aantrekkelijk als ik zelf denk.'

'O, Zaki,' zei Coco, en ze stond op en sloeg haar armen om me heen. 'Natuurlijk wil ik je hebben.' En met een voor haar doen nogal zacht stemmetje, terwijl ze haar gezicht in mijn schouder begroef, zei ze: 'Dat je dat nog moest vragen.'

We konden pas de volgende dag een terugvlucht krijgen, en dus gingen we die avond naar de chapel. Tijdens de dienst deed ik een verrassende ontdekking. 'Colette? Ik wist helemaal niet dat jij eigenlijk Colette heette,' zei ik met een frons.

'Natuurlijk heet ik zo – je denkt toch niet dat mijn ouders me Coco hebben gedoopt?' antwoordde Coco met haar dikke accent.

'Waarom heb je me dat nooit verteld?' vroeg ik een beetje geïrriteerd.

'Nou, ik heb het heus niet expres voor je achtergehouden – het staat gewoon in mijn paspoort, dus de hele wereld kan het zo zien. Jij hebt gewoon nooit naar dat soort dingen gevraagd – daarom wist ik ook dat jij nooit schrijver kon zijn, toen, die dag dat we elkaar voor het eerst ontmoetten,' zei ze voor ze er niet onredelijk aan toevoegde: 'En trouwens, waarom heb jij mij nooit verteld dat jij eigenlijk Zakaria heet?' De dominee hoorde ons grinnikend aan. Coco, die haar wijde hippiebroek droeg, hield een goedkoop boeketje in haar handen dat we onderweg hadden gekocht, en ik droeg mijn spijkerbroek en een verkreukeld overhemd. 'Wat valt er te lachen?' vroeg zij hem boos.

'Ach niks,' zei hij, en hij begon nog harder te lachen. 'Ik bedoel, ik krijg hier altijd hopen mensen die elkaars achternaam niet eens kennen, maar dit had ik nog niet bij de hand gehad. Weten jullie wel zeker dat jullie niet nog een beetje tijd nodig hebben?'

'Hou je mond nou maar, en doe wat je moet doen,' mopperde ik.

'Komt voor de bakker,' zei de dominee kameraadschappelijk toen zijn lachstuip eindelijk voorbij was. 'Want ik zou het vervelend vinden als ik een van de... hm hm...' hij zweeg even voor een dramatisch effect, en hij had zelfs het lef om naar ons te knipogen, '...gelukkigste dagen van jullie leven zou verpesten.'

Daarna zaten we in een Mexicaans restaurant en bestelden alle dingen die Coco zo graag in Cancun had willen proberen. Kip in zwarte chocolade *mole*, fajita's en taco's, gefrituurd ijs en dodelijk sterke margarita's. 'Zal ik je eens wat zeggen?' vroeg ze met glimmende rode wangen van de chili en de tequila en de hitte in het restaurant. 'Die klier van een vent had gelijk. Ik vind het echt.'

Ik wist precies wat ze bedoelde. 'Een van de gelukkigste dagen van ons...'

'Precies, ja,' onderbrak ze me. En ze pakte mijn hand over de tafel, met een glimlach die zo straalde dat je er het hele restaurant mee had kunnen verlichten.

Het slordige wonder van de geboorte

Delphine maakt zich op voor haar kraamvisite aan Katie. Katie is meer geïnteresseerd in Wimbledon dan in het Wereldkampioenschap, en vandaag wordt de damesfinale gespeeld, dus heeft Delphine een fles roze champagne voor haar gekocht en ze heeft de klassieke Eton mess voor haar gemaakt, het toetje met aardbeien, room en schuimpjes, zodat Katie helemaal in de mood kan raken voor het tennis, nu ze thuis zit met de kleine Lily. Het is een verschroeiend warme dag, dus in de metro zal het wel niet te harden zijn, maar geheel onzelfzuchtig besluit Delphine om toch maar niet met de auto te gaan, aangezien Katie haar vast een paar glaasjes van de champagne in zal schenken. Katie is gek op champagne, maar in tegenstelling tot Delphine drinkt ze nooit in haar eentje.

Twee dagen na Ronnies trouwdag was het kind dan toch eindelijk gekomen, en Katie beweerde dat het kwam door een combinatie van dansen en een belachelijke hoeveelheid loeihete guacamole tijdens het feest. Ze had tegen Delphine gezegd dat lichaamsbeweging en Spaanse pepers gegarandeerd werkten tegen recalcitrante baby's die er maar niet uit wilden. 'Seks is nog het allerbeste natuurlijk, want daar gaan de hormonen lekker van aan de slag, maar die vervloekte Tony wil me met geen vinger aanraken.' Delphine had vol medeleven geknikt, en haar eigen bord volgeladen met nacho's en guacamole, hoewel ze stiekem dacht dat ze wel wat meer limoensap hadden mogen gebruiken. Ondertussen ging Katie troosteloos door: 'Ik moet het hem misschien ook maar niet kwalijk nemen, want de eerste maanden had ik er zelf totaal geen zin meer in, en nu ben ik zo'n walvis dat ik wel snap waarom hij er geen zin in heeft... Maar ik kan de motivatie ook niet meer opbrengen om dan maar de hand aan mezelf te slaan.' Delphine spuugde haar niet helemaal correct bereide guacamole bijna uit van het lachen.

Delphine had Katie na de bevalling nog maar één keer gezien. Het was een moeizame bevalling geweest, die meer dan twintig uur had geduurd en waar uiteindelijk de vacuümpomp aan te pas had moeten komen om de baby er uit te sleuren. Ze was meteen bij Katie langsgegaan in het ziekenhuis; het kleine meisje zag er verbazingwekkend mollig en snoezig uit, en er was niets te bespeuren van de gebruikelijke vlekkerigheid, los van de plek op haar hoofd waar de pomp had gezeten. Ze nam aan dat het kwam doordat het kindje twee weken te laat was geboren, en dat het dus in feite al twee weken oud was. Katie daarentegen was verre van rozig en snoezig. Haar prachtige haar was weliswaar pas gewassen en viel als zonnestralen over haar schouders, maar dat zorgde er alleen maar voor dat de rest nog bleker en afgetobder afstak. 'Ik ben hier te oud voor,' kreunde ze terwijl ze de chocolaatjes en bloemen die Delphine had meegenomen afwezig afsloeg. 'Lily is een hongerig monstertje. Die wil om de twee uur eten. Ik heb er de energie gewoon niet voor. Hoe haalde ik het ook in mijn hoofd om nog een kind te maken nu ik tegen de veertig loop?'

'Zeg dat maar niet tegen Ronnie,' zei Delphine streng. 'En trouwens, je ziet er geweldig uit. Ik kan bijna niet geloven dat je net een kind hebt gebaard.'

'Aggossie,' zei Katie, 'wat schattig van je om zo tegen me te liegen, maar ik zie eruit als een beestje. Die vacuümpomp, dat was echt verschrikkelijk. De arts dacht dat ik een ruggenprik had gekregen – hij wist niet dat de verloskundige die had laten uitwerken zodat ik beter kon persen, en toen duwde hij dat hele ding zo naar binnen. Wat een hel was dat, net een soort omgekeerd baren. En toen had ik een eeuwigheid helemaal geen weeën meer, dus toen zaten ze tien minuten naast me met hun vingers te trommelen terwijl ik de hele zuurstoffles leegzoog, met de baby en die pomp halverwege mijn jeweetwel, tot er eindelijk weer een wee kwam en ze haar eruit konden rukken.' Katie zweeg even, met een klein lachje. 'Ze was beeldschoon, dat wel – helemaal perfect en zonder ook maar een plekje, alsof ze haar al hadden gewassen. Ze werd alleen vies toen die verdomd onhandige Tony de navelstreng moest doorknippen. Toen spoot ineens het bloed in het rond. Jezus, wat een ellende was het, zeg. Ik zal je dit zeggen: Tony moet zich zo snel mogelijk laten helpen.'

Dat was nu twee weken geleden, en die arme Katie was doodmoe van alle kirrende grootouders en overige familieleden die langskwamen, terwijl baby Lily voortdurend gevoed wilde worden en Tony hopeloos in de weg liep, en de kleine Tasha, haar andere dochter, steeds meer in de war raakte en jaloers ging doen.

Toen Delphine eindelijk bij Katies huis in Balham aankwam, voelde ze zich bezweet en verfrommeld in haar capribroek met een licht mouwloos shirtje; maar ze was blij dat de champagne in elk geval koud was gebleven in haar koeltas.

'Perfecte timing,' zegt Katie, die de deur opentrekt nog voor Delphine kan aanbellen en dus de baby wakker kan maken. 'Lily slaapt net en hopelijk hebben we daar dus de eerste paar uur geen last van. Hoera! Twee babyvrije uurtjes!'

Delphine loopt de hal door, en probeert er niet op te letten dat Katies huis eruitziet alsof er net een bom is ontploft. 'Waar zijn Tony en Tasha?' vraagt ze, en ze zoekt een plekje waar ze kan zitten. Ze pakt een bonte verzameling kranten, potloden, kleurboeken, prinsessenstickers, verzekeringsbrochures en gekreukte doeken van de bank en legt die behoedzaam op een stapel aan haar voeten. 'Tony is met Attila de Kleuter naar het park. Op mijn verzoek; ik werd knettergek van ze,' roept Katie vanuit de keuken. 'Tony is echt strontvervelend. Hij loopt de hele tijd te klagen dat het zo'n rotzooi is, maar hij doet er zelf helemaal niks aan. Hij pakt alleen af en toe iets op en gooit het op weer een andere hoop.' Delphine probeert geruststellend te mompelen, en kijkt met verholen schuldgevoel naar de hoop die ze net zelf heeft gecreëerd. 'En Tasha is echt niet te harden. Ik bedoel, ze was al nooit zo goed te harden, maar ze heeft ronduit de pest aan Lily, en je kunt een hysterische peuter nu eenmaal niet overhalen om haar babyzusje niet te haten.'

'Is toch ook heel begrijpelijk,' zegt Delphine begripvol. 'Tasha had een heerlijk, overzichtelijk leventje en dan komt er ineens zo'n schreeuwlelijk die de aandacht opeist en die alles op zijn kop zet.' Ze kijkt rond naar de rotzooi en voelt zich niet zo op haar gemak omdat zij rustig blijft zitten terwijl Katie ergens anders bezig is. 'Luister, schat, zal ik je niet eens even ergens mee helpen? Als jij nu eens lekker gaat zitten, dan zal ik thee zetten. Ik wil zelfs wel voor je stofzuigen, en snel een beetje opruimen.'

'Engel die je bent!' roept Katie terwijl ze de zitkamer in komt lopen, zwaaiend met de champagne en het toetje dat ze eindelijk uit Delphines feestverpakking heeft gevist. 'En hij is nog koud ook! O, mijn god, iets lekkerders kun je toch niet bedenken op zo'n zomerse dag? Die thee laten we lekker zitten, en dat opruimen al helemaal! Ik heb veel meer zin om een potje te roddelen en om tennis te kijken dan om te zien hoe jij met de stofzuiger in de weer bent. En trouwens, dat is Tony's taak.' Ze laat de champagne voorzichtig knallen en schenkt hen elk een flute vol. 'Bovendien,' neemt ze haar vriendin in vertrouwen, 'opruimen heeft hier geen enkele zin. Echt, ik heb het geprobeerd, maar het ziet er de volgende dag weer precies zo uit. Het is net alsof je Tony en Tasha alleen maar het groene licht geeft om nog meer rotzooi te maken dan er eerst was.'

'Quentin Crisp zei ook al zoiets,' zegt Delphine, ondertussen bezig met Katie om het aardbeienroommengel over twee kommen te verdelen. 'Hij zei dat hij gewoon gestopt was met afstoffen omdat hij had ontdekt dat er na een paar jaar nooit meer nieuw stof bij kwam.'

'Heeft hij ook niet eens gezegd dat seks nooit een goede vervanging was voor zelfbevrediging?' vroeg Katie. 'Na zes maanden onthouding begin ik te geloven dat hij een punt had. Proost,' zegt ze.

'Proost, schat, gefeliciteerd met die mooie kleine Lily,' zegt Delphine, en net op het moment dat ze proosten met hun glazen en hun eerste slok willen nemen klinkt er een hartverscheurende kreet van boven. Het is een lange, schrille uithaal, die door het hele huis trekt en die dan overgaat in een murmelend gejank.

'Ach Jezus,' zegt Katie bitter, maar ze komt niet in beweging en dwingt zichzelf dapper om nog vijf minuten op de bank te blijven zitten. Gespannen klampt ze zich vast aan haar champagne, zonder ervan te drinken, en ze wacht of Lily vanzelf weer in slaap valt. 'Als ik meteen naar haar toe ga dan blijft ze wakker. En dan moet ik haar wiegen en op en neer lopen met haar, en dan zijn we twintig minuten verder,' legt ze vermoeid uit aan Delphine. Ze zijn gegijzeld door dat kleine wezentje boven, en haar onophoudelijk gejammer, dat zowel in frequentie als in volume aanzwelt tot een verstikt gegil dat bijna pijn doet aan je oren, totdat Katie, die zich waarschijnlijk de meest ontaarde moeder ooit voelt, uiteindelijk toch haar glas neerzet en bijna naar boven sprint.

Ruim twintig minuten later komt ze terug. Ze ziet er geradbraakt uit en slaat haar halve glas champagne in één teug achterover. Ze gaat voor de televisie zitten en begint ook haar toetje naar binnen te schrokken, alsof ze zeker wil zijn dat het op is voordat Lily weer wakker wordt. 'Hm, dit is echt superlekker, Dee,' zegt ze. 'Heb je Ronnies e-mail nog gezien, vanaf Borneo? Ze zitten in een waanzinnig hotel, aan het strand, pal naast het regenwoud. Ik ben toch zo jaloers. Ik heb het gevoel dat ik nooit meer zo'n verre reis zal maken. Niet met mijn twee spugende kinderen; drie als je Tony meerekent.'

'Ja, ik ben ook wel enigszins jaloers,' zegt Delphine. 'De foto's zagen er geweldig uit. Ik moet eigenlijk ook eens wat vaker op reis.'

'Nou, wat let je?' vraagt Katie. Ze bekijkt Delphine en vraagt zich af waarom die er nou nooit eens zweterig en gekreukt uitzag. Ze was zo slank, zo chic en zo verzorgd – alles wat Katie zelf momenteel niet was. 'Op jou ben ik ook echt jaloers – Jinan en jij kunnen gaan en staan waar je wilt, jullie hebben dit allemaal al lekker achter de rug.' Ze wuift even naar de rotzooi, de pakken met luiers en alle speeltjes, en druipende voedingsbeha's die aan de radiator te drogen hangen. 'Jij bent vrij.'

Delphine kijkt Katie aan en glimlacht flauw. Dan schudt ze spijtig haar hoofd en zegt: 'Jij snapt er helemaal niks van, hè? Jíj bent juist te benijden.'

Katie kijkt verbluft. 'Waarom in vredesnaam?' vraagt ze, en ze denkt aan de zwijnenstal om zich heen, aan de peuter die het fenomeen driftbui op een professioneel plan heeft getrokken en aan de schattige maar gretige baby die haar zowel mentaal als fysiek uitput.

'Omdat ik dit allemaal achter de rug heb,' zegt Delphine eenvoudig. Ze weerstaat de verleiding om tegen Katie aan te klagen, omdat die al genoeg aan haar hoofd heeft. Ze weerstaat de verleiding om op te biechten dat ze zich helemaal niet zo vrij voelt, dat ze zich juist opgesloten voelt. Ze vindt zichzelf veel te jong om nu het gevoel te hebben dat haar leven voorbij is.

In de metro op weg naar huis stopt Delphine met het lezen van de autobiografie van Simone de Beauvoir waar ze in begonnen was, en pakt in plaats daarvan de krant. Ze scant snel het nieuws over het

Midden-Oosten en blijft hangen bij de problemenrubriek waar de lezers een probleem voorgelegd krijgen en dan zelf hun visie mogen geven naast die van de professionele columnist. Het heeft iets verleidelijks, om gewoon maar een diep emotioneel probleem te omschrijven in een paar sobere regels in de hoop dat dat genoeg is om de werkelijke pijn, verwarring en kwelling van de arme ziel die de regels heeft opgeschreven over te brengen. Zo'n arme ziel geeft zich immers op een gruwelijke manier bloot aan een publiek dat hem niet kent en dat er misschien ook helemaal niet zo nodig meer van wil weten. Ze worden gereduceerd tot die paar regeltjes, initialen en de naam van een stad.

> Ik heb een relatie met een veel jongere man op wie ik heel dol ben, maar ik ben bang dat er geen toekomst voor ons is. Mijn kinderen beweren dat ze niet willen oordelen, maar ze steunen de relatie niet en ze laten er geen misverstand over bestaan dat mijn partner niet welkom is bij familieaangelegenheden. Als we samen uitgaan zie ik wel dat andere vrouwen hem aantrekkelijk vinden, en hij is al meer dan eens aangezien voor mijn zoon. Zet ik mijzelf op deze manier te kijk?
>
> JD, Manchester

> Ik hou niet meer van mijn man. Hij is kunstenaar en is al een paar jaar aan het 'uitrusten', hoewel hij wel voor ons kind zorgt als ik werk. Ik word steeds ongelukkiger binnen onze relatie, en krijg ook steeds meer het gevoel dat hij aan het klaplopen is. Hij is nog steeds heel aantrekkelijk, maar ik voel me niet meer tot hem aangetrokken en merk zelfs dat hij me begint te vervelen. Hoewel hij onderkent dat we problemen hebben, wil hij absoluut niet uit elkaar. Misschien ook wel

omdat hij het te mooi voor elkaar heeft om uit ons huis te trekken, en omdat hij helemaal geen zin heeft om weer te moeten werken. Hij is denk ik wel een goede vader, maar ik weet niet of dat wel voldoende basis is om onze relatie draaiende te houden. Ik ben nog niet te oud om opnieuw te beginnen, en ik vind dat ik beter verdien dan dit.

KS, Zuid-Londen

Delphine bijt op haar lip en scant de andere brieven op de bladzijde. Zoveel problemen, met allemaal een andere context en verschrikkingen en vooroordelen, maar allemaal delen ze dezelfde onderliggende vraag. Moet ik blijven of moet ik weggaan? Bij de eerste paar regels van KS uit Londen schrikt ze even, alsof het door Katie geschreven had kunnen zijn, want die had duidelijk nog minder plezier in haar leven met Tony nu ze de hele dag thuis was en moest toezien hoe hij het huis in een vuilnisbelt veranderde.

Delphine kijkt naar de antwoorden op de eerste brief, die van JD, die allemaal voorspelbaar en niet bijzonder bevredigend zijn, variërend van '*You go girl!* Je kinderen zijn gewoon jaloers, en ze zullen er heus wel overheen groeien,' tot de eindeloze tirade van de columnist over hoe relaties waarbij de partners niets anders met elkaar gemeen hebben dan de seks, gedoemd zijn te mislukken, net zoals relaties die niet worden gesteund door de familie, en vooral niet als de vrouw ouder is dan de man, aangezien mannen niet dezelfde verzorgende kwaliteiten hebben als de vrouwen en dus alleen gelukkig zijn met een oudere vrouw zolang de vrouw er nog goed uitziet, maar niet zodra ze incontinent wordt en vergeetachtig. Delphine fronst – hoe kon de columnist uit dit korte bezadigde briefje opmaken dat deze relatie alleen op seks was gebaseerd? Misschien wist ze wel meer over JD dan de krant had willen afdrukken. Ze begon na te denken over wat voor brief zijzelf zou schrijven; het was wel verleidelijk om het allemaal van zich af te kunnen schrijven. Flessenpost. Wie weet wie hem zou vinden en voldoende geraakt zou zijn om te willen terugschrijven.

> Ik ben redelijk gelukkig met de man met wie ik al achttien jaar getrouwd ben. Mijn man is in bijna alle opzichten beter dan ik, en ik ben hem niet waard. Hij is zes jaar jonger dan ik en ik geloof wel dat hij van me houdt. Hij zegt het in elk geval vaak, en we hebben ook een plezierig seksleven. Hij weet niet dat ik pasgeleden een affaire heb gehad met een familielid, en dat ik eigenlijk van plan was bij hem weg te gaan. Daar was ik uiteindelijk te laf voor, en dus vertrok mijn minnaar zelf maar. Mijn man weet niet dat ik geen hartstocht voor hem voel, en misschien ook nooit gevoeld heb. Hij weet niet dat ik het verschrikkelijk vind dat ik mijn carrière heb opgegeven om ons huishouden tot in de perfectie te runnen, en om onze zoon op te voeden, want ik heb hem doen geloven dat het mijn liefste wens was om weg te mogen uit de ratrace. Dat was toen ook waar. Hij weet niet dat ik me opgesloten voel in ons prachtige huis. Ik geloof niet dat ik van mijn man hou, want ik vind hem in vele opzichten kleinzielig en irritant, hoewel hij soms ook zo ontzettend oprecht aardig voor me is dat ik er wel om zou kunnen huilen. Ik heb soms wel eens zin om weg te lopen, net zoals mijn minnaar heeft gedaan. Niet om naar hem toe te vluchten, want ik weet niet waar hij is, maar wel om zo te leven zoals hij. Vrij. Want momenteel leef ik mijn leven met de regelmaat van de klok. Ik regel het huishouden en ik regel wat zakelijke aspecten voor onze zoon, en verder vul ik mijn tijd met zinloze klusjes en oppervlakkige, zij het plezierige hobby's. Ik heb het gevoel dat ik te jong ben om te kunnen doen alsof mijn leven voorbij

is. En ik heb het gevoel dat ik te oud ben om niet echt geleefd te hebben. Zou het voor alle betrokkenen niet beter zijn als ik wegging? Zou iemand me misschien kunnen zeggen, zonder verdere uitleg, oordelen of waarschuwingen, of ik moet gaan of dat ik moet blijven?

DK, Londen Centrum

Terwijl Delphine probeert om haar tuimelende gedachten op orde te krijgen, voelt ze zich ineens ontzettend stom. Wat verwachtte ze nou eigenlijk dat die mensen zouden zeggen? Sta eens stil bij zijn geluk, en niet alleen bij het jouwe, akelige, egocentrische, trouweloze tut die je bent. Denk eens aan een ander, voor de verandering. Je hebt gelijk, hoor, DK uit Londen Centrum, je bent hem niet waard. Ze kijkt om zich heen naar de uitdrukkingsloze, knikkebollende hoofden in de metro, en ze heeft het gevoel alsof men haar beschuldigt, alsof ze maar een armlengte is verwijderd van haar jury. De metro komt Waterloo binnenrijden en omdat ze zich verstikt voelt, springt ze eruit. Ze blijft doorlopen totdat ze weer op straat staat en eindelijk weer gewoon adem kan halen, ook al is het buiten maar een fractie koeler en minder benauwd dan in de metro. Ze besluit dat ze wat afleiding moet gaan zoeken in de Tate Modern, maar na een paar minuten lopen in die hitte is ze alweer duizelig. Ze heeft een raar gevoel in haar hoofd dat ongetwijfeld het gevolg is van haar schuldbewuste gepieker, en anders wel van een overmaat aan champagne op een warme dag. De zon doet pijn aan haar blote schouders, en ze is The Cut nog niet door of ze besluit dat het beter is om die hele Tate maar te vergeten en gewoon naar huis te gaan. Als ze bij het metrostation van Southwark aankomt, kijkt ze vol spijt naar Blackfriars Bridge. Langs de rivier is het vast veel koeler, maar ze betwijfelt of ze dat nog wel zal halen. En trouwens, de rivier doet haar altijd aan Zaki denken, en dat wil ze nu liever voorkomen. De kans is niet groot dat hij ook aan haar denkt, waar hij ook maar uithangt. Als hij al ergens aan dacht, dan was het waarschijnlijk aan de weddenschap die hij had afgesloten op de uitslag van de Wereldbekerfinale, morgen. Hij zou natuurlijk op Argentinië willen inzetten, de favorieten, maar aangezien zijn kleinzoon voor Engeland speelde, zou hij toch ook een beetje op hem moeten inzetten, of niet soms? Maar misschien was hij wel meer geïnteresseerd in de finale van de heren op Wimbledon, want die was ook morgen. Dat was wel een veel duidelijker zaak – iedereen wist dat de regerend kampioen met gemak zou winnen. Ik ben aan het ijlen, denkt ze, en ze gaat uit de zon staan, en loopt naar de overkapping van metrostation Southwark, waar ze gevaarlijk staat te wankelen boven aan de trap. De hitte en de duizeligheid zijn ineens niets vergeleken met de onwaarschijnlijk pijnlijke kramp in haar onderbuik, die helemaal doortrekt tot in haar kruis. Ze gilt het uit, valt neer, en dan wordt het haar goddank zwart voor de ogen.

Delphine is zich er vagelijk van bewust dat ze ergens op wordt getild dat er nogal onwaardig uitziet, het heeft meer weg van een kinderwagen dan van een brancard, en dat ze daarmee een ambulance in wordt getild. Ze denkt dat ze iets probeert te zeggen tegen de ambulancemedewerkers, maar ze geven geen antwoord dus misschien heeft ze wel niks gezegd, of hebben ze haar gewoon niet gehoord. Ze vraagt zich af of ze misschien doodgaat, want ze voelt zich ineens zo verbluffend helder vanbinnen, terwijl alles buiten haar vaag en traag lijkt. Alsof ze onder water zwemt. Ze ziet wel hoe ironisch dit is – net zat ze nog te piekeren over weglopen, en dan zal je zien dat nu blijkt dat ze niet eens een keuze heeft. De kramp komt weer opzetten, pijnlijker nog dan daarstraks, en ze vermoedt dat ze haar iets verdovends hebben gegeven, want ze valt ofwel flauw, of ze drijft mee op de verdoving; ze weet niet zeker welke van de twee.

'Delphine,' zegt Jinan, 'Delphine, kun je me horen, lieveling? Het komt allemaal goed, hoor. Weet je nog wat er is gebeurd? Kun je je er nog iets van herinneren?'

Delphine schudt haar hoofd; ze ligt in een kamer in het ziekenhuis, met een tv-monitor hoog boven aan de muur, als in een goedkoop hotel. De lakens voelen hard aan en ze zijn heel erg wit. Jinan draagt dezelfde kleren die hij droeg toen hij vanochtend ging golfen. Alles lijkt zo gewoon. 'Wat was er aan de hand dan?' vraagt ze. Ze voelt zich volkomen verdoofd vanaf haar middel, ze kan niet eens wiebelen met haar tenen.

Jinan aarzelt en zegt het dan heel vlug, alsof hij een pleister wegtrekt, in de hoop dat hoe sneller hij het zegt, des te minder pijn het zal doen. 'Je hebt een miskraam gehad. Vrij laat – je was ongeveer dertien weken zwanger. Het was een spontane miskraam, zeiden ze; de baarmoeder trok gewoon samen en heeft de baby er uitgeduwd. Ze weten ook niet waarom het gebeurd is; het gebeurt soms gewoon, als de baby of de placenta niet gezond genoeg is. Je hebt veel bloed verloren, daarom ben je ook flauwgevallen. Je bloedde zo erg, ook daarna nog, dat ze je onder narcose hebben gehouden. Ook om te kunnen kijken of alles wel naar buiten is gekomen, de nageboorte en zo.'

'O,' zegt Delphine. Het lijkt een nogal weinig toepasselijke reactie maar het was ook zulk onverwacht nieuws dat ze geen idee had hoe ze moest reageren. Waarom zou ze nu ineens zwanger zijn geworden, als dat al die jaren niet was gelukt? Dat sloeg toch nergens op? 'Weet je het wel zeker?' vraagt ze, en meteen heeft ze spijt van haar vraag. Wat is ze ook een idioot.

'Ja,' zei Jinan. Dan voelt ze dat hij haar hand vast heeft, en dat hij er heel zachtjes in knijpt. 'Wist jij dat dan niet? Van de baby?'

Delphine schudt haar hoofd. 'Ik weet niet eens of ik het wel moet geloven. Had ik het maar geweten.' Ze bedenkt dat ze eigenlijk heel verdrietig zou moeten zijn, maar het lukt haar niet om te treuren over het verlies van iets waarvan ze niet eens wist dat ze het had. Die arme kleine baby, die dertien weken in zulke grote eenzaamheid heeft moeten leven, niet eens opgemerkt door zijn eigen *maman*, die niet geliefkoosd is, waar niemand ooit tegen gezongen heeft, en van wie niemand heeft gehouden. 'Die arme baby,' zegt ze hardop.

Jinan durft haar niet goed aan te kijken. 'Die baby heeft jou bijna je leven gekost. Ik wist helemaal niet dat je nog een kind wilde. Ik wist ook helemaal niet dat je met de pil was gestopt.'

'Maar ik slik de pil toch allang niet meer,' zegt Delphine. 'Sinds Lucky zes was al niet meer.' Ze zitten samen in stilte, en realiseren zich hoe slecht ze elkaar eigenlijk kennen. Al die jaren had Jinan gedacht dat zij een voorbehoedsmiddel gebruikte. Al die jaren had zij gedacht dat zij samen geen kinderen konden verwekken, en ze had zichzelf afgevraagd of hij wel Lucky's echte vader was. En nu bleek dan dat ze gewoon... pech hadden gehad. Het was bijna lachwekkend.

'Heb je de baby nog gezien?' wil ze weten.

Weer ontwijkt Jinan haar blik. 'Nee, dat wilde ik niet. Het had jou zo veel schade berokkend, en je zo ziek gemaakt. Ik was gewoon te boos.' Hij schaamt zich dit te moeten toegeven en hij haalt diep adem en zegt dan: 'Het was een jongen, nog een jongen. Ik denk dat je het nog wel mag zien, als je dat zou willen. Als je afscheid zou willen nemen.'

'Gaat het wel met jou?' vraagt Delphine, en ze kijkt hem bezorgd aan. Hij lijkt er een stuk slechter aan toe te zijn dan zij. Je ziet het niet goed door de donkere polo, maar hij transpireert enorm, en hij ziet ongewoon bleek. Of nee, niet bleek, grauw, eerder. Hij trilt, zo doet hij zijn best om kalm te blijven praten.

Jinan knikt heftig, en probeert zichzelf weer onder controle te krijgen, maar dan ontploft hij toch: 'Ik dacht dat je dood zou gaan,' huilt hij, en hij begraaft zijn hoofd tegen haar dode benen. Hij jankt bijna van opluchting nu die woorden eruit zijn. Hij begint te snikken: 'Ik ben meteen naar het ziekenhuis gekomen en toen ik je zo helemaal onder het bloed zag liggen was ik zo bang dat je dood zou gaan. En die baby kon me helemaal niet schelen. Ik wilde alleen maar dat ze dat rotding uit je zouden halen zodat jij er niet nog meer onder zou lijden.' Terwijl hij zijn tranen afveegt aan de lakens van het ziekenhuisbed vertelt hij verder: 'Ik dacht aan die drama's van vroeger, dat de dokter komt vragen wie hij moet redden, de moeder of het kind, en ik kon alleen maar denken: red mijn vrouw, red mijn vrouw, red mijn vrouw...' Delphine, die ontzettend is geschrokken van deze uitbarsting, weet niet wat ze moet doen, en dus legt ze maar een hand op zijn hoofd en begint zijn haar te strelen. Jinan tilt zijn hoofd op en probeert de onophoudelijke tranenvloed te stelpen, maar het lukt gewoon niet. Zijn gezicht zwelt ervan op tot een pafferig, slordig geheel.

'Weet je, Delphine, ik heb ooit een keer tegen je gelogen. Toen jij Lucky nog maar net had, vroeg je me een keer wie ik zou redden uit een brandend gebouw – jou of de baby. En toen zei ik dat ik de baby zou redden, omdat ik wist dat je dat wilde horen. Maar ik loog. Ik zou de baby niet hebben gered. Zelfs al wist ik dat jij me er de rest van je leven om zou haten. Ik zou jou als eerste redden. Ik zou niet anders kunnen.' Delphine voelt dat haar keel droog wordt, en dat tegelijkertijd haar tranen opwellen. Ze weet dat ze iets zou moeten zeggen, maar ze kan de juiste woorden niet vinden. Toch probeert ze het maar.

'Weet je, ik verdien jou niet...' begint ze met horten en stoten, maar Jinan valt haar in de rede en zegt: 'Ik weet dat ik jou niet verdien,' alsof hij niet had gehoord wat ze zei, of het wel had gehoord maar het verkeerd had begrepen. 'Ik weet dat ik jou niet verdien, maar ik hou van je. Ik zal altijd van je houden. Ik weet dat ik je niet veel te bieden heb – ik ben niet geestig, en niet onconventioneel of dapper, en ik kan ook nogal burgerlijk zijn en zeurderig en vervelend, en ik was niet eens sterk genoeg om naar jouw ongeboren kindje te kijken. Maar ik hou van jou. Dat kan ik je tenminste bieden. Ik weet dat het niet genoeg is…’ hij zwijgt.

‘Het is wel genoeg,’ zegt Delphine, die nog steeds zijn haar streelt. ‘Het is meer dan genoeg.’

De verpleegkundige komt binnen en nadat die haar pols heeft genomen, vraagt Delphine of ze die avond al naar huis mag. ‘Nee, nee, kindje,’ zegt de verpleegster, ‘je hebt erg veel bloed verloren. Je zult in ieder geval vannacht nog hier moeten blijven. En misschien morgennacht ook nog wel. Dat hangt ervan af wat de artsen ervan vinden.’

‘Werkt dat ding daar?’ vraagt Delphine, wijzend naar de televisie. ‘Als ik hier moet blijven, dan zou ik graag morgen de finale willen zien. Van het voetbal, bedoel ik.’

‘Dat moet wel kunnen,’ antwoordt de verpleegkundige, die aantekeningen maakt op Delphines dossier. ‘Dan moet je eerst beneden een kaart kopen om hem te kunnen activeren. Ik ga nu even tegen de dokter zeggen dat je bij bent gekomen uit de narcose.’ Dan loopt ze in stevige pas weg, en Delphine kijkt weer naar Jinan, die nog steeds rode ogen heeft en haar aankijkt met open mond van verbazing.

‘Nou, dat willen we toch niet missen, of wel? Misschien stellen ze hem alsnog wel op. Zullen we samen kijken?’

‘Ja, natuurlijk,’ zegt Jinan met een snikje in zijn keel dat hij probeert te onderdrukken.

‘En laten we niet tegen hem zeggen dat er iets met mij aan de hand is. Ik wil niet dat hij zich zorgen maakt, tenminste, niet vanavond,’ zegt Delphine. Ze knijpt in Jinans hand en als hij ongelukkig op zijn knieën naast haar bed zakt, voelt ze een golf van vertedering waarvan de kracht haar verbaast. Ze zegt verder niets meer, want ze weet dat dat nu beter is. Ze wordt weer beter, en dan gaat ze naar huis, waar hij voor haar zal zorgen en waar zij op haar beurt voor hem zal zorgen. Ze bedenkt dat ze nu eindelijk doorheeft hoe je gelukkig moet zijn, en in haar hoofd verscheurt ze de brief die ze had geschreven en verstopt de snippers in de allerverste uithoek van haar geheugen; ze zal gelukkig zijn, en ze zal de man die ondanks alles altijd van haar is blijven houden teruggeven wat hij verdient; ze zal al haar wandaden rechtzetten, en ze zal zijn liefde waard zijn, en een beter, gelukkiger mens worden als ze eindelijk terug gaat geven wat ze heeft gekregen.

Opgepoetste flessen in de *bar-tabac*

Coco's vader was nog steeds ziek en het zag ernaar uit dat hij nog wel een poos in het ziekenhuis moest blijven. Maar hij was nog altijd blij om zijn dolende, roodharige dochter van middelbare leeftijd te zien, net als haar al even oude geliefde. *'Félicitations!'* zei hij stralend, en hij stond erop dat hij en zijn vrouw een fatsoenlijke receptie voor ons zouden geven zodra hij het ziekenhuis uit was.

'Het lijkt me geen goed plan,' mompelde ik tegen Coco, toen we wegliepen, maar haar moeder legde me het zwijgen op met een afkeurend 'Ts!' Het leek griezelig veel op het geluid dat mijn vader altijd maakte.

'Dit is niet het moment om aan jezelf te denken, Zaki,' zei ze, met die dunne lippen die sommige vrouwen zo goed kunnen trekken, en met zo'n indrukwekkend effect. 'Je bent nu familie. En zo heeft hij tenminste iets om zich op te verheugen. Hij heeft een reden nodig om beter te willen worden.' Coco zei niets, maar keek me aan met grote, aantrekkelijk ogen. Ik weet beter dan wie ook dat je een reden moet hebben die je drijvende houdt als je je in diepe, duistere wateren bevindt. En dus nam ik Coco's maniertje over en haalde ik mijn schouders op en pruilde wat, en zowel zij als haar moeder knikte goedkeurend, want zij lazen dit als instemmende Franse lichaamstaal.

Zo'n receptie was één ding, maar de *bar-tabac* was een heel ander verhaal. 'Nu jullie er weer zijn, wordt het zoveel gemakkelijker,' had

Gérard gezegd, als een broze heilige in zijn ziekenhuisgewaad. Zijn voeten, bleek als perkament, staken onder de dekens uit en zagen er hartverscheurend breekbaar uit. 'Mijn Coco was er eerst een beetje door overweldigd, dat arme schaap.' Hij kneep zijn dochter in het zachte vel onder haar kin, en hield haar even vast alsof ze iets heel delicaats was, in plaats van een sterke vrouw met brede schouders.

'Nee, daar komt absoluut niets van in!' bulderde ik die avond tegen Coco, toen we thuis waren. 'Over mijn lijk dat ik weer een buurtwinkel ga runnen. Ik spring nog liever in de rivier. Dat zal ook niet de eerste keer zijn. Je denkt toch niet dat ik van huis ben weggelopen om ergens anders een winkel te gaan runnen?'

Coco keek me alleen maar ongelukkig aan. 'Ik weet het. Ik haat het ook, dat ellendige winkeltje. Ik ben er ook van weggelopen, weet je nog wel? Maar wat moeten we anders? Maman kan het niet doen en Mémé al helemaal niet. En we kunnen het ons ook niet veroorloven om er iemand anders in te zetten. We zijn familie, en wij zijn de enigen die het zouden kunnen. Het spijt me, Zaki, maar toen je met mij trouwde, trouwde je ook met hen.'

'Nou dat spijt mij ook, Coco,' zei ik vals, nog altijd woedend, 'maar dit heb ik allemaal niet zien staan in de kleine lettertjes van de huwelijksakte, en ik ben zeer zeker niet met jou getrouwd om je slaafje te worden.'

'O nee, waarom ben je dan wel met me getrouwd?' vroeg ze, want ze werd nu zelf ook boos.

'Voor de lol!' zei ik. 'Weet je nog wel?'

'O gelukkig. Want lolliger dan dit zal het niet snel worden,' antwoordde Coco. 'Ik heb het zo naar mijn zin, dat ik maar een café op ga zoeken, dan kunnen anderen er ook van meegenieten.' Ze liep weg en wachtte even bij de deur of ik haar zou tegenhouden. Toen ik dat niet deed, vertrok ze.

Ze kwam pas om twee uur 's nachts terug, en ik zat in de leunstoel te dommelen bij de elektrische haard. Ik had op haar gewacht. 'Ik begon me al zorgen te maken,' zei ik.

Coco deed haar jas uit en trok haar lange franjesjaal van haar hals. 'Ik dacht dat je hier niet meer zou zijn,' gaf ze toe. 'Ik wilde niet naar huis omdat ik niet thuis wilde komen in een leeg appartement. Ik was net aan het wennen dat er hier iemand voor me was, iemand die zich om mij bekommert. Ik vond het geen fijn idee dat dat misschien allemaal voorbij was, nu.'

Ik trok haar in mijn armen. Ze was ijskoud van de nachtelijke buitenlucht, en haar haren waren nat van de regen. 'Ik had niet zo moeten schreeuwen,' zei ik verontschuldigend. 'Ik weet dat jij er niets aan kunt doen dat je vader nu ziek is. En hij kan er niks aan doen dat hij zo'n vervloekt aardige man is die niemand in de steek zou willen laten.'

'Je had gelijk dat je schreeuwde,' zei Coco terwijl ze zich losmaakte en zich uitkleedde voor de haard. 'Ik heb altijd van die grote verhalen over grote dromen, of precies doen wat ik zelf wil in dit leven, maar in plaats daarvan eindig ik altijd weer hier in de winkel. Het is net alsof ik nog nooit ergens ben geweest sinds mijn negende.' Ze keek me aan en zei: 'Ik heb zitten denken, Zaki. Het zou niet eerlijk zijn om jou te vragen of je samen met mij de winkel wilt doen. Ik kan het ook best alleen. En als jij weg wilt, dan zal ik je niet tegenhouden. Het was heerlijk, wat we in Las Vegas hebben gedaan. Het was romantisch en impulsief, maar ik weet dat jij je eigen dromen hebt, en toekijken hoe iemand een winkeltje runt is daar waarschijnlijk niet een van.' Coco sloeg haar badjas om zich heen en vertrok naar de badkamer.

Ik bleef zitten in die lelijke, maar heerlijke stoel en keek naar de gloeiende staven in het haardje. Coco had me alweer een nederig gevoel gegeven. Toen wij elkaar voor het eerst ontmoetten, dacht ik dat ik beter was dan zij, alleen maar omdat ik vond dat ik er relatief beter uitzag – of in elk geval een betere kledingsmaak had. Maar vanbinnen was ik mismaakt, verdord en lelijk. Ik bezat niets van die genereuze geest die Coco had, van haar vermogen tot zelfopoffering. Ze was een grote vrouw, en naast haar voelde ik me inderdaad heel erg klein. Het was mij gelukt om vrij oud te worden zonder me de lessen te herinneren die mijn geliefden mij hadden geleerd – de lessen over liefde die geen voorwaarden stelt. Nadya had het, Jinan had het, en Coco had het ook. Zij was bereid om mij te laten gaan omwille van mijn geluk. Maar ik was Nadya kwijtgeraakt, ik had Jinan verlaten en nu was ik ontslagen van mijn verplichtingen aan Coco – de vrouw die me had laten voelen dat ik leefde en die van me hield zoals ik was, zonder voorwaarden te stellen en zonder te oordelen. Een vrouw die misschien zo haar zwakheden had, maar die nooit iemand zou bedriegen. Dacht zij nou echt dat ik bij haar weg zou willen, alleen omdat ik misschien een paar uur in de winkel moest staan terwijl haar vader herstelde van zijn ziekte? Als ik dat zou doen, dan was ik zonder enige twijfel de allerdomste man die ik kende.

Coco kwam de kamer weer inlopen, met een schoongeboend gezicht dat glom van de gezichtscrème. 'Nou?' vroeg ze.

'Nou,' herhaalde ik, 'ik heb even zitten denken.'

'Ja,' zei ze en ze probeerde onbewogen te kijken, maar haar lip en kin trilden een beetje.

'Ik heb besloten om dat genereuze aanbod van je naast me neer te leggen. Het spijt me dat ik je moet melden dat je zo gemakkelijk niet van mij afkomt. Dus ik zal met frisse tegenzin de uitdaging aangaan en jou eens even laten zien hoe je dat doet, zo'n vervloekte winkel runnen.'

Nu begon Coco's lip nog heftiger te trillen. 'O, Zaki,' begon ze, maar in plaats van af te wachten tot zij haar armen om mij heen sloeg, liep ik op haar af en omhelsde haar, en kuste haar zachtjes. Toen, ook al kostte het wat moeite, tilde ik haar giechelend en wel naar haar veel te grote bed, gooide haar daar tussen de overvloed aan kussens, en kwam bij haar liggen.

'Het wordt heus niet zo vreselijk, Zaki,' zei ze terwijl ze tegen me aankroop. 'Misschien wordt het zelfs wel leuk.'

'Dat waag ik te betwijfelen, Coco, maar gelukkig ben ik een beetje verliefd op jou, dus dan maakt het niet uit dat er geen bal aan is,' antwoordde ik.

Een paar maanden later zat ik in de *bar-tabac* en schonk ik mezelf klokslag twaalf uur een glas whisky in en nam de uitslagen van de paardenrennen door. Af en toe kwam er eens een dorpeling binnen, en heel soms een toerist voor ansichtkaarten en een blikje frisdrank. Coco en ik waren van plan om later die dag naar de renbaan te gaan, en dus hadden we een bordje opgehangen dat we gesloten waren, wegens bijzondere omstandigheden. Ik had pas een abonnement genomen op de Engelse kranten, zodat ik kon volgen wat Lucky allemaal aan het doen was zonder dat ik het internet op hoefde, en dus zag ik dat hij was geselecteerd voor het nationale elftal voor de Wereldbeker. Er stond een foto van hem en Portia, die er als altijd beeldig uitzag, en die een eigenaardige bril droeg waarvan ik zeker wist dat ze die helemaal niet nodig had. Goed zo, Lucky, dacht ik. Was er ten minste eentje die zijn dromen waarmaakte. Ik had gedacht dat ik dat ook zou doen toen ik naar Deauville kwam, maar hier zat ik dan, nog geen anderhalf jaar later, met een andere familie, in een andere winkel, die ik al even nonchalant sloot om naar de paardenrennen te gaan, of naar het casino, met iemands vrouw. Het enige verschil was dat die vrouw dit keer de mijne was, en dat die vrouw doorgaans nog bij me in bed lag, de volgende ochtend, in plaats van dat ze er midden in de nacht vandoor ging. En dat was een prettig verschil, dat zeker. Het was geen slecht leven zo; het leek alleen verdacht veel op het leven dat ik had achtergelaten. Ja, het landschap was hier mooier.

Misschien had Coco wel gelijk, misschien vond ik het hier inderdaad wel schilderachtig. Misschien was ik wel nooit voor haar gevallen als zij de stomerij had gerund twee straten verderop in Hammersmith.

Ik dacht de laatste tijd weer vaak aan Oscar Wilde – hoe hij aan de grond had gezeten in Parijs, in de goot had gelegen, starend naar de sterren, en ik dacht na over wat hij had gezegd over dat er maar twee tragedies zijn in dit leven: nooit je dromen waar te maken, en je dromen wél waar te maken. Ik dacht aan Lucky, die al zo jong zijn dromen aan het waarmaken was; het was een tragedie die je niet zou verwachten, om zo jong al alles te krijgen waar je op hoopte – want wat moest hij dan hierna? En hier zat ik, aan de andere kant van de schaal. Toen ik een jonge vent was had ik een droom, maar die stond nu zo ver van me af dat ik al bijna was vergeten wat die droom ook weer was. Het was Coco die hem me in herinnering bracht. Mijn droom was heel simpel: om vrij te zijn van alle triviale zaken van het leven, met mijn zielsverwant aan mijn zijde. Nou, ik had mijn best gedaan, en het begon erop te lijken dat ik mijn droom waarmaakte, maar mocht het toch niet werken, dan was dat nu eenmaal zo. Noem het het lot, noem het toeval, of voorbestemming – noem het een brandende toren in een tarotspel, of noem het een vervloekte tragedie als je wilt – of je het gelooft of niet, soms kun je het gewoon niet winnen van het huis. En gezeten in de koele schaduw van de winkel, wakend over Gérards trots opgepoetste flessen, met de vroege zomerzon die door de bomen glimmerde en de krekels die tsjirpten en de bijen die zoemden en het vooruitzicht van een verdomd mooie race die middag met Coco's bulderlach naast me, voelde ik me er helemaal niet zo slecht onder.

Dus misschien stond er op dat bandje dat ze me vlak na mijn geboorte om mijn pols deden toch wel gewoon 'winkelier'.

Tijd om aan de slag te gaan

Lucky zit aan de zijlijn en volgt het spel zo aandachtig dat het wel lijkt alsof het zich allemaal alleen in zijn hoofd afspeelt. Hij beleeft elke pass en elke trap en elke ingooi alsof zijn eigen spieren erbij betrokken zijn. Het was moeilijk geweest, en ze hadden teleurstellingen te verduren gehad, maar hier stonden ze dan, in de finale, voor het eerst sinds ze de Wereldbeker wonnen in 1966. Hun team had niet tot de favorieten behoord, en thuis was er kritiek vanwege hun vlakke spel, en omdat er bijna nooit gescoord werd tijdens het lopende spel, en omdat de mannen zich te gretig lieten vallen, maar ze waren steeds een ronde verder gekomen, en nu stonden ze dan hier. Als het al iets had gedaan, die kritiek, dan was het wel dat het het team had opgezweept, meer dan argeloze aanbidding ooit had kunnen bewerkstellingen. 'Laat ons nu maar gewoon ons werk doen,' had de aanvoerder gezegd tijdens een vijandige persconferentie vlak voor de kwartfinale, en ze waren aan de slag gegaan en hadden iedereen het nakijken gegeven. Misschien hadden ze wel geprofiteerd van een dubieuze beslissing in het nadeel van Spanje, tijdens de halve finale; misschien hadden ze wel domweg geluk gehad. Maar dat deed er nu allemaal niet meer toe, want hier stonden ze toch maar mooi.

Het kan Lucky niet meer schelen dat hij niet wordt opgesteld; Portia had gelijk: zijn kans komt nog wel. Het is zijn schuld niet dat hij niet werd opgeroepen, en hij heeft zijn waardigheid in elk geval niet op een gedenkwaardige manier verloren. Zoals Conway, die nu naast hem zit, en woedend in het gras schopt omdat hij uitgesloten is van de finale. Hij vangt Lucky's blik en schreeuwt woest: 'Wat zit je nou te staren, man? Wil je soms een stoot voor je bek?' alsof hij een dronken hooligan is die met ontbloot bovenlichaam op een bar staat te dansen om zijn rivalen op te fokken. Lucky zegt niets en draait zich van hem af, en Conway spuugt voor hem op de grond. 'Ik word kotsmisselijk van jou, weet je dat? Dat noemt zichzelf een Engelsman, maar het kan jou geen fuck schelen dat wij daar nu niet staan. Jij bent een smerige verrader, vieze poepfransoos.'

Maar Lucky voelt zich juist vreselijk volwassen dat hij zijn situatie accepteert zoals die is, zo volwassen dat hij zelfs niet met zijn ogen knippert als Portia voorstelt om in de herfst te gaan samenwonen. Daarvóór zou hij hebben gezegd dat ze daar nog te jong voor waren, dat ze geen van beiden konden koken, en dat ze niet wisten hoe een strijkijzer werkt. Ja, hij wilde weliswaar al trouwen toen hij zestien was, maar dat was gewoon een romantische fantasie; samenwonen was iets heel praktisch. Ze waren eigenlijk helemaal niet meer zo jong – er waren zoveel studenten die naar vreemde steden verhuisden, en die waren allemaal jonger dan zij. Zijn eigen grootvader was weggelopen naar Parijs met zijn tienervrouw toen hij nog maar achttien was. Natuurlijk gingen ze samenwonen; hij was als jongen naar Italië gegaan, en hij zou er als... een iets wijzere jongen weggaan, gehard door de weinig flatterende flitslichten van de media, zodat hij nu eindelijk sterk genoeg was om die te negeren.

Conway mocht niet spelen omdat hij twee keer geel had gekregen in de halve finale tegen Spanje voor volkomen onnodige overtredingen. In zijn eerste paar wedstrijden had hij niet zoveel gescoord als iedereen hoopte, en de meeste cruciale doelpunten werden gescoord door middenvelders, uit een ingooi, of uit een corner of een vrije schop. De Man in het Grijze Pak had Conway daarom een minder belangrijke rol toegewezen, en het middenveld uitgebouwd, tot Conways wanhoop en frustratie. 'Het is een heel andere wedstrijd als we met twee doelpunten voorstaan,' had hij tegen Conway gezegd, 'dan kun je alle ondersteuning krijgen die je nodig hebt, want dan kunnen we ons dat veroorloven. Tot die tijd spelen we diep.' Maar ze kwamen nooit twee doelpunten voor te staan, en Conways frustratie op het veld was zo gegroeid dat hij een krankzinnige overtreding beging tegen een Spaanse speler; een verkeerd beoordeelde tackle, een paar minuten na die overtreding, was genoeg om hem van het veld te sturen, zodat hij nu de finale moet missen. Conway was jankend van het veld gelopen, en Lucky moest denken aan die wedstrijd, toen hij veertien was en Conway dertien. Dat Conway nog maar een jongetje was, onder al die bravoure van hem. Conway was snikkend naar de kleedkamer gegaan, en was er niet meer uitgekomen, zelfs niet toen ze na het eindsignaal gewonnen hadden.

Lucky gaat zo op in het spel dat hij niet in de gaten heeft hoe snel ze het eindsignaal in deze wedstrijd al genaderd zijn. Ze staan een doelpunt voor. Dat kwam voort uit een vrije schop en werd door de aanvoerder gescoord in de eerste minuten van de tweede helft, en nu zijn er nog maar negen minuten te gaan tot het einde van de wedstrijd. Nog acht minuten... nog zeven minuten. Hij ziet dat hun supporters naar de klok staren, wensend dat ze de tijd sneller konden laten gaan. Als het zou kunnen, zouden ze er allemaal met liefde zes minuten van hun leven voor geven. Hij weet zeker dat Portia nu kettingrookt voor volk en vaderland, in de box waar de spelersvrouwen zitten. En dan gebeurt het onvermijdelijke: de Argentijnen breken door de vermoeide Engelse verdedigingslinie heen en hun spits staat voor open doel, met alleen de keeper voor zich, die van zijn lijn komt. De Engelse keeper springt op in instinctieve wanhoop, maar duikt op de spits af in plaats van de bal. Opzettelijke overtreding, om een kans op een doelpunt te verhinderen. Hij krijgt een rode kaart en wordt van het veld gestuurd. Er komt een penalty, die gaat erin, en de spits valt op zijn knieën en kust de grond. De Argentijnse supporters zijn in tranen van geluk, en die van Engeland zijn gewoon alleen in tranen. Een paar minuten later komen de spelers grimmig van het veld lopen. Verlenging.

De spelers van Engeland zijn heldhaftig en met maar tien man lukt het hen het grootste deel van de verlenging om de Argentijnen van zich af te houden. Iedereen denkt nu aan penalty's. Tot dusverre heeft de Engelse ploeg weten te voorkomen dat het hier op aankwam, door steeds met een kostbaar doelpunt verschil te winnen sinds ze bij de laatste zestien zaten. De Argentijnen spelen defensief maar met een arrogant zelfvertrouwen. Zij zitten alleen nog maar te wachten op de shoot-out. Hun halve finale hebben ze ook met penalty's gewonnen – niemand miste – en iedereen weet hoe slecht Engeland is met penalty's. Zo'n vijf minuten voor het einde van de verlenging is er een gevaarlijke situatie voor het Engelse doel. Er wordt een doeltrap gegeven, en Engelands tweede keeper schopt de bal ver weg, maar glijdt dan uit over het aan gort getrapte veld en komt verkeerd terecht. Zijn gezicht laat duidelijk zien dat hij lijdt. Iedereen denkt aan het vorige seizoen, toen hij voortdurend geblesseerd was, en hij wordt met een brancard weggedragen. De fysiotherapeut schudt zijn hoofd. 'Gescheurde banden,' zegt hij tegen de Man in het Grijze Pak en diens assistent, 'dat lijkt me duidelijk. En als dat zo is, dan kan hij de komende maanden niet spelen.' En zo is Lucky plotseling niet meer alleen in zijn hoofd met de wedstrijd bezig, want alle ogen zijn nu op hem gericht. En de Man in het Grijze Pak staat niet meer tegen de spelers in het veld te schreeuwen, maar loopt op hem af, en pakt hem bij de arm.

De Man in het Grijze Pak heeft geen tijd voor spelers die niet meer op het veld staan. Hij keurt de tweede keeper geen blik waardig maar kijkt Lucky indringend aan, pakt hem bij de schouders en zegt: 'Het is tijd, Lucky. Je moet aan de bak.'

'Maar meneer, we moeten zo door naar de penalty's,' stamelt Lucky verdwaasd. Hij had tijdens dit Wereldkampioenschap zijn debuut willen maken, maar hoe kon hij nu de laatste vijf minuten het veld op gaan en dan verantwoordelijk zijn voor het verlies van Engeland? Hij kon toch niet zijn allerlaatste beetje waardigheid ook nog eens verliezen?

De Man in het Grijze Pak heeft geen tijd voor twijfels; hij heeft nooit iets gezien in Lucky, maar hij weet dat hij hem nu moet steunen, en dat hij hem moet laten geloven dat hij deze kans verdient. Plotseling is Lucky voor hem de belangrijkste speler ter wereld. 'Ik heb je niet voor de sier meegenomen, Lucky. Ik heb je meegenomen omdat je een van de beste keepers van het land bent, en omdat we een taak te volbrengen hebben. Tot nu toe heb je lekker uit je neus kunnen eten, ook al weet ik dat je het daar heel moeilijk mee hebt gehad. Maar nu mag je eindelijk van je luie kont komen. Nu mag je van die bank af. Ik heb je nodig en je team heeft je nodig. Het is tijd om de handen uit de mouwen te steken, Lucky. En onthou één ding: als jij dit niet zou kunnen, zou ik je nooit mee hebben genomen en ging je nu niet dat veld op.' Lucky knikt en holt het veld op onder luid gejuich en wanhopig gegrom vanaf de tribunes. Een paar hooligans beginnen te gillen 'Ik heb liever nog een Paki, liever nog een Paki, liever nog een Paki dan een mof' en Lucky weet niet of dat nu bedoeld is om hem aan te moedigen of om hem te beledigen.

De assistent kijkt even naar de Man in het Grijze Pak en, zich bewust van de camera's, houdt hij zijn klembord ter hoogte van zijn mond, en doet net alsof hij druk bezig is een lijstje met namen op te stellen van degenen die de penalty's straks moeten nemen. 'Meesterlijke zet, hoor, Greg. Denk je dat hij het aankan?'

De Man in het Grijze Pak haalt zijn schouders op en kijkt naar zijn tenen, zodat de camera's alleen zijn keurig geknipte, krullerige bruine kruin kunnen pakken. 'Als hij er eentje weet te houden, vreet ik mijn hoed op. Maar weet je wat het is: niemand verwacht iets van hem. Ik zou van de beste keeper in de wereld nog niet verwachten dat hij in deze situatie een bal uit het net zou houden. Ik gok eerder op onze jongens, dat zij hem er in weten te knallen.'

Lucky staat in de laatste minuten van de verlenging in zijn doel, en de hitte van de dag begint eindelijk weg te trekken. De spelers zijn helemaal aan de andere kant van het veld. Hij heeft de bal nog niet eens aangeraakt. Hij staat op zijn lijn, is er helemaal klaar voor, met niks anders dan zijn handen om zich mee te verdedigen. Hij staat in het hart van een kolkende wereld, en als de fluit klinkt en de spelers zich opmaken voor de penalty's, kan hij nauwelijks zijn doel uit, de plek die hij wil verdedigen. Hij vindt het maar niks dat het net achter hem er zo open en bloot bij hangt terwijl de kerels op het veld hem uitbundig aanmoedigen. Hij heeft dat enthousiasme en die aanmoedigingen helemaal niet nodig, want hij weet dat hij er nu helemaal, honderd procent klaar voor is.

Leven op een breuklijn

Lucky is op weg om bloemen te kopen voor zijn moeder, die op een prachtige dag in juli in het ziekenhuis ligt. Zijn vriendin is druk bezig met hun trendy appartement aan wat vroeger de verkeerde kant van de rivier werd genoemd. Ze heeft hem gedreigd dat hij het niet in zijn hoofd moest halen om laat thuis te komen. Ze heeft namelijk een feestje voor hem georganiseerd, ter gelegenheid van de vijfentwintigste verjaardag van de wedstrijd die zijn naam draagt, de wedstrijd waardoor hij berucht werd, en die maanden later nog voor schreeuwerige krantenkoppen zorgde, niet noodzakelijk allemaal even vrolijk. 'Ik wil helemaal geen feestje,' had hij gezegd, maar toen had ze hem pruilend aangekeken en hem een zoen gegeven zoals je een klein jongetje zoent als je wilt dat hij ophoudt met zeuren.

'Ze zeggen allemaal dat ze geen zin hebben in een feestje. Maar eigenlijk willen ze het maar al te graag,' had ze afwerend gezegd, en ze had gewoon haar plannetje doorgedrukt. Ze was veel jonger dan Lucky, bijna zestien jaar, en ze had nog dat jeugdige vertrouwen dat Lucky zo aantrekkelijk vindt en tegelijkertijd zo weerzinwekkend. Als Lucky wel eens kwaad op haar was om het een of ander, en probeerde om haar aandacht te trekken als zij weer eens eindeloos aan de telefoon hing, dan zei ze altijd tegen haar vriendinnen, zodat Lucky het kon horen: 'O jee, ik moet hangen. Mijn man heeft mij weer eens nodig. Hij is toch zó veeleisend,' en Lucky wist niet of hij daar nu blij of beledigd om moest zijn.

Suzanna woont al bijna twee jaar samen met Lucky, maar ze weet nog steeds niet wat hij echt vindt van die wedstrijd; ze was nog maar een peuter toen die wedstrijd werd gespeeld, gekleed in de Engelse kleuren, die dag, maar het grootste deel ervan had ze in haar ledikantje liggen slapen. Zij had helemaal niets meegekregen van de extase en de pijn, de passie en de penalty's. Voor haar was de wedstrijd niet meer dan een legende, een mythe zelfs. Niet iets waar echte mensen bij betrokken waren, en waar het ging om echte pijn. Ze kan haar relaxte, strak uitziende vriend ook totaal niet associëren met die ruwe bonk die zomaar voor de leeuwen was gegooid. Het enige wat zij ervan weet is dat het een van de belangrijkste wedstrijden in de geschiedenis van het Engelse voetbal was – na die tijd hebben ze nooit meer in de finale gestaan – en dat Lucky er een belangrijke rol in heeft gespeeld. Wat haar betreft is dat reden genoeg voor een feestje.

'Ik zal mijn moeder de groeten doen,' zegt Lucky enigszins verwijtend als hij van huis gaat, om Suzanna in te peperen dat ze niets over zijn moeder heeft gezegd. Zijn moeder heeft net een pijnlijke operatie ondergaan waarbij haar baarmoeder is verwijderd, en Suzanna was zo in beslag genomen door alle voorbereidingen voor haar feestje dat ze helemaal niet meer aan Delphine had gedacht.

'Ja, doe dat,' zegt Suzanna zonder enig schuldgevoel, want haar jeugdigheid gaat gepaard aan een zekere mate van egoïsme en een totaal gebrek aan wroeging of twijfel aan haar eigen woorden of daden. 'Koop een mooi bloemetje voor haar namens ons, en zeg dat we allemaal aan haar denken.' Dan herhaalt ze: 'Maar waag het niet om te laat te komen. Die vent van de BBC komt hier filmen. Hij wil je interviewen.'

'Ja, allicht,' zegt Lucky. 'Tot straks,' en hij geeft haar een zoen op haar wang en wandelt het appartement uit. Hij neemt de trap in plaats van de lift. Het idee dat hij straks alweer een interview moet doen over de wedstrijd doet hem allang niks meer; hij heeft het door de jaren heen zo ontzettend vaak moeten doen, dat hij er niet eens meer bij na hoeft te denken – hij krijgt altijd dezelfde voorspelbare vragen, en hij komt zelf ook elke keer maar weer met dezelfde uitgemolken antwoorden. Het was eigenlijk het enige waar men hem ooit naar vroeg, want het was het enige boeiende dat hem ooit in zijn leven was overkomen. Los van de akelige scheiding van Portia. Dat had ook flink wat krantenkoppen opgeleverd.

Hij loopt de brug over en bij een stalletje koopt hij rozen en ridderspoor, waarvan een meisje met een fris gezichtje een prachtig boeket voor hem maakt dat ze efficiënt en elegant in bruin papier verpakt met een bleekroze raffiaversiering. Ze kijkt Lucky nieuwsgierig aan, alsof ze hem herkent maar niet precies weet waarvan. Hij glimlacht en bij het afrekenen geeft hij haar een fooi voor haar mooie werk. Hij geeft mensen tegenwoordig fooien, want door de jaren heen heeft hij geleerd wanneer dat moet, en hoeveel hij dan moet geven. Ik ben volwassen geworden, denkt hij een tikje zelfvoldaan en een tikje treurig. Tegenwoordig kijkt Suzanna vol bewondering tegen hem op, omdat hij precies weet hoe het moet, net zoals hij Portia vroeger bewonderde.

Hij loopt in de richting van Kings Road, maar het is een heel eind naar het Chelsea and Westminster Hospital als je het helemaal moet lopen, en met het oog op de tijd neemt hij een taxi, zodat hij er binnen een paar minuten is. Hij treft zijn moeder alleen op een kamer, waar ze schaamteloos naar een soap zit te kijken. Ze heeft nog wel pijn, maar is dolblij hem te zien. 'Alweer onverwacht bezoek! Je had toch helemaal niet hoeven komen vandaag, Lucky. Ik weet toch ook wel dat je dat feestje hebt?'

'Dat feestje kan me niks schelen,' zegt hij en dan ziet hij een leeg cappuccinokopje naast haar bed staan. 'Wie is hier dan nog meer? Pa toch niet? Ik dacht dat die nog wel op zijn werk zou zitten.'

‘Klopt, schat,’ zegt Delphine, die zijn blik ontwijkt. ‘O, daar is ze alweer – ze was eventjes naar de wc. De wc’s voor het bezoek zijn zo ver weg en om de een of andere reden mogen jullie niet op die voor de patiënten.’

Portia komt de kamer binnen en schrikt zichtbaar om Lucky hier aan te treffen. Maar ze herstelt zich onmiddellijk, als water dat weer straktrekt aan de oppervlakte nadat er een steentje in terechtkwam. Ze loopt om het bed en geeft Lucky een kus op zijn wang. ‘Zo, hallo. Ken ik jou niet van een of andere rechtszaak, in een sterrenstelsel hier heel ver vandaan?’

‘Hallo, Portia,’ zegt Lucky alleen. Ze ziet er geweldig uit. Dat hij wat saai afsteekt naast Suzanna, die zo barst van de energie en vitaliteit, dat valt te verwachten, maar dat hij even flets en saai lijkt naast Portia, die tenslotte ouder is dan hijzelf, dat steekt.

Portia kijkt hem net iets te lang aan, en leunt dan naar Delphine over. ‘Nou, het was enig om je weer eens te zien, maar ik zal verder geen beslag op je leggen. Je ziet er schitterend uit, hoor, als altijd. Ik kan gewoon niet geloven dat je net zo’n operatie achter de rug hebt.’

Delphine glimlacht gelukzalig. Het is een serene oudedameslach die ze sinds kort tot in de perfectie onder de knie heeft. Wie te oud is om nog sexy te kunnen zijn moet haar maatregelen immers treffen. ‘Portia, ik vind het schattig van je dat je zo jokt, maar ik zie er natuurlijk uit als een beestje,’ en ze lachen allebei, als vrouwen onder elkaar. Lucky neemt aan dat ze toen Portia net binnenkwam iets soortgelijks had gezegd.

Portia zoent haar ten afscheid. ‘Ik ga ervandoor. Harrison komt me zo halen, dus ik ga nog even snel een cappuccino drinken en een sigaretje roken voor hij me bij mijn kladden grijpt.’ Ze knikt beleefd naar Lucky. ‘Tot ziens maar weer,’ en weg is ze.

Lucky gaat zitten en praat met zijn moeder, maar hij is er duidelijk niet bij met zijn gedachten. Het was tegennatuurlijk, zo goed als

Portia eruitzag, ook al was ze dan model geweest, en was het haar baan om mooi te zijn. Het irriteert hem dat zij wel bij zijn moeder op bezoek gaat, terwijl zijn eigen vriendin niet eens de moeite neemt om haar de groeten te doen. Hij wist trouwens helemaal niet dat Portia weer in het land was. Ze woonde tegenwoordig in Amerika. 'Godallemachtig, Lucky. Ga naar beneden en praat met haar. Zij vliegt vanavond weer terug, en mij kun je altijd nog zien. En trouwens, ik wil mijn soap zien.' Lucky aarzelt, lang genoeg voor Delphine om te weten dat ze aan moet dringen. 'Weg! Weg!' zegt ze, en ze wappert met haar hand om haar punt te benadrukken. 'Anders mis ik nog hoe Tim Melanie redt van haar ontvoerders.'

'Ik snap niet waarom je überhaupt nog kijkt,' zegt Lucky terwijl hij haar op haar wang zoent. 'Je weet toch altijd al precies wat er gaat gebeuren.' Hij holt naar beneden, waar hij Portia buiten aantreft, in de dichtstbijzijnde koffietent waar ze rokers niet weren. De koffietent tegenover het ziekenhuis.

'Mag ik er bij komen zitten?' vraagt hij beleefd.

Portia haalt haar schouders op en knikt met een flauw glimlachje. 'Waarom niet? Lijkt me weer eens wat anders om met elkaar te praten zonder een stel advocaten.' Lucky bestelt een koffie en gaat naast haar zitten. Hij vraagt niet hoe het met de kinderen gaat, want dat weet hij wel: Taylor is op reis naar Dhaka om zijn Aziatische wortels op te graven. Hij woont momenteel in het huis van Dada Khalil, ook als is de oude man zelf al jaren dood. Hij is verbluffend oud geworden, maar ironisch genoeg ging hij dood aan diabetes – dezelfde ziekte waar zijn eerste vrouw op relatief jonge leeftijd aan overleed. En Jasmine was net klaar met haar eerste jaar aan Columbia University in New York, en viert nu met een stel vrienden vakantie in de Hamptons. Ze komt volgende maand naar Londen om bij hem te logeren.

'Hoe is het met Harrison?' vraagt hij. Hij heeft Harrison nog nooit ontmoet, maar op de foto's die hij van hem heeft gezien, lijkt hij precies op zo'n gladde Amerikaanse advocaat die je wel eens op televisie ziet, met van die verdacht mooie tanden.

'Prima, hoor, en hoe is het met Suzanna?' antwoordt Portia meteen.

'Prima,' zegt Lucky schouderophalend.

'Ik heb thuis een fles whisky en die is ouder dan zij,' zegt ze met een wrang lachje.

'Ik heb thuis whisky die zelfs nog ouder is dan jij,' kaatst Lucky terug.

'Zo, dat waren de beleefdheden,' lacht Portia opgelucht. 'En hoe is het met jou, Lucky? Ik bedoel echt. Dit is geen fijne dag voor jou, hè?'

'Ach, alle dagen zijn even fijn,' zegt Lucky, geroerd door het feit dat ze eraan denkt. Niet aan die dag zelf, want daar kon je moeilijk omheen – de kranten stonden er vol mee, en je kon de tv niet aanzetten of ze hadden het erover. Maar het raakt hem dat zij weet hoe hij zich daaronder voelt. 'Ik mag niet klagen, eigenlijk.' Zijn koffie wordt gebracht, en hij drinkt er bedachtzaam van.

Portia fronst terwijl ze naar zijn koffie kijkt. 'Sinds wanneer drink jij zwarte koffie?'

'Sinds Suzanna het als haar missie ziet om op mijn lijn te letten,' zegt Lucky spijtig. 'Ik heb besloten om het maar schattig te vinden in plaats van irritant. Ik zie het als teken dat ze om me geeft.'

Portia bekijkt hem goedkeurend. 'Heel filosofisch van je, Lucky. In LA zeggen ze dan: je bent gegroeid.'

'Hoe is het daar eigenlijk?' wil Lucky weten. 'Je hebt het er duidelijk naar je zin, want je ziet er fantastisch uit.'

Portia neemt het compliment met een tevreden, katachtige glimlach in ontvangst. 'Het is geweldig, als je het niet erg vindt om op een verdomde breuklijn te leven. En niemand rookt er, en niemand drinkt, en iedereen eet er 's avonds veel te vroeg. Allemaal reuze gezond. Nou ja, los van al dat gif dat we allemaal in onze gezichten laten spuiten.’ Met een elegant gebaar wijst ze naar haar gladde voorhoofd en naar de huid rond haar mond. ‘De truc is om ermee te beginnen als er nog nauwelijks een lijntje zichtbaar is. Dan val je niet door de mand als ze van die voor-en-na-foto’s laten zien.’

Lucky lacht. ‘Het is echt goed om je te zien,’ zegt hij zonder na te denken. Te laat realiseert hij zich wat hij precies zei, en dan voelt hij zich een beetje ongelukkig. Portia de dappere, de intelligente, de rechtvaardige, bewaarster van kleine geheimpjes en duistere geheimen, de moeder van zijn kinderen die nu een oceaan bij hem vandaan woont.

Het was allemaal zijn schuld – wanhoop en teleurstelling hadden hem in een monster veranderd. Niet in één klap. Het had hem heel langzaam uitgehold, tot hij het gevoel had dat zijn club en zijn land hem nog hooguit tolereerden. Hij had zich nooit meer kunnen revancheren.

Portia ziet de wolk voor zijn gezicht trekken en herkent het onmiddellijk, ook al heeft ze hem al jaren niet meer van zo dichtbij meegemaakt. ‘Zou je het dan anders hebben gedaan, als dat had gekund? Ik heb het je nooit eerder gevraagd, want het leek zo dom, en zo voor de hand liggend. Maar zou je het anders hebben gedaan?’ vraagt Portia hem onverwacht, en ze leunt over de tafel naar hem toe. Ze is zo dichtbij dat hij haar zou kunnen kussen.

Lucky sluit zijn ogen en schudt zijn hoofd, niet om te ontkennen, maar om zijn hoofd leeg te maken. Dit is een gedachte die al jaren door zijn hoofd spookt, tijdens zijn donkerste uren, als hij opgekruld lag op de bodem van een fles, of in iemands kille bed. Hij was de doelverdediger geweest; dat was zijn missie, dat was zijn taak. Hij was degene die was uitgekozen om het doelpunt tegen te houden, en toen was het doelpunt toch gevallen. Hij had het laten gebeuren. Zodra de bal die schoppende voet had verlaten, kon hij noch wie dan ook maar iets doen om te voorkomen dat hij er in ging – ze hadden allemaal machteloos en gehypnotiseerd toegekeken. Allemaal wisten ze dat hij er in zou gaan. Dat was het lot. Dat was de mythe. Dat was de legende.

De tragedie lag niet in het feit dat Lucky het doelpunt niet had gered voor Engeland. De tragedie was dat hij het doelpunt had gescoord. Hij had de laatste penalty genomen, en daarmee had Engeland de wereldbeker binnengehaald. Hij was een godheid geworden, hij was wereldberoemd. Zijn hele verdere carrière zou hij nooit meer zoiets ongelofelijks presteren, en nooit zou het hem worden vergeven dat hij ooit een keer zo'n wonderbaarlijke prestatie had neergezet. Zijn club en zijn land hadden hem getolereerd, ook al misdroeg hij zich op een ongehoorde manier, want ze dachten aan wat hij ooit was geweest. Zijn leven was voorbij op zijn achttiende. Maar wat had hij dan moeten doen, als hij weer terug kon als die bange achttienjarige die het veld op moest, en die op het punt stond al zijn dromen waar te maken? Zou hij tegen die jongen hebben gezegd, zou hij hem in zijn oor hebben gefluisterd: ‘Mis die bal. Ik daag je uit die bal te missen. Ik smeek je zelfs die bal te missen. En als je die bal mist, dan zal ik je feliciteren. Ik zal je feliciteren, omdat je dan tenminste een carrière kunt hebben. Ik zal je feliciteren, omdat je dan de rest van je leven nog voor je hebt.’?

‘Ik weet het niet,’ geeft Lucky toe. ‘Ik weet het nog steeds niet, na al die jaren, zelfs na alles wat er is gebeurd. Het was mijn keuze niet, geloof ik. Ik was niet dapper genoeg om ervoor te kiezen om die bal er in te schieten of om hem te missen; het was gewoon… dom geluk. Dat is wel zo'n beetje mijn specialiteit, geloof ik.’

‘Geen spijt dus,’ zegt Portia, een beetje teleurgesteld. Ze had gehoopt op iets meer dan dit. Iets wat net iets minder nonchalant, iets meer berustend was. Ze had gehoopt op woede, recht uit het hart.

‘Natuurlijk heb ik spijt,’ antwoordt Lucky terwijl hij haar recht in het gezicht kijkt. Hij kijkt diep in zijn koffiekopje, op precies dezelfde manier als waarop ze hem vroeger in het whiskyglas zag kijken. 'Ik heb er spijt van dat ik er nooit achter ben gekomen wat er nu precies is gebeurd met Zaki; ik heb alleen die ene keer nog iets van hem gehoord, na de wedstrijd. Ik heb er spijt van dat ik die dagen dat we maar een beetje rondhingen in de winkel, en een beetje zaten te zoenen als niemand keek, nooit op waarde heb weten te schatten. Dat waren de mooiste dagen van mijn leven, toen ik nog een leven en een toekomst voor me had, terwijl ik dat zelf helemaal niet wist. Maar de meeste spijt heb ik dat ik nooit op waarde heb geschat wat wij hadden, tot het te laat was.'

'Het was niet allemaal jouw schuld, Lucky,' zegt Portia. 'Ik ben ook niet bepaald trots op hoe ik toen was. Ik was echt een mediageile bitch in die tijd. En ik was helemaal niet geschikt om als *celebrity* door het leven te gaan – ik had mezelf te hoog zitten.'

'Misschien had je wel gelijk,' zegt Lucky. 'Jij was altijd de slimste van ons tweeën.' Hij zucht. 'Dus, zoals ik al zei, ik mag echt niet klagen. Ik heb een fijn huis, een lieve vriendin die straks een feestje voor me geeft omdat zij denkt dat ik dat leuk vind, ik geef nog af en toe commentaar bij de wedstrijden, en ik heb twee gezonde kinderen. Wat wil je nou nog meer, als man van middelbare leeftijd?'

'Gemoedsrust?' suggereert Portia.

Onwillekeurig ontsnapt er een kort lachje aan Lucky's lippen. 'Nou, dat zou wel heel hebberig van me zijn.'

Portia steekt nog een sigaret op. 'Weet je, ik ben een poosje in therapie geweest. Niet vanwege jou, maar gewoon voor wat algemene dingen. Dat doe je nu eenmaal in LA als je geen zin hebt om je vrienden te vervelen. En die therapeut vertelde me dat jouw reactie heel begrijpelijk was, omdat het heel moeilijk is om precies dat te krijgen wat je wil. Dat dat nog moeilijker is dan het niet te krijgen. We zijn erin getraind om teleurstellingen te accepteren, maar niemand heeft ons ooit geleerd hoe we succes moeten accepteren. Zij zei dat er in dit leven maar twee tragedies bestaan: de ene is krijgen wat je wilt, en de andere is om dat niet te krijgen. Later kwam ik erachter dat het maar gewoon een geintje was van Oscar Wilde, maar ik vond het toch een interessante gedachte. Net als Orson Welles; die zou nooit meer een film maken die zelfs maar in de buurt kwam van *Citizen Kane*, en dat was zijn allereerste film. Maar hij bleef het in elk geval proberen. Sommige mensen zouden de moed misschien helemaal hebben opgegeven. En jij bent het ook blijven proberen, Lucky. Daar moet je trots op zijn. Niet alleen op dat ene doelpunt dat je scoorde op je achttiende, maar op alles wat er daarna gebeurde – dat je het probeerde, dat je dapper genoeg was om te blijven proberen.'

Lucky heeft ingespannen naar haar zitten luisteren, en haar vriendelijke, hartelijke woorden worden hem te veel. Portia heeft geen enkele reden om zo aardig voor hem te zijn, en hij voelt de tranen opkomen. Hij wil zeggen: 'Ik mis je zo. Ik mis ons zo,' maar hij weet wel dat dat geen enkele zin heeft. En bovendien, hij weet ook dat zij dat allang weet.

Portia's telefoon piept. Ze staat op. 'Harrison wacht op me, ik moet gaan.' Dan leunt ze voorover en kust Lucky zacht en toch stevig op zijn lippen. 'Zorg goed voor jezelf,' zegt ze, en ze loopt weg, zonder nog om te kijken.

Lucky komt op tijd thuis voor het feestje. Suzanna is in haar nopjes, want alle gasten zijn stipt op tijd en de aankleding is geweldig goed gelukt, en de dure cateraar heeft zichzelf overtroffen. Zelfs Felix Conway is er, een dikke pad van dik in de veertig, met een ronde, blonde vrouw bij wie hij nu tien jaar is. Lucky doet wat de man van de BBC van hem verlangt en hij praat met zijn vrienden en collega's. Hij speelt zijn rol met verve. Een held van het Engelse voetbal. Gevierd om wat hij jaren geleden heeft gedaan, toen hij nog totaal iemand anders was. Het is een overtuigend optreden, maar meer dan dat is het ook niet. Omringd door hartelijkheid en de beste wensen voelt Lucky zich als iemand die een podium is opgewandeld en die daar zijn regeltjes moet opzeggen, en die precies doet wat er van hem wordt verwacht. Iemand die geen enkele controle heeft over zijn eigen lot, en die de kracht niet bezit om gewoon maar van dat podium af te lopen. En dan, na al die tijd, begrijpt hij eindelijk waarom Zaki toen is weggelopen.

Mythen en legenden

Het fluitsignaal klinkt voor de eerste penalty. De Argentijnse speler neemt hem, en glijdt uit over een stukje omgewoeld gras, net als Engelands tweede keeper zojuist. De bal vliegt hoog over Lucky's net, en de Engelandsupporters juichen, terwijl de Argentijnse coach woedend naar de scheidsrechter schreeuwt dat het schot over moet. Maar dat verzoek wordt niet ingewilligd. De aanvoerder neemt de volgende penalty voor Engeland, maar hij schopt hem zo hoog dat de keeper hem gemakkelijk kan blokken. Er wordt woedend geschreeuwd dat het voordeel zo makkelijk wordt weggegeven. Iedereen staat stijf van de zenuwen, maar nu de Argentijnen zich herstellen, doen de Engelsen dat ook. Ze blijven gelijk staan tot het op sudden death aankomt, en de laatste Argentijn naar voren komt en Lucky zijn schot op miraculeuze wijze tegenhoudt. De jonge Argentijnse speler die de bal nam – het is ook zijn eerste Wereldkampioenschap – is in tranen en hij is ontroostbaar. Als Engeland de volgende penalty er in weet te schieten, dan winnen zij het toernooi.

En Lucky, die de laatste man op het veld is, is degene die het schot moet nemen. Hij loopt naar de stip alsof hij dat al duizend keer heeft gedaan, legt de bal neer, en staart naar de goal – zijn oude vriend die hij altijd zo goed heeft verdedigd, en die hij nu moet verslaan. Een keeper in de spits. Hij kijkt de andere keeper in de ogen en denkt: Ik ken jou. Ik weet precies naar welke hoek jij gaat duiken. Ik ken jou, want jij bent precies zoals ik.

Delphine en Jinan zitten op haar ziekenhuisbed en houden elkaars handen stevig vast terwijl ze bleek van ellende naar het televisiescherm kijken. Mijn arme, arme Lucky, denkt Delphine. Hij heeft er nog nooit zo alleen en zo dapper uitgezien.

Hij rent en haalt uit, en zijn geluksvoet, de linker, maakt contact, de bal schiet als een kogel recht op het doel af, en dan is er niets anders meer dan dat moment. Zoeter dan de angstige verwachting, sterker dan de zelfgenoegzame herinnering aan wat ooit was. Misschien volgen er persconferenties en huldigingen, of documentaires en teleurstelling naarmate hij ouder wordt, grijzer en jaloers op zichzelf vanuit zijn commentaarbox. Later zal hij misschien denken dat dit het enige moment is waarom men zich hem nog zal herinneren, en als hij wordt opgenomen in de voetbalannalen, zal alles wat hij hiervoor ooit was en hierna ooit nog zal zijn, op dit moment uit het geheugen worden gewist. Later zal hij zich misschien boos bezatten tot hij erbij neervalt, vanwege de onverklaarbare tragedie van het potentieel dat te vroeg is ingelost, zodat hij daarna geen kant meer op kon.

Maar nu, op dit moment is er niets anders dan die volmaakte stilte terwijl hij met zijn armen uitgespreid in het centrum van de ronddraaiende wereld staat.

Hij en dit moment, meer is er niet.

Zaki zit te kijken in de *bar-tabac* met een handvol andere expats, en hij stompt met zijn vuisten in de lucht als de oorverdovende kreten het dak ervan af dreigen te blazen. Lucky is zijn held; waar Zaki faalde, is het hem gelukt. Hij heeft zijn droom waargemaakt. Zaki had zichzelf beloofd dat hij zijn familie met rust zou laten, maar hij stuurt nog een laatste boodschap aan Lucky – dat moet – en die boodschap luidt: Jij bent heel bijzonder, Lucky. En jij hebt het goed gedaan, mijn zoon.

Hij zal Lucky niet vertellen dat er in dit leven maar twee tragedies zijn: hij hoopt dat Lucky daar nooit achter hoeft te komen.

Dankwoord

Ik ben vooral mijn man, Phil Richards, veel dank verschuldigd voor dit boek; als altijd gaf hij me ruimte voor mijzelf, en hij paste op ons zoontje terwijl ik aan het schrijven was, kookte heerlijke maaltijden voor me en overvoerde me met lekkernijen, steun en medeleven. Ook heeft hij zijn deskundig oog laten gaan over het uiteindelijke manuscript, en heeft hij me eens en voor altijd bewezen dat zijn verslaving aan voetbal en aan Radio 5 Live ook daadwerkelijk nut heeft.

Mijn vader, Nasir Ahmed Farooki, een charmante, onconventionele en hardnekkige gokker, die op vele plekken thuis is geweest, is in 2002 gestorven in een hotel in Deauville. Hoewel hij lang voor het ontstaan van dit boek stierf, vormden mijn herinneringen aan hem (gekleurd door zowel mijn liefde voor hem als mijn frustratie) de inspiratie voor een aantal van de thema's in *Klein geluk*. Ik hoop dat hij het met plezier zou hebben gelezen.

Mijn moeder, Niluffer Farooki, was altijd aan de andere kant van de telefoon beschikbaar als ik even geen zin meer had in het eenzame schrijversbestaan, en de trotse en vurige manier waarop ze achter mijn werk staat was een enorme bron van kracht voor mij.

Tot slot wil ik graag mijn toegewijde redacteur, Julie Crisp, bedanken en mijn getalenteerde pr-vrouw, Kate Eshelby, plus het team bij Macmillan voor hun harde werk en het enthousiasme dat zij in dit boek hebben gestoken; en mijn agente, Ayesha Karim van Aitken Alexander Associates, vanwege haar onverstoorbare kalmte en stimulans.